Jacquou le Croquant

le temps d'un livre

Eugène Le Roy

Jacquou le Croquant

(Texte intégral)

éditions magnard tl le temps d'un livre
122, boulevard saint-germain - paris 6e

« C'est une joie qu'un ouvrage pareil, un enchantement surtout pour nous, Parisiens, qui souffrons d'être voués à la grande ville et qui gardons au cœur le regret violent du " pays "... »

On pourrait croire, comme le fait remarquer Jean-Michel Royer dans un article qu'il écrivit en 1979 pour l'hebdomadaire *Le Point*, que cette « nostalgie des racines perdues » émane d'un critique contemporain. Or, elle est née en 1895, à propos d'un autre roman d'Eugène Le Roy, *Le Moulin du Frau*, sous la plume du même Alcide Dusolier auquel le présent roman de *Jacquou Le Croquant* est dédié.

Si cette dernière œuvre qui valut à cet auteur régionaliste la renommée nationale, traduit d'une manière qui n'est pas sans rappeler l'épopée, le combat des pauvres pour une plus grande justice sociale, elle nous entraîne avant tout au fin fond de la luxuriance des frondaisons périgourdines et dans l'épaisseur triste des forêts glacées par l'hiver. Le Croquant qui ne croque pas grand chose, est livré à cette nature qui le trahit plus qu'elle ne l'aide. C'est ainsi que les eaux noires et impitoyables du gour se sont refermées sur le corps innocent de Lina, la drole tant aimée par Jacquou.

Or cette campagne avec ses odeurs fortes d'humus et de fumier, ses fragrances légères d'arbres en fleurs ou de fruits mûrissants, enivre le lecteur d'aujourd'hui qui voit les zones vertes de sa planète se rétrécir dangereusement au risque d'être bientôt parquées en réserves dites naturelles bien quadrillées.

Ici, c'est le Périgord qui se révèle avec ses vallons qui semblent moutonner à l'infini alors que la topographie exacte des lieux les rend stupéfiants de réalisme.

La langue ajoute à la véracité des faits avec sa précision ethnologique. Elle fascine par sa variété les utilisateurs que nous sommes d'un français appauvri et contaminé par les américanismes. Vous trouverez des mots fort peu usuels traduits en note quand par chance ils se sont trouvés épargnés par nos dictionnaires modernes, le contexte permet d'en comprendre un bon nombre, « oule » par exemple qui doit être la marmite en fonte noire pendue à la crémaillère des cheminées de nos ancêtres. Mais, « vîme » ? A première vue, le mot vîme n'est plus lumineux maintenant que pour les italianisants qui savent qu'osier se dit vimini. Le reste devient affaire de spécialistes acharnés à ressusciter les patois pour relier les maillons de la chaîne linguistique.

Quant à se reconnaître dans ces personnages « criants de vie »... les temps et les mœurs ont bien changé. Certains le déplorent et d'autres se passionnent pour l'évolution qu'un tel livre permet de constater sinon toujours d'apprécier.

Thérèse Roche-Magnard

Réalisé par Stellio Lorenzi, un feuilleton télévisé de l'œuvre fut programmé en 1969 et contribua à exhumer l'œuvre de l'oubli.

LE ROY Eugène Gabriel Victor. Ecrivain français. Né à Hautefort (Dordogne) le 29 novembre 1836, mort à Montignac (Dordogne) le 5 mai 1907. Ayant tout d'abord servi en Afrique, puis fait la campagne d'Italie, il entra, en 1860, dans l'administration des contributions directes. Après avoir fait paraître quelques ouvrages d'érudition sur l'histoire du Périgord, il se révéla très bon romancier régionaliste en publiant, en 1895, *Le Moulin du Frau*. Quatre ans après, il donna son chef-d'œuvre: *Jacquou le croquant* (*)

(1899). En dépit de leur mérite, ses trois autres ouvrages sont assez méconnus : *Nicette et Milou* (1901), *Le Pays des pierres* (1906), *Les Gens d'Aubéroque* (1907). Là, Eugène Le Roy fait œuvre de conteur. Tous ses récits valent avant tout par leur saveur de terroir. L'observation de la vie paysanne, dont le Périgord forme le cadre, demeure, dans sa justesse, profondément humaine.

A mon ami
ALCIDE DUSOLIER

1

Le plus loin dont il me souvienne, c'est 1815, l'année que les étrangers vinrent à Paris, et où Napoléon, appelé par les messieurs du château de l'Herm « l'ogre de Corse », fut envoyé à Sainte-Hélène, par-delà les mers. En ce temps-là, les miens étaient métayers à Combenègre, mauvais domaine du marquis de Nansac, sur la lisière de la Forêt Barade, dans le haut Périgord. C'était le soir de Noël; assis sur un petit banc dans le coin de l'âtre, j'attendais l'heure de partir pour aller à la messe de minuit dans la chapelle du château, et il me tardait fort qu'il fût temps. Ma mère, qui filait sa quenouille de chanvre devant le feu, me faisait prendre patience à grand'peine en me disant des contes. Elle se leva enfin, alla sur le pas de la porte, regarda les étoiles au ciel et revint aussitôt :

— Il est l'heure, dit-elle, va, mon drole[1]; laisse-moi arranger le feu pour quand nous reviendrons.

Et aussitôt, allant quérir dans le fournil une souche de noyer gardée à l'exprès, elle la mit sur les landiers et l'arrangea avec des tisons et des copeaux.

Cela fait, elle m'entortilla dans un mauvais fichu de laine qu'elle noua par derrière, enfonça mon bonnet tricoté sur mes oreilles, et passa de la braise dans mes sabots. Enfin ayant pris sa capuce[2] de bure, elle alluma le falot aux vitres noircies par la fumée de l'huile, souffla le chalel pendu dans la cheminée, et, étant sortis, ferma la porte au verrou en dedans au moyen de la clef-torte qu'elle cacha ensuite dans un trou du mur :

— Ton père la trouvera là, mais qu'il revienne.

Le temps était gris, comme lorsqu'il va neiger, le froid noir et la terre gelée. Je marchais près de ma mère qui me tenait par la main, forçant mes petites jambes de sept ans par grande hâte d'arriver, car la pauvre femme, elle, mesurait son pas sur le mien. C'est que j'avais tant ouï parler à notre voisine la Mïon de Puymaigre, de la crèche faite tous les ans dans la chapelle

---

1. *Drole* qui, dans le parler du Périgord, signifie *garçon. fille :* « un drole, une drole », s'écrit sans accent circonflexe sur l'o.
2. Capuchon taillé en pointe.

de l'Herm par les demoiselles de Nansac, qu'il me tardait de voir tout ce qu'elle en racontait. Nos sabots sonnaient fort sur le chemin durci, à peine marqué dans la lande grise et bien faiblement éclairé par le falot que portait ma mère. Après avoir marché un quart d'heure déjà, voici que nous entrons dans un grand chemin pierreux appelé *lou cami ferrat* c'est-à-dire le chemin ferré, qui suivait le bas des grands coteaux pelés des Grillières. Au loin, sur la cime des termes et dans les chemins, on voyait se mouvoir comme des feux follets les falots des gens qui allaient à la messe de minuit, ou les lumières portées par les garçons courant la campagne en chantant une antique chanson de nos pères, les Gaulois, qui se peut translater ainsi du patois :

Nous sommes arrivés,
Nous sommes arrivés,
A la porte des rics, (chefs)
Dame, donnez-nous l'étrenne du gui !...
Si votre fille est grande,
Nous demandons l'étrenne du gui !
Si elle est prête à choisir époux,
Dame, donnez-nous l'étrenne du gui !...
Si nous sommes vingt ou trente,
Nous demandons l'étrenne du gui !
Si nous sommes vingt ou trente bons à prendre femme,
Dame, donnez-nous l'étrenne du gui !...

Lorsque nous fûmes sous Puymaigre, une autre métairie du château, ma mère mit une main contre sa bouche et hucha[1] fortement :

1. Appeler en sifflant.

— Hô, Mïon!

La Mïon sortit incontinent sur sa porte et répondit :

— Espère-moi [1], Françou !

Et, un instant après, dévalant lentement par un chemin d'écoursière ou de raccourci, elle nous rejoignit.

— Et tu emmènes le Jacquou!... fit-elle en me voyant.

— M'en parle pas! il veut y aller que le ventre lui en fait mal. Et, avec ça, notre Martissou est sorti : je ne pouvais pas le laisser tout seul.

Un peu plus loin, nous quittions le chemin qui tombait dans l'ancienne route de Limoges à Bergerac, venant de la forêt, et nous suivîmes cette route un quart d'heure de temps, jusqu'à la grande allée du château de l'Herm.

Cette allée, large de soixante pieds, dont il ne reste plus de traces aujourd'hui, avait deux rangées de vieux ormeaux de chaque côté. Elle était pavée de grosses pierres, tandis qu'une herbe courte poussait dans les contre-allées où il faisait bon passer, l'été. Elle montait en droite ligne au château campé sur la cime du puy, dont les toits pointus, les pignons et les hautes cheminées se dressaient tout noirs dans le ciel gris.

Comme nous grimpions avec d'autres gens rencontrés en chemin, il commença de neiger

1. Autrement dit : attends-moi Françou !

fort, de manière que nous étions déjà tout blancs en arrivant en haut; et cette neige, qui tombait en flottant, faisait dire aux bonnes femmes : « Voici que le vieux Noël plume ses oies ». La porte extérieure, renforcée de gros clous à tête pointue pour la garder jadis des coups de hache, était ce soir-là grande ouverte, et donnait accès dans l'enceinte circulaire bordée d'un large fossé, au milieu de laquelle était le château. Cette porte était percée dans un bâtiment crénelé, défendu par des meurtrières, maintenant rasé, et, sous la voûte qui conduisait à la cour intérieure, un fanal se balançait éclairant l'entrée et le pont jeté sur la douve.

Au fond de l'enceinte de murs solides et à droite du château, on voyait briller les vitraux enflammés d'une chapelle qui n'existe plus; ma mère tua son falot et nous entrâmes.

Que de lumières! Dans le chœur de la chapelle, le vieil autel de pierre en forme de tombeau en était garni, et voici qu'on achevait d'éclairer la crèche de verdure faite dans une large embrasure de fenêtre. Après s'être signés avec de l'eau bénite, les gens allaient s'agenouiller devant la crèche et prier l'enfant Jésus qu'on voyait couché dans une mangeoire sur de la paille reluisante comme de l'or, entre un bœuf pensif et un âne tout poilu qui levait la tête pour attraper du foin à un petit râtelier. Que c'était beau! On aurait dit une croze ou grotte, toute garnie de mousse, de buis et de branches de sapin sentant bon. Dans la lumière amortie par la verdure sombre, la sainte Vierge, en robe bleue, était assise à côté de son nouveau-né, et, près d'elle, saint Joseph debout, en manteau vert, semblait regarder tout ça d'un œil attendri. Un peu à distance, accompagnés de leurs chiens, les bergers agenouillés, un bâton recourbé en crosse à la main, adoraient l'enfançon, tandis que, tout au fond, les trois rois mages, guidés par l'étoile qui brillait suspendue à la voûte de branches, arrivaient avec leurs longues barbes, portant des présents...

Je regardais goulûment toutes ces jolies choses, avec les autres qui étaient là, écarquillant nos yeux à force. Mais il nous fallut bientôt sortir du chœur réservé aux messieurs, car la messe était sonnée.

Ils entrèrent tous, comme en procession. D'abord le vieux marquis, habillé à l'ancienne mode devant[1] la Révolution, avec une culotte courte, des bas de soie blancs, des souliers à boucles d'or, un habit à la française de velours brun à boutons d'acier ciselés, un gilet à fleurs brochées qui lui tombait sur le ventre et une perruque enfarinée, finissant par une petite queue entortillée d'un ruban noir qui tombait sur le collet de son habit. Il menait par le bras sa bru, la comtesse de Nansac, grosse dame coif-

1. D'avant.

fée d'une manière de châle entortillé autour de sa tête, et serrée dans une robe de soie couleur puce, dont la ceinture lui montait sous les bras quasi.

Puis venait le comte, en frac à l'anglaise, en pantalon collant gris à sous-pieds, menant sa fille aînée qui avait les cheveux courts et frisés comme une drolette, quoiqu'elle fût bien en âge d'être mariée. Ensuite venaient un jeune garçon d'une douzaine d'années, quatre demoiselles entre six et dix-sept ans, et une gouvernante qui menait la plus jeune par la main.

Tout ce monde défila, regardé de côté par les paysans craintifs, et alla se placer sur des prie-Dieu alignés dans le chœur.

Et la messe commença, dite par un ancien moine de Saint-Amand-de-Coly, qui s'était habitué au château, trouvant le gîte bon, et servie par le jeune monsieur, blondin, chaussé de jolis escarpins découverts, habillé d'un pantalon gris clair et d'un petit justaucorps de velours noir, sur lequel retombait une collerette brodée.

Au moment de la communion, les femmes de la campagne mirent leur voile et attendirent. Les messieurs ne se dérangèrent pas : comme de juste, le chapelain vint leur porter le bon Dieu d'abord. Tous ceux qui étaient d'âge compétent communièrent, manque le vieux marquis, lequel, disaient les gens du château, par suite d'une grande imbécillité d'estomac, ne pouvait jamais garder le jeûne le temps nécessaire. Mais les vieux du pays riaient de ça, se rappelant fort bien qu'avant la Révolution il ne croyait ni à Dieu, ni au Diable, ni à l'Aversier, cet être mystérieux plus puissant et plus terrible que le Diable.

Après les messieurs, ce fut le tour des domestiques, agenouillés à la balustrade qui fermait le chœur, M. Laborie, le régisseur, en tête, avec sa figure dure et fourbe en même temps. Ensuite vinrent les bonnes femmes voilées, les paysans, métayers du château, journaliers et autres manants comme nous. Pour tous ceux qui étaient sous la main des messieurs, il fallait de rigueur communier aux bonnes fêtes, c'était de règle; pourtant ma mère n'y alla pas cette fois; mais on sut bien le lui reprocher puis après [1].

La messe finie, dom Enjalbert posa son ornement doré sur le coin de l'autel, et, la grille de la balustrade ayant été ouverte, on nous fit entrer tous dans le chœur pour prier devant la crèche. On chanta d'abord un noël ancien, entonné par le chapelain, ensuite chacun fit son oraison à part. Tout ce monde à genoux regardait pieusement le petit Jésus rose, aux cheveux couleur de lin, en marmottant ses prières, quand voici que tout d'un coup il ouvre les bras, remue les yeux, tourne la tête et fait entendre un vagissement de nouveau-né...

---

1. Plus tard.

Alors de cette foule de paysans superstitieux sortit discrètement un : « Oh! » d'étonnement et d'admiration. Ces bonnes gens, bien sûr, pensaient pour la plupart qu'il y eût là quelque miracle, et en restaient immobiles, les yeux écarquillés, badant, avec l'espoir que le miracle allait recommencer.

Mais ce fut tout. Lorsque nous sortîmes en foule, tout ce monde babillait, échangeant ses impressions. D'aucuns tenaient pour le miracle, d'autres étaient en doute, car de vrais incrédules point. Ma mère s'en fut allumer notre falot à la cuisine dont la porte ouverte flambait au bas de l'escalier de la tour. Quelle cuisine ! Sur de gros *contre-hatiers* [1] de fer forgé, brûlait un grand feu du *bois de brasse* devant lequel rôtissait un gros coq d'Inde au ventre rebondi, plein de truffes qui sentaient bon. Au manteau de la cheminée, un râtelier fait à *l'exprès* portait une demi-douzaine de broches avec leurs *hâtelets* [2], placés par rang de taille. Accrochées à des planches fixées aux murs, des casseroles de toutes grandeurs brillaient des reflets du foyer, au-dessous de chaudrons énormes et de bassines couleur d'or pâle. Des moules en cuivre rouge ou étamé étaient posés sur des tablettes, et encore des ustensiles de forme bizarre dont on ne devinait

1. Grand chenet de cuisine.
2. Hâtelets : Brochettes servant à fixer les grosses pièces de viande sur la broche.

pas l'usage. Sur la table longue et massive, des couteaux rangés par grandeur sur un napperon, et des boîtes en fer battu, à compartiments, pour les épices. Deux grils étaient là aussi, chargés, l'un de boudins, l'autre de pieds de porc, tout prêts à être posés sur la braise qu'une fille de cuisine tirait par côté de la cheminée. Il y avait encore sur cette table des pièces de viande froide et des pâtés qui faisaient plaisir à voir dans leur croûte dorée.

Ayant allumé son falot, ma mère remercia et donna le bonsoir à ceux qui étaient là. Mais les deux femmes seules le lui rendirent. Quant au chef cuisinier qui se promenait, leur donnant des ordres, glorieux comme un dindon, avec sa veste blanche et son bonnet de coton, il ne daigna tant seulement pas lui répondre.

Au-delà de la première porte, après avoir passé le pont, la Mïon de Puymaigre et d'autres nous attendaient : leurs falots ayant été allumés au nôtre, nous nous en allâmes tous.

Il neigeait toujours, « comme qui jette de la plume d'oie à grandes poignées », pour parler ainsi que les bonnes femmes, et la neige était épaisse d'un pied déjà, dans laquelle nos sabots enfonçaient. A mesure que les gens rencontraient leur chemin, ils nous laissaient avec un : « A Dieu soit ! ». A Puymaigre, la Mïon nous ayant quittés, nous suivîmes seuls notre route. Cette neige me lassait fort et, *tout au rebours*[1] de l'aller, je me faisais tirer par le bras.

— Tu es fatigué, dit ma mère : monte à la chèvre-morte.

Et, s'étant baissée, je grimpai à cheval sur son échine, entourant son col de mes petits bras, tandis qu'avec les siens elle ramenait mes jambettes en avant. Tout en allant, je lui faisais des questions sur tout ce que j'avais vu, principalement sur le petit Jésus :

— Est-ce qu'il est vivant, dis ?...

Ma mère qui était une pauvre paysanne ignorante, comme celle qui n'entendait pas seulement le français, mais femme de bon sens au demeurant, me fit comprendre que s'il avait remué, c'était par le moyen de quelque mécanique.

Et elle allait toujours, lentement, enfonçant dans la neige molle, me rehissant d'un coup de reins lorsque j'avais glissé quelque peu, et s'arrêtant de temps à autre pour secouer contre une pierre, ses sabots embottés de neige.

Un vent âpre s'était levé, faisant tourbillonner la neige qui tombait toujours *à force*. La campagne déserte était toute blanche; les coteaux semblaient couverts d'un grand linceul triste, comme ceux qu'on met sur la caisse des pauvres morts. Les châtaigniers, aux formes bizarres, marquaient leurs branches tourmentées par une ligne blanche. Les fougères poudrées de neige

1. Tout au contraire.

penchaient vers la terre, tandis que sur les bruyères, la *brande*[1] et les ajoncs, plus solides, elle s'amassait par places. Un silence de mort planait sur la terre désolée et l'on n'entendait même pas le bruit des pas de ma mère, amorti par la neige épaisse. Pourtant, comme nous entrions dans la lande du Grand-Castang, un crapaud-volant jeta dans la nuit son cri mal plaisant qui me fit frissonner.

Cependant, ma mère peinait fort à suivre le mauvais chemin perdu sous la neige. Des fois elle s'écartait un peu et, le connaissant, revenait incontinent, se guidait sur un arbre, une grosse touffe d'ajoncs, une flaque d'eau, gelée maintenant. Moi, bercé par le mouvement, malgré le froid, je finissais par m'endormir sur son échine, et mes bras gourds se dénouaient malgré moi.

— Tiens-toi bien! me disait-elle; dans un moment nous serons chez nous.

Malgré ça, j'avais peine à me tenir éveillé, lorsque tout à coup, à cent pas en avant, éclate un hurlement prolongé qui me fit passer dans la tête comme un millier d'épingles : « Hoû! oû... oû... oû... », et je vois une grande bête, comme un bien fort chien, aux oreilles pointues, qui gueulait ainsi en levant le museau vers le ciel.

— N'aie pas peur, me dit ma mère.

Et, m'ayant donné le falot, elle ôta ses sabots,

1. Brande : ensemble des plantes qui constituent le sous-bois des forêts de pins.

en prit un dans chaque main et marcha droit à la bête, en les choquant l'un contre l'autre à grand bruit. Ça n'est pas pour dire, mais lors, j'aurais fort voulu être couché contre elle, dans le lit bien chaud. Lorsque nous fûmes à une cinquantaine de pas, le loup se jeta dans la lande en quelques sauts, et nous passâmes, épiant de côté, sans le voir pourtant. Mais, un instant après, le même hurlement sinistre s'éleva en arrière : « Hoû! oû... oû... oû... », qui m'effraya encore plus, car il me semblait que le loup fût sur nos talons. De temps à autre, ma mère se retournait, faisant du tapage avec ses sabots, pour effrayer cette *male* [1] bête ; mais, si ça gardait le loup d'approcher trop, ça ne l'empêcha pas de nous suivre à une trentaine de pas, jusqu'à la claire-voie de notre cour. Ayant pris la clef-torte dans la cache, car mon père n'était pas rentré, ma mère fit jouer le loquet de dedans et referma vivement la porte derrière nous.

Au lieu du bon feu que nous pensions trouver, la souche était sur les landiers, toute noire, éteinte.

— Ah! s'écria ma mère, c'est méchant signe! il nous arrivera quelque malheur!

En farfouillant sous la cendre avec une brindille, elle trouva quelques braises, sur lesquelles elle jeta un petit fagot de menu bois, qui

1. Mal, e : mauvais, funeste.

flamba bientôt sous le vent du tuyau de fer qu'elle mit à sa bouche.

Lorsque je fus un peu réchauffé, n'ayant plus peur du loup, je dis :

— Mère, j'ai faim.

— Pauvre drole! il n'y a rien de bon ici... fit-elle, pensant au réveillon du château; et, découvrant une marmite, elle ajouta : — Te voici une *mique.*

Tout en mangeant cette boule de farine de maïs, pétrie à l'eau, cuite avec des feuilles de chou, sans un brin de lard dedans, et bien froide, je pensais à toutes ces bonnes choses vues dans la cuisine du château et, je ne le cache pas, ça me faisait trouver la mique mauvaise, comme elle l'était de vrai; mais, ordinairement, je n'y faisais pas attention. Oh! je n'étais pas bien gourmand en pensée, je *n'appétais* [1] pas la dinde truffée, ni les pâtés, mais seulement un de ces beaux boudins d'un noir luisant...

Pourquoi, là-haut, tant de bonnes choses, plus que de besoin, et chez nous de mauvaises miques froides de la veille ? Dans ma tête d'enfant, la question ne se posait pas bien clairement; mais, tout de même, il me semblait qu'il y avait là quelque chose qui n'était pas bien arrangé.

— Il te faut aller au lit, dit ma mère.

Elle me prit sur ses genoux et me dépouilla

1. Appéter : désirer avec ardeur.

en un tour de main. Aussitôt couché, je m'endormis sans plus penser à rien.

Lorsque je me réveillai, le lendemain, ma mère attisait le feu sous la marmite où cuisait la soupe, et mon père triait sur la table les oiseaux attrapés la nuit à la palette. Aussitôt levé, je vins le voir faire. Il y en avait une trentaine, petits ou gros : grives, merles, pinsons, verdiers, chardonnerets, mésanges, et même un mauvais geai. Mon père les assemblait, pour les vendre mieux, par cinq ou six, avec un fil qu'il leur passait dans le bec. Ayant fini, il mit toutes ces pauvres bestioles dans son havresac et le pendit à un clou, de crainte de la chatte. Cela fait, ma mère ayant taillé le pain *cependant*, fit bouillir la marmite et trempa la soupe. Il était un peu tôt, sur les huit heures, mais mon père voulait aller à Montignac vendre ses oiseaux. Ayant mis la soupière sur la table, ma mère nous servit d'abord, mon père et moi, puis elle ensuite, et nous nous mîmes à manger de bon goût, ayant faim tous trois, surtout mon père, qui avait passé presque toute la nuit dehors. Lorsqu'il eut mangé ses deux grandes assiettes de soupe, et bu, mêlée à un reste de bouillon, de mauvaise piquette gâtée, ma mère ôta les assiettes de terre brune, décrocha l'*oule*[1] de la crémaillère et versa sur la nappe de grosse toile grise les châtaignes

---

1. Marmite.

fumantes. C'est bon, les châtaignes blanchies lorsqu'elles sont *vertes*[1] ; lorsqu'elles ont passé par le séchoir, ça n'est plus la même chose. Mais quoi! il faut bien les manger sèches, puisqu'on ne peut pas les garder toujours vertes. Nous les mangions donc tout de même, avec des raves un peu grillées qui étaient au fond de l'oule, et triant les gâtées pour les poules. Lorsqu'il n'y eut plus de châtaignes, mon père but un plein gobelet de piquette, s'essuya les babines avec le revers de la main et se leva.

— Il te faudra me porter une paire de sabots, lui dit ma mère; j'ai fini d'écraser les miens en faisant peur à cette méchante bête de loup.

— Je t'en porterai, mais que je vende mes oiseaux, répondit mon père, car, autrement, je n'ai point de sous.

Et, prenant une petite baguette au balai de genêts, il la mit dans le vieux sabot de ma mère et la coupa juste à la longueur. Cela fait, il prit son havresac, mit la mesure dedans, décrocha le fusil au manteau de la cheminée, et s'en alla, laissant notre chienne qui voulait bien le suivre pourtant :

— Tu te perdrais là-bas, à Montignac.

Moi, je restai à me chauffer dans le coin du feu, mais bientôt, ne pouvant tenir en place, comme c'est l'ordinaire des petits *droles*, je sortis sur le pas de la porte. Il était tombé de la

1. Fraîches.

neige toute la nuit; dans notre cour, il y en avait deux pieds d'épaisseur, de manière qu'il avait fallu faire un chemin avec la pelle pour aller à la grange donner aux bestiaux. Du côté de la forêt, au loin, la lande n'était plus qu'une large plaine blanche, semée çà et là, de grandes touffes d'ajoncs, dont la verdure foncée s'apercevait au pied. Sur les coteaux, les maisons grisâtres, sous leurs tuilées chargées de neige, fumaient lentement. Là-bas, sur ma droite, j'apercevais le château de l'Herm avec ses tours noires coiffées d'une perruque blanche, comme le vieux marquis de Nansac. Devant moi, à une lieue de pays, les hauteurs de Tourtel, avec leurs arbres dépouillés et chargés de givre, cachaient le massif clocher de Rouffignac, où les cloches commençaient à *campaner* [1], appelant les gens à la messe. Un peu sur la droite, à demi-heure de chemin, la métairie de Puymaigre, les portes closes, semblait comme endormie au flanc du coteau, et en haut, tout en haut, dans le ciel couleur de plomb, des corbeaux battaient lourdement l'air de leurs ailes et passaient en couahnant.

Près de moi, le long du mur de notre cour, dans un gros tas de fagots, un rouge-gorge sautelait, cherchant un bourgeon desséché, ou, dans les trous du mur, quelque *barbote* [2] engourdie

1. Sonner.
2. Nom vulgaire de la loche.

par le froid; sous la charrette, nos quatre poules se tenaient tranquilles à l'abri. Le temps était toujours dur; un aigre vent de bise faisait poudroyer la neige sur la campagne ensevelie et coupait la figure : je rentrai vite m'asseoir dans le coin du foyer.

— Nous irons à la messe, mère ? demandai-je.

— Non, mon petit, il fait trop méchant temps, et puis nous y avons été cette nuit.

Je m'ennuyai bientôt de ne rien faire et de ne pouvoir sortir, car la maison, basse et délabrée, n'était guère plaisante. Il n'y avait qu'une chambre, pas bien grande encore, qui servait de cuisine et de tout, comme c'est assez l'ordinaire dans les anciennes métairies de notre pays. On n'y voyait guère non plus, car il n'y avait qu'un petit *fenestrou* fermant par un contrevent sans vitres, de manière que, lorsqu'il faisait mauvais temps et qu'il était clos, la clarté ne venait qu'un petit peu au-dessus de la porte et par la cheminée large et basse. Joint à ça que les murs décrépis étaient sales, et le plancher du grenier tout noirci par la fumée, ce qui n'était pas pour y faire voir plus clair.

Dans un coin, touchant la cheminée, était le grand lit de grossière menuiserie où nous couchions tous trois; et au pied du lit, à des chevilles plantées dans le mur, pendaient quelques méchantes hardes. Du côté opposé, il y avait un mauvais *cabinet*[1] tout troué par les vers, auquel il manquait un tiroir, et dont un pied pourri était remplacé par une pierre plate. Dans le fond, la *maie*[2] où l'on serrait le *chanteau*[3], sous la maie, une tourtière à faire des millas, et, à côté, un sac de *méteil*[4] à moitié plein, posé sur un bout de planche pour le garder de l'humidité de la terre. A l'entrée, près de la porte, était dressée l'échelle de meunier qui montait à la trappe du grenier, et, sous l'échelle, un *pilo* de bois pour la journée. Dans un autre coin était l'évier, dont le trou ne donnait guère de chaleur par ce temps de gel, et au milieu, une mauvaise table avec ses deux bancs. Aux poutres pendaient des épis de blé d'Espagne, quelques pelotons de fil, et c'était tout. La maison avait été pavée autrefois de petits cailloux, mais il y en avait la moitié toute dépavée, ce qui faisait des trous où l'on marchait sur la terre battue.

En ce temps dont je parle, je ne faisais pas guère attention à ça, étant né et ayant été élevé dans des baraques semblables; mais, depuis, j'ai pensé qu'il était un peu bien odieux que des chrétiens, comme on dit, fussent logés ainsi que des bêtes. Où c'est le pire encore, c'est lorsque la famille est nombreuse, et que tous, père, mère, garçons et filles, petits et grands, logent dans la

1. Cabinet : commode, meuble à tiroirs.
2. Maie : huche à pain.
3. Chanteau : morceau coupé d'un grand pain.
4. Méteil : mélange de seigle et de froment.

même chambre entassés dans deux ou trois lits, à trois ou quatre, en maladie comme en santé : tout ça n'est pas bien sain, ni convenable. Il n'est pas honnête, non plus que le père et la mère se dépouillent devant leurs enfants, les sœurs devant les frères. Et puis quand ces enfants prennent de l'âge, il n'est pas bonnement possible qu'ils ne s'aperçoivent pas de choses qu'ils ne devraient point voir, et ne surprennent des secrets qu'ils devraient ignorer.

Mais revenons : ma mère, me voyant tout de loisir et ne sachant que faire, coupa avec la serpe des petites bûchettes bien droites et me les donna :

— Tiens, fais des petites quilles, et tu t'en amuseras.

Je façonnai ces quilles de mon mieux, avec son couteau et, ayant fini, je les plantai, et me mis à tirer dessus avec une pomme de terre bien ronde, en manière de boule.

Cependant ce triste jour de Noël touchait à sa fin. Sur les quatre heures, mon père revint de Montignac; en entrant, il se secoua, car il était tout blanc, la neige tombant toujours, et posa son fusil dans le coin du foyer. Ensuite, ayant ôté son havresac, il en tira une paire de sabots jaunes, en bois de *vergne* [1], liés par un brin de vîme [2], et les posa à terre.

---

1. Vergne : aulne.
2. Osier.

Ma mère mit le pied dans un sabot, et dit :

— Ils m'iront tout à fait bien. Et que te coûtent-ils ?

— Douze sous... et six liards de clous pour les ferrer, ça fait treize sous et demi. J'ai vendu les oiseaux vingt-six sous, j'ai acheté un *tortillon* [1] pour le Jacquou, ça fait qu'il me reste onze sous et deux liards : te les voilà.

Ma mère prit les sous et alla les mettre dans le tiroir du cabinet.

Alors, mon père, ayant pris le tortillon dans la poche de dessous de sa veste, me le donna. Je l'embrassai, et je me mis à manger ce gâteau de paysan, après en avoir porté un morceau à ma mère, qui ne le voulut pas :

— Non, mon petit, mange-le, toi.

Ah! quel bon tortillon! j'ai depuis tâté de la tourte aux prunes, et même, une fois, du massepain, mais je n'ai jamais rien mangé de meilleur que ce premier tortillon.

Mon père me regardait faire avec plaisir, tout heureux de ce que j'étais content, le pauvre homme ! Puis il se leva, alla quérir dans le tiroir du cabinet un vieux marteau rouillé, et, revenant près du feu, se mit à ferrer les sabots. Lorsqu'il eut fini, il ôta les brides des vieux, et les posa aux neufs, après les avoir ajustées à la mesure du pied. Etant ainsi tout prêts, ma mère

1. Tortillon : de tortilla ? gâteau de maïs.

prit les sabots sur-le-champ, car elle n'avait autre chose à se mettre aux pieds.

Après ça, elle descendit de la crémaillère l'*oule* où cuisait pour le cochon, et, ayant vidé les pommes de terre dans un bac, les écrasa avec la pelle du foyer en y mêlant quelques poignées de farine de blé rouge. Puis, ayant laissé manger un peu notre chienne, elle porta cette baccade ou pâtée à notre porc, qui, connaissant l'heure, geignait fort en cognant son nez sous la porte de son étable.

La nuit noire venue, le chalel fut allumé, et ma mère, en ayant fini avec le cochon, découvrit la tourtière où cuisait un ragoût de pommes de terre pour notre souper. Après avoir goûté, elle y ajouta quelques grains de sel, et mit sur la table trois assiettes et trois cuillers de fer rouillées quelque peu. De gobelets elle n'en mit que deux, pour la bonne raison que nous n'en avions pas davantage : moi, je buvais dans le sien. Après cela, elle alla tirer à boire dans le petit cellier attenant à la maison, et, étant rentrée, mit la tourtière sur la table. De ce temps, mon père, revenu de la grange où il avait été soigner les bœufs, avait tiré de la maie une grande tourte plate de pain de méteil, seigle et orge, avec des pommes de terre râpées, et, après avoir fait une croix sur la *sole* avec la pointe de son couteau, se mit à l'entamer. Mais c'était tout un travail : cette tourte était la dernière de la fournée faite il y avait près d'un mois, de manière qu'elle était dure en diable, un peu gelée peut-être, et criait fort sous le couteau, que mon père avait grand'-peine à faire entrer. Enfin, à force, il en vint à bout ; mais, en séparant le chanteau, il vit qu'il y avait dans la mie, par places, des moisissures toutes vertes.

— C'est bien trop de malheur ! fit-il.

On dit : « blé d'un an, farine d'un mois, pain d'un jour » ; mais ce dicton n'était pas à notre usage. Nous attendions toujours la moisson avec impatience, heureux lorsque nous pouvions aller jusque-là sans emprunter quelques mesures de seigle ou de baillarge ; et pour le pain, nous ne le mangions jamais tendre : on en aurait trop mangé.

Si mon père se faisait tant de mauvais sang pour un peu de pain perdu, c'est qu'autrefois chez les pauvres on en était très ménager. Le pain, même très noir, dur et grossier, était une nourriture précieuse pour ceux qui vivaient en bonne partie de châtaignes, de pommes de terre et de bouillie de blé d'Espagne. Puis les gens se souvenaient de disettes fréquentes autrefois, et avaient ouï parler par leurs anciens de ces famines où les paysans mangeaient les herbes des chemins, comme des bêtes, ils se sentaient vivement le bonheur de ne pas manquer de ce pain sauveur. Aussi pour le paysan, ce pain, obtenu par tant de sueurs et de peines, avait quelque chose de sacré : de là ces recommandations incessantes aux petits droles de ne point le prodiguer.

Mon père resta un bon moment tout estomaqué, regardant fixement le pain gâté ; mais qu'y faire ?...

Il coupa donc trois morceaux de pain, ôtant à regret le plus moisi et le jetant à notre chienne, puis nous nous mîmes à souper. Il n'y avait pas grande différence entre notre ragoût et la pâtée du cochon : c'était toujours des pommes de terre cuites dans de l'eau ; seulement, dans notre manger, il y avait un peu de graisse rance, gros comme une noix, et du sel.

Avec un souper comme ça, on ne s'attarde pas à table ; pourtant nous y restâmes longtemps, car il fallait avoir de bonnes dents pour mâcher ce pain dur comme la pierre. Aussitôt que nous eûmes fini, ma mère me mena dehors, puis me mit au lit.

Ce mauvais temps de neige dura une dizaine de jours qui me semblèrent bien longs. C'est que ça n'est rien de bien plaisant que d'être enfermé toute une grande journée dans une maison comme la nôtre, noire et froide. Lorsqu'il fait beau, ça passe, on est tout le jour dehors sous le soleil, on ne rentre guère au logis que le soir pour souper et dormir, et ainsi on n'a pas le loisir de s'ennuyer. Mais par ce méchant temps, si je mettais le nez sur la porte, je ne voyais au loin que la neige et toujours de la neige. Personne aux champs, les gens étant au coin du feu, et les bêtes couchées sur la paillade, dans l'étable tiède. Cette solitude triste, cette campagne morte, sans un bruit, sans un mouvement, me faisait frissonner autant que le froid : il me semblait que nous étions séparés du monde ; et, de fait, dans ce lieu perdu, avec plus de deux pieds de neige partout, et des fois un brouillard épais venant jusqu'à notre porte, c'était bien la vérité. Pourtant, malgré ça, le matin, ayant donné à manger aux bœufs et aux brebis, mon père prenait son fusil et s'en allait avec notre chienne chercher un lièvre à la trace. Il en tua cinq ou six dans ces jours-là, car il était adroit chasseur et la chienne était bonne. Ce fut heureux ; nous n'avions plus chez nous que les onze sous et demi rapportés le jour de la Noël. Mais il lui fallait se cacher pour vendre son gibier et aller au loin, à Thenon, au Bugue, à Montignac, son havresac sous sa blouse, à cause de nos messieurs de Nansac qui étaient très jaloux de la chasse. Ces quelques lièvres, donc, mirent un peu d'argent dans le tiroir du cabinet, quoiqu'on ne les achetât pas cher, car il ne fallait pas penser de les vendre au marché, mais les proposer aux aubergistes, qui profitaient de l'occasion et vous payaient dans les vingt-cinq sous un lièvre pesant six ou sept livres. Dans la journée, lorsqu'il était rentré, mon père faisait des paniers en vîme blanc, des rondelles pour atteler les bœufs, avec de la guildalbre ou liane, des cages en bois et autres menus ouvrages comme ça, pour avoir quelques sous. Ça m'amusait un peu de le voir faire et de m'essayer à tresser un panier comme lui.

Quoique notre pain fût bien noir, bien dur, nous l'eûmes fini tout de même avant la fonte des neiges. Le meunier de Bramefont ne pouvant pas venir nous rendre notre mouture, nous ne pouvions pas cuire, de manière qu'il nous fallut aller emprunter une tourte à la Mïon de Puymaigre, qui nous la prêta avec plaisir, car c'était une bonne femme, encore que, des fois, elle mouchât bien un peu fort ses droles lorsqu'ils avaient mal fait.

Pour le dire en passant, cette tourte n'a jamais été rendue à la Mïon. La coutume veut que l'emprunteur du pain ne le rende pas de son chef ; c'est le prêteur qui doit venir le chercher, faisant semblant d'en avoir besoin. Mais la Mïon, par la suite, nous voyant dans la peine et le malheur, n'est jamais venue la demander.

Enfin le dégel vint, et les terres grises, détrempées, reparurent, laissant voir les blés verts qui pointaient sur les sillons. Lorsque la terre fut un peu *ressuée* [1], ma mère fit sortir les brebis, car la feuille que nous avions ramassée pour l'hiver était mangée et notre peu de *regain* [2] était presque fini. Elle m'emmena avec elle, touchant

1. Humide.
2. Herbe.

nos bêtes, vers les coteaux pierreux des Grillières, où poussait une petite herbe fine qu'elles aimaient fort. C'était dans l'après-midi ; un pâle soleil d'hiver éclairait tristement la terre dénudée, et un petit vent soufflait par moments, froid comme les neiges des monts d'Auvergne sur lesquels il avait passé. Mais, au prix du temps qu'il avait fait une dizaine de jours durant, c'était un beau jour. Ma mère et moi nous étions assis à l'abri du nord contre un de ces gros tas de pierres que nous appelons un *cheyrou ;* elle, filant sa quenouille, et moi, m'amusant à faire de petites maisons tandis que nos brebis paissaient tranquillement. Sur les trois heures, tandis que je mordais ferme dans un morceau de pain que ma mère avait porté, voici que nos brebis, effrayées par un chien, reviennent vers nous au galop et nous dépassent en menant grand bruit. S'étant levée pour les ramener, ma mère vit alors un garde de l'Herm, appelé Mascret, qui lui cria de s'arrêter. Lorsqu'il nous eut joints, sans aucune forme de salut, il lui dit de se rendre tout d'abord au château, où le régisseur voulait lui parler.

— Et que me veut-il de si pressé ? fit ma mère.

— Ça, je n'en sais rien, mais il vous le dira bien.

Et le garde s'en alla.

Nous fûmes vers les brebis qui s'étaient plantées à deux cents pas, regardant toujours le chien qui les avait effrayées, puis, les chassant devant nous et descendant le coteau, nous revînmes à Combenègre, d'où ma mère repartit pour l'Herm après avoir fermé les bêtes dans l'étable.

Lorsqu'elle fut de retour, à la nuit, mon père lui demanda :

— Et que te voulait-il, ce vieux coquin ?...

— Ah! voilà... d'abord, il m'a reproché de n'avoir pas fait mes dévotions le soir de Noël, comme les autres, ni même toi, qui n'avais pas tant seulement été à la messe, ce dont les dames n'étaient pas du tout contentes, et l'avaient chargé de me le dire. Après ça, il m'a dit que tu braconnais toujours, de manière que M. le comte ne trouvait plus de lièvres devers Combenègre, et qu'il te faisait prévenir de cesser et de te défaire de notre chienne. Enfin, il a ajouté qu'il nous fallait totalement changer de conduite, sans quoi les messieurs nous mettraient dehors.

— Nous ne sommes pas bien embarrassés pour trouver une aussi mauvaise métairie! fit mon père. Et autrement, il ne t'a rien dit ?

— Oh ! si, toujours sa même chanson : que lui n'était pour rien dans tout ça ; qu'il faisait la commission seulement. Au contraire, il nous portait beaucoup d'intérêt, et, si je voulais l'écouter, tout s'arrangerait : il nous mettrait dans la métairie des Fages, qui était bien bonne, et de plus il te donnerait du bois à couper dans la forêt tous les hivers, où tu gagnerais des sous...

— C'est ça ! et, du temps que je serais dans

les bois, il viendrait voir un peu aux Fages si le bétail profitait!... Et que lui as-tu répondu ?...

— Je lui ai répondu d'abord que, pour ce qui était de la communion, nous n'avions pas le temps d'aller nous confesser souvent, étant si loin ; que c'était bon pour les gens de loisir, mais que pour nous autres, c'était bien assez d'y aller une fois par an. Et puis, d'ailleurs, ai-je ajouté, si je vous écoutais, je ne pourrais pas même faire mes Pâques, car le curé ne voudrait pas me donner l'absolution.

— Mais, bête que tu es, a-t-il fait alors, est-ce qu'on a besoin de lui dire ça ?

— Ah ! la canaille ! s'écria mon père ; si jamais je le trouvais au milieu de la forêt, par là entre La Granval et le Gros-de-Mortier, il passerait un mauvais quart d'heure !

— Reste tranquille, il nous arriverait de la peine, dit ma mère ; tu sais bien que pour ça, il n'y a pas de danger.

Mon père ne répliqua rien et se mit à regarder le feu.

A ce moment-là, moi je ne comprenais pas grand'chose à cette conversation, et je mettais toute la colère de mon père sur le compte de la défense de chasser. Je savais bien, pour l'avoir ouï dire souvent chez nous, et à d'autres métayers du chateau, que M. Laborie était un homme dur, exigeant, injuste, qui trompait les pauvres gens tant qu'il pouvait, faisant sauter un louis d'or ou un écu, sur un compte de métayer, rapiant cinq sous à un misérable journalier, s'il ne pouvait faire davantage ; et puis, comme on ajoutait toujours, grand « chenassier », terme dont la signification m'était inconnue alors, et que je croyais vouloir dire autant comme : grand coquin ; mais c'était tout. Aujourd'hui, quand je pense à ce gueusard qui avait totalement *englaudé* la comtesse de Nansac en faisant le dévot, l'hypocrite, et qui était voleur, méchant, et « chenassier », comme disaient les gens, je ne puis m'empêcher de croire qu'il méritait ce qui est arrivé.

Environ quinze jours après cette conversation, tandis que ma mère triait des haricots pour mettre dans la soupe, voici venir M. Laborie à Combenègre. Il entra, fit : « Bonjour, bonjour », en m'avisant de côté, et demanda où était mon père.

— Il est à couper de la bruyère, répondit ma mère.

— Ou à braconner, plutôt ! répartit-il. Et ces bœufs, est-ce qu'ils profitent ?

Et, disant cela, il s'en fut à la grange. Ma mère me prit par la main et le suivit. Lorsqu'il eut vu les bœufs, M. Laborie fit sortir les brebis de l'étable et, tout en les regardant, il marmonait entre ses dents, pensant que je n'y prenais garde :

— Eh bien, tu ne veux donc pas être raisonnable ?... Voyons ! Je te porterai un joli mouchoir de tête de Périgueux, dis ?...

Ma mère ne lui ayant pas répondu ; après

avoir tourné, viré, M. Laborie s'en alla disant toujours sur le même ton :

— Tu t'en repentiras ! tu t'en repentiras !

Le surlendemain, tandis que nous mangions la soupe, vers le coup de neuf heures, la chienne gronda sous la table, et le garde Mascret, survenant, s'arrêta sur le pas de la porte :

— M. Laborie vous fait dire, par l'ordre de M. le comte, d'avoir à vous défaire de votre chienne, au premier jour ; si on la trouve encore ici, il la fera tuer.

— Que le bon dieu préserve M. le comte, et celui qui vous envoie, de commander ça ! — dit mon père en serrant les poings et en regardant Mascret, les yeux pleins de colère ; — et vous, n'en faites rien, sans quoi il arrivera un malheur !

— Pourtant, si on me le commande, il faudra bien que j'obéisse, dit le garde ; à votre place, moi je vendrais la chienne. M. le comte assure, que, d'après les anciennes lois, un paysan ne peut avoir de chien de chasse, qui n'aie le jarret coupé.

— C'est bon, fit mon père, rapportez-leur seulement ce que je vous ai dit.

Il y eut un moment de silence après le départ de Mascret, puis ma mère fit :

— Mon pauvre Martissou, le mieux, c'est de vendre la chienne, comme dit le garde ; le notaire de Ladouze te l'a demandée plusieurs fois, mène-la-lui : il t'en donnera bien quatre ou cinq écus peut-être, puisqu'elle est bonne pour suivre le lièvre.

— Je ne veux pas la vendre ! répondit mon père.

— Alors, mène-la chez ton cousin de Cendrieux : il te la gardera jusqu'à tant que nous partions d'ici, car nous ne pouvons plus y rester : il arriverait quelque chose.

— Femme, tu as raison, à ce coup, dit sourdement mon père : je l'y mènerai dimanche qui vient.

Le samedi, comme mon père liait les bœufs pour aller quérir de la bruyère, un individu à cheval, d'assez mauvaise figure, vint à Combenègre, entra dans la cour et, s'adressant à mon père :

— C'est vous Martissou le Croquant, le métayer de M. de Nansac ? dit-il.

— C'est moi.

— Alors, voilà un *acte de sortie* de la métairie.

Et il tendit le papier à mon père.

Lui, le prit, le déchira en mille morceaux et les jeta au nez de l'huissier.

— Tout ça se payera ! dit l'autre en ricanant.

Et il s'en alla bon train, parce que mon père avait pris son aiguillon un peu brusquement, de manière qu'il semblait vouloir s'en servir plutôt pour allonger un coup à l'huissier, que pour mener ses bœufs.

Depuis que nous avions reçu cet acte de sortie, et après que la chienne fut à Cendrieux, ma mère était plus tranquille. C'était l'affaire de quelques mois, et, à la Saint-Jean, nous quitterions cette mauvaise métairie où nous crevions de faim : surtout, nous ne serions plus exposés à quelque méchante affaire de la part de cette canaille de Laborie. Mais, quand un malheur est en chemin, il faut qu'il arrive : une nuit, nous entendîmes gratter à la porte avec de petits *ginglements*.

— C'est la chienne, fit mon père en allant ouvrir ; j'avais pourtant bien dit à mon cousin de la fermer et de l'attacher pendant quelques jours.

La chienne entra, traînant un bout de corde qu'elle avait coupée avec ses dents, et sauta après mon père en aboyant joyeusement.

Ma mère ne dormit pas du reste de la nuit, tracassée de cette affaire-là, et comme sentant approcher un malheur. Le matin, sur les neuf heures, nous finissions de manger la soupe, quand tout à coup la chienne sortit en aboyant, et, une seconde après, nous entendîmes un coup de fusil, et quelques plombs vinrent ricocher contre la porte ouverte, jusque dans la maison, l'un desquels blessa ma mère au front, ce qui lui fit jeter un cri. Mon père alors saute sur son fusil, écarte ma mère qui veut l'arrêter, et court dehors. Devant lui il voit la chienne étendue, morte, le sang lui sortant par la gueule, et, à l'entrée de la cour, Laborie qui rendait au garde son fusil déchargé.

— Ah ! canaille ! tu ne feras plus de misère à personne !

Et, avant que l'autre ait songé à se sauver, il épaule son fusil et l'étend raide mort.

Tandis que Mascret, pâle et lui-même plus mort que vif, ne savait où il en était, ma mère survenait avec de grands cris.

— Ah ! Martissou, qu'as-tu fait !

— C'est lui qui l'a cherché, répliqua mon père ; ça devait de toute force arriver.

Du temps qu'aidée du garde ma mère accotait Laborie contre un tas de bruyère, pour lui porter secours, mais bien inutilement, mon père rentre dans la maison, prend ses souliers, son gros bonnet de laine, passe le havresac en sautoir, met dedans un morceau de pain, sa corne à poudre, son sac à grenaille, m'embrasse, sort, son fusil à la main et tire vers la forêt.

Moi, je sortis aussi, ne voulant pas rester seul, et je fus rejoindre ma mère qui regardait piteusement ce corps étendu. Il était là, les yeux fixes, la bouche entr'ouverte comme pour crier, les bras retombés le long du corps : on voyait qu'il avait eu conscience de sa mort. Le garde avait défait son gilet et déboutonné la chemise pour se rendre compte, et, au milieu de la poitrine, dans les poils rouges qui foisonnaient,le coup avait presque fait balle, et la blessure, horrible à voir, saignait.

Pendant ce temps Mascret courait vers l'Herm, et sur son chemin semait la nouvelle, en sorte que les gens arrivèrent bientôt. Le premier qui vint, ce fut l'homme à la Mïon de Puymaigre ; il regarda tranquillement le mort et dit :

— Je plains Martissou et vous autres pour les conséquences ; mais quant à ce gueux-là, je ne le plains point : il n'a que ce qu'il a mérité cent fois !

Et tous ceux qui vinrent, des paysans de par là, dirent de même : « Il ne l'a pas volé ! » Ou bien : « C'est une canaille de moins ! » Et autres oraisons de ce genre. Mais peu après survint, grand train, le comte de Nansac, à cheval, avec son piqueur, et dom Enjalbert qui, n'étant pas trop bon cavalier, s'accrochait à sa selle : alors tout le monde se tut. Le comte regarda le corps un instant, puis demanda à ma mère comment c'était arrivé. Après qu'elle eut dit que mon père avait tiré sur Laborie, fou de colère parce qu'un plomb l'avait blessée et que sa chienne avait été tuée, M. de Nansac regarda la pauvre bête étendue au milieu de la cour et, reportant ses yeux sur son défunt régisseur, ne dit plus rien. Sans doute, il comprenait bien que son ordre brutal de tuer notre chienne avait amené mort d'homme, et que la responsabilité de cette mort remontait jusqu'à lui ; mais sur sa figure on n'y aurait rien connu. Il regardait le corps de Laborie froidement, comme il aurait regardé un loup porté bas par ses chiens. Au bout d'un moment, ses gens étant arrivés, il commanda de mettre le mort sur une civière qu'on avait été chercher, et tout le monde repartit.

Le lendemain, les gendarmes vinrent questionner ma mère sur la manière dont la chose s'était passée. Ils me faisaient grand peur, ces gendarmes, avec leur sabre pendu à leur baudrier jaune et le mousqueton attaché à la selle. C'était la première fois que j'en voyais, et tout, depuis leurs lourdes bottes jusqu'à leur grand chapeau bordé, me les faisait paraître extraordinairement à craindre. Aussi, tandis qu'ils étaient là, l'un à cheval sur le banc, interrogeant ma mère, l'autre debout appuyé sur son sabre, je me faisais tout petit dans un coin. Après qu'elle leur eut tout raconté, le plus vieux fit :

— Tout ça, c'est bien, mais maintenant dites-nous où est votre homme.

— Je le sais pas, répondit ma mère, mais quand même je le saurais, vous pensez bien que je ne vous le dirais pas.

— Il pourrait vous en cuire ! faites-y attention ! Voyons, il est revenu ici cette nuit ?

— Non.

— Pourtant, on nous l'a certifié.

— On vous a trompés, en ce cas.

Enfin, après avoir beaucoup tracassé ma mère, l'avoir pressée de questions, dans l'espoir qu'elle se couperait, et avoir tâché inutilement de l'effrayer, les gendarmes s'en furent, à mon grand contentement.

Le soir, sur les dix heures, un charbonnier que nous connaissions pour lui avoir quelquefois trempé la soupe chez nous, vint cogner à la porte. Ma mère s'étant vitement habillée lui ouvrit après qu'il se fût fait connaître, et lors il nous dit que mon père l'envoyait pour s'enquérir de la visite des gendarmes. Il ajouta qu'au reste il ne fallait pas s'inquiéter de lui, attendu qu'il était couché dans une cabane abandonnée, au plus épais des bois, dans un fond plein de ronces et d'ajoncs, entre la Foucaudie et le Lac Viel, où le diable n'irait pas le chercher. Seulement il avait besoin de sa limousine pour se couvrir la nuit.

Lui ayant donné la vieille limousine et la moitié d'une tourte de pain, ma mère chargea encore le charbonnier de beaucoup de bonnes paroles pour son homme, ensuite de quoi il s'en retourna.

Dans l'après-midi du jour suivant, les gens de la justice vinrent avec le comte de Nansac et des domestiques du château. Ils firent mettre Mascret et un autre dans l'endroit où il était avec Laborie, un autre encore à l'endroit d'où mon père avait tiré, comptèrent les pas et se remuèrent beaucoup dans la cour. Après ça, un vieux, qui avait une mauvaise figure d'homme, fit raconter à ma mère la manière dont ça s'était passé. Elle répéta ce qu'elle avait dit la veille aux gendarmes présents là avec ces messieurs, que c'était sur le coup de la colère, en la voyant blessée, elle, et sa chienne morte, que mon père avait tiré sur Laborie.

Tandis que ma mère parlait, le vieux tâchait de lui en faire dire plus qu'elle ne disait ; mais elle se défendait bien. Lorsqu'elle eut fini, il essaya de lui faire avouer que dès longtemps mon père projetait ce coup ; mais elle protesta que non, et s'en tint à ce qu'elle avait dit. Alors le vieux renard qui l'interrogeait, m'avisant dans un coin, fit signe à un gendarme :

— Amenez-moi cet enfant.

Lorsque je fus là, devant lui, il commença à me questionner d'un air dur, faisant la grosse voix, je compris bien, quoique tout jeune, que peut-être sans le vouloir, je pourrais lâcher quelque chose de conséquence contre mon père, et, pour éviter ça, je me mis à geindre et à pleurer. Il eut beau m'interroger en français que je ne comprenais pas, en patois qu'il parlait comme ceux de Sarlat, me menacer de la prison, me montrer une pièce de quinze sous, rien n'y fit, je ne lui répondis qu'en pleurant. Voyant ça, il se leva mal content, disant :

— Cet enfant est imbécile !

Et, passant la porte de la maison, ils s'en furent tous.

Quelques jours après, nous sûmes que les gendarmes faisaient une battue dans la forêt, avec les gardes du château, le piqueur, et aussi des paysans réquisitionnés la veille. Mais justement un de ceux-là s'en fut trouver Jean, le charbonnier, et fit prévenir mon père, qui, en pleine nuit noire, alla se coucher dans le *fénil* de cet homme, sûr qu'on ne viendrait pas le trouver là. — Et, en effet, les gendarmes et tout ce monde se retirèrent à la nuit, sans avoir rien trouvé que force lièvres, un renard et deux loups qui se sauvèrent, bien étonnés de voir tant de gens à la fois.

Le surlendemain, sur la mi-nuit, ma mère ouït gratter doucement à la porte et se leva ouvrir. Moi, je dormais, et je ne m'éveillai qu'au matin parce que mon père, avant de repartir, m'embrassait bien fort. Ma mère, les yeux brillants, sortit, fit le tour des bâtiments et revint, disant :

— Il n'y a personne.

— Adieu, donc, femme, dit mon père.

Et, prenant son fusil, il s'en alla.

Cette vie dans les bois dura quelques semaines. Tantôt d'un côté, tantôt de l'autre, mon père ne couchait guère jamais deux nuits de suite au même endroit, dans la même cabane. Les gens des maisons écartées, des villages autour de la forêt, le connaissaient et savaient bien qu'il n'était pas un coquin : puis Laborie était si détesté dans le pays, que tout le monde comprenait que, dans le mouvement de la colère, mon père eut fait ce coup, et nul ne l'en blâmait. Aussi, quoique bien des gens l'eussent trouvé en allant de grand matin couper un faix de bois dans les taillis, ou en se rendant au guet la nuit, par un beau clair de lune, personne n'en disait rien. Au contraire, s'il avait besoin de vendre un lièvre ou de faire porter quelque chose de Thenon ou de Louffignac, de la poudre à giboyer, de la grenaille, ou une chopine dans sa gourde, on lui faisait ses commissions ; même, des fois, il y en avait qui lui disaient : « Martissou, viens souper chez nous ; tu dormiras après dans un lit et ça te reposera, depuis le temps que tu l'as désaccoutumé. » Et il y allait, connaissant qu'il avait affaire à de braves gens.

Chez nous, il y venait bien, mais pas souvent, se méfiant que, de ce côté-là, on surveillait davantage. Et en effet, un matin, deux heures avant la pointe du jour, quatre gendarmes vinrent entourer la maison, croyant le surprendre, mais ils en furent pour leur chevauchée de nuit. Il ne passait guère de jour, non plus, que Mascret et l'autre garde ne vinssent rôder par là ; mais pour guetter autour de la maison après le soleil couché, ils n'osaient sachant qu'il n'aurait pas fait bon de rencontrer mon père. Je crois bien qu'ils auraient autant aimé tourner d'un autre côté, mais le comte, qui rageait froid de savoir mon père en liberté, les y forçait.

Ma mère, elle, ne vivait plus ; la pauvre femme, étant toujours dans les transes, ne mangeant guère et ne dormant quasi plus, tant elle craignait que son Martissou ne fût pris. Elle se disait que, de force, ça arriverait un jour, car d'espérer que jamais un mauvais hasard, ou la maladie, ou quelque canaille, peut-être, ne le ferait prendre, ça ne se pouvait bonnement. Et alors, la nuit, dans ses pensers pleins de fièvre, elle voyait la cour d'assises et la guillotine et gémissait longuement ; si elle s'endormait de fatigue, elle en rêvait encore et se plaignait toujours.

Il y avait un mois, tout près, que mon père était dans les bois, lorsque le comte de Nansac fit dire par ses gardes dans les villages, autour de la forêt, qu'il donnerait deux louis d'or à celui qui le ferait prendre. Comme il se doutait que Jean le charbonnier voyait « ce coquin de Martissou », et l'aidait à vivre, il lui en fit même proposer cinq.

— Ecoutez, Mascret! répondit Jean au garde qui lui faisait la commission, je ne sais pas où est Martissou, mais quand même je le saurais, ça n'est pas pour cinq louis, ni pour vingt, ni pour cent que je le vendrais. Dites ça à votre monsieur, et ne venez plus me parler de telle canaillerie.

Malheureusement, tout le monde n'était pas solide honnête homme comme Jean, et il ne faut pas s'étonner que parmi tant de braves gens du pays, il se soit trouvé un coquin. Quand je parle d'un, ça ne veut pas dire qu'il n'y eut par là des individus capables d'un mauvais coup, et en ayant fait : ça serait faire mentir le proverbe qui dit que la Forêt Barade ne fut jamais sans loups ni sans voleurs. Mais ceux-là mêmes qui auraient volé sur les grands chemins étaient honnêtes à leur manière : détrousser un homme, passe; pour le vendre, non.

Mais enfin le traître s'est trouvé. Il y avait aux Maurezies un homme pauvre appelé Jansou qui, toute l'année déjà, travaillait comme journalier au château de l'Herm. Ce Jansou avait cinq enfants, petits tous, l'aîné ayant neuf ans, qui demeuraient avec leur mère dans une mauvaise baraque de maison affermée deux écus par an, tandis que lui, tout le long de la semaine, couchait dans une grange, là où il était occupé. Il ne venait pour l'ordinaire aux Maurezies que le samedi soir et s'en retournait au travail le lundi matin. Comme bien on pense, avec les douze sous par jour que gagnaient les ouvriers de terre en ce temps-là, il avait peine à entretenir le pain à ses droles, car le seigle était cher alors, et la baillarge et le méteil. De blé froment il n'en fallait pas parler, on n'en mangeait que dans les bonnes maisons. Pour le reste, les droles de Jansou étaient à la charité, habillés de morceaux de vieilles hardes toutes rapetassées, de mauvaises culottes en guenilles percées à montrer la peau, et tenues sur l'épaule par un bout de corde. Avec ça, les pieds nus toute l'année, et couchant dans un coin de la cahute sur une mauvaise paillasse bourrée de fougères.

C'est à ce Jansou que, d'après l'ordre du comte,

le maître valet, qui remplaçait Laborie pour le moment, s'adressa. Le pauvre diable fit bien tout d'abord quelques difficultés, disant qu'il ne savait du tout où était Martissou; mais, lorsque l'autre l'eut menacé de ne plus lui donner de travail et lui eut parlé de deux louis d'or, qu'il pouvait gagner facilement en le faisant guetter par son drole l'aîné, il dit qu'il le ferait.

Ce drole, qui avait ses neuf ans, ainsi que je viens de le dire, était fin comme une belette, rusé comme un renard et méchant comme une guenon. Avec ça, il connaissait la forêt comme celui qui la courait toute l'année, dénichant les oiseaux, cherchant des manches de fouet dans les houx, et faisant des commissions pour les bûcherons et les charbonniers. Plusieurs fois il avait trouvé mon père et l'avait épié par curiosité maligne, mais sans pouvoir découvrir où était son gîte habituel, ce qui était difficile, au surplus, car il en changeait souvent, comme je l'ai dit.

Dans ce moment, le carnaval était proche, et, quoique d'ordinaire on s'en réjouisse, ma mère le voyait arriver avec crainte, sachant bien que son Martissou voudrait le faire en notre compagnie, et appréhendant qu'on ne profitât de l'occasion pour le prendre. Aussi lui manda-t-elle, par Jean, de ne pas venir ce soir-là, qu'il valait mieux attendre au lendemain, attendu que, le jour des Cendres, on ne se douterait de rien.

Le drole de Jansou, à qui son père avait fait le mot, pensant aussi que Martissou voudrait fêter le carnaval chez lui, s'était caché, le soir du mardi gras, dans les taillis près du carrefour de l'Homme-Mort, pour l'épier. A la nuit tombante, il l'ouït venir du fond des bois, et fut bien étonné lorsqu'il vit qu'il prenait le chemin de La Granval, au lieu de celui qui l'aurait mené à Combenègre. L'ayant suivi de loin, pieds nus, sans faire de bruit, il le vit entrer dans la maison où on l'avait convié.

C'était chez de braves gens à leur aise qui étaient fermiers dans le bien de famille du curé de Fanlac. La veille, la femme, peinée en pensant que le pauvre Martissou n'oserait pas aller chez lui, et ferait carnaval au profond des fourrés avec quelque morceau de pain, l'avait fait engager par son homme.

Aussitôt que la porte fut refermée, le drole s'en galopa prévenir son père, qui courut au château prévenir que Martissou était chez le Rey, de La Granval. Sur le coup, un homme à cheval part grand train avertir les gendarmes, qui laissent là leur souper et viennent en grande hâte.

A une centaine de pas de La Granval, ils donnent leurs chevaux à Jansou qui les attendait, et, à petit bruit, aidés des gardes de l'Herm, cernent la maison. Il était sur les onze heures du soir, tous ceux qui étaient là avaient bien festoyé et ils chantaient en trinquant avec du vin cuit, lorsque deux gendarmes poussèrent la porte brusquement et entrèrent.

Ce fut une grande surprise, comme on pense. Tandis que chacun s'écriait, mon père court à son fusil qu'il avait posé dans un coin; mais il se trouva qu'on l'avait ôté et mis sur un lit à cause d'un petit drole qui voulait s'en amuser. Alors il se lance vers la fenêtre et l'enjambe malgré les deux gendarmes qui le voulaient retenir, et tombe dans les mains des deux autres qui la gardaient. En un rien de temps, il fut enchaîné les mains derrière le dos, tandis que la femme du Rey pleurait et se lamentait disant d'une voix bien piteuse :

— Oh! mon pauvre Martissou! c'est moi qui en suis la cause; pardonnez-moi, je croyais bien faire!

— Non, non, Catissou, vous êtes une bonne femme et les vôtres sont de braves gens, mais j'ai été vendu par quelque canaille. Adieu à tous, et merci! cria-t-il comme on l'emmenait.

En arrivant à l'endroit où étaient les chevaux, mon père vit Jansou qui les tenait.

— Ah! c'est toi qui m'as vendu, gueusard!... Si jamais je sors, tu es sûr de ton affaire !

Là-dessus, les gendarmes lui attachèrent au cou une corde, que l'un d'eux tenait en main; puis, étant remontés à cheval, ils mirent le prisonnier entre eux et l'emmenèrent.

Cette canaillerie ne porta pas bonheur à Jansou. Une fois qu'il eut ses deux louis, lui qui n'en avait jamais vu, il se crut riche. Mais ils ne durèrent pas longtemps, car le nouveau régisseur du château mit les métayers dans les domaines tenus en réserve, de manière qu'il n'y eut plus d'ouvrage pour lui. Dans le pays, personne ne se souciait de le faire travailler, à cause de sa méchante action, et ainsi, bientôt ayant mangé les deux louis, lui et les siens prirent le bissac et disparurent. Encore aujourd'hui de ces côtés, lorsqu'on veut parler d'un homme à qui il ne faut pas se fier, on dit : « traître comme Jansou ».

Pour moi, c'est une canaille, sans doute; mais je trouve ceux qui, par argent et menaces, lui ont fait faire cette coquinerie, cent fois plus misérables que lui.

2

Ce qui doit arriver arrive. En apprenant l'arrestation de son homme, ma mère eut un profond soupir, comme si elle se mourait :

— O mon pauvre Martissou !

Moi, je me mis à pleurer, et, tout le jour, nous restâmes tous deux bien tristes et dolents. Elle était assise sur un petit banc, les mains jointes sur ses genoux, regardant fixement devant elle sans rien dire. Par moments, une pensée plus grièvement pénible lui faisait échapper une plainte :

— Mon pauvre homme, que vas-tu devenir ?

Le soir, comme elle n'avait pas songé à faire de soupe, la pauvre femme me coupa un morceau de pain que je mangeai lentement, après quoi nous fûmes nous coucher.

Nous n'étions pas au bout de nos peines. Le lendemain, le maître valet du château vint dire à ma mère qu'à cette heure elle ne pouvait plus faire marcher la métairie toute seule, et, que par ainsi il fallait nous en aller de suite, pour laisser la maison à celui qui nous remplaçait, à cause du travail en retard depuis deux mois tantôt.

Quoi faire ? où aller ? nous ne savions. En cherchant bien dans sa tête, ma mère vint à penser à un homme de Saint-Geyrac qui avait dans la forêt une tuilière, ou tuilerie, abandonnée depuis longtemps, où peut-être nous pourrions nous mettre, s'il le voulait. Le lendemain matin, de bonne heure, ma mère fit tomber du foin du fénil, en donna aux bœufs, et en laissa un tas pour le leur mettre dans la crèche à midi. Puis, ayant jeté un peu de regain aux brebis, elle rentra à la maison, me coupa un morceau de pain pour ma journée, et m'ayant embrassé, s'en alla vers l'homme de la tuilière en me recommandant bien de ne pas m'écarter.

Il n'y avait pas de danger à ça : où aurais-je été ?

Bientôt je sortis de la maison et je m'assis, sur une pierre devant la porte. Je restai là de longues heures, pensant à mon pauvre père, maintenant fermé dans une prison, et, de temps en temps, le pleurer me prenait. Quelle triste journée je passai là, ayant en face de moi les coteaux pelés des Grillières, où pas un arbre n'apparaissait, et, tout autour des bâtiments, les terres de la métairie environnées de grandes landes grises, au-delà desquelles, du côté du nord et du couchant, étaient les bois profonds. Par moments, fatigué d'être assis et de contempler cet horizon brumeux et désolé comme l'avenir que j'entrevoyais confusément dans mes idées d'enfant, je me levais et je faisais le tour de la maison, ou bien j'allais voir les bœufs, qui ruminaient tranquillement sur leur paillade et se dressaient en me voyant entrer. Je leur donnais quelques fourchées de foin, et je m'en retournais, épiant au loin sur les chemins si ma mère revenait. Dans leur étable, les brebis bêlaient, ayant faim, et, de temps à autre, je leur jetais une petite brassée de regain pour leur faire prendre patience.

Et je me rasseyais, regardant fixement la place où était tombé Laborie, qu'il me semblait voir encore, avec sa bouche ouverte, ses yeux épouvantés et la plaie sanglante de sa poitrine.

Sur les cinq heures, nos quatre poules revinrent des terres où elles avaient été picorer, et, après s'être un peu épouillées, se décidèrent à monter une à une la petite échelle de leur poulailler. Le jour baissait, et je commençais à m'inquiéter de ne pas voir arriver ma mère, lorsque pourtant mon oreille, habituée par la vie de plein air à ouïr de loin, reconnut son pas précipité venant du côté du couchant. Enfin elle arriva, harassée de fatigue, essoufflée, car elle s'était hâtée beaucoup, à cause de moi. Je courus à sa rencontre, et elle m'embrassa bien fort, comme si elle avait cru m'avoir perdu; puis nous entrâmes tous deux dans la maison noire.

En fouillant sous les cendres du foyer, ma mère trouva une braise, et finit par allumer le chalel à force de souffler. Puis, ayant fait du feu, elle pela un oignon, le coupa en petits morceaux, et mit la poêle sur le feu, avec un peu de graisse, la moitié d'une pleine cuiller : c'était tout ce qui restait à la maison. L'oignon étant frit, elle remplit la poêle d'eau, tailla le pain dans la soupière, et, lorsque l'eau eut pris le goût, elle la versa dessus. Ordinairement, chez les pauvres gens de nos pays, on mettait une pincée de poivre sur la soupe pour lui donner un peu de goût, mais nous n'en avions plus. Dire que ce méchant bouillon sur de mauvais pain noir faisait quelque chose de bon, ça ne se peut; mais c'était chaud, et ça valait encore mieux que du pain tout sec ou une pomme de terre froide : ayant mangé notre soupe, nous nous mîmes au lit.

L'homme de Saint-Geyrac avait dit à ma mère qu'elle pouvait aller demeurer à la tuilière, qu'il ne lui demandait rien, mais que la maison était en mauvais état. Avant de partir, il nous fallut prendre un homme pour faire l'estimation du cheptel avec le nouveau régisseur de l'Herm.

L'estimation faite, ma mère comptait qu'il nous devait revenir dans les dix écus; mais lorsqu'elle fut pour régler, il se trouva que c'était le contraire, que nous autres redevions une quarantaine de francs, comme le lui dit l'autre. Laborie nous avait marqué un demi-sac de blé dont ma mère n'avait aucune connaissance; il n'avait pas porté en compte tout le prix d'un cochon que nous avions vendu à Thenon, et, de plus, il avait omis d'inscrire l'argent de trois brebis que mon père lui avait remis. Il nous fallut donc quitter Combenègre soi-disant dans les dettes des messieurs.

Ce fut un rude coup pour ma pauvre mère. Nous n'avions qu'une trentaine de sous à la maison, un chanteau de six ou sept livres, quelque peu de pommes de terre et un fond de sac de farine de blé d'Espagne qui pesait bien dans les quinze livres : il n'y avait pas pour aller loin avec ça.

L'homme de la Mïon vint le lendemain avec sa charrette pour emporter nos affaires. Tout ça n'était pas lourd pour les bœufs : notre mauvais lit, le méchant cabinet, la table, les bancs, la maie, la barrique à piquette, une marmite, une oule, une tourtière, la poêle, un seau de bois et d'autres petites choses, comme la lanterne et la salière de bois. Tout ce misérable mobilier ne valait pas les quarante francs que nous étions censés redevoir aux messieurs de Nansac, par la canaillerie de ce Laborie qui nous faisait du mal jusqu'après sa mort.

La charrette prit d'abord le mauvais chemin qui allait vers le Lac-Viel, chemin pierreux où le chargement était fort secoué. L'homme de la Mïon avait apporté du foin pour faire manger ses bœufs, et ma mère m'avait assis dessus, derrière la charrette qu'elle suivait. Tandis que nous passions aux Bessèdes, deux femmes tenant leurs petits droles par la main, et un vieux assis sur une souche, nous regardaient passer. Dans les yeux de ceux d'âge, on sentait la compassion de nous voir nous en aller comme ça, seuls désormais, sans le père.

Tous ces pays maintenant sont pleins de chemins et de routes. On en a fait une de Thenon à Rouffignac, qui longe la forêt et la traverse sur la moitié de sa longueur; une autre qui la coupe en biais venant de Fossemagne et allant s'embrancher sur celle de Thenon près de la Cabane, et encore une troisième, plus vers le couchant, qui vient du côté de Milhac-d'Auberoche et joint aussi la route de Thenon à Rouffignac, entre Balou et Meyrignac : on peut donc passer la forêt facilement. Mais, en ce temps dont je parle, elle était bien plus grande qu'aujourd'hui, car depuis quatre-vingts ans on a beaucoup défriché, et il n'y avait lors de marqués que deux mauvais grands chemins longeant les lisières, que l'eau ravinait l'hiver et noyait dans les fonds, ou des sentiers sous bois fréquentés par les charbonniers et les braconniers. Peu après avoir dépassé les Bessèdes, l'homme de la Mïon quitta le chemin que nous suivions pour en prendre un autre. Pour dire la vérité, ça n'était pas un vrai chemin, mais un de ces passages tracés dans les bois par les roues des charrettes qui enlèvent les brasses dans les coupes. L'hiver, lorsque des endroits devenaient trop mauvais, on prenait à droite ou à gauche, et ainsi se traçaient de nouveaux passages dans toutes les directions, pistes douteuses qui s'entrecroisaient dans les landes et les bois. Dans les creux nous trouvions des fois des flaques d'eau jaunâtre qu'il fallait éviter, et, tantôt après, des ornières profondes d'un côté, et des bosses de l'autre qui faisaient pencher fortement la charrette, et causaient des ressauts violents lorsque le chemin redevenait brusquement plainier.

Nous marchions lentement, comme on peut aller avec des bœufs dans des chemins pareils. Le temps était gris et brumeux; il semblait que nous nous enfoncions dans le brouillard. L'homme de la Mïon s'en allait devant, appelant ses bœufs, les encourageant de la voix, et parfois les piquant de l'aiguillon. On voyait qu'il connaissait bien la forêt : rarement il hésitait pour prendre une sente qui coupait à droit celle que nous suivions, ou une autre qui, bifurquant d'abord insensiblement, finissait par s'en écarter tout à fait. Pourtant, dans des endroits où s'entrecroisaient de ces pistes effacées, il s'arrêtait quelquefois un instant, regardait autour de lui, s'orientait, et prenait sans se tromper la bonne direction. Cependant il nous dit qu'il n'avait pas été à la tuilière depuis une dizaine d'années de ça. Mais nous autres paysans, habitués à voyager de jour et de nuit dans des pays sans chemins, nous nous reconnaissons bien partout où nous avons passé une fois.

Il y en a d'aucuns peut-être qui seraient curieux de savoir pourquoi je dis toujours : « l'homme de la Mïon ». Voici : c'est que je ne l'ai jamais ouï nommer autrement chez nous. Je crois bien que sa femme l'appelait Pierre, mais, comme c'était elle qui portait culottes, tout le monde disait « l'homme de la Mïon ».

Sur les deux heures, après avoir traversé un taillis, la charrette déboucha dans une grande clairière entourée de bois. Au milieu, était la tuilière ou ce qui en restait. De loin, c'étaient des toitures à moitié écrasées, noircies par le temps, mais, de près, c'était un amas de ruines. Les hangars effondrés montraient encore quelques piliers de bois à demi pourris, supportant une partie de charpente où se voyaient quelques restes de la couverture de tuiles, à côté d'autres parties où les lattes brisées l'avaient laissé s'affaisser. Le four où l'on cuisait la brique et la tuile s'était écroulé, et, sur ses ruines, des érables poussaient des jets robustes. La maison n'était pas tout à fait en aussi mauvais état, mais de guère ne s'en fallait. Elle était bâtie en bois, en briques et en torchis; le tout maçonné avec de la terre grasse. Par l'effet du temps et des hivers, les murs s'étaient effrités, écaillés, déjetés comme ces pauvres vieux qu'on rencontre devers chez nous, courbés, tordus par la misère, le travail et les ans.

Des graines apportées par le vent avaient germé çà et là, dans les trous et les fentes des murs : pourpiers sauvages, artichauts de murailles, *scolopendres* [1] et perce-murs. La tuilée couverte de mousse sur laquelle pointait une herbe fine comme des aiguilles, avec quelques touffes de *joubarbe* [2] çà et là, tenait encore, excepté à un bout où elle s'était écrasée. A travers ce trou grand comme un drap de lit, on voyait, soutenus par une panne, des chevrons sur lesquels étaient encore cloués des morceaux de lattes. Autour de la maison et de la tuilière, tout était plein de débris de tuiles, de briques et de décombres entassés sur lesquels poussaient, gourmandes, ces plantes rustiques qui foisonnent dans les lieux abandonnés et sur le bord des vieux chemins où l'on ne passe plus. Là se serraient, drues et vivaces, des menthes à l'âcre odeur, des carottes sauvages, des choux-d'âne, des morelles, des mauves, des chardons à tête ronde que nous appelons des peignes, et vingt espèces encore. Plus au loin dans la clairière,

---

1. Fougères.
2. Plante grasse.

les fouilles pour l'extraction des terres avaient laissé des trous où l'eau verdâtre croupissait, et des amoncellements pareils à de grandes tombes sur lesquels çà et là de maigres ajoncs avaient poussé, rares dans la mauvaise terre. Tout cet ensemble avait un aspect de ruine et de désolation qui serrait le cœur. On eût dit un vieux champ de bataille abandonné après l'enfouissement précipité des morts.

En embrassant d'un regard toutes ces tristes choses, ma mère eut un petit frisson, un triboulement comme nous disons, et ses yeux se reportèrent sur moi. Mais, comme c'était une femme de grand cœur, elle entra fermement dans la maison où je la suivis, tandis que l'homme de la Mïon défaisait la corde du chargement.

Quelle maison! Celle de Combenègre était bien nue, bien noire, bien triste, mais c'était une maison bourgeoise en comparaison de celle-ci. Lorsque la porte fut poussée, qui ne tenait plus que par un gond, elle se montra dans tout son délabrement. Aux murs, par endroits, une crevasse laissait voir le jour extérieur, ou donnait passage à une plante qui perçait de dehors. Le foyer était grossièrement construit à la façon de ceux des cabanes qu'on fait dans les terres. Point de grenier; en haut dans un coin, sur les solives, des planches, brutes, mises là pour sécher et oubliées, faisaient une espèce de plancher mal joint, juste à peu près pour abriter un lit. Partout ailleurs on voyait la tuilée, et, dans le coin découvert, le ciel. Par ce trou, les pluies d'hiver avaient fait un petit bourbier dans la terre battue.

Ayant contemplé ça sans rien dire, ma mère ressortit pour aider l'homme à décharger le mobilier. Pour le faire plus aisément, lui se coula entre les bœufs et souleva le timon, tandis qu'elle ôtait la cheville de fer qui passait dans les rondelles, et appelait les bœufs. L'homme alors posa doucement le timon à terre et, sur ce timon ainsi incliné, aidé de ma mère, il fit glisser tout bellement le châlit, le cabinet, et le reste. Moi, pendant ce temps, je portai la brassée de foin devant les bœufs. Lorsque tout fut placé dans la maison, ma mère tira d'un panier le chanteau plié dans une *touaille* [1], puis le posa sur la table avec la salière et un oignon qu'elle prit dans la tirette. Après ça, elle voulut remplir de piquette le pichet, mais le peu qui restait dans la barrique, à force d'avoir été secoué, était comme de la boue : elle sortit donc pour aller chercher de l'eau. Dans ce temps l'homme de la Mïon fit une *frotte* [2], et, assis sur le banc, mangeait lentement, coupant le pain à taillons et croquant l'oignon trempé dans le sel, à petites tranches.

Ayant achevé, il ferma son couteau, but la moitié d'un gobelet d'eau et se leva. Ma mère

1. Serviette.
2. Tartine frottée d'ail.

lui aida à atteler les bœufs; il prit son aiguillon, répondit aux remerciements que ça n'était rien, nous donna le bonsoir, et, reprenant son chemin, traversa lentement la clairière et disparut dans les bois.

Lorsque nous fûmes seuls, ma mère me prit et m'embrassa longuement, me serrant par reprises contre sa poitrine. Ce moment de peine un peu passé, elle se mit à faire le lit et finit d'arranger du mieux possible notre pauvre mobilier. Cela fait, nous allâmes chercher du bois. Aux alentours il n'en manquait pas, et nous en eûmes bientôt assemblé un bon tas. Sous les hangars, il y avait des débris de charpente qui nous servirent bien aussi. Mais ça n'était pas une affaire commode que de faire du feu. En ce temps-là, les allumettes chimiques étaient inconnues, du moins dans nos pays, et nous conservions le feu sous la cendre, ordinairement. Quelquefois, lorsqu'il se trouvait éteint, il fallait en aller quérir dans un vieux sabot, chez les voisins qui en donnaient de bonne grâce, à charge de revanche. Il n'y avait que les aubergistes, dans les bourgades, qui le refusaient les jours de fête ou de foire, parce que ça portait malheur. Quelquefois il fallait courir assez loin, comme nous autres qui allions chez la Mïon de Puymaigre; mais ici nous ne connaissions ni le pays, ni les voisins. Heureusement, il y avait dans le tiroir du cabinet des pierres à fusil que mon père ramassait lorsqu'il en trouvait et taillait pour s'en servir au besoin. Ma mère en prit une, et à force de battre contre avec la lame de son couteau fermé, elle finit par mettre le feu à un morceau de vieille chiffe bien écharpillée. Cette pincée mise dans une poignée de mousse sèche, ramassée sur le bois mort, lui communiqua le feu, et bientôt, avec des feuilles mortes, des herbes et des brindilles, en soufflant ferme, la flamme brilla dans l'âtre.

Le feu ainsi allumé, il fallut aller à l'eau. En cherchant bien dans les environs, nous trouvâmes l'ancienne fontaine dont se servaient les tuiliers. Pour dire le vrai, c'était une mauvaise fontaine suintant un peu l'hiver, et, l'été, gardant seulement l'eau des pluies. Elle ne différait guère du trou où ma mère avait pris l'eau pour faire boire l'homme à la Mïon, étant pour lors demi-comblée et pleine de joncs qui sortaient de l'eau blanchâtre. Impossible d'y puiser de l'eau avec la seille : il nous fallut la remplir avec le pichet. Revenus à la cahute, ma mère garnit l'oule de pommes de terre, et la mit sur le feu pour notre souper.

Le soir, après avoir mangé deux ou trois pommes de terre à l'étouffée avec un peu de sel, lorsqu'il fut question de nous coucher, ma mère vit qu'il n'y avait jamais eu de serrure ou de verrou à la porte. On la fermait de dedans à l'ancienne manière avec une barre qui, entrant dans deux trous de chaque côté du mur, maintenait le battant. Voyant ça, ma mère tailla avec la serpe un bout de bois de longueur, l'ajusta bien, et ainsi ferma solidement, après quoi nous allâmes au lit.

Je crois bien qu'elle ne dormit guère de la nuit, bourrelée par l'idée de mon pauvre père, prisonnier à Périgueux, que la guillotine ou les galères attendaient. Pour moi, qui ne voyais pas toutes les conséquences de ce qu'il avait fait, après avoir un peu regardé les étoiles qu'on apercevait du lit, par le trou de la toiture, je m'endormis lourdement.

Outre ses chagrins par rapport à mon père, ma mère se tourmentait aussi en pensant à moi et à ce que nous allions devenir. Les riches, lorsqu'ils ont des peines, peuvent y songer à leur aise et se donner tout entiers à leur douleur; mais les pauvres ne le peuvent point. Il leur faut avant tout affener[1] pour vivre, et gagner le pain des petits enfants. Au malheur qui les frappe vient s'ajouter celui de la pauvreté qui ne leur laisse pas même le loisir de pleurer; aussi, nous autres paysans sommes-nous, pour l'ordinaire, sobres de larmes. On ne nous voit guère rire bien fort non plus, n'ayant pas souvent sujet de le faire; nous rions comme saint Médard, du bout des lèvres, nous souvenant du proverbe : « Trop rire fait pleurer. »
Dès le lendemain, ma mère s'inquiéta de trou-

1. Alimenter le bétail.

ver du travail. Après avoir mangé un peu, nous partîmes pour le Jarripigier, où l'homme de la Mïon lui avait dit que peut-être elle trouverait des journées chez un nommé Maly, qui avait des terres à faire valoir et employait souvent des journaliers. Après avoir marché longtemps, nous voici chez ce Maly, qui n'était pas là. Mais sa femme nous dit qu'il n'avait besoin de personne pour le moment, et il fallut donc nous en retourner. En passant par les villages sur la lisière de la forêt, ma mère demandait aux gens où elle pourrait avoir du travail. Aux Lucaux, un vieux qui se chauffait au soleil, le long d'un mur, nous dit qu'à Puypautier, chez un riche paysan appelé Géral, elle pourrait trouver quelques journées pour travailler aux vignes ou sarcler les blés. Arrivés dans le village, un drole nous fit voir une grande vieille maison où justement Géral était en ce moment. Lorsque sur sa demande, ma mère lui eut dit qu'elle était la femme de Martissou, de Combenègre, la servante qui était là fit : « Oh! Sainte Vierge! » en nous regardant d'un air pas trop engageant. Mais Géral, l'ayant fait taire, dit à ma mère qu'il lui donnerait huit sous par jour, et qu'elle pourrait venir dès le lendemain.

Lors elle le remercia, et lui répondit que, ne pouvant m'abandonner seul à la tuilière au milieu des bois, elle le priait, si ça ne le dérangeait pas, de me laisser venir, et qu'il la payerait moins, en ce que je serais nourri aussi.

— Eh bien, amène ton drole, dit le vieux Géral, qui n'avait pas l'air d'un mauvais homme; et, au lieu de huit sous, je t'en donnerai cinq.

Le lendemain donc, nous fûmes de bonne heure à Puypautier, et, tandis que ma mère ramassait les sarments dans les vignes avec une autre femme, moi je m'amusais par-là, avec la drole de la servante à Géral, qui gardait la chèvre et les oies et s'appelait Lina.

A neuf heures, la mère de Lina nous appela tous pour déjeuner. Il y avait sur la table un grand plat vert où fumait une bonne soupe avec des pommes de terre et des haricots dessus en quantité. Il y avait longtemps que je n'en avais mangé d'aussi bonne, et, sans doute, les autres la trouvaient à leur goût aussi, car Géral, son domestique, l'autre femme et la servante, tout le monde y revint, moins ma mère que le chagrin empêchait de manger beaucoup. Cette servante coupait le farci, comme on dit, chez Géral qui était un vieux garçon; et, quoique je sache bien qu'elle seule fit renvoyer ma mère, on ne peut lui ôter ceci, que sa soupe était bonne : c'est bien vrai que, dans la maison, il y avait tout ce qu'il fallait pour ça.

Tout en déjeunant, Géral encourageait ma mère et lui disait que, Laborie étant connu de tout le monde comme un mauvais homme, ou, pour mieux dire, un coquin, mon père serait peut-être acquitté. Mais elle secouait la tête tristement.

— Voyez-vous, Géral, il y a des gens trop riches contre nous et qui ont le bras long; les messieurs de Nansac feront tout ce qu'ils pourront pour le faire condamner.

— C'est bien ça, firent les autres.

— En tout cas, ma pauvre, reprit Géral, il te faut manger pour te soutenir; autrement, tu te rendrais malade, et alors que deviendrait ton drole ?...

— Vous avez bien raison, répondait ma mère en s'efforçant de manger à contre-cœur.

Ce que c'est que les enfants! j'aimais bien mon père, pour sûr, mais à l'âge que j'avais on se laisse distraire aisément. Tout le long du jour, j'étais avec Lina, par les chemins bordés de haies épaisses de ronces, de sureaux et de buissons noirs, contre lesquelles la chèvre se dressait parfois pour brouter. Tandis que les oies paissaient l'herbe courte sur les bords du chemin, je les regardais faire curieusement. Lorsqu'elles étaient saoules, elle se mettaient sur le ventre, et, de temps en temps, piaulaient entre elles comme si elles se fussent dit leurs idées. De vrai, lorsqu'on voit ces bêtes, et tant d'autres d'ailleurs, avoir un cri particulier, un son de voix différent, une manière tout autre de jaser, dans des occasions diverses, on ne peut pas s'empêcher de croire qu'elles se comprennent. Ainsi, lorsque le gros jars de Lina, tranquille, les pattes repliées sous lui, la tête haute, l'œil brillant, faisait tout doucement à ses oies reposant autour de lui : « *Piau, piau, piau,* » il me semblait qu'il leur dit : « Il fait bon ici, le jabot plein. » Et, lorsqu'une oie répondait sur le même ton : « *Piau, piau, piau* », je me pensais qu'elle devait dire : « Oui, il fait bon ici ». Puis, quand venait dans le chemin un chien étranger, ou quelqu'un qui n'était pas du village, le mâle le signalait de loin par un cri perçant comme un appel de clairon, en se dressant sur ses pattes, imité aussitôt par toutes les oies qui répétaient son cri, comme pour dire : « Nous avons compris! ». Et alors, il leur disait quelque chose comme : « Il faut se retirer »; à quoi elle répondaient brièvement : « Oui », et se mettaient en marche vers la basse-cour, lui à l'arrière-garde, l'œil et l'ouïe attentifs, sérieux comme un âne qui boit dans un seau, avec la plume qui le bridait en lui traversant les nasières.

Je disais ça quelquefois à Lina, mais elle se moquait de moi en riant, et disait que j'étais aussi innocent que les oies, de croire des choses comme ça : mais ça n'était pas de méchanceté et ne m'empêchait point de l'affectionner beaucoup et de l'embrasser souvent.

Une douzaine de jours se passèrent ainsi à m'amuser avec Lina, lorsqu'un soir, après souper, Géral donna à ma mère les sous de ses journées, et lui dit qu'il n'avait plus besoin d'elle pour le moment. Il était un peu honteux en disant ça, comme quelqu'un qui ment; et, en effet, il y avait encore du travail assez. Mais, à ce que nous dit l'autre femme qui travaillait avec ma mère, la servante lui faisait tant de train à cause d'elle que, pour avoir la paix, il la renvoya. Ayant reçu deux pièces de trente sous, ma mère les noua dans le coin de son mouchoir, remercia Géral, et puis nous nous en fûmes tristement, elle inquiète de l'avenir, moi désolé de quitter Lina.

Le lendemain, il fallut recommencer à courir les villages autour de la forêt pour chercher des journées. Mais lorsque, le soir venu, nous fûmes de retour à la tuilière sans avoir rien trouvé, j'étais bien las, tellement las que ma mère se désolait, ne sachant comment faire, me laisser seul, ou me traîner toute une journée après elle. Moi, le matin, la voyant en cette peine, je lui dis que j'étais reposé et que je marcherais bien. Là-dessus, nous voilà en route, cheminant doucement, nous arrêtant de temps en temps, elle me portant quelquefois, malgré que je ne voulusse pas. Cela dura trois ou quatre jours comme ça, pendant lesquels nous ne profitions guère, nous crevant à chercher inutilement du travail et n'ayant plus le bon ordinaire de chez Géral, lorsqu'un soir, en passant à la Grimaudie, un homme nous dit que le maire de Bars nous mandait d'y aller sans faute le lendemain.

Nous voici donc partis le matin, et, sur les neuf heures, nous arrivions dans l'endroit. Une femme qui épouillait son drole devant la porte, écachant [1] les poux sur un soufflet, nous montra la maison. Ayant cogné, ma mère ouvrit la porte lorsqu'une grosse voix nous eut crié d'entrer.

Un chien courant, maigre comme un pic, qui dormait devant le feu, se lança sur nous en aboyant.

— Tirez! tirez! lui cria la même voix rude, sans pouvoir le faire taire.

Dans le coin du feu, sur un fauteuil paillé, il y avait, les coudes sur ses genoux, une vieille, très vieille, à la tête branlante, qui pouvait avoir cent ans, et nous regardait par côté d'un œil mort. Lui, le maire, était là aussi, dans sa cuisine, un pied sur un banc, attachant un éperon à son soulier, car c'était un mardi, et il allait partir pour le marché de Thenon.

Lorsqu'il eut attaché son éperon, il jeta un grand coup de pied au chien, qui jappait toujours, et le fit se cacher sous la table. Ma mère lui ayant alors expliqué qu'elle venait céans sur son commandement, il lui dit brusquement :

— Alors, c'est toi la femme de Martissou ?

— Oui, bien, notre monsieur.

— Cela étant, il te faudra te rendre à Périgueux d'aujourd'hui en quinze, sans faute : on va juger ton homme. Voilà l'assignation! ajouta-t-il en prenant un papier dans une tirette.

— Mon Dieu, comment ferons-nous ? disait ma mère sur le chemin, en nous en retournant.

1. Ecrasant.

Et en effet, sur les trois francs que lui avait donnés Géral, il avait fallu acheter une tourte de pain, de sorte qu'il ne nous restait presque rien. Moi, voyant combien elle se tourmentait à cause de ça, je me faisais du mauvais sang de ne pouvoir lui aider, lorsqu'un matin, rôdant par-là sur la lisière de la forêt, je trouvai dans un sentier un lièvre étendu, tué la veille d'un coup de fusil sur l'échine, car la blessure était toute fraîche. Je le ramassai, et m'en courus à la maison, tout content de le porter à ma mère. Comme il n'était pas possible de savoir qui l'avait tué, elle le vendit, le mardi d'après, à Thenon, avec nos deux poules que nous avions eues en partage à Combenègre, afin de faire un peu d'argent pour notre voyage.

Le jour arrivé qu'il nous fallait partir, nous avions dans un fond de bas, attaché avec un bout de gros fil, un peu plus de trois francs en sous et en liards. Ma mère mit le reste du chanteau dans le havresac de mon père, que le Rey nous avait rendu avec son coûteau, le passa sur son épaule en bandoulière, prit un bâton d'épine, et nous partîmes après avoir attaché la porte à un gros clou avec une corde pour la tenir fermée.

Nous n'étions pas trop bien habillés pour monter en ville. Ma mère avait un mauvais cotillon de droguet, une brassière d'étoffe brune toute rapiécée, un mouchoir de coton à carreaux jaunes et rouges sur la tête, des chausses de laine brune et des sabots. Moi, j'avais aussi des sabots aux pieds, puis un bonnet et des bas tricotés, un pantalon trop court, pareil au cotillon de ma mère, bien usé, et une veste faite d'un vieux sans-culotte de mon père.

Il y en a sans doute qui demanderont ce que c'est qu'un sans-culotte.

Eh bien, ça n'est pas autre chose que la carmagnole du temps de la Révolution, sorte de veste assez courte et à petit collet, droit comme ceux des vestes des soldats. Dans nos pays, ce vêtement des bons patriotes a pris, je ne sais pourquoi, le nom de ceux qui le portaient.

Reprenons.

Notre chemin était de traverser la forêt en allant vers le Lac-Gendre, et nous prîmes cette direction, après nous être déchaussés pour cheminer plus à l'aise sur les sentiers des bois. Du Lac-Gendre, nous fûmes passer à la Triderie, puis à Bonneval, et enfin à Fossemagne, où nous trouvâmes la grande route de Lyon à Bordeaux achevée depuis peu.

A la sortie de Fossemagne, ma mère me fit asseoir sur le rebord du fossé pour me reposer un peu. Une demi-heure après, nous voilà repartis, marchant doucement en suivant l'accotement de la route, moins dur pour les pieds que le milieu de la chaussée. La pauvre femme, bourrelée par l'idée de ce qui attendait mon père ne parlait guère, me disant seulement quelques paroles d'encouragement, et me prenant des fois par la main pour m'aider un peu. Nous ne rencontrions presque personne sur la route; quelquefois un homme cheminant à pied, portant sur l'épaule, avec son bâton, un petit paquet plié dans un mouchoir; ou bien un voyageur sur un fort roussin, le manteau bouclé sur les fontes de sa selle, qui laissaient voir les crosses de ses pistolets ; et derrière, attaché au troussequin[1], un porte-manteau de cuir, fermé par une chaînette avec un cadenas. De voitures, on n'en voyait pas comme aujourd'hui sur les routes : les gens richissimes seuls en avaient. A une petite demi-lieue de Saint-Crépin, nous entrâmes dans un boqueteau de chênes pour faire halte. Ma mère me donna un morceau de pain que je mangeai avec appétit, tout sec et noir qu'il était ; après quoi, m'étendant sur l'herbe je m'endormis profondément.

Lorsque je m'éveillai, le soleil avait tourné du côté du couchant, et je vis ma mère assise contre moi. Me voyant réveillé, elle se leva, me tendit la main, et après m'être un peu étiré, je me levai aussi pour repartir.

En passant à Saint-Crépin, je bus à une fontaine qui coulait dans un bac de pierre, près du relais de poste, et, m'étant ainsi bien rafraîchi, je continuai à marcher vaillamment m'efforçant un peu pour faire voir à ma mère que je n'étais pas trop fatigué. Et c'est la vérité

1. Pièce postérieure relevée de l'arçon de la selle.

que je ne l'étais pas trop ; seulement, les pieds me cuisaient un peu, car ce n'était plus la même chose de marcher nu-pieds sur une route chauffée par le soleil ou sur la fraîche des sentiers sous bois.

Il était soleil entrant lorsque nous fûmes à Saint-Pierre car j'avais dormi longtemps dans le bois. Ayant remis nos chausses et nos sabots, après avoir suivi le bourg qui n'était pas bien grand alors, ni encore, ma mère avisa une maison vieille et pauvre d'apparence, où, dans un trou du mur, on avait planté pour enseigne une branche de pin, et, la porte étant ouverte, elle entra.

Une bonne vieille avec une coiffe à barbes, un fichu à carreaux croisé sur sa poitrine, et un devantal ou tablier de cotonnade rouge, assise sur une chaise, filait sa quenouille de laine près de la table. A la salutation de ma mère elle répondit par une franche parole :

Interrogée si elle pouvait nous donner un peu de soupe et nous faire coucher, elle répondit que oui, mais que, comme elle n'avait plus qu'un lit, l'autre ayant été saisi pour payer les rats de cave [1], il nous faudrait coucher dans le fénil.

— Oh ! dit ma mère, nous dormirons bien dans le foin.

---

1. Gabelous.

— Eh bien donc, approchez-vous du feu, reprit la vieille.

Et lorsque nous fûmes assis, comme on est curieux dans les petits endroits, principalement les femmes, la vieille se mit à questionner ma mère, tournant autour du pot, pour savoir où nous allions et à quelle occasion. Tant elle avait l'air brave femme, que ma mère lui raconta tout le menu, les misères qu'on nous avait faites, les canailleries de Laborie, et comment mon père avait tiré sur ce régisseur des messieurs de Nansac, eux et lui l'ayant poussé à bout, jusqu'à lui venir tuer la chienne dans la cour.

— Ah ! les canailles ! s'écria la vieille. Il y en a bien par ici qui en feraient autant ! ajouta-t-elle en posant sa quenouille. Avant la Révolution, il n'y a pas de gueuseries qu'ils ne nous aient faites ! Et depuis qu'ils sont revenus, ils recommencent, surtout depuis quelque temps !

Elle se leva brusquement, là-dessus, alla fermer la porte et alluma la lampe :

— Voyez-vous, pauvre femme, dit-elle, ces nobles sont toujours les mêmes, faisant les maîtres, orgueilleux comme les coqs d'Inde et durs pour les pauvres gens. Mais quand l'autre reviendra, il se souviendra qu'ils l'ont trahi, et il les jettera à la porte...

— L'autre ? fit ma mère.

— Eh ! oui... Poléon, qu'ils ont envoyé à

cinq cent mille lieues, par delà les mers, dans une île déserte.

Ma mère avait bien ouï parler quelquefois, le dimanche, devant l'église, d'un certain Napoléon qui était empereur, et qui avait tant bataillé que beaucoup de conscrits du Périgord étaient restés par là-bas, dans les pays inconnus ; mais du côté de la Forêt Barade, on n'était pas bien au courant et elle répondit simplement :

— Alors il est fort à désirer qu'il revienne tôt, puisque c'est un ami des pauvres gens, car nous sommes trop malheureux !

Moi, tout en écoutant ces propos, assis sur le saloir dans le coin du feu, je regardais cette maison bien pauvre en vérité. Le lit de la vieille était dans un coin, garanti de la poussière du grenier par un ciel et des rideaux de même étoffe, jadis bleus avec des dessins, et maintenant tout fanés. Ce lit *coustoyé* [1] de chaises, dont *aucunes* [2] dépaillées, était encombré, au pied, de vieilles hardes. Dans le coin opposé, il y avait la place vide du lit qu'on lui avait fait vendre. Au milieu, la table avec un banc. Contre le mur, en face de la porte, était une mauvaise maie, où la bonne femme serrait le pain et autres affaires depuis que son cabinet était vendu. Une cocotte et une marmite

---

1. A côté duquel se trouvaient des chaises...
2. Aucunes : certaines.

étaient sous la maie, une soupière et des assiettes dessus, et, avec la seille dans l'évier, c'était à peu près tout : on voyait que les gens du roi avaient passé par là.

Cependant, l'heure du souper approchant, la vieille alla quérir des branches de fagots dans l'en-bas qui communiquait avec la cuisine, raviva le feu devant lequel cuisaient déjà des haricots,et pendit à la crémaillère son autre marmite où il y avait du bouillon. Cela fait, elle débarrassa le couvercle de la maie, en maudissant ces bougres de gabelous qui lui avaient fait vendre son vaissellier si commode, prit dedans une tourte entamée et commença à tailler la soupe avec un taillant, engin plus facile que la serpe dont nous nous servions chez nous.

— Nous souperons, dit-elle, mais que Duclaud soit arrivé.

— Vous attendez quelqu'un ? fit ma mère.

— Oui, c'est un brave garçon qui vend du fil, des aiguilles, du ruban, des boutons, des crochets, des images comme celles qui sont là, — ajouta-t-elle en montrant des gravures grossières passées en couleur, — et d'autres petites affaires encore... Tu peux bien aller les voir les images, — me dit la vieille ; — ça t'amusera en attendant le souper... Il passe presque tous les mois, pour aller dans la contrée de Thenon, — reprit-elle ; — je pense qu'il viendra ce soir, c'est son jour.

Je me mis à regarder les images clouées au

mur. Il y avait entre les autres le malheureux *Juif errant* avec son bâton et ses longues jambes, symbole du pauvre peuple déshérité qui n'a ni feu ni lieu ; ensuite *Jeannot et Colin,* histoire instructive, surtout en ce temps-ci où tant de gens se vont perdre dans les villes. Puis le fameux *Crédit,* mort, étendu à terre, tué par de mauvais payeurs qui s'enfuient, et, à côté, une oie tenant une bourse dans son bec, avec cette inscription, qu'alors je ne savais pas lire : *Mon oie fait tout ;* — triste et désolante sentence pour les pauvres gens.

Tandis que j'examinais curieusement ces images, on frappa trois coups de bâton à la porte.

— C'est Duclaud, fit la vieille en allant ouvrir.

Lui, nous voyant, sembla hésiter ; mais elle l'encouragea :

— Vous pouvez entrer... C'est une brave femme et son drole.

Alors il entra. C'était un fort garçon à la figure brune, aux cheveux crépus, coiffé d'une casquette de peau de fouine, vêtu d'une blouse de cotonnade grise rayée, et chaussé de gros souliers ferrés. Il pliait sous le poids d'une balle qu'il portait à l'aide d'une large bricole de cuir.

— Salut, la compagnie ! dit-il en posant son gros bâton contre la porte.

Puis il se débarrassa de sa balle en la plaçant sur deux chaises que la vieille avait vitement arrangées à l'exprès.

— Vous êtes fatigué, mon pauvre Duclaud, lui dit-elle ; tournez vous un peu vers le feu ; nous allons souper dans une petite minute.

— Ça n'est pas pour dire, Minette, mais je souperai avec plaisir : depuis Razac, vous pensez, le déjeuner a eu le temps de couler.

La soupe trempée, on se mit à table, et la vieille servit à chacun une assiette comble de bonne soupe aux choux et aux haricots. Je fus étonné de voir Duclaud manger la soupe avec sa cuillère et sa fourchette en même temps. Chez nous on ne connaissait pas cette mode, pour la bonne raison que nous n'avions pas de fourchettes. Lorsque nous soupions d'un ragoût de pommes de terre ou de haricots, on le mangeait avec des cuillers. Pour la viande, on se servait du couteau et de ses doigts ; mais ça n'arrivait qu'une fois l'an au carnaval.

Duclaud ayant fini sa soupe, prit la pinte et nous versa à tous du vin dans notre assiette. Lui-même remplit la sienne jusqu'aux bords de telle manière qu'un petit canard s'y serait noyé : on voyait qu'il était dans la maison comme chez lui et ne se gênait pas. Ce vin était un petit vinochet du pays, qui ne valait pas celui de la côte de Jaures, à Saint-Léon-sur-Vézère ; mais nous autres qui ne buvions que de la mauvaise piquette, gâtée souvent, pendant trois ou quatre mois, et, le reste de l'année, de l'eau, nous le trouvions bien bon. Après avoir bu, le porte-balle nous offrit de la soupe encore, et, personne n'en voulant plus il s'en servit une autre assiette, après quoi il fit un second copieux « chabrol », comme nous appelons le coup du médecin, bu dans l'assiette avec un reste de bouillon.

Pendant ce temps, la Minette avait tiré les mongettes ou haricots dans un saladier et les posa sur la table. Ma mère se leva alors, disant qu'elle n'avait plus faim ; mais la brave vieille qui se doutait qu'elle disait ça parce qu'elle craignait la dépense, la fit rasseoir :

— Il vous faut manger tout de même pour avoir des forces, dit-elle ; mangez, mangez, pauvre femme, autrement vous ne pourriez pas finir d'arriver à Périgueux.

Tandis que nous mangions, la Minette conta l'affaire de mon père à Duclaud, et lui demanda ce qu'il en pensait.

— Que voulez-vous que je vous dise ? fit-il. Si les juges et les jurés étaient des gens pareils à moi, eux voyant comme cet homme a été poussé à bout par ce coquin de régisseur et les messieurs, il s'en tirerait avec un an de prison ou six mois. Mais, voyez-vous, ceux du jury, c'est des bourgeois, des riches, qui, encore qu'ils soient honnêtes penchent plutôt pour ceux de leur bord. Pourtant, il y a des hommes justes partout, et il n'en faudrait qu'un ou deux pour entraîner les autres ; souvent ça arrive ainsi, il ne vous faut pas désespérer... Ah ! — ajouta-t-il, — que ceux-là méritaient d'être punis, qui commandent des injustices et des méchancetés sans se donner garde des malheurs qui en peuvent advenir !

Le soir, après souper, Duclaud tira du fond de sa balle des petits paquets et diverses affaires qu'il mit dans une grande poche de dessous sa blouse et sortit. Depuis, je me suis pensé qu'il faisait peut-être bien quelque peu la contrebande de tabac et de poudre.

Le moment de se coucher venu, la vieille Minette dit que, réflexion faite, Duclaud devant coucher dans le fénil, ma mère et moi coucherions dans son lit, qui était assez large pour trois, surtout que je n'étais pas bien gros, ce qui fut fait. Sans doute, le colporteur rentra par la porte de l'en-bas, qui donnait dehors, et monta dans le grenier à foin : je ne le revis plus.

Le lendemain, de bonne heure, la Minette fit chauffer la soupe et nous fit manger. Lorsqu'il fut question de compter, elle dit, à ma mère qu'elle aurait assez besoin de son argent à Périgueux où tout était cher ; qu'elle payerait en repassant s'il lui en restait. Ma mère la remercia bien, mais lui dit que ça lui ferait de la peine de s'en aller comme ça sans payer ; joint à ça qu'elle ne savait pas comment il en adviendrait, et si nous repassions par Saint-Pierre.

— Alors dit la vieille puisque c'est ainsi, vous me devez dix sous.

Ma mère connut bien qu'elle la ménageait beaucoup ; elle lui donna les dix sous en l'accertainant qu'elle se souviendrait toujours d'elle, et de sa bonté pour nous autres.

La Minette fit aller ses bras et dit :

— Il faut bien que les pauvres s'entr'aident !

Puis elles s'embrassèrent fort, ma mère et elle, et nous partîmes garnis de beaucoup de souhaits de bonne chance, qui comme tant d'autres ne servirent de rien.

De bonne heure, donc, nous revoilà sur la grande route déserte. Il faisait bon marcher ; le soleil se levait, fondant une petite brume qui montait dans l'air et disparaissait. Derrière nous les coqs de Saint-Pierre chantaient fort, ce qui, avec le brouillard s'élevant, présageait la pluie. Les oiselets voletaient, se poursuivant dans les haies aux buissons fleuris, au pied desquelles pointaient dans l'herbe des petites pervenches et des fleurs de mars, autrement des violettes. La rosée séchait dans les prés reverdis, et, sur le haut des coteaux, travaillés jusqu'à mi-hauteur, les taillis commençaient à prendre les verdoisons claires du printemps. J'étais bien reposé, bien repu, et sans la triste cause qui nous mouvait, c'eût été un plaisir de voyager ainsi.

Un peu après avoir dépassé Sainte-Marie, nous allons rencontrer deux joyeux garçons qui cheminaient en se dandinant un peu et chantaient à plein gosier. Ils étaient habillés de velours noir, ceinturés de rouge et avaient des havresacs de soldats sur le dos. Des casquettes de velours noir aussi les coiffaient sur le côté crânement ; à leurs oreilles pendaient des anneaux d'or, et ils tenaient à la main de grandes cannes enrubannées qu'ils maniaient dextrement, faisant, avec, des moulinets superbes. Ils nous saluèrent jovialement en passant, et nous demandions qui pouvaient être ces gens-là ; mais depuis j'ai compris que c'étaient des *compagnons du tour de France.*

Nous allions arriver à Saint-Laurent, lorsque la pluie nous attrapa, petite pluie fine qui mouillait, et embrumait les prés où serpentait lentement le Manoir. Çà et là, dans les endroits bas, le ruisseau faisait des rosières où nichaient les poules d'eau, et ailleurs se perdait dans des *nauves pour* ressortir un peu comme s'il avait regret d'aller se perdre dans l'Ille.

Nous avions laissé le château du Lieu-Dieu sur notre droite, quand voici derrière nous un grand bruit de grelots. Nous retournant alors, nous apercevons une grande belle voiture attelée de quatre chevaux avec deux postillons en grandes bottes, culotte jaune, gilet rouge, habit bleu de roi, plaque au bras et chapeau de cuir ciré. Je me plantai par curiosité pour voir passer cette voiture, et ma mère en fit autant pour m'attendre. Lorsqu'elle fut là, je vis à travers les grands carreaux de vitre le comte de Nansac, la comtesse et leur fille aînée. Sur le siège de devant était le garde Mascret, et derrière, un domestique avec une chambrière. Ma mère regarda les messieurs d'un œil fiché, les mâchoires serrées, les sourcils froncés, et moi, je sentis en mon cœur s'élever un violent mouvement de haine. Eux nous voyant ainsi, mal vêtus, mouillés, pataugeant pieds nus dans la terre détrempée, détournèrent les yeux d'un air froid, méprisant, et la voiture passa, rapide, en nous éclaboussant de quelques gouttes de boue liquide.

Arrivés à Lesparrat, j'aperçus la belle plaine de l'*Ille*, et la rivière aux eaux vertes, bordée de peupliers, qui coule au-dessous du château du Petit-Change. En quittant le vallon étroit du Manoir enserré entre des coteaux arides aux terres grisâtres, aux arbres chétifs, il me sembla arriver dans un autre pays. Mais lorsque, après avoir monté la petite côte du Pigeonnier, je vis Périgueux aux loin, avec ses maisons étagées sur le Puy Saint-Front, et tout en haut, montant dans le ciel, le vieux clocher roussi par le soleil de dix siècles, ce fut bien autre chose. Je n'avais encore vu le petit bourg de Rouffignac, et je ne pouvais m'imaginer un tel entassement de maisons, quoique je n'en visse qu'une partie. La hâte d'arriver me donna des jambes, et, de ce moment, je ne sentis plus la fatigue.

Après avoir longé le jardin de Monplaisir, nous allons traverser le faubourg de Tournepiche ou autrement, des Barris. Ayant longé l'ancien couvent des Récollets, qui est maintenant l'École normale, nous arrivons sur le Pont-Vieux, aux arches ogivales, défendu jadis par une tour à huit pans dont les fondements se voient encore.

Jamais pluie de printemps ne passa pour un mauvais temps, dit le proverbe; pourtant celle-ci nous avait mouillés; mais, à cette heure, elle avait cessé et je n'y pensais plus, curieux de tout ce que je voyais. Tout le long de la rivière, à droite et à gauche, des vieilles maisons qui semblaient descendre du Puy Saint-Front, venaient se mirer dans les eaux. En amont du pont, c'était, au coin de la rue du Port-de-Graule, avec sa façade tournée vers l'Ile, une grande ancienne maison en pierre de taille, superbe avec ses mâchicoulis travaillés, ses larges baies et ses hauts toits pointus. Ensuite, la belle maison Lambert, avec ses trois étages de galeries donnant sur la rivière, soutenues par de jolis piliers sculptés; et plus loin se dressait fièrement, dominant la rive, la tour de la Barbecane, avec sa plate-forme crénelée, ses mâchicoulis et ses meurtrières pour couleuvrines et arquebuses : belle relique de l'ancienne enceinte de la ville, que des massacres ont rasée depuis. Un peu plus loin, les rochers à pic de l'Arsault se dressaient fièrement.

En aval du pont, c'était le vieux moulin fortifié de Saint-Front, tout sombre, curieux à voir avec ses murailles épaisses, ses baies étroites, ses appentis moitié bois moitié pierre, maintenus par des jambes de force, ou collés à ses murs comme des nids d'hirondelles. Sous ses arches sombres, les eaux de l'écluse divisées par des éperons de pierre allaient s'engouffrer lentement. Plus loin, c'était une maison étrange avec une galerie en forme de dunette, plantée sur un massif de maçonnerie qui s'avançait dans l'eau en angle effilé comme un éperon de galère : on eût dit une nef du moyen âge, avec son château d'avant, à l'ancre dans la rivière. Tout au fond, les grands arbres feuillus du jardin de la Préfecture se reflétaient sur les eaux.

Et par en haut, comme du côté d'en bas, entre ces points principaux, c'était une foule de maisons dévalées vers la rivière, en désordre, comme un troupeau de brebis, et s'y baignant les pieds : vieilles maisons aux pignons bizarres avec des pots à passeraux, aux balcons de bois historiés, aux étages en saillie soutenus par d'énormes corbeaux de pierre, aux fenêtres étroites ou à meneaux, avec des basilics dans de vieilles soupières ébréchées, ou des résédas dans des marmites percées; maisons aux louviers étranges qui semblaient épier sur la rivière. Quelques-unes de ces maisons, baticolées en torchis avec des cadres de charpente, cahutes informes, lézardées, écaillées, tordues et déjetées de vieillesse, comme de pauvres bonnes femmes, se penchaient sur *l'Ile* où elles semblaient se précipiter. D'autres à côté ayant perdu leur aplomb, comme des femmes saoules, s'appuyaient sur la maison plus proche ou se soutenaient par des béquilles énormes faisant contrefort. D'autres encore, en pierre de taille, solidement construites, quelques-unes sur des restes des anciens remparts, réfléchissaient dans les eaux claires leurs assises roussies par le soleil, leurs baies irrégulières, leurs galeries couvertes, leurs toits d'ardoises aigus, leurs chatonnières triangulaires, leurs cheminées massives fumant sous un chapeau pointu. Toutes ces maisons dissemblables, cossues ou minables, variées d'aspect, chacune ayant son architecture, ses matériaux, ses ornements, ses verrues, son gabarit propres, se pressaient sur le bord de l'*Ille*, curieuses de se mirer dedans. Les unes avançaient sur les eaux où plongeaient leurs piliers de pierre; d'autres se reculaient, comme craignant de se mouiller les pieds, et poussaient jusqu'à la rivière leurs massives terrasses aux lourds balustres ; d'autres enfin se haussaient d'un étage par-dessus le toit de leur voisine, pour voir couler l'Ille et contempler sur l'autre rive les prairies bordées de peupliers où séchait le linge des lavandières aux battoirs bruyants. Çà et là, sur une terrasse, un jardinet grand comme la main; au pied d'un mur, un saule pleureur retombant sur l'eau, et à des portes donnant sur la rivière étaient amarrés des bateaux : gabares de pêcheurs ou de teinturiers. Tout cet ensemble de constructions bizarres, irrégulières, entassées en désordre; tout cet amas de pignons, de galeries, d'escaliers extérieurs, d'appentis, d'auvents écaillés d'ardoises, de baies larges ou étroites, de piliers, de poutres entrecroisées, de corbeaux de pierre, de jambes de force, d'étages surplombants, de balcons de bois, de lucarnes, de toits pointus ou plats, bleus ou rouges, de cheminées étranges, de girouettes rouillées, — tout cela s'étalait au soleil en un fouillis enchevêtré où se jouaient les ombres sur des teintes bleuâtres, vertes, rousses, bistrées, grisâtres, où, parmi des hardes étendues, piquait comme un coquelicot quelque jupon rouge séchant à une fenêtre : ça n'est pas pour dire, mais c'était plus beau qu'aujourd'hui.

Après que j'eus regardé ça un bon moment, planté à l'entrée du pont, étourdi par le bruit des eaux tombant de l'écluse, ma mère me tira par la main, et nous voici montant la rue qui allait à la place du Greffe; rue roide, pavée de gros cailloux de rivière, rouges, que la pluie du matin faisait reluire au soleil. De chaque côté, c'était des boutiques à ouverture ronde ou en ogive, ou en anse de panier, sans devantures, avec une coupée, sombres à l'intérieur; mauvais regrats où pendillaient des chandelles de résine, chétives boutiques où l'on vendait de la faïence ou des sabots, ou du vin à pot et à pinte; petits ateliers où travaillaient des cloutiers, des chaisiers dont le tour ronflait, des savetiers tirant le *ligneul*[1], des lanterniers tapant sur le fer-blanc avec un maillet de bois. Tous ces gens de métier levaient la tête, oyant nos sabots sur le pavé, et avaient l'air de se dire : « D'où diable sortent donc ceux-ci ? » Puis, en haut, sur la place et collées aux grands murs noirs de Saint-Front, c'étaient de petites baraquettes en planches, de pauvres échoppes en torchis, des logettes en parpaing, où étaient installées des marchandes de fruits secs, de légumes, de pigeons, et des bouchères à la cheville.

Arrivés devant le porche du greffe, nous nous arrêtâmes, la tête en l'air, contemplant le vieux monument et son clocher à colonnettes, éclairé par le soleil, autour duquel les martinets tourbillonnaient avec des cris aigus. Puis ma mère, abaissant la tête, vit devant le portail une marchande de cierges, et eut la pensée d'en faire brûler un à l'intention de mon père, et l'ayant acheté, six liards, elle entra dans la cathédrale, où je la suivis.

Quelle grandeur superbe! Que je me trouvais petit sous ces coupoles suspendues dans les airs! Dans la chapelle de l'Herm je n'avais éprouvé qu'un vif sentiment de curiosité; dans l'église de Rouffignac, encore, je me sentais à l'aise;

1. Gros fil enduit de poix.

mais dans ce vieux Saint-Front aux piliers géants noircis par le temps, aux murs verdis par l'humidité, qui avaient vu passer sans fléchir dix siècles d'événements, c'était bien autre chose. Moi, petit enfant, ignorant et faible, je me sentais perdu dans l'immensité du monument, écrasé par sa masse, et à ce moment je ressentis quelque chose comme une impression de terreur religieuse, qui s'augmentait à mesure que nous cheminions dans l'église déserte, sur les grandes dalles qui renvoyaient aux voûtes le bruit de nos sabots. Dans un coin ma mère aperçut sur un piédestal massif une statue de la Vierge et se dirigea de ce côté. Autant qu'il m'en souvienne, c'était une très vieille statue de pierre assez naïvement taillée; pourtant l'imagier avait su donner à la figure de la mère du Christ une expression de tendre pitié, d'infinie bonté. Devant la Vierge était disposé une sorte d'if à pointes de fer, où en ce moment achevait de se consumer un cierge de pauvre comme le nôtre. Ayant allumé le sien, ma mère le ficha sur une pointe, et, se mettant à genoux, elle pria en patois, ne sachant parler français suppliant la vierge Marie comme si elle eût été là présente.

Et sa prière peut se tourner ainsi :

« Je vous salue, Mère très gracieuse, le bon Dieu est avec vous, vous êtes bénie entre toutes les femmes, et Jésus le fruit de votre ventre est béni aussi.

« Sainte Vierge, je suis une pauvre femme qui

tant seulement ne sait pas vous parler comme il faut. Mais vous qui connaissez tout, vous me comprendrez bien tout de même. Ayez pitié de moi, sainte Vierge! Quelquefois j'ai bien oublié de vous prier, mais, vous savez, les pauvres gens n'ont pas toujours le temps. Ayez pitié de nous autres, sainte Vierge, et sauvez mon pauvre Martissou! Il n'est pas mauvais homme, ni coquin, il est seulement un peu vif. S'il a fait ce méchant coup, on l'y a poussé, sainte Vierge! Ce Laborie était une canaille, de toutes les manières, vous le savez bien, sainte Vierge! Ce qui a fini de faire perdre patience à mon pauvre homme, c'est qu'il savait de longtemps que ce gueux m'attaquait toujours : il l'avait ouï un jour de dedans le fénil.

« Ah! sainte bonne Vierge! je vous en prie en grâce, sauvez mon pauvre Martissou! Je vous bénirai tous les jours de ma vie, sainte Vierge! et avant de m'en retourner, je vous ferai brûler une chandelle dix fois plus grande que celle-ci; faites-le, sainte Vierge! faites-le! »

Tandis que ma mère priait ainsi à demi-voix avec un accent piteux, moi je m'essuyais les yeux. Ayant achevé, elle fit un grand signe de croix, reprit son bâton par terre et nous sortîmes.

Sous le porche, ma mère demanda à la femme qui nous avait vendu le cierge où étaient les prisons.

— Là, tout près, dit la femme : vous n'avez qu'à monter devant vous la rue de la Clarté;

au bout, vous tournerez à droite; une fois sur le Coderc, vous avez les prisons tout en face.

En arrivant sur la place, bordée à cette époque de maisons anciennes, dans le genre de celle du coin de la rue Limogeane, nous vîmes dans le fond, sur l'emplacement où est maintenant la halle, l'ancien Hôtel de Ville, où étaient les prisons depuis la Révolution. On dit, par dérision : « gracieux comme une porte de prison », et on dit vrai. Celle-ci ne faisait pas mentir le proverbe : solidement ferrée et renforcée de clous, avec un guichet étroitement grillagé, elle avait un aspect sinistre, comme si elle gardait la mémoire de tous les condamnés qui en avaient passé le seuil pour aller aux galères ou à l'échafaud.

Ma mère souleva le lourd marteau de fer qui retomba avec un bruit sourd. Un pas accompagné d'un cliquetis de clefs se fit entendre, et le guichet s'ouvrit.

— Qu'est-ce que vous voulez ? dit une voix dure.

— Voir mon homme, répondit ma mère.

— Et qui est celui-là, votre homme ?

— C'est Martissou, de Combenègre.

— Ah! l'assassin de Laborie... Eh bien, vous ne pouvez pas le voir sans permission; mais son avocat est avec lui en ce moment : attendez-le quand il sortira.

Et le guichet se referma.

Ma mère s'assit sur le montoir de pierre près

de la porte, et moi, curieux, je reculai de quelques pas pour regarder ce vieil Hôtel de Ville qui avait vu passer tant de générations. C'était un assemblage de bâtiments irréguliers, inégaux solidement construits pour résister à un coup de main. D'un côté un large et massif corps de logis percé de baies grillées, haut de trois étages et terminé en terrasse crénelée. De l'autre, une sorte de pavillon carré plus étroit, avec une toiture pointue. Entre ces deux bâtiments, dans une construction moins haute surmontée d'un mâchicoulis, s'ouvrait la porte dont j'ai parlé, qui, par une voûte, conduisait à une petite cour intérieure. Autour de cette cour et, attenant au reste de l'édifice, étaient accolés d'autres bâtiments, quelques-uns ajoutés après coup. Le tout était dominé par la tour carrée du beffroi, haute, à créneaux, avec des gargouilles aux angles et un toit très aigu surmonté d'une girouette.

Tandis que je regardais tout ça, la porte se rouvrit et un jeune monsieur dit à ma mère :

— C'est vous qui êtes la femme de Martin Ferral ?

— Oui, notre monsieur, pour vous servir, si j'en était capable, dit ma mère en se levant.

— Vous ne pouvez pas voir votre homme en ce moment, pauvre femme; mais c'est demain qu'il passe aux assises, vous le verrez. Je suis son avocat, — continua-t-il, — venez un peu chez moi, j'ai besoin de vous parler.

Et il nous mena dans sa chambre, qui était au

deuxième étage dans une maison de la rue de la Sagesse, au n° 11, là où il y a encore une jolie porte ancienne avec des pilastres et des ornements sculptés. Ayant monté l'escalier en colimaçon logé dans une tour à huit pans, le monsieur nous fit entrer chez lui, et, nous ayant fait asseoir, commença à questionner ma mère sur beaucoup de choses, et, à mesure qu'elle répondait, il écrivait. Il lui demanda notamment si ces propositions que lui faisait Laborie avaient été entendues de quelqu'un, et elle lui répondit que non, que nul, sinon mon père, bien par hasard, ne les avait ouïes, parce que cet homme était rusé et hypocrite; mais qu'il était au su de tout le monde qu'il attaquait les femmes jeunes qui étaient sous sa main, comme les métayères, ou celles qui allaient en journée au château. Ça se savait parce qu'en babillant au four, ou au ruisseau en lavant la lessive, les femmes se le racontaient, du moins celles qui ne l'avaient pas écouté, comme la Mïon de Puymaigre.

— Bon, dit l'avocat, je l'ai fait citer comme témoin, avec d'autres.

Lorsqu'il eut fini ses questions, il expliqua à ma mère ce qu'il fallait dire devant la Cour et comment elle devait narrer tout au long les poursuites malhonnêtes de Laborie, et raconter une par une toutes les misères qu'il leur avait faites et fait faire, à cause de ses refus de l'écouter. Il lui recommanda bien de dire, ce qui était la vérité, que mon père était fou de rage et qu'il n'avait tiré sur Laborie qu'en le voyant rendre au garde le fusil avec lequel il l'avait blessé au front, et puis tué sa chienne.

Lorsque nous fûmes pour nous en aller, l'avocat demanda à ma mère où nous étions logés, et, après qu'elle lui eut répondu ne savoir encore où nous gîterions, venant seulement d'arriver, il prit son chapeau et nous emmena dans une petite auberge dans la rue de la Miséricorde. Après nous avoir recommandés à la bourgeoise, il dit à ma mère de ne pas manquer d'être à dix heures au tribunal, le lendemain; et, comme elle lui demandait s'il avait bon espoir, il fit un geste et dit :

— Tout ce qui est entre les mains des hommes est incertain; mais le mieux est d'espérer jusqu'à la fin.

3

Le lendemain à l'heure dite, nous étions devant le bâtiment de l'ancien Présidial, qu'on appelait encore de ce nom et qui était sur la place du Coderc, juste en face des prisons, à l'endroit où est aujourd'hui le numéro 8. De la porte d'entrée, on passait sous une voûte qui aboutissait à une petite cour noire et entourée de grands murs. Tandis que nous attendions dans cette cour, parlant avec des gens de chez nous cités comme témoins, voici que des pas lourds, éperonnés, sonnent sous la voûte, et mon père arrive, les mains enchaînées, escorté de trois gendarmes. Ma mère poussa un cri terrible, et ils eurent beau faire, les gendarmes, elle se jeta sur son homme, le prit à plein corps et l'embrassa fort en criant et se lamentant, pendant que moi je le tenais par une jambe en pleurant.

— Allons, allons, disaient les gendarmes, c'est assez, c'est assez, vous le verrez après.

— Donne-moi le drole, dit mon père.

Alors ma mère, me prenant à deux mains, me haussa jusqu'à son col, que je serrai de toute ma force dans mes petits bras.

— Mon pauvre Jacquou! mon pauvre Jacquou! faisait mon père en m'embrassant.

Enfin il fallut nous séparer, moitié de gré, moitié de force, tirés en arrière par les gendarmes, qui emmenèrent leur prisonnier.

Après avoir attendu longtemps, lorsqu'un huissier appela ma mère, nous entrâmes dans une haute salle longue, voûtée à nervures, et faiblement éclairée par deux fenêtres en ogive donnant sur une cour. Dans le fond, sur une estrade fermée par une barrière de bois, il y avait trois juges assis devant une grande table couverte d'un tapis vert et encombrée de papiers. Celui du milieu avait une robe rouge, qui donnait des idées sinistres; les deux autres étaient enrobés de noir, et tous trois portaient lunettes. De chaque côté de l'estrade étaient assis, devant des tables plus petites, le procureur et le greffier. Au mur, dans le fond, au-dessus des juges, un grand tableau représentait Jésus-Christ en croix, tout ruisselant de sang.

Puis les jurés, les avocats, les gendarmes, l'accusé, le public : c'était à peu près la même disposition qu'aujourd'hui; seulement, maintenant, juges, jurés, avocats, tout ce monde porte la barbe ou la moustache, tandis qu'alors tous étaient bien rasés, moins les gendarmes.

Pendant que ma mère déposait, un monsieur répétait en français ce qu'elle avait dit en patois. Moi, je n'y faisais pas grande attention, occupé que j'étais à regarder mon père qui me regardait aussi; mais, à un moment, dans l'affection qu'elle y mettait, ma mère haussa fort la voix, et, me retournant, je vis que tout le monde considérait cette grande femme bien faite sous ses méchants vêtements, qui avait une belle figure, des cheveux noirs et deux yeux qui brillaient tandis qu'elle parlait pour son homme.

Lorsqu'elle eut fini, le procureur du roi se leva et fit son réquisitoire avec de grands gestes et des éclats de voix qui résonnaient sous la voûte. Je ne comprenais pas tout ce qu'il disait; pourtant il me semblait qu'il tâchait de faire entendre aux douze messieurs du jury que de longtemps mon père avait l'idée d'assassiner Laborie. Ce qui le prouvait, à son dire, c'était le propos tenu à Mascret quelque temps auparavant, qu'il ferait un malheur si on tuait sa chienne, et cela étant, il méritait la mort.

On doit penser en quel état nous étions ma mère et moi en entendant ce procureur parler de mort. Pour mon père, il n'avait pas l'air de l'écouter, et son regard fiché sur nous semblait dire : « Que deviendront ma femme et mon pauvre drole si je suis condamné ?... »

Le procureur ayant terminé, notre avocat se leva et plaida pour mon père. Il fit voir, par tous les témoignages entendus quel gueux c'était que Laborie; il représenta toutes les misères qu'il nous avait faites, appuya surtout sur les propositions malhonnêtes dont il poursuivait sans cesse ma mère, et enfin montra clairement que c'était par un coup de colère que mon père avait tué ce mauvais homme, et non par dessein pourpensé. Bref, il dit tout ce qu'il était possible pour le tirer de là, mais il ne réussit qu'à sauver sa tête : mon père fut condamné à vingt ans de galères.

Lorsque le président prononça l'arrêt, un murmure sourd courut dans le public, et nous autres, ma mère et moi, nous nous mîmes à gémir et à nous lamenter en tendant les bras vers le pauvre homme que les gendarmes emmenaient. Et parmi tout ce monde qui s'écoulait, j'ouïs le comte de Nansac dire à Mascret :

— Nous en voilà débarrassés! il crèvera au bagne.

Le surlendemain, l'avocat, ayant eu une permission, nous mena voir mon père. Quels tristes moments nous passâmes dans cette geôle! Je coule là-dessus, car, après tant d'années, ça me fait mal encore d'y penser.

En sortant, la mort dans l'âme, ma mère demanda à l'avocat s'il n'y avait aucun moyen de faire quelque peu grâcier mon père ou de faire casser la sentence.

— Non, pauvre femme, dit-il : en se conduisant bien là-bas, il pourrait avoir quelque diminution de peine; mais, ayant contre lui le comte de Nansac, il n'y faut pas trop compter. Pour ce qui est de faire casser l'arrêt, je ne vois pas de motifs, et d'ailleurs, y en eût-il, je ne conseillerais pas à votre homme de se pourvoir, parce qu'il pourrait y perdre : il ne s'en est fallu de rien qu'il fût condamné à perpétuité.

Restez encore ici, — ajouta-t-il en nous quittant, — je tâcherai de vous le faire voir une autre fois.

Après la condamnation de mon père, ma mère ayant perdu toute espérance, ne mangeait ni ne dormait. Une petite fièvre sourde lui faisait briller les yeux et rougir les joues, et cette fièvre fut en augmentant de manière que le troisième jour elle resta au lit, tandis que moi je regardais, à travers les vitres les tuilées noircies des maisons d'en face, où quelquefois passait lentement un chat qui bientôt disparaissait dans une chatonnière. Pourtant, le lendemain, ma mère se leva, et nous allâmes par les rues, nous promenant lentement, elle me tenant par la main, et revenant toujours vers la prison, comme si de regarder les murailles derrière lesquelles mon père était enfermé, ça nous faisait du bien.

En d'autres temps, j'aurais été envieux de voir la ville, mais pour lors, la peine m'ôtait toute idée de m'intéresser à tant de choses si nouvelles pour moi. Les gens dans les rues, sur le pas des portes ou des boutiques, nous dévisageaient curieusement, connaissant bien à notre air et à notre accoutrement que nous étions sortis de quelque partie des plus sauvages du Périgord : de la Double, ou des landes du Nontronnais, ou de la Forêt Barade, comme il était vrai.

Dans l'après-dîner du cinquième jour, nous remontions la rue Taillefer, allant vers Saint-Front, regardant machinalement les boutiques des pharmaciens, des liquoristes, des épiciers, des bouchers, des chapeliers, des marchands de parapluies, dont elle était pleine en ce temps, lorsqu'en arrivant sur la place de la Clautre nous vîmes un gros rassemblement.

Au milieu de la place, à l'endroit où l'on montait la guillotine, il y avait un petit échafaud de quatre ou cinq pieds de haut, du milieu duquel sortait un fort poteau qui supportait un petit banc. Sur ce petit banc un homme était assis, les mains enchaînées, attaché au poteau par un carcan de fer qui lui serrait le cou; et cet homme, c'était mon père! Debout sur l'échafaud le bourreau attendait, et, autour, quatre gendarmes, le sabre nu, montaient la garde et maintenaient la foule à distance. Ma mère, voyant son Martissou en cette triste posture, fit un gémissement douloureux et se mit à pleurer, je m'attachai à son cotillon en pleurant aussi sans bruit. Devant nous, un individu lisait à haute voix l'écriteau attaché au-dessus de la tête du malheureux exposé au carcan :

« Martin Ferral, dit le Croquant de Combenègre, commune de Rouffignac, condamné à vingt ans de travaux forcés pour meurtre. »

Nous restâmes là un gros moment, cachés derrière les curieux et pleurant en silence. Par instants, lorsque les gens se remuaient, j'entrevoyais le bourreau qui avait l'air de s'ennuyer d'être là, et regardait l'heure à une grosse montre d'argent qu'il tirait du gousset de sa culotte par une courte chaîne garnie *d'affiquets*[1]. En le rencontrant dans la rue sans le connaître, on n'aurait jamais dit que ce fût celui qui guillotinait, tant il avait une bonne figure. Et puis, il était bien habillé, et, selon le dicton, « brave comme un bourreau qui fait ses Pâques », avec sa grande lévite bleu de roi, tombant sur des bottes à revers, sa haute cravate de mousseline et son petit chapeau tuyau de poêle. Enfin, tant nous attendîmes qu'au clocher de Saint-Front sonnèrent les quatre heures. Alors le bourreau tira une clef de sa poche, ouvrit le cadenas du carcan de fer qui tenait mon père par le cou, et, le prenant par le bras, le mena jusqu'au bas de l'escalier de l'échafaud, et le remit aux gendarmes qui l'emmenèrent. Nous autres suivions à petite distance, le regardant s'en aller la tête

1. Petits bijoux.

haute, l'air assuré, entre les quatre gendarmes. Quoique, sur le pas des portes et des boutiques, les gens le dévisageassent curieusement, je suis bien sûr qu'il ne cillait pas tant seulement les yeux. Nous, c'était différent, nous avions la contenance triste, la figure désolée, les yeux mouillés que nous essuyions d'un revers de main, et ceux qui nous voyaient passer disaient entre eux :

— Ça doit être sa femme et son drole.

Cette nuit-là, je dormis mal. La tête pleine de mauvais rêves, je me réveillais des fois en sursaut et je me serrais contre ma mère, qui, elle, la pauvre femme, ne dormait pas du tout, et, pour me tranquilliser, me prenait et m'embrassait longuement. Lorsque vint le jour, elle se leva, et, me laissant sommeiller, alla s'asseoir près de la fenêtre, regardant sans rien voir, perdue dans son chagrin. Ainsi je la vis sur la chaise, lorsqu'à sept heures j'ouvris les yeux, les bras allongés, les mains jointes, la tête penchée, le regard fiché sur le plancher. De la rue montaient les cris des marchandes de tortillons et de châtaignes, ce qui acheva de m'éveiller. Ma mère m'ayant habillé, nous sortîmes pensant revoir mon père ce jour-là, comme son avocat nous l'avait fait espérer : aussi, nous allâmes tout droit à la prison où il nous avait dit de l'attendre. En chemin, ma mère acheta pour deux liards de châtaignes sèches qui n'étaient guère bonnes, car la saison était passée, et nous fûmes nous asseoir contre cette terrible porte ferrée.

Cependant que nous étions là, moi prenant les châtaignes, une à une, dans la poche du tablier de ma mère, elle songeant tristement, voici qu'une grande voiture à caisse noire, longue, en forme de fourgon couvert et percée seulement sur les côtés de petits fenestrous grands comme la main et grillés de fer, s'arrêta devant la prison. Un homme en descendit, en uniforme gris, avec un briquet pendu à une buffleterie blanche, et s'en fut frapper à la porte de la prison qui s'ouvrit et se referma sur lui.

Aussitôt arrivèrent des enfants, des curieux, des gens de loisir, qui s'attroupèrent autour de la voiture, disant entre eux :

— Voilà la galérienne qui va emmener ceux qui ont été condamnés dernièrement.

Nous nous étions levés transis, ma mère et moi, oyant ça, lorsque la porte se rouvrit, et l'homme au briquet en sortit, précédant un gendarme après lequel venaient trois hommes enchaînés, dont le dernier était mon père; un autre gendarme les suivait. L'homme gris ouvrit derrière la voiture une petite porte pleine, solidement ferrée, et fit monter les condamnés. En voyant ainsi partir mon père, sans nous être fait les adieux, nous autres jetions les hauts cris en pleurant; mais lui, quoique poussé par les gendarmes, se retourna et cria à ma mère :

— Du courage, femme! pense au drole!

Là-dessus, un gendarme monta derrière lui, la porte fut refermée à clef, l'autre gendarme se mit devant avec l'homme en gris, et le postillon enleva ses trois chevaux qui partirent au grand trot.

Pendant un moment, nous restâmes là, tout étourdis, comme innocents, nous lamentant, sans faire attention aux badauds qui s'étaient assemblés autour de nous. Pourtant, j'ouïs un homme en tablier de cuir qui disait :

— Moi, je l'ai vu juger, celui-là, et sur ma foi il vaut cent fois mieux que celui qu'il a tué... Quant à ceux-là qui l'ont poussé à bout, ils sont plus coupables que lui! Ah! il y a quelque vingtaine d'années, on les aurait mis à la raison!

Etant allés chez l'avocat, il fut bien étonné d'apprendre que mon père était parti, car on lui avait assuré que la galérienne ne devait passer que le lendemain. Mais, soit qu'on l'eût trompé à l'exprès, ou bien qu'elle eût avancé d'un jour, c'était fini, il fallait se faire une raison, comme il nous dit. Après qu'il nous eut réconfortés de bonnes paroles, et un peu consolés en nous promettant de nous donner des nouvelles de mon père, ma mère le remercia bien fort de tout ce qu'il avait fait pour sauver son pauvre homme, et aussi de toutes ses bontés pour nous. Et, comme elle ajoutait que, n'ayant rien, elle était totalement incapable de le récompenser de ses peines, il lui répondit :

— Je ne prends rien aux pauvres gens; ainsi, ne vous tracassez pas pour cela.

Là-dessus, ma mère lui demanda son nom,

l'assurant que l'un et l'autre nous lui serions reconnaissants jusqu'à la mort.

— Mon nom est Vidal-Fongrave, dit-il; je suis content de n'avoir pas obligé des ingrats; mais il ne faut rien exagérer : je n'ai fait que mon devoir d'homme et d'avocat.

Ayant quitté M. Fongrave, ma mère se décida à partir de suite, vu que nous n'avions plus de motif de rester à Périgueux, et qu'il était encore de bonne heure. Auparavant nous fûmes à l'auberge, où elle demanda à la bourgeoise ce que nous devions, en tremblant de n'avoir pas assez d'argent; mais l'autre lui répondit :

— Vous ne me devez rien du tout, brave femme; M. Fongrave a tout payé à l'avance; et même, tenez, il m'a chargé de vous remettre ça.

Et elle lui tendit un écu de cent sous plié dans du papier.

— Mon Dieu! fit ma mère les larmes aux yeux, il y a encore de braves gens dans le monde!... Dites à M. Fongrave, je vous prie en grâce, que je ne l'ai pas assez remercié tout à l'heure, mais que tous les jours de ma vie, en me rappelant le malheur de mon pauvre homme, je penserai à sa bonté!

— Ah! dit la femme, c'est un bien brave jeune monsieur! Et, sans vouloir faire du tort aux autres avocats, je crois qu'il n'y en a guère comme lui!

Au sortir de l'auberge, ayant gagné la place du Greffe, nous redescendîmes vers le faubourg des

Barris, et un instant après, nous étions dans la campagne, sur la grande route.

Ma mère, me tenant par la main pour m'aider, marchait le petit pas. Par moments, elle soupirait fort, comme si elle eût reçu un mauvais coup, en songeant à la rude vie de galère qu'allait mener mon père là-bas : où ? nous ne savions. Pourtant, si elle était triste à la mort, elle était moins angoissée qu'en venant, car la terrible image de la guillotine avait disparu de son imagination; mais il lui restait l'épouvantable pensée de son pauvre Martissou séparé d'elle à tout jamais, et crevant au bagne, comme avait dit le comte de Nansac, de chagrin et de misère, sous le bâton des argousins.

A Saint-Laurent-du-Manoir, *proche un bouchon* [1], une grosse charrette de roulage, attelée de quatre forts chevaux, était arrêtée. Nous avions dépassé l'endroit de deux ou trois cents pas, quand derrière nous se fit entendre le bruit des grelots que les chevaux avaient à leur collier. Celui qui les conduisait était un grand gaillard avec une blouse roulière [2], la pipe à la bouche, qui faisait claquer son fouet à tour de bras, tandis que, sur la bâche, un petit chien loulou blanc courait d'un bout à l'autre de la carriole en jappant. Aussitôt que l'équipage nous eut rejoints,

1. Tas de paille ou de foin.
2. De voiturier.

l'homme nous accosta sans façon et demanda à ma mère où nous allions; sur sa réponse, il lui dit :

— Moi, je vais souper à Thenon, ce soir : je vais vous faire porter; vous avez l'air bien las, pauvres!

Et sans attendre le consentement de ma mère, il arrêta ses chevaux et me logea dans une grande panière suspendue sous la charrette, où il y avait de la paille et sa limousine. Je me couchai là, et bientôt, bercé par le mouvement, je m'endormis.

Lorsque je me réveillai, le soleil baissait, allongeant sur la route les ombres de l'équipage, et celle du roulier qui marchait à la hauteur de la croupe de son limonier. En cherchant ma mère des yeux, je vis ses lourds sabots se balançant sous le porte-faignant où elle était assise. Nous approchions lors de Fossemagne, et, ma mère voulant descendre, le roulier lui dit que de s'engager dans les bois avec la nuit qui allait venir, ça n'était pas bien à propos; qu'il nous valait mieux venir jusqu'à Thenon où il nous ferait souper et coucher. Mais ma mère le remercia bien, et lui répondit qu'ayant une bonne heure et demie de jour encore, nous avions le temps d'arriver chez nous.

— Comme vous voudrez, brave femme, dit-il alors en arrêtant ses chevaux.

Ma mère l'ayant derechef remercié de son obligeance qui nous avait rendu bien service, il dit que ça n'était rien, nous donna le bonsoir, fit claquer son fouet, cria :

— Hue!...

Et les chevaux repartirent, démarrant avec effort leur lourde charge.

Nous refîmes à rebours le chemin que nous avions fait quelques jours auparavant pour aller à Périgueux; bien reposés, grâce à ce brave garçon de roulier, nous marchions d'un bon pas, mesuré tout de même sur mes petites jambes. Sur son épaule, ma mère portait, percée avec son bâton, une tourte de cinq livres qu'elle avait achetée à Périgueux avant de partir. Au Lac-Gendre, les métayers, qui nous avaient vus à l'aller nous demandèrent comment ça s'était passé, et, sur la réponse de ma mère, la femme s'écria :

— Sainte bonne Vierge! c'est-il possible!

Puis elle nous convia à entrer, disant que nous mangerions la soupe avec eux; mais, pour dire le vrai, je crois que ça n'était pas une invitation bien franche, car elle n'insista guère, lorsque ma mère s'excusa, disant que nous n'avions que juste le temps d'arriver avant la nuit. Ayant échangé nos : « A Dieu soit », les quittant, nous entrâmes en pleine forêt.

Le soleil éclairait encore un peu la cime des grands arbres, mais l'ombre se faisait sous les taillis épais, et au loin, dans les fonds, une petite brume flottait légère. La fraîcheur du soir commençait à tomber; de tous côtés advolaient vers la forêt les pies venant de picorer aux champs, et, dans les *baliveaux*[1] où elles se venaient enjucher, elles jacassaient le diable avant de s'endormir, comme c'est leur coutume.

Lorsque nous fûmes dans ce petit vallon qui vient du Grand-Bonnet, passe sous La Granval et descend vers Saint-Geyrac, le soleil tomba tout à fait derrière l'horizon des bois, et le crépuscule s'étendit sur la forêt, assombrissant les coteaux boisés, et, autour de nous, les coupes de châtaigniers. En même temps l'Angélus du soir tinta assez loin devant nous, au clocher de Bars, et bientôt, sur main droite, plus faiblement, à celui de Rouffignac. Ma mère alors me reprit par la main et pressa le pas; malgré ça, il était nuit close lorsque nous fûmes à la tuilière.

La porte était toujours fermée au moyen du bout de corde qui y avait été mis en partant; lorsqu'il fut défait, nous entrâmes. Rien ne semblait dérangé dans la cahute, mais, revenant de Périgueux où nous avions vu de belles maisons et de jolies boutiques, elle nous parut plus misérable qu'auparavant; joint à ça, que l'idée de mon père nous aurait fait trouver triste la plus belle demeure. Je dis que rien n'était dérangé dans la maison; pourtant, lorsque ma mère eut allumé une chandelle de résine au moyen de la pierre à fusil et d'une allumette soufrée, elle vit sur la terre battue la trace de gros souliers

1. Arbres réservés à la croissance en futaie.

ferrés : qui pouvait être venu ? pour quoi faire ? des voleurs ? et quoi voler ? Enfin, ne sachant comment expliquer ça, ma mère mit la barre à la porte, après quoi, ayant mangé un morceau de pain, nous fûmes nous coucher.

Dès le jour ensuivant, malgré tout son chagrin, la pauvre femme s'inquiéta de trouver des journées. De retourner chez Géral, il n'y fallait point songer, à cause de la servante qui « coupait le farci » chez lui, comme on dit de celles qui font les maîtresses; moi je le regrettais fort à cause de Lina. Dans ce pays par-là, il y avait plus de métayers et de petits biens que de bons propriétaires employant des journaliers. A l'autre bout de la forêt vers Saint-Geyrac, c'était la terre de l'Herm, dont il ne pouvait être question. Du côté de Rouffignac, en deçà, il y avait Tourtel qui appartenait à M. de Baronnat, qui, à ce que j'ai ouï dire depuis, était un ancien juge du parlement de Grenoble; au-delà, il y avait le château du Cheylard, où elle aurait encore pu trouver quelques journées maintenant que le travail sortait; mais ces endroits étaient trop loin de la tuilière. A force de chercher, ma mère trouva à s'employer chez un homme de Marancé dont l'aîné était parti s'enrôler, car, en ce moment, on ne tirait plus au sort depuis la chute de Napoléon. Cet homme donc, ayant besoin de quelqu'un pour l'aider, car sa femme ne pouvait guère, ayant toujours un nourrisson au col et cinq ou six autres droles autour de ses cotillons, prit ma mère à raison de six sous par jour et nourrie. Mais lorsqu'elle voulut parler de m'amener, comme chez Géral, il lui dit roidement qu'il y avait bien assez de droles chez lui pour le faire enrager, qu'il y en avait même trop, et qu'ainsi il n'en voulait pas davantage.

Ma mère se désolant de ça, je lui dis de ne pas se faire de mauvais sang en raison de moi; que je resterais très bien seul à la tuilière, sans avoir peur. Malgré ça, elle n'en était pas plus contente; mais ainsi qu'on dit communément : « besoin fait vieille trotter »; les pauvres gens ne font pas souvent à leur fantaisie, et il lui fallut se résigner.

Tous les matins donc, à la pique du jour, elle s'en allait à Marancé, qui était à environ trois quarts d'heure de chemin; moi, je restais seul. Le premier jour, je ne bougeai guère de la maison et des environs, mais je m'ennuyai vite d'être ainsi casanier, et je me risquais dans la forêt. Des loups, je n'en avais pas peur, sachant bien qu'en cette saison où ils trouvent à manger des chiens, des moutons, des oies, de la poulaille, ils ne sont pas à craindre pour les gens, et dorment dans le fort sur leur liteau lorsqu'ils sont repus, ou sinon, vont rôder au loin autour des troupeaux. D'ailleurs, j'avais dans ma poche le couteau de mon père attaché au bout d'une ficelle, et, avec un bâton accourci à ma taille, ça me donnait de la hardiesse. Pour les voleurs, on disait bien qu'il s'en cachait dans la forêt, mais je n'y pensais point : c'est un souci dont les pauvres sont exempts; malheureusement, il leur en reste assez d'autres.

Dans les temps anciens, à ce qu'il paraît, la forêt était beaucoup plus vaste et considérable que maintenant, car elle s'étendait sur les paroisses de Fossemagne, de Milhac, de Saint-Geyrac, de Cendrieux, de Ladouze, de Mortemart, de Rouffignac, de Bars, et venait jusqu'aux portes de Thenon. Encore à cette époque où j'étais petit drole, quoique moins grande qu'autrefois, elle était cependant bien plus étendue qu'aujourd'hui, car on a beaucoup défriché depuis. Elle se divisait, ainsi qu'aujourd'hui, en plusieurs cantons, ayant un nom particulier; forêt de l'Herm, forêt du Lac-Gendre, forêt de La Granval; mais, lorsqu'on parlait de tous ces bois qui se tenaient, on disait, comme on dit encore : « la Forêt Barade », qui vaut autrement à dire comme « la Forêt Fermée », parce qu'elle dépendait des seigneurs de Thenon, de la Mothe, de l'Herm, qui défendaient d'y mener les troupeaux.

Les bois n'étaient pas en trop bon état partout, au temps où nous étions à la tuilière : on y avait mis le feu autrefois à quelques places, et puis l'ancien noble à qui presque toutes ces forêts appartenaient à la Révolution, s'étant ruiné, disait-on, avait fait couper les futaies, avancé des coupes et, finalement, avait vendu la plus grande partie de ses bois pour un morceau de pain. Malgré ça, on y trouvait encore, quelques années après, des taillis épais et de beaux arbres dans les endroits difficiles à exploiter. Il y avait aussi, dans les endroits écartés, dans les fonceaux perdus, des fourrés drus, d'ajoncs, de genêts, de brandes, de bruyères, entremêlés de ronces et de fougères qui semblaient de petits arbres. C'est dans ces fourrés impénétrables que les sangliers, appelés en patois *porcs-singlars,* avaient leur bauge d'où ils sortaient la nuit pour aller fouir les champs de raves ou de pommes de terre autour des villages. On ne les voyait guère de jour, sinon lorsqu'ils étaient chassés par la meute du comte; ou bien c'était une laie traversant une clairière, au loin, suivie de ses petits trottinant après elle.

Deux chemins coupaient la forêt : le grand chemin royal de Bordeaux à Brive ou, autrement, de Limoges à Bergerac, qui passait à l'Herm, à la Croix-de-Ruchard où s'embranchait un chemin venant de Rouffignac, et ensuite allait, toujours en plein bois, jusqu'au Jarripigier, pour de là gagner Thenon. L'autre était le grand chemin de traverse d'Angoulême à Sarlat qui, venant de Milhac-d'Auberoche, passait près du Lac-Nègre, au Lac-Gendre, et, à un quart de lieue de Las Motras, allait croiser le chemin de Bordeaux à Brive et se dirigeait vers Auriac, en passant sur la gauche de Bars.

Ces chemins n'étaient pas tenus comme les routes d'aujourd'hui. C'était, du moins les deux premiers, de grandes voies larges de quarante et quarante-huit pieds, comme ça se voit encore à des tronçons qui restent, lorsque les riverains n'ont pas empiété. Elles montaient tout bonnement dans les montées descendaient dans les descentes, sans remblais ni déblais, gazonnées par places, ravinées par d'autres, et s'en allaient directement où elles devaient aller, sans chercher de détours, tristes et grandioses entre les immenses bois noirs qui les bordaient. Quelquefois, en voyant, l'espace d'une demi-lieue, ces routes s'allonger tout droit, jusqu'en haut d'une côte, sans un voyageur, sans un passant, pierreuses, arides ou verdissantes, défoncées, envahies çà et là par les herbes sauvages ou des bruyères rases, il semblait que sur cette voie déserte, ruinée, allaient apparaître, escortés par des cavaliers de la maréchaussée prévôtale, les mulets du fisc portant les écus de la taille et de la gabelle dans les coffres du Roy. Ailleurs, dans une combe sauvage, traversée par la route, c'était un fond d'aspect sinistre, humide l'été, dont l'hiver faisait une fondrière, loin de toute habitation, en plein bois, entouré de halliers épais : lorsque tombait la nuit, on se prenait à regarder autour de soi, comme si des voleurs de grand chemin étaient prêts à sortir des taillis sombres. Outre ces grands chemins, il y avait des pistes tracées par les charrettes qui enlevaient les brasses de bois, pistes qui s'effaçaient après l'exploitation des coupes, et des petits sentiers de braconniers qui s'enfonçaient dans les fourrés, serpentaient sous les taillis, suivaient les combes, contournaient les coteaux, ou s'entrecroisaient à leur cime où était un poste pour le lièvre.

On ne rencontrait guère jamais personne dans les bois. Quelquefois, le soir, on apercevait un paysan en bonnet de coton bleu, du foin dans ses sabots l'hiver, pieds nus l'été, cachant la batterie de son fusil sous sa veste déchirée, qui s'enfonçait dans les taillis, et allait au clair de lune se poster à l'orée d'une clairière, pour guetter le lièvre sortant de son fort et allant au *gagnage* [1], ou bien, sur une *cafourche* [2] hantée par les loups, attendre, caché derrière une touffe de genêts, la bête à l'oreille pointue qui, au milieu de la nuit, vient hurler sinistrement en levant le museau vers la lune. Dans la journée, de loin en loin, on trouvait sur ces petits chemins un garde-bois, sa plaque au bras, venant donner de la bruyère à couper, ou du bois à faire; et, plus rarement encore, une file de cinq à six mulets portant du charbon pour la forge des Eyzies.

Ainsi que tous les enfants de par chez nous, je grimpais comme un écureuil. Des fois, lorsque je trouvais un grand arbre sur la cime d'une haute butte, je montais jusqu'au faîte, et je regardais l'immensité des bois qui s'étendaient à perte de vue sur les plateaux, les croupes et

---

1. Champ où le gibier va prendre sa nourriture.
2. Il s'agit probablement d'une croisée de chemins.

les creux ravinés. Çà et là, dans une éclaircie, une maison isolée sur la lisière de la forêt, un clocher pointu au-dessus des masses sombres des bois, ou la fumée d'une charbonnière, flottant lourdement comme une brume épaisse dans les combes et les fonds. De tous côtés, presque, les puys, les coteaux et les vallons s'enchevêtraient et s'étageaient pour gagner les plateaux du haut Périgord, tandis qu'au midi, dans le lointain, au-delà de la Vézère, les grandes collines du Périgord noir fermaient l'horizon bleuâtre. Autour de moi, nul bruit : quelquefois seulement, le battement d'ailes d'un oiseau effarouché, ou le passage, dans le fourré, d'un renard cheminant la queue traînante. Au loin, c'était le jappement clair d'un chien *labri* sur la voie du lièvre, ou la corne d'appel de quelque chasseur huchant ses *briquets* [1], ou bien encore une vache bramant lamentablement après son veau, livré au boucher de Thenon.

Puis, quand venait le midi, l'Angélus tintait à tous les clochers d'alentour, Fossemagne, Thenon, Bars, Rouffignac, Saint-Geyrac, Milhac-d'Auberoche, et la musique de toutes ces cloches aux sonorités variées, s'épandait sur la forêt silencieuse. Je restais là, enjuché sur mon arbre, des heures, rêvant à ces choses vagues qui passent dans les têtes d'enfants, aspirant les senteurs agrestes qui montaient de la forêt, vaste

1. Petits chiens de chasse.

herbier de plantes sauvages chauffé par le soleil, écoutant le coucou chanter au fond des bois, et, plus au loin, un autre lui répondre, comme un écho affaibli. D'autres fois, c'était un geai miauleur, qui s'était appris à imiter les chats, autour des maisons, à la saison des cerises, et qui s'envolait bientôt en m'apercevant.

J'aimais cette solitude et ce quasi silence, qui amortissaient, sans que j'y fisse attention, les cruels ressouvenirs de mon pauvre père, et, tous les jours, pendant que ma mère travaillait à Marancé, je courais dans les bois, mangeant une mique ou un morceau de pain apporté dans ma poche, me gorgeant de fruits sauvages, buvant dans les creux où l'eau s'assemblait, car il n'y a guère de sources dans la forêt, et me couchant sur l'herbe lorsque j'étais las. Pas bien loin de Las Motras, il y a, dans un creux, un petit lac appelé le Gour; on dit qu'on n'a jamais pu en sonder le fond, mais peut-être, on n'a jamais bien essayé. En ce temps-là, le Gour était environné d'épais fourrés, et l'eau dormait là tranquille et claire, ombragée par de grands arbres qu'elle réfléchissait : frênes, fayards ou hêtres, érables et chênes robustes. Il y avait même, penché sur le petit lac, un tremble argenté, venu là par hasard, dont les feuilles frémissaient avec un bruit léger comme celui d'une aile d'insecte. J'allais quelquefois me coucher là, sous les hautes fougères, et quand le soleil commençait à baisser, alors qu'aux environs un mâle de tourterelle roucoulait amoureusement, j'épiais les oiseaux, altérés par la chaleur du jour, qui venaient y boire. Il y en avait de toute espèce : geais, loriots, merles, grives, pinsons, linots, mésanges, fauvettes, rouges-gorges; ils arrivaient voletant, se posaient sur une branche, tournaient la tête de droit, de gauche, et lorsqu'ils voyaient qu'il n'y avait pas de danger, ils s'abattaient au bord du Gour, et buvaient à gorgées en levant le bec en l'air pour faire couler l'eau. Des fois, les uns se baignaient en faisant aller leurs ailes, comme des enfants qui battent l'eau à la baignade, et, après, se secouaient pour se sécher et s'éplumissaient.

Il me semblait, à moi, sur qui pesait toujours, quoique moins lourdement, le malheur de mon père, il me semblait, je dis, que ces petites bêtes, libres dans les bois, étaient heureuses, n'ayant souci de rien, se levant avec le soleil, se couchant avec lui, et, le jabot bien garni, dormant tranquilles la tête sous leur aile. Pourtant, je me venais à penser aussi que l'hiver elles n'étaient pas trop à leur affaire, lorsqu'il gelait fort et que la neige était épaisse : il y en avait alors qui devaient jeûner. Les merles, les grives, les geais, trouvent toujours quelques grains de genièvre, quelques prunelles de buisson, des baies de viorne ou de sureau, ou encore quelques alises restées à la cime de l'arbre. Mais les autres pauvres petits oisillons ne trouvent plus de graines, ni de bestioles à picorer, et, si la neige tient, si le froid est dur, affaiblis par le jeûne, une nuit où il gèle à pierre fendre, ils tombent morts de la branche, et restent là, le bec ouvert, les plumes hérissées, les pattes roides. D'autres fois, c'est un chat sauvage qui, dans l'obscurité, monte à l'arbre et les emporte, ou encore un chasseur à l'allumade, qui vient avec sa lanterne, tandis que tout dort, et d'un coup de palette assomme les imprudents qui s'enjuchent trop bas : ah! il y a de la misère pour tous les êtres sur la terre.

Le dimanche, ma mère restait à la tuilière, bien contente d'être avec moi, et elle s'occupait de rapetasser nos pauvres hardes, qui en avaient grand besoin, surtout les miennes, car on pense bien qu'avec cette vie dans les bois, à traverser les ronciers, à grimper aux arbres, mes culottes et ma chemise en voyaient de rudes. Ce jour-là, elle faisait de la soupe avec quelque chose qu'on lui avait donné, ou avec des haricots que nous appelons mongettes, et il nous semblait bon de manger comme ça ensemble, étant toute la semaine chacun de notre côté. La nécessité enseigne de bonne heure les enfants du pauvre; lors donc que j'étais seul, s'il restait un peu de bouillon, je le faisais chauffer quelquefois, et je me trempais de la soupe dans une petite soupière; mais, ordinairement, j'aimais mieux aller courir.

Avec ça, je mangeais des frottes d'ail, ménageant le sel, comme de juste, car il était cher, ou bien des pommes de terre à l'étouffée, des miques, et puis des fruits venus sur des arbres sauvages, semés par les oiseaux dans les bois : cerises, sorbes ou pommes, ou encore de mauvais percés ou *alberges* [1], trouvés dans quelque vigne perdue à la lisière de la forêt. Des fois, ma mère me portait dans la poche de son tablier un morceau de millassou dont elle s'était privée, la pauvre femme, mais il lui fallait se cacher pour ça, parce que l'homme de Marancé, qui regrettait le pain qu'on mangeait, se serait fâché s'il s'en était donné garde. Malgré tout, je profitais comme un arbre planté en bon terrain, et je devenais fort, car, quoique n'ayant que huit ans, j'en paraissais bien dix. Ma connaissance aussi s'était bien faite; je parlais avec ma mère de choses que les enfants ignorent d'ordinaire, et je comprenais des affaires au-dessus de mon âge : je crois que la misère et le malheur m'avaient ouvert l'entendement.

Il y en a qui diront :

— Alors vous viviez comme des *higounaous*, des huguenots! vous n'alliez pas à la messe le dimanche, ni à vêpres ?

Eh non, nous n'y allions pas. Ma mère, la pauvre, croyait bien au paradis et à l'enfer; elle savait bien qu'elle se damnait en faisant ainsi; d'ailleurs, elle ne pouvait l'ignorer, car le curé, l'ayant rencontrée un soir qu'elle revenait, harassée de sa journée, le lui avait reproché, disant

1. Petit abricot.

que de ne pas aller à la messe, de ne point se confesser, ni faire ses Pâques, c'était vivre comme la *chenaille*[1]. Non, elle n'allait pas à l'église et ne m'y menait point, faute de n'avoir le temps, disait-elle, mais il y avait autre chose. S'il faut dire la vérité, elle s'était brouillée avec le bon Dieu : elle lui en voulait, et surtout à la Sainte Vierge, de ce que mon père avait été condamné. Elle convenait bien qu'il devait être puni, mais non pas de mort, parce que les vrais coupables, ceux qui l'avaient poussé à faire ce coup, c'était le comte, qui avait donné l'ordre injuste et méchant de tuer notre chienne, et puis cette canaille de Laborie, qui la poursuivait de ses propositions malhonnêtes. Je dis : puni de mort, car en ce temps-là, ce n'était pas comme à présent, où les forçats sont mieux soignés et plus heureux là-bas, dans les îles, que les pauvres gens de par chez nous. Ceux qui tenaient dix ans à cette vie des galères avaient la carcasse solide; mais la plupart mourraient avant, surtout ceux qu'on envoyait à Rochefort, dans les marais de la Charente. Et justement, c'était là qu'on avait mis mon père, sur la demande du comte de Nansac, comme M. Fongrave nous le fit savoir. Dans le commencement, comme on nous avait dit que Rochefort était plus près de la tuilière que Brest ou Toulon, nous nous en

1. Canaille.

contentions, comme si d'être séparés de cinquante, ou de cent, ou de deux cents lieues, ça n'était pas la même chose pour nous. Mais depuis, j'ai su par un marinier de Saint-Léon que c'était là qu'on envoyait ceux dont on voulait se défaire.

Et pour mon pauvre père, ça ne fut pas long. Tout le jour à travailler dans les boues de la rivière, nourri de mauvaises fèves, enchaîné la nuit sur le lit de planches, il attrapa les terribles fièvres du bagne. Et puis, la perte de sa liberté et le chagrin le minaient plus que la maladie : aussi, au bout de quelques mois le pauvre misérable mourut désespéré.

L'avant-veille de la Toussaint, le maire fit appeler ma mère, et lui dit brutalement devant le curé, qui était avec lui sur la place de l'église :

— Ton homme est mort là-bas, il y eut hier quinze jours; tu peux lui faire dire des messes.

— Les pauvres gens n'en ont pas besoin, répartit ma mère : ils font leur enfer en ce monde.

Et elle s'en alla. Il était nuit noire lorsqu'elle arriva à la tuilière, où je l'attendais au coin du feu en faisant cuire des châtaignes sous la cendre pour mon souper. Sans me rien dire, elle défit son mouchoir de tête, et, se recoiffant, elle cacha en dessous la pointe du mouchoir qui était ramenée en avant.

Il faut dire qu'autrefois il y avait des manières différentes de se coiffer en mouchoir : les filles laissaient pendre un long bout par derrière, sur le cou, comme pour pêcher un mari; les femmes glorieuses d'avoir un homme ramenaient fièrement ce bout en avant sur l'oreille, tandis que les pauvres veuves le cachaient sous leur coiffure, désolées de leur *viduité*[1]. D'après cette explication, on comprend que ce bout de mouchoir arrangé d'une certaine façon, était l'emblème du mariage désiré par les filles, possédé par les femmes et regretté par les veuves : cela tout naïvement, et sans penser à mal.

En ce temps-là, je ne connaissais pas la signifiance de cette pointe de mouchoir, et je regardais faire ma mère, tout étonné. Lorsqu'elle eut fini, elle prit une gibe, sorte de forte serpe au bout d'un long manche, et, me tenant par la main, elle m'emmena à travers la forêt.

Elle marchait d'un pas rapide, m'obligeant ainsi à courir presque, muette, farouche, serrant ma main dans la sienne d'une pression égale et forte. Elle ne connaissait pas aussi bien la forêt que l'homme de la Mïon; et puis, d'ailleurs, son idée qui la poussait en avant l'empêchait de se bien diriger dans la nuit, de manière que, voulant aller à l'Herm, elle gauchit sur la droite beaucoup, vers le Lac-Nègre; ce que voyant et qu'elle avait failli son chemin, ma mère tourna droit vers le midi. Nous allions

1. Veuvage.

toujours sans mot dire, moi pressentant quelque chose de grave dans ce long silence, et ému par avance à la pensée de quelque terrible révélation. Dans les bois, les feuilles secouées par un vent humide tombaient au pied des arbres, ou quelquefois, enlevées par une rafale, tourbillonnaient dans la nuit, passant sur nos têtes comme une innumérable troupe de sansonnets emportés par la bourrasque. Dans les sentiers semés de feuilles mortes, des flaques d'eau pareilles à des miroirs sombres où rien ne se reflétait, clapotaient sous nos sabots. Et nous marchions toujours grand pas, ma mère, sa gibe sur l'épaule, moi entraîné par elle, et enveloppés tous deux de l'obscurité sinistre des bois. Enfin, sur les onze heures, nous vîmes sur la lisière de la forêt se dresser dans le ciel noir les toits pointus du château de l'Herm, et ma mère pressa le pas en contournant le coteau pour éviter le village. En arrivant au découvert le ciel se montra gris, rayé de bandes noirâtres avec de grands nuages qui couraient vers l'est poussés par le vent de travers. En rencontrant les fossés de l'enceinte, ma mère les longea et, s'arrêtant en face de la porte extérieure la tête haute, les yeux brillants, les cotillons fouettés par le vent, me dit :

— Mon drole, ton père est mort là-bas aux galères, tué par le monsieur de Nansac : tu vas jurer de le venger! Fais comme moi!

Et suivant le rite antique des serments solennels, usité dans le peuple des paysans du Périgord depuis des milliers d'années, elle cracha dans sa main droite, fit une croix dans le crachat avec le premier doigt de la main gauche et tendit la main ouverte vers le château.

— Vengeance contre les Nansac! dit-elle trois fois à haute voix.

Et moi, je fis comme elle et je répétai trois fois :

— Vengeance contre les Nansac!

Cela fait, tandis que les grands chiens hurlaient au chenil, ayant côtoyé les maisons du village endormi, nous fûmes prendre le vieux grand chemin royal qui passe près de l'Herm et traverse les bois en se dirigeant vers Thenon. Trois quarts d'heure après, nous étions à la Croix-de-Ruchard, qui se trouve maintenant sur la lisière de la forêt, et, laissant La Salvetat sur la droite, nous rentrâmes dans les bois de La Granval, suivant les sentiers pour revenir à la tuilière, où nous fûmes rendus sur les deux heures du matin.

A l'âge que j'avais alors, le dormir est un besoin presque aussi fort que le manger et le boire. Lorsque je me réveillai le lendemain, il faisait grand jour, et j'étais seul dans le lit, ma mère étant partie de bonne heure au travail. Je restai là un moment, regardant à l'autre bout de notre masure une petite pluie fine qui tombait par la tuilée effondrée, faisant une flaque dans le sol, et lors je pensai à tous les malheurs qui nous tombaient dessus. La mort de mon père, quoiqu'elle m'eût fait une bien grosse peine, ne m'avait pas surpris, car nous nous y attendions, ma mère et moi. Souventes fois, parlant tous deux de ce que pouvait être cet enfer des galères, nous imaginions des choses si terribles, et pourtant si vraies, que la mort pouvait être considérée comme une délivrance. Oh! en être réduit à préférer la mort pour ceux qu'on aime, quelle triste chose! Aussi quelle haine farouche pour les Nansac grouillait en moi, pareille à un de ces nœuds de vipères accouplées que je trouvais parfois dans la forêt!

Après ces tristes pensers, j'éprouvais du soulagement à sentir dans mon cœur une grande reconnaissance pour M. Fongrave qui avait été si bon pour nous. Il me semblait que tant que nous n'aurions pas en quelque manière marqué notre reconnaissance à l'avocat de mon père, je ne serais pas à mon aise. En cherchant en moi-même ce que nous pourrions faire pour ça, je vins à penser que lui envoyer un lièvre, ça serait à propos. Je me souvins alors que, dans le tiroir du cabinet, il y avait des setons ou lacets de laiton dont se servait mon père, et, sautant du lit incontinent, je mis ma culotte, soutenue à mode de bretelle par un bout de ficelle que j'avais faite avec du chanvre, et j'allai au tiroir. Je fus content de voir qu'il y avait une dizaine de setons, et, sans plus tarder, je pris une mique et, en la mangeant, je m'en fus à la recherche de passages de lièvres, où je pourrais en poser. Après avoir bien viré, tourné, je remarquai trois coulées assez fréquentées, et, le soir, ayant flambé trois de ces collets, je les cachai dans une poignée de fougères, et au soleil entrant, ou couchant, si l'on veut, je m'en fus les placer. Je posai le premier dans un passage à deux pas du sentier, attaché à une forte pousse de chêne. J'en mis un autre sur la lisière d'un bois à un endroit où j'avais connu que le lièvre passait souvent pour aller faire sa nuit dans les terres autour des villages, et enfin le troisième à la croisée de deux petits sentiers qui devait être un poste pour la chasse aux chiens courants.

Le lendemain matin, de bonne heure, je m'en fus voir mes setons : rien. Le surlendemain, rien encore. Le troisième jour, je trouvai qu'il m'en manquait un, enlevé sans doute par quelque garde ; aux autres, rien encore. Je compris lors que je n'étais pas bien fin braconnier, mais je ne me décourageai point pour ça ; en quoi j'eus raison, car le quatrième jour, approchant de mon dernier seton, je vis quelque chose de gris dans la coulée et je me mis à courir : c'était un beau lièvre étendu mort, le poil encore humide de la rosée de la nuit ; je le ramassai et m'engalopai chez nous. Lorsque le soir ma mère vint, je lui montrai le lièvre en lui disant que c'était pour M. Fongrave que je l'avais attrapé. Elle me dit que c'était très bien ; qu'il ne fallait jamais oublier ceux qui nous avaient fait du bien, et non plus ceux qui nous avaient fait du mal.

Je n'avais garde d'oublier ceux-ci ; mais que faire, moi, drole d'une huitaine d'années ? Comment venger la mort de mon père sur les messieurs de Nansac ? Ils étaient riches, puissants, la terre était à eux ; ils avaient un château inabordable à leur volonté, des domestiques, des gardes armés, et moi j'étais pauvre et chétif. Je pensais à ça souvent, sans rien imaginer, preuve que je n'avais pas de nature l'idée tournée au mal, quand, le mardi suivant, allant à Thenon avec ma mère pour tâcher de faire passer le lièvre à M. Fongrave, nous trouvâmes un homme qui portait un fusil à bretelle et menait, par une corde, un méchant briquet qui avait le cou tout écorché. On causait en marchant, et, entre autres propos, l'homme vint à nous dire que son chien s'était pris dans un seton et qu'heureusement, lui étant tout près, à couper de la bruyère, l'avait ouï gueuler et l'avait tiré du lacet à moitié étranglé : entendant ça, je vins à penser que, le comte de Nansac chassant souvent dans la forêt, je pourrais lui tuer des chiens par ce moyen, et je fus content.

A Thenon, ma mère trouva un marchand établi sur la place de la Clautre, à Périgueux, qui venait souvent au marché les mardis, avec deux mulets de bât portant ses marchandises. Cet homme nous dit connaître M. Fongrave qui lui avait plaidé une affaire, et promit de lui rendre le lièvre le lendemain, certainement. Sur cette assurance, nous revînmes à la tuillière.

Je n'allais pas souvent dans la forêt de l'Herm, qui était aux messieurs de Nansac, pour ne pas les rencontrer chassant, ou leurs gardes ; mais un soir, ayant remarqué les endroits, j'y posai deux solides setons doublés et bien attachés à de fortes cépées de chêne, et m'en retournai tout courant. Le lendemain, c'était jour de chasse, et, de loin, j'entendais par intervalles la trompe du piqueur et les voix des chiens. Je ne sus rien de ce jour-là, et j'enrageais en moi-même, quand le surlendemain, étant dans la forêt de La Granval, je trouvai, entre les Maurezies et le Lac-Viel, le piqueur de l'Herm qui sonnait les appels. Il me demanda si je n'avais pas vu un grand chien blanc et noir, marqué de feu aux pattes et au-dessus des yeux. Je lui répondis que non, et là-dessus, poussant son cheval, il s'en alla. Dans les villages aux entours de la forêt, on sut par ce piqueur que Taïaut, le chien de tête, était perdu. Moi, je ne disais rien, mais je soupçonnais qu'il pourrait bien être étranglé mort au pied d'un petit chêne, là-bas, dans la Combe-du-Loup. J'avais forte envie de m'en accertainer, mais la crainte d'être vu et d'attirer les soupçons sur moi me retenait. Cependant, perdant patience, le dimanche, pendant la messe, sûr que tous, maîtres et domestiques y étaient, je courus à la Combe-du-Loup. Ha ! la tête de Taïaut était là par terre dans la coulée, et tout le reste avait disparu, mangé par les loups : il payait pour notre pauvre chienne. Je détachai vite le seton et je m'en revins tout fier et content de ce commencement de vengeance. Au château, personne ne se douta de rien, et lorsque, quelques jours plus tard, Mascret trouva la tête de Taïaut à moitié mangée par les fourmis, on crut que le chien, n'ayant pas retraité avec les autres, avait été attrapé la nuit par les loups.

J'étais content, j'ai dit : pourtant quelque chose me fâchait ; c'était que le comte ne sût pas que j'avais fait ce coup. Un beau jour, pensais-je, je le lui dirai bien ; mais, pour le moment c'était trop dangereux. La mort de mon père ne l'avait pas saoulé, d'ailleurs, et il cherchait encore à nous faire du mal à nous autres. Pour nous faire quitter le pays, et nous ôter le pain de la main, il voulut d'abord acheter la tuillière où nous demeurions ; mais l'homme à qui elle appartenait, qui ne l'aimait guère, comme tout le monde dans le pays, du reste, refusa de la lui vendre. N'ayant pas réussi de ce côté, il imagina de faire revenir le fils de chez Tâpy, là où travaillait ma mère, lequel avait assez de la vache enragée du régiment, quoiqu'il se fût enrôlé volontairement. Le comte agit si bien qu'il lui fit avoir son congé, je ne sais sous quel prétexte ; mais, en ce temps-là, les nobles comme lui faisaient tout ce qu'ils voulaient.

Voilà donc ma mère encore une fois chômant et à se demander d'où elle tirerait le pain. Juste en cet instant, comme pour répondre à la méchanceté du comte, un autre de ses chiens se prend encore à un seton ; mais, cette fois, on le trouva, et Mascret dit :

— Si Martissou n'était pas mort aux galères, je jurerais que c'est lui qui a fait et posé ce collet !

Mais ça n'alla pas plus loin pour le moment : on crut que le chien s'était pris à un seton tendu pour le lièvre, comme ça arrive quelquefois.

Pourtant, une quinzaine de jours après, Mascret, qui avait son idée, me trouvant dans la forêt, tira le lacet de son carnier et me dit :

— Connais-tu ça ?

La colère de toutes les canailleries du comte me monta tout d'un coup :

— Oui, bien ! dis-je, c'est moi qui l'ai posé !

— Ah ! foutu méchant garnement ! je vais te corriger !

Mais, me jetant en arrière, j'ouvris mon couteau en même temps, prêt à le planter dans le ventre du garde :

— Avance ! si tu n'es pas un capon !

Lorsque Mascret me vit ainsi, les sourcils froncés, les yeux flamboyants, la bouche grinçante, montrant les dents comme un jeune loup qui va mordre, il eut peur et s'en alla après force menaces.

Cependant l'hiver était là ; les pinsons se rassemblaient par troupes, les mésanges quittaient les bois pour les jardins, les grives descendaient dans les prés, et les rouges-gorges venaient autour des maisons. C'est l'époque où l'on balaie la feuille dans les châtaigneraies, où l'on cure les rigoles des prés, où l'on ramasse le gland et autres broutilles comme ça, toutes choses que les gens font en s'amusant : il n'y a pas d'ouvrage pour les journaliers en ce temps-là. Voyant donc qu'elle n'aurait pas de travail autrement, ma mère, qui était bonne filandière, chercha du chanvre à filer, d'un côté et d'autre, et en trouva quelque peu. Elle se mettait une châtaigne sèche, toute crue, dans la bouche, pour faire de la salive, et filait ainsi du matin au soir, gagnant à peu près ses trois sous par jour : il n'y avait pas pour manger notre aise de pain. Heureusement, l'homme à qui était la tuilière nous avait donné des châtaignes à ramasser à moitié, de manière que nous avions la valeur de deux sacs sur de la fougère, dans le fond de la *cassine* [1], ce qui nous assurait de ne pas mourir de faim cet hiver. Quant au bois, il ne nous manquait pas : nous en avions amassé un grand pilo pour la mauvaise saison sous un bout de hangar qui tenait encore un peu. Ce fut bien à propos, quand vint la neige, et qu'il fallut rester des journées entières au coin du feu. Pour m'amu-

1. Baraque.

ser, cependant que ma mère filait sans relâche, moi je m'essayais à faire des cages d'osier, ayant pour tout outil mon couteau et une baguette de fer que je faisais rougir pour percer les trous des barreaux.

L'hiver, on dit que c'est la bonne saison pour les riches ; mais pour les pauvres, il n'en va pas de même. D'ailleurs, il n'y a pas de bonne saison pour eux. Ceux-là qui ont besoin de gagner leur vie sont encore plus malheureux lorsque le travail de terre manque : ainsi sont dans la campagne les pauvres mercenaires ; il leur faut chômer lorsqu'il pleut ou neige, et jeûner aussi souvent. Outre ça, l'hiver, c'est le temps où il ferait bon être bien habillé de bonne bure épaisse, ou de bon *cadis* bourru, pour se préserver du froid ; mais les pauvres gens sont obligés de passer les mois du gel avec leurs habillements d'été. Nous autres, dans cette baraque où l'eau et la neige tombaient par le trou de la tuilée où le vent s'engouffrait aussi, tuant quelquefois le chalel pendu au manteau de la cheminée, nous n'étions pas trop bien, comme on peut croire; surtout que nos habillements, toujours les mêmes, usés, percés, n'étaient guère chauds. Aussi, quand vint le printemps, que les noisetiers sauvages fleurirent leurs chatons et que les buis commencèrent à faire leurs petites marmites, il nous sembla renaître avec le soleil. Mais ce n'était pas le tout, il fallait manger, et pour manger, gagner des sous.

Ce qui fait la peine des uns arrange quelquefois les autres. Vers la mi-carême, la femme de Tâpy tomba malade, de manière que son homme manda à ma mère d'y aller pour la soigner, les droles aussi, et tenir la maison. La pauvre femme resta au lit un mois et demi, et, aussitôt qu'elle put se lever, quoique bien faible, il lui fallut reprendre son travail, car Tâpy était un peu serré et même avare, de sorte que d'être obligé de payer une femme pour faire les affaires dans la maison, si peu que ce fût, alors qu'il en avait une à lui, ça le suffoquait; tellement bien, qu'il en voulait à sa femme d'être malade, comme si ç'eût été sa faute, à la pauvre diablesse!

Voilà donc ma mère encore une fois sans travail, de manière qu'au bout d'un mois et demi, les quelques sous qu'elle avait amassés furent dépensés. Un jour vint où il n'y eut plus de pain chez nous, ni de pommes de terre. Les châtaignes, il y avait longtemps qu'elles étaient finies; de graisse plus : nous faisions la soupe avec un peu d'huile rance, tant qu'il y en eut; dans un fond de sac, seulement, il restait un peu de farine de blé d'Espagne. Ma mère la pétrit, en fit des miques qu'elle fit cuire, en disant :

— Lorsqu'elles seront finies, il nous faudra prendre le bissac et chercher notre pain.

Entendant ça, je maudissais ce comte de Nansac qui était la cause de la mort de mon père aux galères, et qui voulait nous faire crever de misère. En moi-même je répétais ce que j'avais souvent ouï dire ma mère :

— Le bon Dieu n'est pas juste de souffrir ça!

Si j'avais eu le fusil de mon père, qu'au greffe ils gardaient, je crois que je me serais embusqué dans la forêt pour tuer comme un loup ce méchant noble, lorsqu'il passait à cheval avec ses chiens, l'air froid et méprisant, criant lorsqu'il rencontrait quelque paysan sur son chemin :

— Gare, manant!

En ruminant toutes ces choses pénibles, affolé par la misère, je vins à penser que nous étions à la veille de la Saint-Jean. C'est la coutume dans nos pays que, ce jour-là, on allume un feu sur les cafourches ou carrefours, auprès des villages et des maisons écartées. Dans les bourgs on en dresse un beau, recouvert de verdure et de feuillage, avec, à la cime, un bouquet de lis, de roses et d'herbes de la Saint-Jean, qu'on s'arrache après. Comme autrefois le druide célébrant la fête du solstice, à la tombée de la nuit, le curé vient bénir le feu en cérémonie : ainsi faisait celui de Fanlac, de qui j'ai appris cela. Lorsque le feu tire à sa fin, ceux qui n'ont pu attraper le bouquet emportent des charbons pour garder la maison du tonnerre, après avoir sauté le brasier pour se préserver des clous.

Au temps que nous demeurions à Combenègre, d'où l'on voyait au loin s'étager les coteaux et les puys, j'aimais à regarder, ce soir-là, ces milliers de feux qui brillaient dans l'ombre, sur une immense étendue de pays, jusqu'à l'extrémité de l'horizon, où le vacillement incertain de la flamme se percevait à peine, comme une étoile perdue dans les profondeurs du ciel. Sur les cimes, les feux, tirant à leur fin, quelquefois s'obscurcissaient un instant, puis, ravivés par l'air, jetaient encore quelques clartés pour finir par s'éteindre, alors que d'autres, dans la vigueur de leur première flambée, montaient dans le ciel noir comme des langues de feu.

De la tuilière, au milieu des bois, on ne pouvait pas apercevoir tous ces feux, mais je ne m'en souciais guère, car, sur le coup où j'avais pensé à cela, m'entra comme une balle dans la tête cette idée : mettre le feu à la forêt de l'Herm! De cet instant, je ne m'occupai d'autre chose; la nuit, j'en rêvais. Ce n'était pas la résolution perverse d'un enfant précocement méchant, faisant le mal pour le mal, par plaisir; non. A la guerre sans pitié du comte je répondais par une guerre semblable; ne pouvant le tuer, — ce que j'aurais fait alors sans remords, — je lui causais un grand dommage. Je tenais mon serment, je vengeais mon père; cette pensée me faisait du bien. Tout ça n'était pas, à ce moment-là, aussi net dans ma tête que je le dis aujourd'hui, mais je le sentais tout de même.

Le difficile était d'en venir à mes fins. J'y

songeais tous les jours, cherchant les moyens, les pesant, les comparant, et, finalement, m'arrêtant aux meilleurs, c'est-à-dire à ceux qui pourraient rendre l'incendie plus considérable. Le premier point, c'est qu'il fallait attendre un jour où il venterait fort; le second, que le vent devait venir de l'est, du côté de Bars, pour ne pas brûler la forêt de La Granval, ni celle du Lac-Gendre, ce que je n'aurais voulu pour rien au monde, mais seulement celle de l'Herm. La troisième condition, c'est qu'il fallait allumer le feu à un endroit d'où il pût gagner facilement tous les bois du comte de Nansac, car, de préparer plusieurs foyers, c'était appeler les soupçons; mis à une seule place, ça passerait pour un accident. Enfin le quatrième point, c'est qu'il fallait mettre le feu la nuit, afin que les secours ne vinssent pas arrêter l'incendie à son début.

Pour un enfant de mon âge, tout ça n'était pas trop mal arrangé : le malheur était que ce fût pour une mauvaise action; mais, poussé au mal, je n'étais pas le seul coupable.

Tandis que je ruminais ces choses dans ma tête, ma mère, ayant su qu'on avait besoin de faneuses au Cheylard, y alla le lendemain, me laissant seul pour tout le temps des fenaisons, car c'était trop loin pour revenir chaque soir. Elle se fâchait de ça, mais je la tranquillisai en l'assurant que je ne m'inquiétais point d'être seul. Si je lui avais dit la vérité, j'aurais dit que j'en étais content. Le premier jour, je l'accompagnai jusqu'au Cheylard, où, ayant demandé quelque peu d'argent d'avance sur ses journées, elle acheta chez le fournier de Rouffignac une tourte de pain que j'emportai.

Mon plan étant bien arrêté, je n'avais plus qu'à chercher un bon endroit et à attendre le moment propice. Il y avait une différence de trois ou quatre ans entre les coupes de la forêt de l'Herm et celles de La Granval qui se jouxtaient. Les premières étaient bonnes à couper l'hiver prochain, de manière que la divise, ou limite, était facile à trouver et à suivre, surtout avec les grosses bornes cornières qu'il y avait de distance en distance. Ayant bien considéré les choses, je me décidai pour une place où les bois de l'Herm entraient en coin dans les autres. Il y avait justement là un vieux fossé à moitié comblé : je *cavai* [1] un petit four dans le talus, comme ceux que font les enfants pour s'amuser, j'assemblai quelques brassées de broussailles dans le fossé, et je m'en revins sans avoir été vu de quiconque.

Plusieurs jours se passèrent dans l'attente. Il faisait un soleil brûlant qui séchait sous bois les herbes et les brindilles, ce qui me réjouissait en me faisant espérer une belle flambée; mais point de vent. Pourtant, un matin, avec la lune le temps changea, et un fort vent d'est se mit à souffler, à mon grand contentement. Toute la

1. Creusai.

journée, je trépignai, impatient, et, la nuit venue, j'emplis un vieux sabot de braises et de cendres, et, le cachant sous ma veste, je m'encourus à travers les bois.

Des nuages grisâtres filaient au ciel, le temps était orageux, le vent soufflait chaud, sous les taillis, courbant les fougères et la palène, ou herbe forestière, et balançant à grand bruit les têtes des baliveaux et des arbres de haute futaie. Aussi, tout en galopant, je me disais : « Pourvu qu'il ne pleuve pas cette nuit! »

Lorsque j'arrivai à mon endroit, j'étais essoufflé et tout en sueur. Il pouvait être sur les dix heures : je retrouvai mon petit four en tâtonnant, et aussitôt, vidant mon sabot dedans, je le bourrai d'herbes sèches et me mis à souffler sur les braises. L'herbe flamba rapidement : j'y ajoutai quelques brindilles, et, à mesure que le feu prenait, des petits morceaux de branches mortes. Après qu'il fut bien allumé, j'y jetai une brassée des broussailles sèches que j'avais amassées et, incontinent, la flamme monta, gagnant le bois. Bientôt, sous l'action du vent, le taillis fut en feu, et je me sauvai comme j'étais venu, par les fourrés, emportant le sabot qui m'aurait dénoncé.

Arrivé à la tuilière, les mains saignantes, les jambes éraflées par les ronces, je me couchai tout habillé, agité, inquiet, ne craignant qu'une seule chose, que le feu ne s'éteignît de lui-même, ou par l'orage qui ronflait au loin. Vers une heure après minuit, j'entendis de grands bruits, et, me levant, je sortis. Le tocsin sonnait aux clochers d'alentour, avec des tintements pressés, sinistres. Une immense lueur rouge ensanglantait les nuages qui s'enfuyaient emportés par le vent, et éclairait les coteaux. Des clameurs montaient des villages voisins de la forêt : l'Herm, Prisse, Les Foucaudies, La Lande ; et, au milieu des bois, on entendait les cris des gens des Maurezies, de la Cabane, du Lac-Viel, de La Granval, qui couraient au secours.

Alors je fus pris d'un grandissime désir de contempler mon ouvrage. Ayant laissé passer ces gens, je gagnai à travers les coupes un des endroits les plus élevés de la forêt, où il y avait un grand hêtre sur lequel j'étais monté plus d'une fois, et, l'embrassant aussitôt, je me mis à grimper.

A mesure que je montais, je découvrais le feu, et, arrivé au faîte, l'incendie m'apparut dans toute son étendue. La forêt de l'Herm brûlait sur une demi-lieue de largeur, semblable à un grand lac de feu. Les taillis, desséchés par la chaleur, flambaient comme des sarments ; les grands baliveaux isolés au milieu de l'incendie résistaient plus longtemps, mais, enveloppés par les flammes, le pied miné, ils finissaient par tomber avec bruit dans l'énorme brasier où ils disparaissaient en soulevant des nuages d'étincelles. La fumée chassée par le vent découvrait ce flot qui s'avançait rapidement, dévorant tout sur son passage. Les oiseaux, réveillés brusquement, s'élevaient en l'air, et, ne sachant où aller dans les ténèbres, voletaient effarés au-dessus du foyer géant. Sur le sourd grondement de l'incendie s'élevaient dans la nuit les pétillements du bois vert se tordant dans la flamme, les craquements des arbres chus dans l'amoncellement de charbons ardents, et les voix des gens affolés travaillant à préserver leurs blés mûrs Dans les clairières, des langues de feu s'allongeaient comme d'immenses serpents, et s'arrêtaient finalement à la lisière des bois. Sur le seuil des maisons d'alentour, inondées d'une aveuglante lumière, des enfants en chemise regardaient tranquillement brûler la forêt du comte de Nansac. Les lueurs de l'immense embrasement se projetaient au loin sur les collines, éclairant les villages de rougeurs sinistres qui se reflétaient dans le ciel incendié. Plus près, au-dessus des maisons basses du village, les tours et les grands pignons du château de l'Herm se dressaient comme une masse sombre où brillaient dans les vitres des reflets enflambés.

Je restai là, à cheval sur une grosse branche, jusqu'à la pointe du jour, suivant les progrès du feu, qui, sauf quelques coins préservés par un bout de chemin, ne s'arrêta qu'après avoir dévoré toute la forêt, laissant après lui un vaste espace noir d'où s'élevaient des nuages de fumée. Alors, bien repu de vengeance, je descendis de mon arbre, et m'en retournai à la tuilière, plein d'une joie sauvage.

Merci à mon petit four, on crut que le feu avait été mis par des enfants en s'amusant; ils furent interrogés, tous ceux de par-là, à tour de rôle, mais inutilement : le comte de Nansac en fut pour six ou sept cents *journaux* de bois brûlés.

Dès lors, il me sembla que je devenais un homme. L'orgueil de ma mauvaise action me grisait; je mesurais ma force à son étendue, et je me complaisais dans le sentiment de ma haine satisfaite. De remords, je n'en avais pas l'ombre, pas plus que le sanglier qui se retourne sur le veneur, pas plus que la vipère qui mord le pied du paysan. Au contraire, la réussite de mon projet m'affriandait jusqu'à me faire songer aux moyens de me venger encore.

Le dimanche, quand vint ma mère passer la journée à la tuilière, elle me demanda si je n'avais pas eu peur, la nuit de l'incendie, à quoi je répondis que non, et que, tout à l'opposé, je m'étais réjoui en voyant brûler les bois du comte.

A l'air dont je dis cela, elle me regarda, prise d'un soupçon, et puis, comprenant tout à coup, se jeta sur moi, m'enleva contre sa poitrine et m'embrassa furieusement.

— Ah! dit-elle en me reposant à terre, il ne sera jamais assez puni!

Trois ou quatre jours après, les fenaisons

finies, la pauvre femme revenait tard, recrue, épuisée de fatigue, pour avoir peiné toute une longue journée de quinze heures sous un soleil pesant. Elle se hâtait fort afin d'arriver avant l'orage qui la suivait, mais elle eut beau se presser, un peu après avoir passé La Salvetat, les nuages crevèrent à grand bruit, et toute en sueur, haletante, une pluie froide mêlée de grélons lui tomba dessus, de manière qu'au bout de trois quarts d'heure, lorsqu'elle arriva sous cette pluie battante, trempée jusqu'à la peau, elle triboulait, c'est-à-dire grelottait, et n'en pouvait plus. N'ayant pas d'autres habillements pour se changer, elle se coucha, et moi j'en fis autant. Toute la nuit, je la sentis contre moi, brûlante, agitée par la fièvre, et tourmentée dans son demi-sommeil de mauvais rêves qui la faisaient déparler, ou délirer. Le matin, comme c'était une vaillante femme, elle voulut se lever; mais, ayant mis la marmite sur le feu pour faire cuire des pommes de terre, elle fut obligée de se recoucher, prise de frissons avec de forts claquements de dents, et se plaignant d'un grand mal dans les côtés.

La voyant ainsi, je la couvris de tout ce que je pus trouver, de son cotillon séché, et, finalement, de ma veste, mais elle frissonnait toujours. Je pensai alors à aller quérir du secours, mais lorsque je lui en parlai, elle me dit faiblement :

— Ne me quitte pas, mon Jacquou!...

Comme on doit penser, j'étais bien inquiet. Ne sachant que faire pour apaiser la soif qui la tourmentait, je coupai en quartiers des pommes d'anis que la pauvre femme avait portées pour moi dans la poche de son tablier, et, les faisant bouillir, j'en fis une espèce de tisane que je lui donnais lorsqu'elle demandait à boire, ce qui était souvent. Quelquefois, je me disais que, si elle pouvait s'endormir, je courrais jusqu'aux Granges pour avoir du secours; mais, quand je me bougeais le moindrement, elle ouvrait les yeux et disait :

— Tu es là, mon Jacquou ? ne me laisse pas!

Et je lui répondais, en lui prenant la main : Ne crains point, mère, je ne te quitterai pas.

Et elle refermait les paupières, brisée par la fièvre, et la poitrine haletante, oppressée.

Lorsqu'elle s'assoupissait un peu, j'allais sur la porte et j'épiais si quelqu'un passait par-là. Mais dans cet endroit sauvage, où personne n'avait affaire, qui n'était sur aucun chemin, on ne voyait guère jamais personne, sinon, de loin en loin, un pauvre diable longeant l'orée des bois, sa serpe sous son sans-culotte, ou autrement dit sa veste, et s'en allant faire son faix dans les taillis. Et, personne ne se montrant, je restais bien ennuyé, et lorsque ma mère se réveillait, j'essayais de lui faire comprendre qu'il lui fallait avoir la patience de rester deux heures seule, tandis que j'irais chercher quelqu'un; mais à tout ce que je pouvais lui dire, elle ne savait que répondre toujours :

— Ne me quitte pas, mon Jacquou!

Ou bien, n'ayant pas la force de parler, elle secouait la tête pour dire non.

La nuit d'après, elle se mit à délirer, parlant de guillotine, de galères, appelant son pauvre homme, mort là-bas, sur une planche nue, les fers aux pieds. Tous nos malheurs lui revenaient dans la tête, et l'affolissaient. Elle criait après le comte de Nansac, et reniait la vierge Marie qui n'avait pas sauvé son homme. Dans sa fièvre, elle battait des bras sur le couvre-pieds pour chasser le bourreau qu'elle disait voir au fond du lit, ou cherchait à se lever pour aller rejoindre son Martissou qui l'attendait. J'avais grand peine à la calmer un peu; il me fallait monter sur le lit, la prendre par le cou et lui parler comme à un petit drole en l'embrassant. Au matin, brassée de fatigue, elle s'assoupit un peu, et moi, la voyant ainsi, je crus qu'elle allait mieux; mais, lorsqu'elle se réveilla en sursaut avec une longue plainte, je vis bien que non. Sa respiration devenait de plus en plus pénible, précipitée, et la fièvre était si forte que sa main brûlait la mienne. La journée se passa ainsi, et quand revint la nuit, elle ne pouvait plus parler, mais se *doulait* [1] et s'agitait désespérément. Oh ! quelle nuit ! Qu'on s'imagine un

1. Geignait.

enfant de neuf ans, seul dans une cahute perdue au milieu des bois, avec sa mère agonisante! Pendant plusieurs heures, la pauvre malheureuse se débattit contre la mort, faisant aller follement ses bras, essayant d'arracher le couvre-pieds, se soulevant tout entière dans les transports de la fièvre, les yeux égarés, la poitrine haletante, et retombant sur le lit, le souffle lui faisant défaut un instant, pour reprendre encore par un pénible effort. Vers la minuit ou une heure la fièvre cessa et un bruit rauque sortit de sa poitrine, le rommeau ou râle de la mort! Cela dura une demi-heure; j'étais sur le banc près du lit, et, à moitié couché, je tenais la main de ma pauvre mère serrée contre ma poitrine. La connaissance lui revint tout à fait à la fin; elle tourna vers moi ses yeux pleins d'un angoisseux désespoir et deux grosses larmes coulèrent sur ses joues amaigries et hâlées; puis ses lèvres remuèrent, le râle s'arrêta : elle était morte.

Alors, moi, plein de douleur et d'épouvante, je l'appelai :

— Mère! mère!

Et je me mis à sangloter sur sa main que je gardais toujours dans les miennes.

Je restai longtemps là, immobile, affaissé. Lorsque je relevai la tête, à la lueur du chalel, que le vent venant du trou de la tuilée faisait vaciller, je vis la figure de ma mère qui prenait une teinte de cire jaunâtre. Ses yeux étaient restés ouverts, et aussi sa bouche, dont les lèvres rétractées laissaient voir les dents. Oh! de quelle funèbre terreur je fus pris la voyant ainsi! Je ne pus regarder une minute, et, me cachant la figure dans les draps, rempli de désespoir et d'effroi, j'achevai de passer de la sorte cette horrible nuit.

Le jour venu, je me relevai un peu rassuré et j'avisai ma pauvre mère. Maintenant elle était froide, roidie par la mort; sa main que je touchais glaçait la mienne; ses cheveux noirs, défaits dans les mouvements de la fièvre, s'épandaient en mèches épaisses sur le lit, comme des serpents; sa pâleur était devenue terreuse; ses yeux étaient vitreux et ternis, et sa bouche, toujours grande ouverte, semblait clamer le désespoir de laisser son drole seul sur la terre.

Je restai là un moment à la contempler, puis, faisant ce que j'avais ouï dire qu'on faisait en tel cas, je lui couvris la figure avec le linceul, et, ayant fermé la porte, je m'en fus chercher quelqu'un. Au Petit-Lac, une femme qui filait accotée contre un mur, me voyant passer bien ennuyé, me demanda ce que j'avais. Lui ayant dit ce qui en était, elle leva les bras en disant :

— Sainte Vierge!

Et puis elle me fit une quantité de questions et finit par me dire :

— Ah donc, tu es le drole du défunt Martissou!

Et ce fut tout. Comme elle ne me faisait aucune offre de service, je la quittai et m'en allai tout droit à Bars, chez le maire qui de suite me reconnut.

— Et qu'est-ce que tu demandes ? me fit-il rudement, selon son habitude.

Après que je lui eus dit la mort de ma mère, il fit un geste de mauvaise humeur, grommela quelques paroles entre ses dents et finit par me répondre tout haut :

— Tu peux t'en retourner, on fera le nécessaire.

Je m'en revins à la tuilière et j'attendis assis devant la porte toute la journée. Sur les cinq heures, quatre hommes vinrent avec une espèce de civière à rebords, sorte de caisse longue avec des brancards dont on se servait pour porter en terre les pauvres qui n'avaient pas de quoi avoir un cercueil, ce qui était commun en ce temps-là. Entrés qu'ils furent, l'un d'eux découvrit la figure de ma mère et dit :

— Pauvre femme! elle était trop jeune pour mourir!

Voyant qu'elle n'était pas pliée, ensevelie, ils la laissèrent dans les draps, les rabattirent, puis l'ayant mise dans le vieux couvre-pieds, tout bâti et rapiécé de morceaux différents, après l'avoir bien arrangée dedans, ils attachèrent les linceuls au-dessus de la tête et aux pieds. Cela fait, ils prirent ce pauvre corps roide et le posèrent sur la civière, puis chacun prit un des quatre bras, et, étant sortis de la maison, ils se mirent en marche à travers la forêt.

La journée avait été chaude; le soleil qui baissait envoyait ses rais à travers les taillis comme des pailles d'or. Les oiseaux commençaient à se retirer pour la nuit et voletaient dans les branches. On étouffait dans ces bois sans air, et les chemins étaient mauvais, de sorte que les porteurs fatigués s'arrêtaient souvent et s'essuyaient le front avec leur manche. Puis, reposés, ils crachaient dans leurs mains, empoignaient les brancards et se remettaient en route.

Moi, je les suivais machinalement, m'arrêtant lorsqu'ils s'arrêtaient, repartant avec eux, perdu de chagrin, sans penser à rien, regardant d'un œil fixe le corps de ma mère plié dans le couvre-pieds, qui s'en allait secoué par l'effet des accidents de terrain, et autour duquel de grosses mouches noires venaient bourdonner...

Au sortir de la forêt, les chemins étant découverts et meilleurs, les hommes purent porter tout le temps sur l'épaule et hâtèrent le pas. En passant près d'un village, une vieille pauvresse, qui venait de chercher son pain, comme en faisait foi son *bissac* [1] à moitié plein sur son échine courbée, se signa disant à mi-voix :

— C'est grand'pitié de voir une pauvre créature portée en terre comme ça!

---

1. Besace.

Et, tirant son chapelet de sa poche, elle suivit avec moi.

L'*Ave Maria* sonnait comme nous arrivions au bourg de Bars. Les hommes posèrent la civière devant le portail de l'église, et l'un d'eux alla quérir le curé. Celui-ci vint, un moment après, jeta un coup d'œil froid sur le corps, et dit :

— Cette femme ne fréquentait pas l'église et n'a pas fait ses Pâques; elle reniait Dieu et la sainte Vierge; c'est une huguenote : il n'y a pas de prières pour elle... Vous pouvez la porter dans le coin du cimetière où la fosse est creusée.

Les hommes restèrent un instant étonnés, puis, reprenant leur fardeau, ils entrèrent dans le cimetière tandis que la vieille me disait :

— Si tu avais eu de quoi payer, il aurait bien fait l'enterrement tout de même... Jésus mon Dieu!

Dans un coin du cimetière, plein de pierraille, de ronces et d'orties, le trou était là tout prêt, et l'homme qui l'avait fait attendait. Sur la planche inclinée, les porteurs placèrent le corps et, autant qu'ils purent, le firent glisser doucement. Puis ils ôtèrent peu à peu la planche, et ma pauvre mère se coucha au fond du trou noir, où elle était à peine étendue que le fossoyeur commença à jeter la terre et les pierres qui tombaient sur elle avec un bruit mat...

Pendant ce temps la nuit était venue, et moi, noyé dans mon chagrin, j'étais debout, regardant comme imbécile la fosse qui se comblait. A côté, la vieille, à genoux, disait son chapelet. Après que l'homme eut achevé, elle se leva, fit un signe de croix et, me touchant le bras, me dit :

— Viens-t'en, mon petit, c'est fini.

Et je la suivis jusqu'au village où on la retirait dans une grange, et, lorsqu'elle m'eut fait monter, écrasé de douleur et de fatigue, je tombai sur le foin et je m'endormis d'un lourd sommeil.

4

Le matin, à mon réveil, je fus tout étonné de me trouver dans un grenier à foin; mais bientôt la mémoire me revint. Je regardai autour de moi : la vieille était partie, mais, se doutant que j'aurais faim, elle m'avait laissé un bon morceau de pain. Mon ventre criait, comme ça devait être depuis deux jours que je n'avais rien mangé. Pourtant, quoique ce pain fût de pur froment, qu'il eût l'air bien propre, je sentais une grande répugnance à y toucher. Chez nous autres, aussi pauvres que soient les gens, ils ont horreur du pain de l'aumône. On dit communément qu'un bissac bien promené nourrit son homme, mais avec ça, le plus chétif paysan, dans la plus noire misère, s'estime encore heureux de n'en être pas réduit là, et regarde avec une compassion un peu méprisante ceux qui cherchent leur vie en mendiant.

Moi, songeant à cette bonne pensée qu'avait eue la vieille, je me sentais comme ingrat de refuser ce morceau de miche; et puis j'étais affamé, ce qui est une terrible chose. Je pris donc le pain et je descendis du fénil. Dans la cour je ne vis personne, et la porte de la maison était fermée; ce qu'ayant vu, je m'en allai en mangeant.

Arrivé à la tuilière, lorsque j'aperçus cette masure déserte et ce châlit sur lequel il ne restait plus que la paillasse et une méchante couette, je m'assis sur le banc et me mis à pleurer en songeant à ma mère écrasée là-bas sous six pieds de terre et en me voyant tout seul au monde. Ayant pleuré mon aise pour la dernière fois, je me décidai à partir. Mais, auparavant, ne voulant pas laisser traîner les méchantes hardes de ma chère morte, je fis tout brûler dans le foyer. Ceci fait, je passai le havresac de corde sur mon épaule, je pris le bâton d'épine de mon père, et, ayant jeté un dernier regard sur le lit où il me semblait toujours voir le pauvre corps roidi qui n'y était plus, je sortis de cette baraque, abandonnant notre misérable mobilier.

Mon idée était de me louer comme dindonnier, et je pensai tout d'abord à la Mïon de Puymaigre, non pour me prendre chez eux, car pour rien au monde je n'aurais voulu demeurer sur les terres du comte de Nansac, mais pour m'enseigner quelque place.

Une fois rendu à Puymaigre, je fus étonné d'y trouver une nouvelle métayère qui me dit que la Mïon et son homme s'en étaient allés bordiers, du côté de Tursac, et, se reprenant, elle ajouta : « ou de Cendrieux »; elle ne savait trop. Je connus de suite que la pauvre femme n'était pas des plus adroites, car Tursac est sur la Vézère, en tirant vers le midi, à un endroit où la rivière fait un grand tour, comme le nom l'indique, tandis que Cendrieux est au couchant. La laissant donc, je rentrai dans la forêt, et, en cheminant, je vins à penser à Jean le charbonnier qui avait aidé mon père à se cacher. J'avais ouï dire qu'il était du côté de Vergt, où il avait pris du charbon à faire, mais, pour savoir au juste, j'allai aux Maurezies, où il avait une petite maison à lui. Lorsque j'y fus, on me dit que Jean avait fini à Vergt, et qu'il était pour l'heure dans la forêt de la Bessède, au-delà de Belvès. Voyant ça, je remerciai les gens et je m'en fus au hasard, cherchant les bonnes maisons, car ce n'est pas chez les pauvres qu'on a de grands troupeaux de dindons à garder.

A ceux que je rencontrais sur les chemins, dans les villages, je demandais où je pourrais trouver à me louer, mais les premiers auxquels je m'adressai ne me surent rien dire de bon. Lorsque c'étaient des femmes, comme elles sont curieuses, tout ainsi que des hommes qu'il y a, elles me demandaient de chez qui j'étais et, après que je leur avais dit bonnement la vérité, je connaissais que ça ne les disposait pas bien pour moi. Le fils de ce Martissou le Croquant, qui avait tué Laborie et qui était mort aux galères, ça leur faisait une mauvaise impression; quoiqu'elles sussent bien qu'il n'était pas un scélérat, et il y en avait, sans doute, qui se disaient en elles-mêmes le vieux proverbe : « de race le chien chasse ». Voyant ça, il me vint en idée de dire un autre nom; aussi, lorsque je fus aux Foucaudies, à la question forcée : « De chez qui es-tu ? » je répondis assurément :

— De chez Garrigal, de la Jugie.

— Et où c'est-il, la Jugie ?

— Dans la paroisse de Lachapelle d'Albarel.

Comme ce n'était pas dans leur renvers, ou voisinage, les gens ne connaissaient pas cet endroit de la Jugie; et ça aurait été difficile qu'ils le connussent, d'ailleurs, vu qu'il n'y en a pas dans la commune de Lachapelle, comme je le sus deux eu trois jours après.

On aurait cru que, de céler mon nom, ça allait me porter bonheur, car une femme me dit :

— Tu pourrais aller voir à l'Auzelie, et puis ensuite, à la Taleyrandie.

Je me fis enseigner le chemin de l'Auzelie, mais arrivé que j'y fus, on me dit que tous les petits dindons avaient crevé en *mettant le rouge*, pour s'être trouvés sous un orage.

De là je fus à la Taleyrandie, et je me présentai à la cuisinière, une bonne grosse femme :

— Mon pauvre drole, fit-elle, tu viens trop tard ; on en a loué un.

Je la remerciai et je repartais, lorsqu'elle me dit d'attendre, et, un instant après, elle me porta un gros morceau de pain sur lequel elle avait écrasé des haricots.

Je n'étais pas encore bien maté par la Marane, ou malchance, c'est pourquoi je devins rouge, et lui dis que je ne demandais pas la charité.

— Aussi je ne te le donne pas par charité, fit-elle, mais c'est que j'ai un drole de ton âge... Allons, tu peux le prendre, va ! — ajouta-t-elle en me voyant hésiter.

Je pris le morceau de pain et, ayant bien remercié la cuisinière, je m'en fus devant moi sans savoir où j'allais.

Vers le soir, je commençai à penser où je me retirerais pour la nuit. En face de moi, sur le coteau voisin, un village était campé, dont les vitres brillaient au soleil couchant avec des reflets d'incendie. Mais d'aller y demander l'abri, c'était comme pour le manger, ça me faisait crème. J'avais pourtant couché la veille dans une grange, comme un mendiant, mais je m'étais laissé conduire par la vieille, ne sachant où j'en étais. Il faisait beau temps, et chaud, de manière que je ne me tracassai pas trop de ça, et je continuai mon chemin. La nuit m'attrapa du côté de la Pinsonnie, lorsque, avisant dans une vigne perdue une de ces cabanes rondes au toit de pierre pointu, j'y allai droit. Il y avait, dans la logette, de la brande et des fougères sèches qui marquaient qu'on y venait au guet : je m'arrangeai sur cette litière et je m'endormis.

Au matin, dès l'aube, je repartis, et, pendant de longues heures, je marchai au hasard, m'offrant dans les grosses maisons mais inutilement. Ce jour-là je ne mangeai pas, ayant toujours honte de mendier, et, quand vint la nuit, je me couchai au pied d'un châtaigner, dans un tas de bruyère coupée. Je ne sommeillai pas tout d'abord, car je commençais à m'inquiéter de ne pas trouver à me louer, et je ne demandais ce que j'allais devenir si cela continuait ainsi. Enfin, malgré cette inquiétude et les tiraillements de mon estomac, je finis par fermer les yeux.

Le soleil levant me réveilla, et je me remis en marche ; mais j'avais tellement faim qu'en passant dans un village appelé La Suzardie, et voyant sur sa porte une femme qui avait une bonne figure, je surmontai ma honte et je lui demandai la charité, « pour l'amour de Dieu », selon l'usage, et en baissant les yeux. La femme alla me chercher un morceau de pain, qui était aussi noir et dur que pain que j'aie vu ; malgré ça, je me mis à le manger de suite comme un affamé que j'étais. Alors, m'ayant questionné, comme de bon juste, mes réponses ouïes, cette femme m'enseigna le chemin du château d'Auberoche, assez près de Fanlac, où peut-être on me prendrait. Mais, arrivé à Auberoche, le maître valet me dit, sans autre explication, qu'on n'avait besoin de moi céans.

Je commençais à croire que quelque sorcière m'avait jeté la mauvaise vue ; mais que faire à cela ? Je repartis donc, et grimpant le rude coteau pelé au fond duquel est le château, je m'en allai vers Fanlac.

Tout en montant le chemin roide et pierreux bordé de murailles de pierres sèches, je faisais de tristes réflexions sur mon sort. Depuis trois jours que je galopais le pays, j'avais vu des enfants de mon âge dans les maisons bourgeoises et chez les paysans, je songeais que ceux-là étaient heureux qui avaient leurs parents autour d'eux, une demeure où se retirer, et la vie à souhait, ou tout au moins le nécessaire. Non pas qu'une basse envie me travaillât, mais, en comparant ma destinée à la leur, je sentais plus vivement mon isolement et mon dénuement de toutes choses. Tout de même, je tâchais de prendre courage en suivant ce chemin pénible, mû par l'espérance. Le soleil rayait fort et tombait d'aplomb sur ma figure hâlée ; il faisait une chaleur à faire *bader* [1] les lézards, ou luserts, comme dit l'autre, et les pierres du chemin brûlaient

1. Regarder bouche bée.

mes pieds nus. Aussi lorsque je fus sur la crête du haut du coteau rocailleux où est *pinqué*[1] le petit bourg de Fanlac, j'étais rendu, et je m'assis à l'ombre de la vieille église pour me reposer.

Il me sembla, en arrivant sur cette hauteur, d'où l'on domine le pays, que mes chagrins s'apaisaient. C'est qu'à mesure qu'on monte, l'esprit s'élève aussi ; on embrasse mieux l'ensemble des choses de ce bas monde où tant de misères sont semblables aux nôtres, et l'on se résigne. Et puis on respire mieux sur les hautes cimes et, en ce moment, avec l'air pur, l'ombre et le repos me donnaient un bien-être qui m'engourdissait. Le bourg était désert quasi, la plupart des gens étant dans les terres à couper le blé. De tous côtés, les cigales grinçaient leur chanson étourdissante, toujours la même, et, autour du clocher, dans le ciel d'un bleu cru, les hirondelles s'entrecroisaient avec de petits cris aigus. Un écho affaibli des chansons des moissonneurs montait de la plaine et se mêlait aux voix des bestioles de l'air. Sur la petite place devant l'église, au pied d'une ancienne croix, un coq grattait dans le terreau et appelait ses poules pour leur faire part d'un vermisseau. Je contemplais tout cela, machinalement, les yeux demi-clos, bercé par ces bruits qui m'enveloppaient, et alangui par le manque de nourri-

1. Perché.

ture. Tandis que j'étais là, rêvant vaguement au sort qui m'attendait, l'Angélus de midi sonna dans le clocher, envoyant au loin, sur la campagne brûlée par le soleil un son clair, et faisant vibrer la muraille massive contre laquelle je m'étais adossé. Puis la cloche se tut, et le curé sortit de l'église, où il venait sans doute de remplacer son *marguillier*[1] occupé à la moisson. En me voyant, il s'arrêta et me dit avec une voix forte, mais bonne pourtant :

— Que fais-tu là, petit ?

Je m'étais levé, et, pendant que je lui racontais mon histoire, en gros, il me regardait d'un air de compassion. J'étais bien fait pour ça, car, depuis que je traînais mes habillements, ils étaient en guenilles. Ma culotte trouée laissait voir ma peau, et, toute effilochée, ne me venait guère qu'au-dessus du genou, tenue tant bien que mal par une cheville de bois à mode de bouton. Ma veste était de même, déchirée partout et ma chemise, sale, usée et toute percée. Mes pieds nus et poussiéreux étaient égratignés par les ronces, et mes jambes de même. J'étais nu-tête aussi, mais, dès cette époque, j'avais une épaisse tignasse qui me gardait du soleil et de la pluie. A mesure que le curé m'examinait, je voyais, dans ses yeux couleur de tabac, sourdre une grande pitié. C'était un homme de taille haute,

1. Celui qui garde et entretient l'église.

fort, aux cheveux noirs grisonnants, au front carré, aux joues charbonnées par une barbe rude de deux jours. Son grand nez droit, charnu, partageait une figure maigre, et son menton avancé, avec un trou au milieu, finissait de lui donner un air dur qui m'effrayait un peu ; mais ses yeux, où se reflétait la bonté de son cœur, me rassuraient.

Quand j'eus fini de parler, le curé me dit :

— Viens avec moi.

La maison curiale était là, tout près de l'église, la porte donnant sur la petite place, pas loin d'un vieux puits à la margelle usée par les cordes à puiser l'eau. Entré que je fus derrière le curé, sa servante, qui était en train de tremper la soupe, s'écria :

— Hé! qui m'amenez-vous là ?

— Tu le vois, un pauvre enfant mal couvert et qui n'a plus ni père ni mère.

— Mais il doit avoir des poux ?

Moi, je secouai la tête, ce qui amena sur les lèvres du curé un petit commencement de sourire, tandis qu'il répondait à sa chambrière :

— S'il en a, ma pauvre Fantille, nous les lui ôterons ; le plus pressé, c'est de le faire manger, car je crois que depuis quelque temps il ne vit pas trop bien.

Et là-dessus, allant au vaisselier, il y prit une assiette de faïence à fleurs, une cuillère d'étain, et ensuite remplit l'assiette d'une bonne soupe aux choux.

— Tiens, mange.

Tandis que je mangeais avidement, debout au bout de la table, le curé me regardait faire avec plaisir. Après que j'eus fini, il prit un pichet que la Fantille était allé remplir et me versa un bon *chabrol*[1].

— Tu en mangerais bien encore une pleine cuiller ? me dit-il, en montrant la soupe, lorsque j'eus achevé de boire.

Je n'osais dire oui, par honnêteté, mais il le connut et me remplit de nouveau mon assiette, après quoi il passa de l'autre côté, où la servante lui porta la soupière.

Un quart d'heure après, ayant déjeuné, le curé m'appela.

— Donc, tu es de Jugie, dans la commune de Lachapelle-Aubareil ? dit-il en déroulant une carte.

— Oui, monsieur le curé.

Il chercha, un moment, puis me dit d'une voix grave :

— Tu mens, mon garçon!

Je devins rouge et je baissai la tête.

— Allons, dis-moi la vérité, de chez qui es-tu ? d'où viens-tu ?

Alors, gagné par sa bonté, je lui racontai tous mes malheurs, la mort de mon père au bagne et celle de ma mère à la tuilière, il y avait quatre

1. Mélange de vin et de bouillon.

jours seulement. Pendant que je parlais, lui expliquant ce qui s'était passé, la haine du comte de Nansac perçait dans mes paroles, tellement qu'il me dit :

— Alors, si tu pouvais te venger, tu le ferais ?

— Oh! oui! répondis-je, les yeux brillants.

Une idée lui vint :

— Peut-être tu l'as déjà fait ? dit-il en me regardant fixement.

— Oui, monsieur le curé...

Et, sur le coup, pris du besoin de me confier à lui, je racontai tout ce que j'avais fait : l'étranglement des chiens et l'incendie de la forêt.

— Comment, malheureux! c'est toi qui as mis le feu à la forêt de l'Herm ?

Après que je lui eus répété la chose, il resta un moment sans parler, les yeux sur la carte. Puis, relevant la tête, il me dit, d'une voix qui me remuait dans le creux de l'estomac :

— Souviens-toi bien de ne plus jamais mentir! Et rappelle-toi aussi qu'il faut pardonner à ses ennemis.

Pardonner au comte de Nansac! c'était une idée qui ne me riait pas : il me semblait que ce serait une lâcheté et une trahison envers mes parents morts ; mais je ne dis rien, et le curé se leva en m'avertissant de l'attendre.

Tandis qu'il était dans une seconde chambre à côté, où il couchait, je regardai celle où j'étais.

Elle était grande, comme dans les maisons d'autrefois où l'on ne s'enfermait pas dans des boîtes ainsi qu'aujourd'hui. Les murs nus, mal unis, étaient blanchis à la chaux ; au plafond, des solives passées en couleur grise ; sous les pieds, un plancher raboteux et mal joint. Au milieu était la table massive où mangeait le curé ; dans le fond, un cabinet ancien en noyer : sur le grand côté, un grossier buffet du même genre sans dressoir, faisait face à la cheminée en bois de cerisier, surmontée d'un crucifix de plâtre comme en vendent les colporteurs. Autour de la pièce, le long du mur, de vieilles chaises tournées, communes, étaient rangées, et, au bout, une fenêtre à profonde embrasure, sans rideaux, laissait voir les coteaux au loin et éclairait mal la chambre.

Tout cela sentait la simplicité campagnarde, l'indifférence pour le bien-être intérieur, le mépris des choses matérielles.

Cependant le curé revint avec un paquet de linge sous le bras et m'emmena.

En passant dans la cuisine, la Fantille, voyant le paquet, hocha la tête :

— Vous savez que bientôt vous n'en aurez plus pour vous changer!

— Bah! fit le curé sans s'émouvoir, il y a encore des *chènevières* [1] dans la commune, et puis des fileuses... sans compter que Séguin, le tisserand, ne demande qu'à travailler.

Et nous sortîmes, tandis que la Fantille disait :

---

1. Champ où croît le chanvre.

— Oui, oui, riez, et puis quand vous n'aurez plus de chemises...

Je n'entendis pas la fin.

Au milieu d'une petite ruette passant entre des jardins, et aboutissant à des vignes encloses de murailles basses d'où sortaient des pousses de figuiers, le curé ouvrit une porte ronde, et nous nous trouvâmes dans une cour fermée par une écurie, des volaillères, un fournil et de grands murs. Au fond, une vieille maison terminée d'un côté par un pavillon à un étage avec un toit très haut.

Dans la cour, une chambrière donnait du grain à la poulaille et aux pigeons.

— Votre demoiselle y est, Toinette ? fit le curé.

— Oui, bien, monsieur le curé, elle est dans le salon à manger.

— En ce cas, je passe par le jardin.

Et, poussant une petite claire-voie, le curé longea le mur tapissé de jasmins, de rosiers grimpants, de grenadiers en fleur, et s'arrêta devant un perron de trois marches. La porte-fenêtre était ouverte, et, à l'entrée, une vieille demoiselle, en cheveux blancs, travaillait assise dans un grand fauteuil, avec une chaise pleine de linge devant elle.

Entendant le curé la saluer, elle releva ses besicles et dit :

— Ah! c'est vous, curé : gageons que vous m'apportez de l'ouvrage ?

— Tout juste... et de l'ouvrage pressé, même!

— Vous avez encore fait quelque bonne trouvaille ?

— Eh ! oui.

Et se retournant, il me montra à la vieille demoiselle.

— Oh! seigneur Jésus! s'écria-t-elle, et d'où sort celui-ci ?

— De la Forêt Barade.

— Alors, ça ne m'étonne pas qu'il soit ainsi dépenaillé... Viens ça, mon petit!

Et, lorsque ayant monté les trois marches je fus devant elle, elle ajouta :

— Il a bon besoin d'être nippé, c'est sûr.

— Pour commencer, dit le curé, voici de quoi lui faire deux chemises.

La vieille demoiselle déplia les deux chemises et fit :

— Hum ! elles ne sont pas trop bonnes, curé! Enfin nous tâcherons d'en tirer parti.

Et, ce disant, elle mesurait sur moi, avec une chemise, la longueur du corps, celle des manches, et marquait tout cela au moyen d'épingles.

— Je vais m'y mettre tout de suite, continua-t-elle ; Toinette m'aidera, et demain il en aura une... Il est gentil, cet enfant-là, vous savez, curé, — ajouta-t-elle en relevant les yeux sur moi, — et il a l'air éveillé comme une potée de souris.

— Ah! les femmes! toujours sensibles aux avantages physiques! dit le curé en plaisantant.

— Si cela était, riposta la vieille demoiselle en riant, nous ne serions pas si bons amis.

— Bien touché! fit le curé en riant aussi. Et où est M. le chevalier ?

— Il est allé jusqu'à La Grandie, voir si le meunier a ramassé beaucoup de blé.

— C'est à craindre que non. Avec la sécheresse qu'il fait depuis un mois, l'étang doit être à sec... Allons, mademoiselle, au revoir et merci!

En sortant de là, nous allâmes chez le tisserand. Dans une espèce d'en-bas, comme un cellier, où l'on n'y voyait guère, l'homme était assis sur une barre, faisant aller son métier des pieds et des mains, comme une araignée filant sa toile.

— Séguin, dit le curé, il me faudrait de bon droguet solide pour faire des culottes à ce drole et une veste.

— Ça ne sera pas de gloire... Monsieur le curé, je vais vous donner ça.

Et, ayant fait le prix, l'homme mesura avec son aune l'étoffe que le curé emporta. En chemin, il entra dans une petite maison :

— Ton homme n'y est pas, Jeannille ?

— Eh non, monsieur le curé, il travaille à Valmassingeas ; mais demain il aura fini.

— Alors, qu'il vienne demain, sans faute ; ne manque pas de l'avertir ; c'est pour habiller ce drole : tu vois qu'il en a besoin.

— Oui, le pauvre!

— Maintenant, me dit le curé en nous en allant, je te ferai porter une paire de sabots de

Montignac et un bonnet : ainsi tu seras équipé.

— Faites excuse, monsieur le curé, mais je n'ai pas besoin de sabots avant l'hiver, étant habitué à marcher nu-pieds dans les pierres et les épines, et, pour ce qui est d'un bonnet, je ne puis rien souffrir sur la tête.

— C'est vrai que tu as une bonne perruque ; mais tout ça te servira à un moment ou à l'autre.

Dès que nous fûmes rentrés, la Fantille demanda au curé où est-ce qu'il entendait me faire coucher.

— Dans la chambrette qui est derrière la tienne, où l'on met les hardes ; tu lui arrangeras le lit de sangles.

Et il alla dans le jardin lire son office.

Le soir, M. le chevalier de Galibert vint après souper, et, me voyant, dit :

— Ah! ah! voilà le petit sauvage de la Forêt Barade... Quels yeux noirs, et quels cheveux! il y a là une goutte de sang sarrasin... Et que faisais-tu là-bas, garçon ?

Lorsque je lui eus conté mon histoire, sans parler pourtant de l'étranglement des chiens ni de l'incendie de la forêt, le chevalier tira une tabatière d'argent de la grande poche de son gilet, prit une bonne prise, et me donna cette sentence :

Cil va disant : « Noblesse oblige, »
Qui, maufaisant, ses pairs afflige.

Puis il s'en fut trouver le curé au jardin en marmottant entre ses dents :

— Décidément, ce Nansac ne vaut pas cher.

Deux jours après, j'étais habillé de neuf, et j'avais une chemise blanche. Mon pantalon et ma veste de droguet me semblaient superbes après mes guenilles ; mais je continuai à aller tête et pieds nus.

— A ton aise, m'avait dit le curé ; pourtant, le dimanche, il te faudra mettre les bas que la Fantille te fait, et tes sabots, pour venir à la messe.

Quel changement dans mon existence! Au lieu d'être par les chemins à chercher mon pain, sans savoir où je coucherais le soir, j'avais le vivre et le couvert, et tout mon travail consistait à aller puiser de l'eau ou fendre du bois pour la cuisine ; à aider la Fantille au ménage, et le curé au jardin ; je n'avais qu'une peur, c'est que ça ne durât pas.

Un soir, tout en arrosant, le curé me parla ainsi :

— Maintenant que te voilà apprivoisé, je vais t'enseigner à parler français d'abord, à lire et à écrire ensuite ; après, nous verrons.

Je fus bien content de ces paroles, car je compris alors que le curé s'intéressait à moi et voulait me garder. A partir de ce jour, tous les matins, après la messe, il me montrait, deux heures durant; après quoi, il me donnait des leçons à apprendre dans la journée, et, le soir, il me faisait encore deux heures de classe avant souper. J'étais tellement heureux d'apprendre, et j'avais tant à cœur de faire plaisir au curé, que je travaillais avec une sorte de rage; de manière qu'il me disait quelquefois, le digne homme :

— Il faut se modérer en tout; à cette heure, va-t'en demander à mademoiselle Hermine, ou à M. le chevalier, s'ils n'ont pas besoin de toi.

Alors je laissais là mes cahiers et mes livres, et je courais trouver la demoiselle Hermine, bien heureux lorsqu'elle me donnait quelque commission. J'allais chez les métayers chercher des œufs, ou une paire de poulets, ou à La Grandie quérir de la farine pour faire une tarte. Puis, lorsqu'on m'eut indiqué le chemin de Montignac et que la demoiselle m'envoyait acheter du fil, ou des boutons, et M. le chevalier du tabac, ah! que j'étais content! On peut croire que je ne m'amusais pas en route. En partant de Fanlac, il y avait un mauvais chemin pierreux qui descendait dans le vallon par une pente très roide. Je dégringolais ce chemin en galopant et en sautant parmi les pierres comme un cabri, puis, ayant traversé les prés et le ruisseau qui va se perdre dans la Vézère à Thonac, je remontais, toujours courant, la côte du Sablou. Il me semblait qu'ainsi, en faisant grande diligence, je marquais ma reconnaissance pour la bonne demoiselle qui m'avait fait ma première chemise, sans parler d'autres depuis : elle m'eût fait passer dans le feu, certes, et j'aurais été heureux qu'elle me le commandât. Et puis elle avait si bien l'air de ce qu'elle était, bonne comme le bon pain, que rien que de regarder sa douce figure et ses cheveux blancs sous sa coiffe de dentelles à l'ancienne mode, je me sentais couler du miel dans le cœur.

M. le chevalier de Galibert était un très bon homme aussi, mais c'était un homme, et il n'avait pas toujours de ces petites idées délicates comme sa sœur. Il était bien charitable également, mais il n'aurait pas su deviner les besoins des pauvres, et n'avait pas, comme la demoiselle, ces façons aimables de faire le bien qui en doublent le prix. Avec ça, il était d'un caractère jovial, aimant à rire et à plaisanter, et il avait toujours à son service une quantité de vieux dictons ou sentences proverbiales dont il lardait son discours :

A un malheureux il disait :

Le diable n'est pas toujours à la porte d'un pauvre homme.

A celui qui se plaignait de sa femme :

Des femmes et des chevaux,
Il n'en est point sans défauts.

A un qui avait perdu son procès :

On est sage au retour des plaids.

A un homme trompé dans un marché, il faisait :

A la boucherie, toutes vaches sont bœufs :
A la tannerie, tous bœufs sont vaches.

A ceux qui se plaignaient de la pluie, il prêchait la patience :

Il faut faire comme à Paris, laisser pleuvoir.

Si c'était de la sécheresse, il disait :

> En hiver partout il pleut ;
> En été, c'est où Dieu veut.

Lorsque les gens trouvaient que les affaires de la commune allaient mal, il les consolait de la sorte :

> L'âne du commun est toujours le plus mal bâté.

Et ainsi de suite; il n'était jamais à court.

Il les faisait bon voir tous les deux, le frère et la sœur, aller à la messe, le dimanche, habillés à la mode de l'ancien temps. Lui, en habit à la française de drap bleu de roi, avec un grand gilet broché, une culotte de *bouracan,* des bas chinés l'été, de hautes guêtres de drap l'hiver, de bons souliers à boucle d'acier, et un tricorne noir bordé sur ses cheveux gris attachés en queue, représentait bien le gentilhomme campagnard d'avant la Révolution. Elle, avec sa coiffe à barbes de dentelles, son fichu de linon noué à la ceinture, par derrière, sa jupe de pékin rayé qui laissait voir la cheville mince et le petit soulier, son tablier de soie gorge-de-pigeon et ses mitaines tricotées, mince de taille, de démarche légère, semblait une jeune demoiselle d'autrefois, n'eût été ses cheveux blancs.

A la sortie, elle prenait le bras de son frère, tenant de l'autre main son livre d'heures, et, sur la petite place, tout le monde venait les saluer et les complimenter, tant on les aimait. Et elle voyait là tout son monde, s'informait de ses pauvres, des malades, emmenait les gens chez elle, distribuait des nippes aux uns, une bouteille de vin vieux, de la cassonade, du miel, aux autres. Ce jour-là, elle donnait les affaires auxquelles elle avait travaillé dans la semaine : bourrasses, ou langes, et brassières pour les petits nourrissons, cotillons et chemises pour les pauvres femmes. Elle et le curé connaissaient tout le pays sur le bout du doigt, et ils se renseignaient l'un l'autre sur les gens. Ce que l'un était mieux à même de faire, il le faisait; et ces deux cœurs d'or, ces charitables amis des malheureux, ne s'arrêtaient pas aux bornes de la paroisse, ils ne craignaient pas d'empiéter chez les autres, heureusement, car aux environs, ni même à beaucoup de lieues à la ronde, on ne trouvait guère de curés et de nobles comme ceux-ci.

Moi, dans le commencement, j'étais tout étonné de voir ça. Avant celui de Fanlac, je n'avais connu en fait de curés que dom Enjalbert, le chapelain de l'Herm, qui, nonobstant son gros ventre, avait l'air d'un fin renard, d'un *attrape-minon*, et puis le curé de Bars, mauvais avare bourru, qui avait du cœur comme une pierre. De nobles, je n'avais vu que le comte de Nansac, orgueilleux et méchant, qui était la cause de tous mes malheurs. Aussi dans ma tête d'enfant il s'était formé cette idée que les curés et les nobles étaient tous des mauvais. A mon âge, cette manière de raisonner était excusable, d'autant plus que je n'étais jamais sorti de nos bois; et il y a pas mal de gens, plus âgés et plus instruits que je ne l'étais, qui raisonnent de cette façon. Mais en voyant combien je m'étais trompé, j'avais une grande bonne volonté de me rendre utile à ceux qui me traitaient si bien, et je m'ingéniais à leur marquer ma reconnaissance. La demoiselle Hermine aimait beaucoup les *donjaux* [1] aussi, à la saison, je me levais avant le jour pour passer le premier dans les bois où l'on en trouvait. Et comme j'étais content de lui en apporter un beau panier qui lui faisait pousser des exclamations :

— Oh! les belles oronges!

La jument blanche du chevalier n'avait jamais été étrillée, brossée, soignée, comme depuis que j'étais là : car, auparavant, Cariol, le domestique, prenait surtout soin de ses bœufs et la soignait un peu à coups de fourche, ainsi qu'on dit. Maintenant elle était bien en point et luisante, de manière que le chevalier lui-même, un jour que je la lui amenais pour monter, avec sa selle de velours rouge frappé, et les boucles de la bride à la française brillantes comme l'or, me dit jovialement :

— C'est bien, mon garçon...

Qui aime Bertrand aime son chien.

Pour le curé, lui, c'était un homme comme il n'y en a guère; il n'était sensible à rien de

1. Champignons.

ce que tant de gens estiment. L'argent, il en avait toujours assez, pourvu qu'il pût faire la charité; du boire et du manger, il s'en moquait, disant que des haricots ou des poulets rôtis, c'est tout un. Et, à ce propos, il faisait quelquefois la guerre au chevalier qui était un peu porté sur sa bouche et, pour citer quelque chose de délicat, usait de ce dicton :

Aile de perdrix, cuisse de bécasse, toute la grive.

Mais c'était pour rire qu'il le piquait ainsi, sachant fort bien que plus d'une fois il avait envoyé les meilleurs morceaux à des voisins malades. Quoique enfant encore ignorant, comme celui qui ne fait que commencer à apprendre, je m'étais vite aperçu que rien n'était plus agréable au curé que de faire le bien, et de voir en profiter ceux à qui il le faisait. C'est ce qui me donnait tant de cœur à étudier, en voyant de quelle affection il me montrait.

— Aussitôt que tu sauras bien lire, m'avait-il dit, tu apprendras les répons de la messe, et tu me la serviras, car ce pauvre Francès se fait vieux.

Quand la bonne volonté y est, on apprend vite. Aussi le curé me dit un jour :

— A Pâques, tu seras en état de servir la messe.

Je le remerciai simplement, car il n'était pas façonnier et n'aimait pas les compliments, quoique bon comme il n'est pas possible de le dire.

Lorsque vint le jour de Pâques, je savais mes répons sur le bout du doigt. Une chose cependant m'ennuyait, c'était de ne pas comprendre les paroles latines; je l'avouai au curé qui ne le trouva pas mauvais, car lui-même prêchait toujours en patois pour être compris. Il m'expliqua donc ce que voulait dire ce latin, et je fus content, parce que je trouvais sot de dire des mots sans savoir ce que je disais. J'étais crâne, ce jour-là, bien habillé d'étoffe burelle, et aux pieds une paire de souliers que la demoiselle Hermine avait commandés à Montignac. Moi qui n'en avais jamais eu, je m'en *carrais* [1], et je trouvais ces souliers tellement beaux qu'en marchant je ne pouvais m'empêcher de baisser la tête pour les regarder. Le chevalier m'avait acheté une casquette pour mes étrennes, de manière que j'étais tout flambant, ce jour-là, car la casquette était encore neuve, ayant l'habitude d'aller tête nue au soleil, à la pluie et au froid.

A partir de ce moment, je servis de marguillier au curé, et le vieux Francès n'eut plus besoin que de sonner l'Angélus et se promener avec sa bourrique pour ramasser le blé et l'huile qu'on lui donnait pour ses peines, comme c'était la coutume. J'étais content plus qu'on ne peut le dire d'être utile au curé. Lorsqu'il fallait porter le bon Dieu à quelque malade, je m'en allais

1. Prendre une attitude d'importance.

devant avec un falot, sonnant la clochette, et derrière le curé suivaient la demoiselle Hermine et quelque deux ou trois vieilles femmes du bourg, disant leur chapelet. Tandis que nous passions dans les chemins pierreux, les gens qui étaient à travailler par les terres faisaient planter leurs bœufs s'ils labouraient, ôtaient leur bonnet, se mettaient à genoux et disaient un Notre-Père pour le malade. Et des fois, au loin, au milieu des brandes, une bergère, oyant le son clair de la clochette, faisait taire son chien qui jappait, et, se mettant à genoux, priait aussi.

Pour ce qui est des enterrements, le curé allait toujours faire la levée du corps à la maison du défunt, aussi loin qu'il fallût aller, quelque misérables que fussent les gens. Et, soit que ce fût un enterrement, un mariage ou un baptême, quand on lui demandait ce qui lui était dû, il répondait :

— Rien, rien, braves gens, allez-vous-en tranquilles.

Et les gens s'en allant, l'ayant bien remercié, il disait parfois à demi-voix :

— Ce que vous avez reçu gratuitement, donnez-le gratuitement.

Lorsque c'était des propriétaires riches, comme ceux de la Coudonnie, de Valmassingeas, de La Rolphie, ils insistaient :

— Monsieur le curé, au moins pour votre église, pour vos pauvres, laissez-nous faire quelque chose!

— Puisque vous le voulez, disait-il alors, il ferait besoin d'une nappe d'autel.

Ou bien :

— Faites porter un sac de blé chez la veuve de Blasillou.

Et les autres faisaient :

— A la bonne heure, monsieur le curé; n'ayez crainte, nous ne l'oublierons pas.

Il est vrai qu'aux étrennes, les gens, reconnaissants, portaient bien des affaires à la maison curiale : c'était une paire de chapons, ou de poulets, ou des œufs, ou un panier de pommes, ou un lièvre, ou une bouteille de vin pinaud, ou un quarton de marrons, ou quelque chose comme ça. Il y eut même, une fois, une pauvre vieille qui lui apporta trois ou quatre douzaines de nèfles dans les poches de son *devantal*[1], et, comme elle s'excusait de ce qu'elle n'en avait pas davantage et puis qu'elles n'étaient pas trop mûres, le curé lui dit de bonne grâce :

— Merci, merci bien, mère Babeau; celui qui donne une pomme, n'ayant que ça, donne plus que celui qui offre un coq d'Inde de son troupeau.

Et comme son cœur était réjoui, ce jour-là, de voir combien tout ce peuple l'aimait, il ajouta en souriant ce dicton du chevalier :

Avec le temps et la paille, les nèfles mûrissent.

1. Tablier.

Mais ces affaires qu'on lui portait ne restaient pas toutes chez lui; il en redonnait la moitié à ses pauvres, et, si la Fantille ne s'était pas fâchée et n'avait pas serré les cadeaux, il aurait, ma foi, tout donné. Ainsi, lorsqu'on lui offrait une bonne bouteille d'eau-de-vie, bien sûr qu'elle était pour le vieux La Ramée : — ça n'était pas son nom, mais on ne l'appelait pas autrement.

Ce La Ramée, donc, était un ancien grenadier de Poléon, comme disait la bonne femme Minette, de Saint-Pierre-de-Chignac; il s'était promené en Egypte, en Italie, en Allemagne et en dernier lieu en Russie, où il s'était quelque peu gelé les orteils, de manière qu'il ne marchait pas bien aisément. Après retour du roi, on lui avait fendu l'oreille, comme il disait, et il s'en était revenu au village, où il aurait crevé de faim sans sa belle-sœur, pauvre veuve qui l'avait recueilli. Et encore, si le chevalier et le curé ne lui avaient pas aidé, elle n'en serait jamais venue à bout, n'ayant pour tout bien qu'une maisonnette et une terre de trois quartonnées. Mais La Ramée se serait plutôt passé de pain que d'eau-de-vie et de tabac, vu la grande habitude qu'il en avait : aussi le curé lui en donnait de temps en temps. Et alors le vieux troupier reconnaissant, lorsqu'il s'en allait par-là dans quelque coderc, ou *pâtis* communal, garder les oisons de sa belle-sœur, avec une *houssine*[1], et qu'il rencontrait

1. Baguette de houx.

le curé, il se plantait droit, les talons sur la même ligne, portait militairement la main à son bonnet de police qu'il n'avait pas quitté, puis, d'un geste montrant les oisons, il faisait piteusement :

— Et dire qu'on a été à Austerlitz!

Le jour où l'on portait comme ça des cadeaux, il y avait table ouverte chez le curé pour recevoir les gens, et nul ne s'en retournait sans avoir bu et mangé : aussi une charge de vin y passait, tout près; heureusement, il n'était pas cher en ce temps-là.

Quand j'eus mes douze ans, le curé me fit faire ma première communion. Moi, voyant que tous les droles de mon âge la faisaient, je m'efforçais de les surmonter en apprenant le catéchisme de façon à contenter le curé en ça, comme en tout. Au reste, pour toutes ces choses de la religion, il n'était pas tracassier et exigeant, comme il y en a. Il avait tôt fait de me confesser; d'ailleurs vivant chez lui, toujours sous ses yeux, lui disant tout ce que je faisais, le consultant lorsque j'étais embarrassé, il me connaissait aussi bien que moi-même je me connaissais.

La veille de la première communion, pour toute confession, il demanda si j'avais encore de la haine dans le cœur contre le comte de Nansac, et, après que je lui eus répondu par un « oui » timide, il me dit de si belles choses sur l'oubli des injures et me fit tant d'exhortations de pardonner à l'exemple de Notre-Seigneur Jésus-

Christ, que je l'assurai que je m'efforcerais de tout oublier, et de chasser la haine de mon cœur. J'étais bien dans les dispositions de le faire à ce moment-là, mais ça ne dura pas.

A ce propos, je conviens bien que c'est une grande et belle chose que de pardonner à ses ennemis et de ne pas chercher à se venger; seulement, il faudrait que le pardon fût réciproque entre deux ennemis, parce que, si l'un pardonne et l'autre non, la partie n'est plus égale. Comme disait le chevalier :

Lorsqu'on se fait brebis, le loup vous croque.

Malgré la misère de mes premières années, j'étais, lors de ma première communion, grand et fort, de manière que je paraissais avoir quinze ans. D'un autre côté, depuis trois ans que j'étais chez le curé, j'avais appris tout ce qu'il m'avait montré, mieux et plus vite que ne font tous les enfants d'habitude. Je savais passablement le français; un français plein d'expressions du terroir, de vieux mots, d'anciennes tournures, comme le parlait le curé, puis l'histoire de France, un peu de géographie et les *quatre règles*. Mais, où j'étais bien plus fort qu'un drole de mon âge, c'était pour raisonner des choses et connaître ce qui était bien ou mal, vrai ou faux. Cela venait de ce que, en toute occasion, le curé m'enseignait, et me formait le jugement, soit en travaillant au jardin, soit en allant porter quelque chose à un malade, soit dans les moments de loisir que les gens vulgaires emploient à baguenauder ou à faire pire. Il savait, à propos d'une chose très simple, très ordinaire, me donner des leçons de bon sens et de morale, me montrer où étaient les véritables biens, dans la sagesse, la modération, la vertu.

Moi, je me conformais bien tant que je pouvais à ses préceptes, et j'y avais goût; mais il y avait au fond de mon être une chose que je ne pouvais pas vaincre, c'était ma haine pour le comte de Nansac. Comme je viens de le dire, lors de ma première communion, j'avais bien tâché de le faire, de bonne foi, mais huit jours après, je n'en avais même plus la volonté. Lorsque le passé douloureux de ma première enfance me revenait à la mémoire, je me disais que je serais un fils ingrat et dénaturé, si j'oubliais toutes les misères que cet homme nous avait faites, tous les malheurs qui nous étaient venus par lui. Et, quand je songeais à mon père mort aux galères, à ma mère agonisant dans toutes les angoisses du désespoir, ma haine se ravivait ardente, comme un feu de bûcherons sur lequel se lève le vent d'est.

On comprend que, dans ces dispositions, tout ce que j'apprenais au désavantage des Nansac me faisait grand plaisir. Un jour, j'eus de quoi me contenter. Etant au jardin à biner des pommes de terre, tandis que le curé et le chevalier se promenaient dans la grande allée du milieu, j'entendis raconter à ce dernier que l'aînée des demoiselles de Nansac était partie avec un freluquet, on ne savait où. Cela me fit prêter l'oreille, et j'ouïs tout ce que disait le chevalier :

— Moi, mon pauvre curé, je ne suis pas comme vous, ça ne m'étonne pas :

Elle a de qui tenir
Le sang ne peut mentir.

— Que voulez-vous dire ?

— Mon cher curé, j'avais une tante qui était un vrai registre de tout ce qui touchait à la noblesse du Périgord, et, d'elle, j'ai appris beaucoup de choses. Je vois maintenant quantité de gens qui se sont faufilés parmi la noblesse et qui eussent été mis honteusement à la porte s'ils s'étaient présentés pour voter avec nous en 1789 : quidams prenant le nom de terres nobles achetées à vil prix; roturiers émigrés pour des causes qui les auraient menés tout droit à la guillotine, — car la République a eu cela de bon qu'elle n'était pas tendre pour les fripons; — bourgeois emparticulés, un moment disparus dans la tempête révolutionnaire, et se prétendant maintenant nobles comme Créqui; tous ces gens-là ne m'en font pas accroire. Je leur dirais volontiers avec un des leurs qui avait du bon sens :

Quelques nobles, ou soi-disants,
S'ils entendent bien les mystères,
Trouveront qu'ils sont des paysans,
Parmi les écrits des notaires.

Le curé, qui trouvait que le chevalier tirait les choses d'un peu loin, dit à ce moment :

— Pardon... mais je ne vois pas bien le rapport...

— Vous allez le voir, mon ami. Le cas des Nansac n'est pas tel : ils sont nobles, mais à la façon de ceux de Pontchartrain, qui vendaient les lettres de noblesse deux mille écus. Le père du vieux marquis d'aujourd'hui était tout bonnement un porteur d'eau, natif de Saint-Flour, qui avait commencé sa fortune dans la rue Quincampoix, et l'avait grossie en tripotant dans les fournitures militaires et dans un tas d'affaires véreuses. Ce *maltôtier* [1] nommé Crozat, se faisait appeler : « de Nansac », à cause d'une métairie qu'il possédait dans son pays. Il acheta la terre de l'Herm, et fut anobli, grâce à ses écus. Son fils, le marquis actuel, avait épousé une femme sans principes, qui se rendit célèbre par ses frasques, en un temps où il était difficile de se distinguer en ce genre. L'étendue de ses relations amoureuses l'avait fait surnommer : *La Cour et la Ville.* Parmi ses nombreux amants, elle en eut d'utiles. Le vieux débauché La Vrillière, ministre tout puissant de Louis XV, se pliait à tous ses caprices. Ce fut lui qui fit conférer aux fils du porteur d'eau le titre de marquis dont il est affublé... Vous comprenez maintenant, curé, que les filles du comte ont de qui tenir, ayant eu une telle grand'mère.

1. Collecteur d'impôts.

— Voilà de vilaines histoires, dit le curé; je ne connaissais pas cette origine. Mais avouez, chevalier, que si le trône et la noblesse ont été fortement secoués pendant la Révolution, c'était un peu bien mérité.

— Je l'avoue, et j'y joins une notable partie du clergé, que vous oubliez : moines vicieux, abbés de ruelles, curés concubinaires et tous ces prêtres incrédules qui n'osaient plus annoncer en chaire Jésus-Christ crucifié et ne parlaient que du « législateur des chrétiens ».

— Oh! fit le curé, je vous les passe volontiers... De tout ceci, ajouta-t-il, on pourrait conclure que la Révolution n'a pas été inutile, car assurément le clergé de notre temps vaut mieux que l'ancien.

— Oui, dit le chevalier, et la noblesse aussi. La correction a peut-être été un peu rude, mais c'est Dieu qui tenait la verge, et il est le seul bon juge de ce que nous avions mérité tous.

Moi, j'écoutais cette conversation sans en perdre un mot. Ça n'était pas bien, j'en conviens, mais la tentation était trop forte. Je fus tout content de savoir que les Nansac n'étaient pas des nobles de la bonne espèce; et, de vrai, lorsque je les comparais au chevalier et à sa sœur, qui étaient la fine fleur des braves gens, bons comme du pain de chanoine, honnêtes comme il n'est pas possible, je ne pouvais pas m'empêcher de croire qu'il y avait deux races de nobles, les uns bons, les autres méchants. C'était une idée d'enfant; depuis, j'ai vu que là c'était mélangé, comme partout.

Quelque temps après cet entretien, le curé me dit :

— Jacquou, maintenant il te faut songer à prendre un état. Voyons, que préfères-tu ? Veux-tu être tisserand ? sabotier ? maréchal ? veux-tu te mettre en apprentissage avec Virelou le tailleur ? as-tu quelque idée pour un métier quelconque ?

— Monsieur le curé, je ferai ce que vous me conseillerez.

— Cela étant, mon ami, je te conseille de te faire cultivateur. C'est le premier de tous les états, c'est le plus sain, le plus intelligent, le plus libre. C'est, vois-tu, le travail des champs qui a libéré de la servitude le peuple de France, et c'est par lui qu'un jour la terre sera toute aux paysans... Mais n'allons pas si loin. Comme je me doutais de ta réponse, voici comment j'ai arrangé les choses avec M le chevalier. Tu travailleras le jour à la réserve avec Cariol : c'est un bon ouvrier terrien qui te montrera à labourer, sarcler, biner, faucher, moissonner, façonner les vignes, et le reste. Tu vivras avec lui et la Toinette chez M. le chevalier, mais tu coucheras ici, parce que, le soir, je pourrai encore te donner quelques leçons et t'enseigner des choses qui te seront utiles plus tard. Nos bonnes gens de par-là, qui ont vu leurs anciens ne sachant ni A ni B, et qui sont eux-mêmes aussi ignorants, disent qu'il n'est pas besoin d'en savoir tant pour cultiver la terre; mais ils se trompent. Un paysan un peu instruit en vaut deux, sans compter que celui qui ne connaît pas l'histoire de son pays, ni sa géographie n'est pas Français, pour ainsi parler : il est *Fanlacois,* s'il est de Fanlac, et voilà tout. De même, celui qui ne sait ni lire ni écrire, c'est comme s'il avait un sens de moins... Lorsque tu seras grand, que tu sauras bien ton état de laboureur, tu trouveras aisément à te louer; et, plus tard, ayant mis de côté tes gages, tu chercheras une honnête fille économe et tu te marieras, et vous serez chez vous autres; ce qui est une belle et bonne chose, et bien à considérer : ainsi voilà qui est entendu.

Je remerciai bien le curé, comme on pense, et, dès le lendemain, j'allai travailler avec Cariol.

5

CINQ années se passèrent ainsi, bien pleines et sans nul souci présent pour moi. De temps en temps, il me sourdait quelque pénible souvenir du comte de Nansac et de tous mes malheurs, comme une piquée d'écharde dans la chair, mais le travail amortissait ça un peu. La semaine, je travaillais dur tout le jour, je mangeais comme un loup et je dormais comme une souche. Le dimanche, après la messe, je faisais aux quilles avec les autres garçons du bourg, ou au bouchon, que nous appelons tible, ou encore au rameau. L'hiver nous allions *énoiser* dans les maisons, et après, chacun son tour, on allait faire l'huile au moulin de la Grandie. Et puis il y avait les veillées, où l'on aidait aux voisins à égrener le blé d'Espagne, à peler les châtaignes pour le lendemain, tandis que les femmes filaient et que les anciens disaient des contes. Ensuite, quinze jours avant la Noël, nous allions, les garçons, sonner *la Luce,* comme nous appelons cette sonnerie; et on peut croire que la cloche était très consciencieusement brandie!

A la Saint-Sylvestre nous courions les villages en chantant *la Guilloniaou* ou Gui-l'an-neuf, qui se peut dire ainsi en français :

A Paris, y a une dame
Mariée richement...
Le Gui-l'an-neuf on vous demande,
Pour le dernier jour de l'an.

Elle se coiffe et se mire
Dans un beau miroir d'argent...
Le Gui-l'an-neuf on vous demande,
Pour le dernier jour de l'an.

Elle portait de belles robes
Cousues en fil blanc...
Le Gui-l'an-neuf on vous demande,
Pour le dernier jour de l'an.

Mais à présent elle les porte,
Cousues en fil d'argent...
Le Gui-l'an-neuf on vous demande,
Pour le dernier jour de l'an.

Ou bien encore celle qui commence ainsi :

A Paris sur le petit pont,
Le Gui-l'an-neuf vous demandons,
A Paris sur le petit pont,
Mon capitaine !
Le Gui-l'an-neuf vous demandons,
Et puis l'étrenne !

Y avait trois dames sur ce pont...
....

Et nous entrions dans les maisons où il y avait des filles, principalement, pour leur demander l'étrenne d'un baiser.

Il est question de Paris dans ces deux chansons, de Paris la grande ville : c'est que, pour le pauvre paysan périgourdin de jadis, Paris était le paradis des riches et des belles dames. Pampelune aussi avait frappé son imagination, comme un pays lointain, quasi chimérique. On disait de celui dont on n'avait ouï parler depuis de longues années : « Il est à Pampelune ! » Lorsqu'on parlait d'un pays dont on ignorait la situation, on disait : « C'est à Pampelune ! »

Pourquoi Pampelune plutôt que tout autre ville ? Le curé Bonal disait que ça venait peut-être de ce qu'un cardinal d'Albret, très puissant en Périgord autrefois, était évêque de Pampelune, ancienne capitale du royaume de Navarre.

Moi, je n'en sais rien ; je laisse ça à d'autres plus savants.

L'été, il n'était plus question de tous ces amusements : on n'avait que le temps de travailler, de manger et de dormir ; et encore, de dormir, pas trop. Dans le moment des fenaisons ou des moissons, il fallait se lever à trois heures du matin, et, des fois, il était neuf heures le soir, lorsqu'on avait fini de rentrer le foin ou les gerbes si la pluie menaçait.

Tout cela était coupé par les dimanches et quelques fêtes chômées comme la Noël, Notre-Dame d'Août et la Toussaint.

A propos de cette dernière fête, qui tombe la *vigile* [1] du jour des Morts, il y avait dans cer-

1. La veille.

taines maisons, et non des pires, un usage ancien assez curieux :

Le soir on soupait en famille, et, pendant le repas, on s'entretenait des parents défunts, de leurs qualités, de leurs vertus, même de leurs défauts ; et ce qu'il y avait de plus étrange, on buvait à leur santé en trinquant. Ce souper devait être composé de neuf plats, comme soupe, bouilli, fricassée, daube, saugrenade, tourtière, fricandeau, etc.

Le repas fini, on laissait sur la table les viandes et tout ce qui restait de chaque plat pour le souper des anciens, morts, et on rapportait du pain et du vin lorsqu'il n'y en avait pas assez.

Après ça, on faisait un beau feu et on rangeait les chaises en demi-cercle autour du foyer. Puis on se retirait pour laisser la place aux défunts, après avoir récité les prières à leur intention.

Le curé Bonal disait bien que tout cela sentait fort la superstition ; mais en raison des prières et de l'intention pieuse, il fermait un peu les yeux.

Outre toutes ces fêtes, il y avait notre *vote* [1] ou frairie, qui tombait le vingt-deux d'août, et celles des paroisses voisines, comme Bars, Auriac, Thonac, où nous ne manquions guère. Mais où on ne failliait jamais d'aller, c'était à Montignac,

---

1. Fête votive.

le vingt-cinq novembre, à la grande foire de la Sainte-Catherine. Ça c'était de rigueur, et, ce jour-là, avec le curé, la demoiselle Hermine et La Ramée, il ne restait dans le bourg que les vieux, qui ne pouvaient quitter le coin du feu, et les tout petits enfants ; et même, de ceux-ci, il y avait beaucoup de *clampasses* de femmes qui les trainaient par la main, ou les portaient sur les bras quand ils étaient trop petits. Le chevalier lui-même y allait sur sa jument, pour rencontrer ses amis, petits nobles des environs, et manger ensemble une tête de veau et une dinde truffée au *Soleil d'Or*.

Les choses marchaient donc à souhait ; tout le monde était satisfait de moi, et moi bien reconnaissant à tous ceux qui me faisaient bien. Mais, « si ça marchait toujours au gré de tous sur la terre, les gens ne voudraient pas aller en paradis », comme disait le chevalier.

Depuis quelque temps il n'était pas content, le brave et digne homme, il trouvait dans sa gazette des nouvelles de Paris qui ne lui convenaient pas. Les affaires de la politique prenaient une vilaine tournure : on avait guillotiné quatre sergents de la Rochelle, fusillé des généraux, des officiers ; les jésuites revenus étaient les maîtres partout, et c'étaient de mauvais maîtres. Les missionnaires envoyés par eux prêchaient de ville en ville, provoquant des persécutions contre les incrédules, les jacobins excitant quelquefois les troubles, durement réprimés.

Tout cela causait par toute la France un mécontentement général qui favorisait le développement des sociétés secrètes.

— Vous verrez, disait le chevalier en racontant ça, vous verrez que ces *ultras* finiront par faire renvoyer le roi en exil.

Je ne savais point ce qu'étaient ces *ultras*, mais, d'après tout ça, je me figurais que ce devait être une espèce de royalistes dans le genre du Comte de Nansac.

Pour ce qui regardait les missionnaires, la chose était sûre, car à Montignac ils avaient planté une croix sur la place d'armes, juste à l'ancien endroit de l'arbre de la liberté, et par leurs sermons violents, leurs paroles de haine, ils avaient réussi à soulever un tas de gredins contre les patriotes connus pour leur attachement à la Révolution.

— Ces diables de missionnaires, ajoutait le chevalier, ont failli faire jeter à la Vézère le vieux Cassius, qui nous a sauvés jadis, ma sœur et moi.

Et sur l'interrogation du curé, il poursuivit :

— Oui, un jour, à la *Société populaire*, un bouillant patriote demanda la mise en réclusion des ci-devant nobles, La Jalage et sa sœur, mais Chabannais, dit Cassius, se leva :

« Laissez en paix le citoyen et la citoyenne La Jalage ; c'est eux qui nourrissent les pauvres de leur commune, et il y en a. »

Et, par deux fois, il prit la parole pour nous défendre, et finit par faire passer l'assemblée à l'ordre du jour.

— Mais, fit le curé, vous dites : « La Jalage » ; est-ce donc votre nom ?

— Parfaitement. C'est notre nom patronymique ; Galibert est un nom de terre. Nous descendons du fameux Jean de La Jalage, dont vous voyez la grossière statue commémorative dans une niche carrée du mur extérieur de l'église qu'il défendit contre des routiers anglais.

Et, saisissant l'occasion aux cheveux, le chevalier, grand diseur d'histoires, raconta celle de Jean de La Jalage.

— C'était, dit-il un sergent d'armes du temps de Charles VI, qui avait suivi le maréchal Boucicaut lors de son expédition contre Archambaud, le dernier comte de Périgord, et s'était ensuite établi à Fanlac, après la prise de Montignac en 1398.

En ces temps les Anglais étaient dans nos pays, de sorte qu'une troupe de ces brigands mêlés de malandrins des grandes compagnies, traversant le Périgord, vint à passer par le Cern et Auriac, se dirigeant vers Fanlac. Notre église était fortifiée, comme il apparaît encore. Jean de La Jalage la fait garnir de provisions et y fait retirer les gens de la paroisse, en sorte que lorsque les Anglais arrivèrent, ils trouvèrent à qui parler.

Il y eut plusieurs assauts, tous repoussés, et

ce fut dans la sortie faite pour mettre ces routiers en fuite, que Jean de La Jalage reçut un coup de hache d'armes qui lui abattit le bras : c'est pourquoi sa statue le représente manchot. Les Anglais, fortement étrillés, filèrent du côté de Rouffignac en laissant la moitié de leur bande autour de l'église.

C'est en récompense de ce fait d'armes et de ses anciens services, que le duc d'Orléans, alors comte de Périgord, donna à mon ancêtre le fief noble de Galibert dont il prit le nom, ainsi que ses descendants, en sorte que celui de La Jalage était totalement délaissé.

Ainsi Cassius nous appelait La Jalage, comme on appelait le pauvre Louis XVI, Capet.

— Alors, dit le curé, je m'explique maintenant vos armoiries : la *jalage* est, en patois, l'ajonc, ou genêt épineux.

— Oui, dit le chevalier, Jean de La Jalage, anobli et possesseur du fief de Galibert, prit pour armes un ajonc épineux de sinople fleuri d'or, sur fond d'argent, avec la devise : *Cil se pique, qui s'y frotte!* Et de fait, c'était un rude homme auquel il ne faisait pas bon se frotter, même après qu'il fut estropié...

J'ai dit que le chevalier n'était pas content de la manière dont marchaient les affaires, mais bientôt le curé eut encore plus sujet de se plaindre.

Quelques jours après l'histoire de Jean de La Jalage, le piéton de Montignac lui apporta une lettre cachetée de cire violette, venant de Périgueux. Après en avoir pris connaissance, le curé vint trouver le chevalier et lui dit qu'il avait besoin de moi pour m'envoyer à La Granval.

— Il est plus à vous qu'à moi, fit le chevalier : la permission est inutile.

M'étant habillé promptement, le curé me dit :

— Tu vas aller à la Granval trouver le Rey et tu lui diras qu'il me faudrait une avance de dix écus sur le pacte de la Saint-Jean. Il n'est pas nécessaire de courir : couche là-bas et reviens demain, ce sera assez tôt.

Là-dessus je partis en coupant au plus court, je traversai les brandes au delà de Fanlac, et je m'en fus tout droit à la Granval, en passant par Chambor, Saint-Michel et le Lac-Viel. Arrivé que je fus, la femme du Rey ne voulait pas me reconnaître :

— Ça c'est pas Dieu possible que ce soit toi Jacquou!

Enfin, lui ayant rappelé tout ce qui s'était passé lors de nos malheurs, elle finit par s'en accertainer. Le Rey, étant survenu peu après, me reconnut bien, lui, et me dit :

— Te voilà tout à fait *dru*[1], petit !

Le soir, je soupai avec ces braves gens, et puis ils me firent coucher. Étant au lit dans cette mai-

1. Fort.

son où mon pauvre père avait été pris, je pensai longtemps à des choses tristes, et puis je finis par m'endormir. A la pointe du jour, je me levai. Le Rey me donna dix écus et je repartis, non pas sans avoir bu un bon coup et trinqué avec lui.

Il me faut dire ici que, depuis quelque temps, lorsque je voyais un garçon et une fille se promener seuls dans un chemin, ou se parler le dimanche sur la place en se tenant par la main, et s'amitonner, ça me tournait les idées du côté de l'amour, et alors, je ne sais pas pourquoi, je me prenais à penser à la petite Lina. Je me demandais si elle était toujours à Puypautier, ce qu'elle faisait, si elle était aussi jolie qu'étant petite ; et je me disais que je serais bien heureux de l'avoir pour mie. Tout ça fit que, me trouvant de ces côtés, je fus pris d'un grand désir de la revoir : ça m'allongeait bien un peu de passer par Puypautier, mais je n'étais pas pressé. En approchant du village, assez embarrassé de savoir comment m'y prendre pour la voir sans que cela se sût, je rencontrai une drolette qui gardait ses oies, comme autrefois Lina quand je l'avais connue. M'étant informé à cette petite, elle me dit que la Lina touchait ses brebis, et qu'elle devait être dans des friches qu'elle me montra. Je m'en fus par là, et, en approchant, je la vis seulette qui faisait son bas, accotée contre un chêne de bordure, tandis ses brebis broutaient l'herbe courte. Sans faire de bruit, je vins tout près d'elle :

— Oh! Lina! c'est donc toi!

— Jacquou! dit-elle en me reconnaissant et en devenant toute rouge.

Alors je lui demandai le portage d'elle et de chez elle et j'appris bien des choses : que le vieux Géral s'était marié avec sa mère, et qu'elle était maintenant la fille de la maison.

Cette nouvelle ne me fit guère plaisir : j'aurais préféré la retrouver pauvre comme moi ; mais, au reste, j'étais si heureux de la revoir que ce ne fut qu'une contrariété d'un instant. Elle était toujours gente, la Lina. C'était maintenant une belle fille, de moyenne taille, bien faite et d'une jolie figure. Son mouchoir de tête laissait voir ses cheveux châtain clair ; ses yeux bruns et doux étaient abrités par de longs cils qui faisaient une ombre sur ses joues duvetées comme une pêche mûre, et sa petite bouche, rouge comme une fraise des bois, découvrait ses dents blanches lorsqu'elle riait :

— Que tu es donc joliette, Lina!

— Tu dis ça pour rire, Jacquou!

— Non, pas ma foi, je te le dis tel que je le pense.

— Les garçons disent tous comme ça.

— Ah! il y en a donc qui te le disent ? fis-je, piqué de jalousie.

— On ne peut pas empêcher ça; mais rien n'oblige de les croire.

— Et moi, dis ? me crois-tu ?

— Tu es curieux, Jacquou!... fit-elle en riant.

— Oh! écoute, ma petite Lina! depuis huit ans que je ne t'ai vue, j'ai songé souvent à toi. Il me semblait te voir encore toute *nicette*, avec ta petite tête frisée, gardant tes oies par les chemins, mignarde comme une tourterelle des bois. Plus j'ai grandi, et plus mon idée se tournait vers toi; et, maintenant que je t'ai revue, tu ne sortiras plus de ma pensée, quoi qu'il advienne!

— Oh! Jacquou! tu es un enjôleur.. Et où donc as-tu appris à parler comme ça?

Et alors, je lui racontai mon histoire tout du long, maudissant le comte de Nansac et faisant de grandes louanges du chevalier, de sa sœur, et du curé Bonal, qui m'avait enseigné. Je voyais bien que ce que je lui disais lui faisait plaisir, et qu'elle était contente que je fusse un peu plus instruit que l'on n'était à cette époque de nos côtés, où l'on aurait pu chercher à deux lieues à la ronde autour de la forêt sans trouver un paysan sachant lire. De temps en temps, elle levait les yeux sur moi, sans lâcher de faire son bas, et je connaissais qu'elle ne me haïssait pas, rien qu'à son regard qui disait toute sa pensée, la pauvre drole.

En parlant du curé, ça me fit songer que depuis deux heures j'étais là à babiller, et qu'il me fallait m'en aller. Mais, avant, je voulus que Lina me dît où je pourrais la revoir. D'aller lui parler le dimanche à Bars, au sortir de la messe, sa mère qui était toujours là ne le trouverait pas à propos, croyait-elle.

— Adonc, je ne te verrai plus?

— Ecoute, me dit-elle, je dois aller à Auriac le jour de la Saint-Rémy, le 23 du mois d'août, avec une voisine...

— J'irai donc à la dévotion de la Saint-Rémy.

Et, la regardant avec amour, je lui pris la main :

— Oh! ma Lina, à cette heure je suis bien content... Adieu!

Et, en même temps, l'attirant un peu à moi, je l'embrassai, toute rougissante.

— Tu profites de ce que je suis trop bonne, Jacquou!

Je l'embrassai une autre fois, et je m'en fus, non sans regarder souvent derrière moi.

En m'en allant, il me semblait que j'avais des ailes, et que tous mes sens avaient crû soudain. Je trouvais le pays plus beau, les arbres plus verts, le ciel plus bleu. Je sentais en moi une force inconnue jusqu'à ce jour. Quelquefois, arrivant au pied d'un terme, j'étais pris du besoin de dépenser cette force; je grimpais en courant à travers les pierres et les broussailles et, parvenu en haut, je me plantais, les narines gonflées, et je regardais, tout fier, le raide coteau escaladé.

Lorsque j'entrai chez le curé, il était en train de causer avec le chevalier.

— Moi, j'en reviens toujours là, disait celui-ci : « Que diable vous veut-on? »

— Rien de bon, sans doute. Il y a là quelque tour de ces renards de jésuites, qui m'auront desservi à l'évêché.

Le lendemain matin, le curé, ayant emprunté la jument du chevalier, et ses houseaux, montait à cheval et partait pour Périgueux par les chemins de traverse, en passant par Saint-Geyrac.

— Bon voyage, curé! lui dit le chevalier, la jument est solide, mais tenez-la tout de même dans les descentes; vous savez le proverbe :

Il n'est pas si bon cheval qui ne bronche.

Lorsque le curé revint le surlendemain, je connus à sa figure que quelque chose n'allait pas bien. Lui ayant demandé s'il avait fait bon voyage, il me répondit :

— Oui, Jacquou, quant à ce qui est du voyage lui-même.

Je n'osai en demander davantage, et j'emmenai la jument à l'écurie.

Aussitôt qu'il sut le retour du curé, le chevalier vint au presbytère savoir ce qu'il en était et, le soir, il raconta tout à sa sœur. Le curé avait, lors de la Révolution, prêté serment à la constitution civile du clergé, et voici que, trente ans après, on s'avisait de le chicaner là-dessus; oui ! et on lui demandait une rétractation publique de son serment.

Lui avait répondu à l'évêque qu'il avait autrefois prêté ce serment, parce qu'il n'intéressait point les dogmes de l'Eglise; que sa conscience ne lui reprochait rien à cet égard, et qu'il n'était point disposé à une rétractation, ni publique, ni secrète.

Là-dessus, l'évêque, de son air de grand seigneur ecclésiastique, l'avait congédié en l'invitant à réfléchir mûrement avant que de s'engager dans une lutte où il serait brisé comme verre.

— Les *ultras du clergé,* c'est-à-dire les jésuites et leur séquelle, perdront la religion, comme les *ultras* royalistes perdront la royauté! — ajouta en manière de conclusion le chevalier.

— Et que va faire le curé? demanda la demoiselle Hermine.

— Rien; il dit qu'il les attend.

Sur ces entrefaîtes, le chevalier attrapa un refroidissement et fut obligé de se mettre au lit. Sa sœur le tourmentant pour voir un médecin, il me fit appeler :

— Maître Jacques, pour faire plaisir à mademoiselle, tu vas aller à Montignac quérir un médecin.

— Il y en a un jeune, dit-elle qu'on prétend très habile : il faudrait faire venir celui-là.

— Point, ma sœur, fit le chevalier :

Les jeunes médecins font les cimetières bossus

Tu iras, Jacquou, trouver, ce vieux Diafoirus de Fournet. S'il ne peut venir, tu lui expliqueras que j'ai besoin d'une drogue pour suer, m'étant refroidi. Et lorsqu'il t'aura donné l'ordonnance, tu la porteras chez Riquer, l'arquebusier de Ponant, en l'avertissant de ne pas prendre un bocal pour l'autre :

> Dieu nous garde d'un *et cætera* de notaire,
> Et d'un *quiproquo* d'apothicaire !

— Oh! fit le curé qui entrait en ce moment; je vois que vous n'êtes pas en danger!

Etant à Montignac, le soir, la commission faite à M. Fournet, le hasard fit que je passai devant l'église du Plo, où prêchaient des missionnaires; la curiosité me poussa à y entrer. Il y avait en chaire un jésuite maigre et jaune, à figure de belette, qui déclamait contre les jacobins, les impies, les incrédules. Il avait l'air d'un de ces hypocrites qui se donnent la discipline avec une queue de renard. Après avoir bien *daubé* [1] sur les ennemis de la religion, sur ces loups dévorants enfantés par les philosophes et la Révolution, il ajouta que cette Révolution avait été tellement satanique dans ses principes et dans ses œuvres, que des pasteurs même, ayant charge d'âmes, s'étaient laissé séduire. Et il s'écriait :

— Oui! jusque dans le sanctuaire, le démon a fait des prosélytes! Ne croyez pas que je parle de pays lointains! Aux portes de cette cité qui, après l'orgie révolutionnaire, est revenue à Dieu,

1. Dénigrer.

il en est, de ces loups qui se couvrent de peaux de brebis pour mieux perdre les âmes dont notre Seigneur Jésus-Christ leur a donné la charge; qui cachent sous le manteau d'une charité menteuse l'orgueil des renégats et les vices des libertins hypocrites!

Et, ce disant, ce coquin-là tendait le bras du côté de Fanlac, de manière que tous les assistants comprenaient bien qu'il parlait du curé Bonal qui avait été vicaire à Montignac, autrefois.

Moi, oyant cette bête-là parler ainsi du curé, je fus au moment de lui crier sur le coup de la colère qui me monta : « Tu en as menti! gredin! »

Mais je me retins, et je le dis seulement à demi-voix, ce qui fit retourner plusieurs personnes dans le fond de l'église, où j'étais, puis je partis furieux.

« Est-ce possible, pensais-je en m'en allant, qu'un homme si bon, si charitable; qu'un prêtre d'une vie si exemplaire, et digne par son caractère des respects de tous, soit ainsi vilainement calomnié par ses confrères! »

Je dis par ses confrères, car, outre les missionnaires, il y avait aussi, dans le voisinage, des curés qui, pour se faire bien venir des jésuites tout-puissants, prenaient leur mot d'ordre et semaient à la sourdine un tas de calomnies contre le curé Bonal. Ils ne l'aimaient point, d'ailleurs, tous ceux du doyenné de Montignac, parce que sa conduite les accusait tous. On ne le voyait pas dans ces ribotes qu'ils faisaient les uns chez les autres, sous le prétexte de la fête de l'endroit, ou sans prétexte aucun; ribotes d'où ils sortaient les oreilles rouges, gorgés de bons vins, et le ventre entripaillé. Lorsqu'il était, par état, obligé d'assister à une réunion, à un repas, il ne passait pas la nuit avec les autres, à jouer à la *bouillotte* ou à la *pête hombrée* ; il trouvait une raison honnête pour se retirer. Celui qui disait le plus de mal de lui, derrière, car par devant il faisait le cafard, la chattemite, c'était dom Enjalbert, le chapelain de l'Herm. C'était lui qui, en allant piquer l'assiette chez les curés d'alentour, répandait depuis longtemps de mauvais bruits sur le curé Bonal. Le curé le savait, mais ne s'en souciait guère, comptant bien que sa conduite le cautionnait assez; et, en effet, dans sa paroisse, il était aimé et respecté comme il le méritait. Du côté de l'évêché, il avait été tranquille tant que le diocèse avait dépendu de l'évêque d'Angoulême, mais depuis quelques années qu'on avait rétabli l'évêché de Périgueux, il avait essuyé des tracasseries, des vexations, et maintenant il comprenait bien qu'on voulait le perdre.

— S'ils avaient affaire à moi, — lui disait quelquefois le chevalier, — je les démasquerais publiquement, tous ces mauvais chrétiens!

— Oui! bien souvent le sang bout dans mes

veines... mais le scandale retomberait sur la religion : il vaut mieux que je me taise.

Pourtant, s'il avait su tout ce que ces misérables disaient de lui et de la demoiselle Hermine, comme je l'appris en revenant de la fête d'Auriac, peut-être n'aurait-il pas eu tant de patience.

Car j'y allai, à cette dévotion de la Saint-Rémy : je n'eus garde de faillir à l'assignation, comme on pense. La veille, je profitai du moment où le curé était venu voir le chevalier, pour leur en demander la permission à tous deux. Ma requête ouïe, le chevalier dit :

— Au pèlerinage voisin,
Peu de cire, beaucoup de vin.

— Mais, monsieur le chevalier, répliquai-je, Rome est trop loin!

— Oh ! tu serais *romipète* que ce serait même chose :

Jamais cheval ni mauvais homme,
N'amenda pour aller à Rome.

Et, tout content de lui, le chevalier ajouta :

— Si M. le curé y consent, moi, je le veux bien.

— Comme je compte qu'il sera sage, je le veux bien aussi, dit le curé.

Et je me retirai bien aise.

Le lendemain, ayant déjeuné de bonne heure, la demoiselle Hermine me dit :

— Te voilà dix sols pour faire le garçon.

Je la remerciai bien et je m'en fus tout joyeux. J'avais déjà, en sous et en liards, vingt-deux sous et demi, noués dans un coin de mon mouchoir; j'y ajoutai les dix sous, et je m'en allai, me croyant riche déjà. Je descendis passer à Glaudou, de là sous Le Verdier, et je montai à travers les bruyères prendre le vieux grand chemin du plateau, près de la Maninie, à un endroit appelé Coupe-Boursil, ce qui n'est pas un nom trop rassurant; mais, en plein jour, mes trente-deux sous et demi ne risquaient rien. Ce chemin était très large, comme ça se voit encore en plusieurs places. On dit que c'est celui que suivit le maréchal Boucicaut lorsqu'il alla assiéger Montignac. Il faisait très chaud; sous le soleil brûlant, les cosses des genêts éclataient avec bruit, projetant au loin leurs graines noires : aussi j'avais seulement, sur mon gilet, une blouse bleue, toute neuve, et j'étais coiffé d'un de ces chapeaux de paille que les femmes, par chez nous, tressaient à leurs moments de loisir en allant aux foires ou en gardant le bétail. La paille n'était pas aussi fine que celle des chapeaux qu'on vend partout aujourd'hui; mais elle était plus solide, et, dans les campagnes, tout le monde portait de ces chapeaux — les paysans, s'entend. Un quart d'heure avant d'arriver aux Quatre-Bornes, je pris un raccourci et je m'en fus passer au village de Lécheyrie, puis le long des murs du jardin du château de Beaupuy, d'où je finis de descendre dans le vallon de la Laurence, où se trouve la chapelle de Saint-Rémy, à un petit quart de lieue au-dessus d'Auriac.

Au long des prés, sur le bord du vieux chemin, dans une espèce de communal, est bâtie la vieille chapelle aux deux pignons ornés de figures grimaçantes. Autour, l'herbe pousse maigre et courte sur le terrain pierrailleux et sablonneux; mais, tout contre les murs, la terre bien fumée par les passants fait foisonner des orties, des carottes sauvages, des choux d'âne, des menthes âcres d'une belle venue. En temps ordinaire, cet endroit a l'air triste, abandonné, et cette construction, aux murs noircis par les siècles, ressemble à une grande chapelle de cimetière.

Au contraire, les jours de pèlerinage, le lieu est bruyant et animé. On y vient de loin, plus que de près : les saints sont comme les prophètes, ils n'ont pas grand crédit chez eux. Les paroisses des environs, au-dessus et en aval de Montignac y envoient bien des pèlerins, mais c'est surtout les gens du bas Limousin qui y affluent. Seulement, comme à ces Limougeaux la dévotion ne fait pas perdre la tête, quoiqu'ils en aient une bonne suffisance, ils apportent dans les bastes ou paniers de leurs mulets, des fruits de la saison, mais surtout des melons. C'est la fête des melons, on peut dire, tant il y en a. Sur des couches de paille, ils sont là étalés, petits, gros, de toutes les espèces : ronds comme deux bouts, melons à côtes, lisses, brodés, verts, jaunes, grisâtres, est-ce que je sais? Et il s'en vend! C'est du fruit nouveau pour le pays, car les environs de Brive et d'Objat sont bien plus précoces que par ici; en sorte que les gens de chez nous venus à la dévotion tiennent à emporter un melon. C'est une sorte de témoignage qu'on a été à la Saint-Rémy d'Auriac.

Je dis, d'Auriac, parce que saint Rémy a encore une autre dévotion en Périgord; c'est à Saint-Raphaël, sur les hauteurs, entre Cherveix et Excideuil. Il y a là, dans l'église, le tombeau du saint que l'on va chevaucher, comme à Auriac on se frotte à sa statue, pour guérir de toutes sortes de maladies et douleurs, et on y est guéri comme à Auriac.

Autrefois, le tombeau de Saint Rémy n'était pas au bourg de Saint-Raphaël, mais à une cafourche de quatre chemins, où aboutissaient quatre paroisses : Cherveix, Anlhiac, Saint-Médard et Saint-Raphaël. Comme ce tombeau attirait beaucoup de monde, ces quatre paroisses se le disputaient. Un jour, les gens d'Anlhiac amenèrent leurs meilleurs bœufs, les attelèrent à la pierre du tombeau, mais ne purent la faire bouger d'une ligne. Ceux de Saint-Médard essayèrent ensuite et ne réussirent pas davantage. Alors les riches propriétaires de Cherveix, avec leurs grands forts bœufs de la plaine, bénis pour la circonstance, montèrent sur les coteaux et à leur tour essayèrent d'entraîner la susdite pierre; mais sans plus de succès que les autres. Enfin les gens de Saint-Raphaël vinrent en procession avec un âne — tout ce qu'ils avaient, les pauvres! — et après que le curé eut invoqué le grand Saint Rémy, l'âne attelé au tombeau traîna facilement la pierre, à travers les friches, jusqu'à Saint-Raphaël, où elle est restée.

Voilà ce que racontent les gens du pays; moi, je ne garantis rien.

Pour en revenir à la dévotion d'Auriac, c'est encore une foire aux paniers; non pas de ces paniers de vîmes grossiers pour vendanger ou ramasser les noix et les châtaignes, mais de ces jolis paniers en osier blanc, de toutes formes, depuis le grand panier plat pour porter les fromages de chèvre au marché, jusqu'au joli petit panier de demoiselle à cueillir les fraises, sans oublier les corbeilles à fruits, et ces belles panières rondes ou carrées, à deux couvercles, où il tient tant d'affaires, lorsqu'on revient de la foire.

Il y a là aussi, pour soutenir les gens venus de loin, des boulangers de Montignac, vendant des *choines* et des pains d'œufs parfumés au fenouil, et aussi des marchandes de tortillons. Puis, contre les haies, à l'ombre, bien abritées de branchages, des barriques sont là, en chantier, où l'on vend le vin à pot et à pinte.

Lorsque j'eus dépassé le moulin de Beaupuy, et que je fus sur la petite hauteur qui domine le vallon, je m'arrêtai, tâchant de reconnaître la

Lina dans cette foule de monde qui était autour de la chapelle, mais je ne le pus. Je voyais des coiffes blanches, des mouchoirs de couleur, des pailloles ou chapeaux de paille de femme, des fichus bariolés, mais c'était tout. Me remettant alors en marche, je finis d'arriver à la chapelle et je commençai de chercher dans tout ce peuple. Je fus un bon moment à me promener partout, enjambant les tas de melons, les paniers de pêches, poussant les gens pour avoir place, jouant des coudes pour avancer, et je ne voyais pas Lina. « Sa mâtine de mère, me pensai-je, l'aura peut-être empêchée de venir!... » Tandis que j'étais là assez ennuyé à cette idée, voici montant du bourg, dans le chemin bordé de haies épaisses, la procession du pèlerinage. Comme je regardais si Lina n'était pas dans les rangs, j'ouïs dire derrière moi :

— Eh bien, il pense joliment à toi!

Je me retournai coup sec, et je vis Lina avec une autre fille :

— Ha! te voilà donc! Et comment ça va-t-il vous autres? Il y a un gros moment que je vous cherche; où étiez-vous donc?

— Nous ne faisons que d'arriver.

— Aussi je me disais : « Si elle était là, je l'aurais vue, pour sûr! »

Et voilà que nous nous mettons à babiller tous trois; non pas de choses bien curieuses, peut-être, mais il suffit que ce soit avec celle qu'on aime, pour y prendre plaisir. A de certaines paroles, quelquefois, on comprend qu'elle veut faire entendre autre chose que la signification des paroles, et on l'entend, encore qu'on ne soit pas bien fin, car, pour ces affaires-là, on a toujours assez d'esprit. Et puis il y a la joie de la présence, il y a les yeux qui parlent aussi, les mains qui se serrent, et on regarde les lèvres s'agiter vives et souriantes, et on est heureux des petits rires musiqués qui laissent voir les dents saines et blanches.

Pendant que nous étions à caqueter, la procession arriva. En tête, comme de bon juste, le marguillier portant la croix, petit homme brun, qui avait l'air pas mal farceur, et se réjouissait d'avance, ça se voyait dans ses yeux pétillants, de ce que cette journée allait lui rapporter. Ensuite, sur deux files, les pèlerins les plus dévots, qui sortaient d'ouïr une messe à la paroisse, et venaient encore à celle de Saint-Rémy bien plus estimée ce jour-là. Ces pèlerins, c'étaient des femmes des paroisses des environs de Montignac; puis celles venues du causse de Salignac, qui tire vers le Quercy, coiffées de mouchoirs à carreaux rouges et jaunes, habillées de cotillons de droguet avec des devantaux rouges; puis d'autres du causse de Thenon et de Gabillou, en bas bleus, avec des coiffes à barbes et des fichus d'indienne à grandes palmes, retenus par devant avec leur tablier de cotonnade. Et puis, pour la plus grande part, c'était des femmes du bas Limousin, tirant vers la frontière de l'Auvergne, habillées de cadis, coiffées de bonnets en dentelle de laine, noirs, comme des *béguins*, avec par-dessus des chapeaux de paille, nous aussi, à fonds hauts avec des rebords par devant semblables à de grandes visières. Celles-là marchaient lourdement, chaussées de gros souliers ferrés, comme leurs maris. Les hommes étaient habillés, selon leur pays, de culottes en grosse toile de sac, ou de droguet; peu de blouses, mais des vestes de bure, ou des *gipous* de forte étoffe bleue, avec des poches par derrière dans les pans écourtés de cette espèce d'habit. Et c'est là qu'on connaissait les gens ménagers de leur argent, au morceau de pain qui enflait leur poche d'un côté, et à la petite *roquille* de terre brune qui dépassait dans l'autre poche, bouchée avec une carotte, ou épi de blé d'Espagne égrené. Il y en avait qui au lieu de pain avaient dans leur poche un tortillon, mais ceux-là passaient pour des prodigues.

Tous ces hommes, leur grand chapeau noir à larges bords à la main, marchaient lentement dans la pierraille poussiéreuse avec leurs lourds souliers, sous un soleil brûlant qui leur faisait cligner les yeux. Les femmes, leur chapelet d'une main, et portant de l'autre un petit cierge dont la flamme se voyait à peine sous ce soleil aveuglant, suivaient à petits pas en remuant les lèvres. Parmi les gens sains, on voyait des boiteux traînant avec une béquille une jambe attaquée du mal de Saint-Antoine, ou érysipèle; d'autres qui avaient un bras en écharpe, plié dans des linges tout blancs pour la circonstance; et d'autres encore qui avaient attrapé un effort, comme en témoignait leur culotte soulevée par une grosseur à l'aine. Entre tous ces visages brûlés par les fenaisons et les *métives*, il y avait des figures malades, jaunes, terreuses, qui sentaient la fièvre et la misère. Quelques-uns à demi aveugles, un bandeau sur les yeux, étaient menés par la main. Tout ce monde venait demander la guérison au bon Saint Rémy : ceux-là tombaient du haut mal, ou se grattaient, rongés par le mal Sainte-Marie, autrement dit la gale, assez commune en ce temps. Parmi ces malades, il y en avait de vieux, de jeunes; des hommes fatigués par un mauvais rhume tombé sur la poitrine; des femmes incommodées de suites de couches; des filles aux pâles couleurs; des enfants teigneux ; de pauvres épouses *bréhaignes* [1] qui, n'ayant pas le moyen d'aller à Brantôme ou à Rocamadour, toucher le verrou, venaient demander un enfant à Saint Rémy.

Derrière les deux longues files de pèlerins, venaient les curés, chantant des litanies; les uns en surplis à ailes, les autres en ornements brodés à fleurs; et puis, le dernier, le curé de la paroisse, en chasuble dorée, portait le calice recouvert. Il les faisait bon voir tous en bon

1. Stériles.

point, avec des figures rouges, luisantes, bien fleuries sous le bonnet carré ou la calotte de cuir, et les cheveux noirs ou grisonnants descendant bouclés sur le cou. Ils n'étaient pas malades, ceux-là, oh! non, ça se voyait tout de suite : c'était des curés à l'ancienne mode, de bons vivants qui n'allaient pas chercher midi à quatorze heures, et touchaient leur troupeau vers le paradis sans s'embarrasser du Sacré-Cœur, ni de l'Immaculée-Conception, ni de l'infaillibilité du pape. Sans doute, il y en avait bien qui faisaient jaser les gens pour aimer un petit peu trop l'eau bénite de cave, ou avoir deux chambrières de vingt-cinq ans pour une de cinquante, ou encore quelque nièce; malgré ça ils valaient autant ou mieux que d'aucun d'aujourd'hui qui baptisent leur vin et ont de vieilles servantes, mais qui sont bilieux, haineux, hypocrites, intrigants, avares, et vont chercher chez leurs paroissiennes ce qui leur manque au logis.

Mais après tout, ça m'est égal : celui-là qui passe en couleur les mongettes ou haricots de coque, fera le tri si ça lui convient.

Tous les trois, Lina et son amie, nous regardions curieusement défiler cette multitude bigarrée qui s'engouffrait dans la chapelle. Les curés faisaient des détours pour éviter les tas de melons et les paniers, jetant çà et là un coup d'œil de côté sans tourner la tête, lorsque parmi cette foule pressée devant l'entrée ils reconnaissaient une gentille ouaille. Après eux, nous entrâmes dans la chapelle qui était bondée quoi qu'elle soit assez grande. On n'y voyait pas bien clair, car les fenêtres très étroites étaient solidement grillagées de barreaux de fer, de crainte des voleurs. Pourtant, je ne sais ce qu'ils auraient pu y voler. Les murs blanchis à la chaux, verdis çà et là par l'humidité, n'avaient pas de riches tableaux, ils étaient nus, excepté au-dessus de l'autel, où un vilain barbouillage, dans un cadre de bois peint en jaune pour imiter l'or, représentait le bon Dieu, avec une belle barbe, recevant Saint Rémy dans le paradis. Ce tableau n'avait jamais été beau, sans doute, et il était très vieux, de manière que les couleurs passées s'écaillaient par endroits, emportant le nez du saint ou l'œil d'un ange qui jouait de la flûte. L'autel était peint en gris, avec des filets bleus autrefois. Les grands chandeliers étaient de bois badigeonné d'un jaune d'or, maintenant terni, ainsi que toutes les couleurs dans cette chapelle humide, qui sentait le moisi et comme le relent des plaies qu'on y étalait depuis des siècles. Sur une petite table recouverte d'une sorte de Saint Rémy en bois, qui avait l'air d'avoir été faite par le sabotier d'Auriac, tant elle était mal taillée. On l'avait bien passée en couleurs depuis peu, pour la rendre un peu plus convenable, mais la robe bleu de charron et le manteau rouge d'ocre n'embellissaient guère ce pauvre saint.

Je la fis voir à Lina en lui disant à l'oreille :

— J'en ferais bien autant avec une serpe!

— Ecoute la messe, fit-elle en souriant.

C'était le curé d'Auriac qui la disait, qui la chantait plutôt, vieux homme gris pommelé, de bonne mine et encore vert. Il était servi par deux autres curés en costume qui lui faisaient de grandes révérences, mains jointes, qui embrassaient les objets avant de les lui donner, lui soulevaient sa chasuble lorsqu'il s'agenouillait, enfin faisaient un tas de cérémonies de ce genre. Moi qui n'avais jamais vu que la messe du curé Bonal, qui officiait plus simplement, je trouvais tout ça bien étrange. Il y eut beaucoup de femmes qui communièrent, de sorte qu'avec toutes ces cérémonies la messe dura longtemps; mais enfin elle s'acheva et je n'en fus pas fâché. Au moment de sortir, le curé annonça qu'ils allaient déjeuner, et qu'il nous engageait chacun à en faire autant, afin qu'à deux heures tout le monde fût là, parce qu'on chanterait les vêpres avec sermon et bénédiction du Saint-Sacrement, après quoi on continuerait à donner les Evangiles.

— Mais, ajouta-t-il, comme il y en a qui sont de loin et ne peuvent attendre si tard, M. le curé d'Aubas va rester pour donner les Evangiles à ceux-là.

Et en effet, aussitôt que les autres furent partis, le curé d'Aubas, un livre à la main, assisté du marguillier qui tenait une soupière d'étain, fut entouré par une foule de gens qui demandaient l'Evangile. Le curé avait bien dit : « donner », mais c'était une façon de parler, car on les payait. Lorsqu'on avait remis les sous au marguillier, qui les jetait dans la soupière, il disait :

— C'est à celui-là.

Alors chacun à son tour s'approchait du curé qui leur mettait son étole sur la tête et récitait des versets de l'Evangile selon saint Matthieu, où il est question de la guérison de plusieurs malades et infirmes. Après l'Evangile, les gens allaient se frotter au saint : car l'Evangile, ça n'était rien au prix de saint Rémy, d'autant plus que l'évangile se payait et que le saint frottait gratis. Mais ce n'était pas celui qui était dans le chœur : on avait eu beau le passer en couleurs, personne ne le regardait. Le véritable, c'était un petit saint de pierre qu'on avait tiré de sa niche et que chacun prenait pour se frotter la partie malade, ou se faire frotter par un voisin, lorsque les douleurs étaient dans l'échine ou dans les reins. On se frottait l'estomac avec, les bras, les jambes, les cuisses, sur la peau autant que ça se pouvait. Ce bonhomme de saint avait une telle réputation de guérisseur, que les gens l'appelaient patois : *saint Rémédy*, comme qui dirait : saint Remède; et que dans le courant de l'année, la chapelle étant fermée, les passants affligés de douleurs, allaient pleins de confiance se frotter contre le mur extérieur de la chapelle au droit de sa niche.

Mais les jours de dévotion comme celui-ci, on se frottait directement. Ceux qui avaient la sciatique se le faisaient promener depuis la hanche jusqu'au talon, par-dessus la culotte; mais, des fois, des vieilles, percluses de douleurs, qui n'avaient pas peur de montrer leurs lie-chausses ou jarretières, se le fourraient sous les cottes, ayant *fiance* [1] que le frottement sur la peau avait plus de vertu. Ah! il en voyait de belles, le pauvre diable de saint!

Quand je dis qu'il en voyait de belles, c'est une manière de dire, car il n'avait pas d'yeux, pas plus d'ailleurs que de nez et de bouche. Depuis des siècles qu'un curé adroit avait inventé ce saint, il avait tant frotté de bras, de jambes, de cuisses, d'épaules, d'échines, de côtes, de reins, qu'il en était tout usé. Comme ces marottes de carton qui servaient jadis aux modistes de campagne pour monter leur coiffures et qui, à force d'avoir servi, n'étaient plus que des boules de carton éraillées où l'on ne voyait plus ni traits ni couleurs, le malheureux n'avait plus figure de saint, ni même d'homme. Ses bras, ses jambes, ses pieds, ses mains, sa tête, tout cela avait tellement frotté qu'on n'y connaissait plus rien, qu'on n'y distinguait plus aucune partie du corps ni de la figure; tout était confondu sous l'usure. Ça pouvait être aussi bien une vieille borne déformée par les roues des charrettes, rongée par les pluies et les gelées, qu'une statue mangée par des siècles de

1. Ayant fiance que : croyant que.

frottements. Mais ça n'ôtait rien à la foi des pauvres gens désireux de guérir : on se disputait le saint, chacun le voulait, quelquefois deux le tenaient en même temps et le tirassaient, chacun de son côté, d'où il s'ensuivait des paroles à voix étouffée :

— C'est à mon tour!

— Non, c'est à moi!

— Ça n'est pas vrai!

Et cependant le curé, qui avait vu ça d'autres fois, récitait ses versets d'évangile au milieu d'un bruit sourd, et l'on entendait les sous tomber dans la soupière d'étain que le marguillier fatigué avait posée sur une chaise.

— Sortons, dis-je à Lina et à son amie, après avoir longtemps regardé faire les gens.

Et, une fois dehors, je respirai fortement, content d'être en plein air. Puis, après nous être promenés un moment, je menai les deux droles à l'ombre d'un noyer, sur le bord d'un pré, en leur disant :

— Ne bougez d'ici, je reviens coup sec.

Et j'allai acheter un melon, des pêches, un pain de choine, et je fis tirer une bouteille de vin à une barrique d'un homme de la côte des Gardes au-dessus de Montignac, où l'on faisait de bon vin en ce temps-là. J'en avais en tout pour quatorze sous; alors les choses n'étaient pas chères comme aujourd'hui.

Lorsque les droles me virent revenir ainsi chargé, elles s'écrièrent :

— Ho! qu'est-ce tout ceci?

— Eh bien, leur dis-je, voilà les curés qui reviennent; il est deux heures, c'est le moment du mérenda, mangeons.

Lina faisait des façons, ayant crainte que quelqu'un de par chez elle ne la vît et ne le dît à sa mère; pourtant à force je la rassurai, et nous étant assis sur l'herbe contre une haie, je coupai le pain, le melon, et nous nous mîmes à manger en devisant gaiement.

— Mais, dit tout d'un coup en riant la camarade de Lina, qui s'appelait Bertrille, comment allons-nous boire puisqu'il n'y a pas de gobelets?

— Ma foi, répondis-je, vous boirez la première à la bouteille; Lina boira ensuite, et moi le dernier, comme de juste.

— Les hommes, répliqua-t-elle, sont plus assoiffés que les femmes : ça serait à vous de commencer.

— Non pas, je suis trop honnête pour ça!

Et je lui tendis la bouteille.

Elle la prit en guignant un peu de l'œil, comme qui dit : « Je te comprends, va! »

Ayant bu, elle passa la bouteille à Lina, qui après quelques gorgées me la donna.

— Je vais savoir ce que tu penses, Lina! dis-je.

Et, prenant la bouteille, je me mis à boire lentement.

— Il va la finir! disait en riant la Bertrille.

Mais ça n'était pas pour le vin que je faisais durer le plaisir; et, tout en buvant, je coulai à Lina un regard qui la fit rougir un peu.

Tandis que nous étions là, on entendait les curés chanter vêpres à pleine voix, comme des gens qui ont pris des forces et qui savent qu'ils se reposeront à table le soir; mais je n'étais pas bien curieux d'y aller, ni les droles non plus, étant bien où nous étions.

La bouteille ayant été vidée à la troisième tournée, je voulus aller en faire tirer une autre, tant je prenais goût à cette manière de boire après Lina; alors toutes deux me dirent que j'étais un ivrogne, et que, pour ce qui les touchait, elles ne boiraient plus. Voyant ça, je rapportai la bouteille à l'homme de la barrique, et nous fûmes nous promener à Auriac, tandis qu'on commençait à prêcher.

Les auberges étaient pleines de gens qui buvaient. Ceux-là, c'étaient des gens de la paroisse, qui n'avaient pas grande dévotion pour le saint, et le laissaient pour les étrangers forains, mais qui l'aimaient tout de même, parce qu'il faisait aller le commerce de l'endroit, et qui le fêtaient le verre au poing,

A ce moment, les pétarous, ainsi qu'on appelle ces marchands de fruits des environs de Brive et d'Objat, commençaient à repartir, ayant vidé les bastes de leurs mulets, et rempli de gros sous leurs bourses de cuir. Ceux à qui il restait quelques melons les donnaient pour presque rien à leur auberge, ou aux adroits qui avaient attendu sur le tard pour acheter. Nous nous promenâmes assez longtemps dans le bourg et sur la place où l'on dansait à l'ombre des gros ormeaux. Je dansai une contredanse et une bourrée avec Lina, autant avec la Bertrille, et nous revoilà sur le chemin tous les trois; Lina et moi nous tenant par le petit doigt, comme c'est la coutume des amoureux, en remontant vers la chapelle où j'entrai seul. Les offices étaient finis, on avait donné la bénédiction, et les curés s'en allaient. Mais pour ça la chapelle ne désemplissait pas. Un autre curé avait relevé celui d'Aubas, qui disait les Evangiles auparavant, et le fait est qu'il devait être fatigué. Pour le pauvre marguillier, qui était seul de marguillier, et qui ne voulait peut-être pas non plus quitter la soupière, il lui fallait rester là; mais il se consolait en la voyant se remplir de sous parmi lesquels reluisaient des pièces de quinze et de trente sous, de tout quoi il comptait avoir sa part.

Et le saint frottait, frottait toujours, passant de mains en mains, toujours disputé, toujours tirassé par les gens impatients. A cause de la chaleur grande, tout ce monde s'était rafraîchi, quelques-uns un peu beaucoup; de manière que la foule était plus bruyante qu'après la messe, et qu'il y en avait qui, rouges comme des coqs de redevance, empoignaient le saint et l'arrachaient à d'autres qui se rebiffaient comme de beaux diables, n'ayant pas eu le temps de se frotter. Dans cette chapelle, sentant la poussière moisie et le renfermé, il s'échappait de cette presse de gens à l'haleine vineuse, sales, suants et échauffés par la marche, ou ayant des plaies, une odeur dégoûtante. On commençait à ne plus se gêner; on parlait fort, les gens se déboutonnaient; on défaisait les manches pour se frotter le bras; les femmes se dégrafaient le corsage pour faire toucher au saint une tétine gonflée par un dépôt de lait, ou se troussaient pour détacher leurs jarretières et se frotter les jambes à nu, laissant voir sans honte leurs genoux crasseux. Parmi ceux qui étaient là en curieux, comme moi, il y avait parfois une rumeur de risée en voyant tout cela; mais les bonnes gens croyants, qui attendaient leur tour et guettaient le saint, regardaient de travers les moquandiers. Du milieu de ce bourdonnement sourd, de ce brouhaha de réclamations et d'apostrophes salées, s'élevait parfois la plainte d'un malade poussé par une main brutale, ou le cri d'une femme dont le pied était écrasé par un gros soulier ferré. Car tous ces gens, comme affolés, se poussaient, se bousculaient, se marchaient sur les orteils et s'enfonçaient les côtes à coups de coudes, avec des jurons étouffés. Et, dans ce temps, à l'entrée du petit chœur, le curé récitait toujours des versets de l'Evangile, et les sous tombaient toujours, emplissant presque la soupière du sacristain.

De la cohue pressée sortaient des hommes qui se reboutonnaient, des femmes qui s'agrafaient ou rattachaient leurs bas bleus avec le bout de chanvre ou de lisière qui leur servait de lie-chausses. Et peu à peu, comme il ne venait plus personne, le tas diminuait de tous ceux qui avaient satisfait leur manie superstitieuse, et bientôt il n'y eut plus là que quelques vieilles folles qui ne pouvaient se décider à s'en aller. Alors, des coins de la chapelle où ils attendaient, sortirent, se traînant, clopinant, des malades, des infirmes, des estropiés, des impotents qui n'avaient pas osé se fourrer dans la foule où on les aurait pilés ; ils vinrent se frotter à leur tour, étalant sans vergogne leurs hideuses misères, et se rendant charitablement un bon office lorsque l'endroit malade le requérait. Le malheureux saint frotta encore quelques échines tordues, quelques jambes pourries, quelques bras desséchés ; il subit encore quelques sales attouchements de plaies croûteuses ou vives, d'ulcères suppurants, et puis enfin fut replacé, tranquille pour un an, dans sa niche, par le marguillier qui avait cessé de recevoir des sous, le curé ayant cessé de réciter ses versets d'Evangile, faute de pratiques. Et, tout le monde étant parti, il ne resta plus sur le pavé, plein de terre et de gravats apportés par les pieds des dévotieux, que des boutons arrachés dans la précipitation et plusieurs morceaux de jarretières cassées.

J'ai ouï dire que, depuis ce temps-là, cette dévotion a beaucoup perdu et que les gens n'y courent plus à troupeaux comme jadis. La foi à ce tronçon de pierre informe, qu'on appelle le saint, s'en est allée, comme tant d'autres belles choses, et il n'y a plus guère que les bas Limousins qui font semblant d'y croire à cause de leurs melons. Mais, en revanche, ceux qui ont absolument besoin d'être trompés s'en vont porter leur argent aux diseuses de bonne aventure dans les foires ou acheter des poudres aux charlatans, ce qui en finale revient au même.

Lorsque je sortis, je trouvai les deux droles qui revenaient de se promener un peu toutes seules, et il fut question de partir. Bien entendu, je voulus leur faire un bout de conduite, car c'est à peine si, dans cette foule, j'avais pu parler tranquillement à Lina. Pour dire la vérité, cette dévotion ne va pas bien pour les amoureux : on est toujours en vue, dans ce vallon de la Laurence où il n'y a que des prés, et, d'un côté comme de l'autre, des coteaux de vignes, à la réserve de la garenne du château de la Faye. Quoique sans mauvaises intentions, on aime à se cacher un peu. Ah! ce n'est pas comme au pèlerinage de Fonpeyrine, où l'on est au beau milieu des bois.

Nous nous en fûmes donc tous les trois, suivant d'abord le grand chemin d'Angoulême à Sarlat, qui passe dans la combe, le long des prés de Beaupuy, pour montrer ensuite à la Bouyérie et aux Quatre-Bornes. Je tenais Lina par la taille et par une main, marchant tout doucement et lui parlant de choses et d'autres : combien j'étais content de cette journée, tout le plaisir que j'avais eu à la passer avec elle, et aussi comment nous pourrions faire pour nous revoir. Bertrille côtoyait Lina, mais, de temps en temps, la bonne fille faisait semblant de ramasser quelque fleurette sur le bord du chemin, et restait un peu en arrière pour nous laisser causer. Lorsque nous fûmes aux Quatre-bornes, j'aurais dû les quitter, mais je dis à Lina :

— Je vais aller avec vous autres un peu plus loin.

Et nous voilà suivant le chemin tracé par les charrettes à travers les grands bois châtaigniers. Nous étions si occupés à parler, Lina et moi, que nous fûmes près de l'Orlégie sans nous en être aperçus. Mais la Bertrille, qui, elle, était dépareillée, me dit alors :

— Vous ferez bien de nous la laisser là ; il vaut mieux qu'on ne nous voie pas ensemble dans le village.

Ça m'ennuyait bien, mais, comme je sentais que c'était raisonnable, de crainte de faire avoir des reproches à Lina, je les laissai après les avoir embrassées toutes deux, Bertrille la première, et ma bonne amie si longuement que l'autre me dit en riant :

— Vous voulez donc la manger!

Je lâchai Lina sur ces paroles, et elles s'en

furent. Pour moi, appuyant sur la gauche, j'allai descendre dans la combe qui vient de dessous Bars, et je suivis le ruisseau de Thonac, qui n'est guère qu'un fossé jusqu'au moulin de la Grandie. A la rencontre de la combe de Valmassingeas, qui rejoint l'autre, et avec elle s'élargit en vallon, je trouvai un homme qui portait sur l'épaule, avec son bâton, quelque chose de rond noué dans son mouchoir. Lorsqu'on rencontre, ce jour-là, quelqu'un portant un melon, on peut dire qu'il vient de la Saint-Rémy.

— Et vous en venez donc aussi ? lui dis-je.

— Eh! oui, fit-il en tournant un peu la tête vers son melon, comme qui dit : « Vous le voyez. »

Là-dessus, nous cheminâmes en causant. L'homme me dit qu'il était de la Voulparie, dans la commune de Sergeac, et qu'il venait de se frotter à Saint-Rémy, pour un mal de tête qui le prenait de temps en temps et le rendait quasi imbécile. Puis il se mit à parler de la fête, et s'en alla remarquer que notre curé n'y était point.

— Aussi bien y étaient-ils assez tout de même, lui répliquai-je, pour manger le fricot du curé d'Auriac!

— Sans doute, fit l'homme, mais avec ça, comme voisin, il aurait dû être à cette dévotion où les gens viennent de si loin ; mais on dit qu'il ne croit pas à grand'chose, et même qu'il ne se conduit pas trop bien.

— Et qui dit ça ?

— On le dit.

— Ceux qui le disent sont des imbéciles!

— En ce cas, il y a beaucoup d'imbéciles devers nous, car les gens ne se gênent pas pour le dire.

— Et peut-être vous en êtes, de ceux-là qui le disent ?

— Moi, je ne dis que ce que j'ai ouï dire ; et, probablement, tout le monde dans notre paroisse, le curé en tête, ne le dirait pas si ça n'était pas vrai. Lorsqu'un bruit court comme ça, on peut bien croire qu'il n'y a pas de fumée sans feu.

Le rouge m'était monté et je le rabrouai rudement :

— Pour les pauvres sottards qui croient bêtement tout ce que leur dit votre curé, ils sont pardonnables ; mais quant à lui, qui sait aussi bien que personne que le curé Bonal est un brave homme et un digne prêtre, je vous le dis, c'est un pas grand'chose!

Et nous continuions à disputer et noiser en marchant, moi faisant de notre curé tous les éloges qu'il méritait, l'homme répétant tout le mal qu'il en avait entendu raconter, lorsque, à un moment donné, en face de la petite combe de Glaudou, sur une parole qu'il lâcha, touchant la demoiselle Hermine, je le pris au collet et je le secouai fortement :

— Bougre d'animal! je vois bien, à cette heure, que Saint-Rémy est un foutu saint, car tu as eu beau te frotter la tête, tu es resté plus bête qu'un âne.

Et lui, de son côté, m'ayant attrapé par le col de ma blouse, nous nous *saboulions*[1] comme à prix fait, tandis que le melon roulait sur le chemin.

L'homme était plus âgé que moi de cinq ou six ans, mais tout de même je le jetai à terre, et je lui bourrai la figure à coups de poing, de manière que je lui fis saigner le nez. Ayant un peu passé ma colère, je le lâchai ; il se releva, ramassa son melon qui s'était quelque peu écrabouillé en tombant, et, sentant qu'il n'était pas le plus fort continua la route, non sans me faire des menaces de nous revoir.

— Quand tu voudras, grand *essoti*[2] ! lui criai-je.

Et, montant dans le coteau rocheux à travers les taillis de chênes clairsemés, je fus bientôt à Fanlac.

Je fis mon possible, en arrivant, pour ne pas rencontrer le curé, mais, justement, je m'en allai me jeter dans ses jambes. Il connut d'abord à ma blouse déchirée que je m'étais battu, et il me demanda à quel sujet. J'étais un peu embarrassé, ne voulant pas mentir, et ne voulant pas lui dire non plus de quoi il s'agissait. Pourtant, pressé de questions, je finis par lui avouer l'affaire :

---

1. Secouer, malmener.
2. Sot.

— Ma foi, monsieur le curé, c'est à cause de vous.

Et je lui racontai tout, excepté que l'homme eût parlé de la demoiselle Hermine.

— Mon garçon, me dit-il quand j'eus fini, je te sais gré du sentiment qui t'a porté à prendre ma défense ; mais, une autre fois, il faut être plus patient : allons, va te changer...

La Fantille, à qui je dus aussi expliquer les accrocs de ma blouse, ne fut pas du même avis que le curé ; elle dit que j'avais bien fait de corriger cet individu.

— Je te *pétasserai* [1] toujours de bon cœur, lorsque tu auras été déchiré en pareille occasion!

— Allons, allons, Fantille. Il faut être plus doux et savoir supporter les injures et les calomnies.

— Oh! vous, monsieur le curé, vous vous laisseriez agonir de sottises sans rien dire.

Le curé sourit un peu, et s'en fut écrire dans sa chambre.

Moi, je me doutais bien que toutes ces méchancetés répandues par les curés, d'après le mot d'ordre des jésuites prêcheurs, n'annonçaient rien de bon. « Sans doute, me disais-je, afin de préparer les gens à une mesure de rigueur contre le curé Bonal, on essaye de le déshonorer à l'avance. » Dans mon idée, on voulait l'ôter de

1. Rapetasserai, rapiécerai.

Fanlac, et l'envoyer dans quelque mauvaise petite paroisse au loin, rien ne pouvant lui être plus pénible que de quitter ses chers paroissiens, qui l'aimaient tant... Mais je ne connaissais pas bien ses ennemis et persécuteurs.

Quelques jours après, arriva une autre lettre cachetée de cire violette comme la première. L'ayant lue, le curé, qui était maître de lui, ne broncha pas ; il replia la lettre et s'en fut se promener dans le jardin, tout pensif, et, une heure après, alla trouver le chevalier.

Lui, ne prit pas la chose aussi patiemment que le curé, et il s'écria, aussitôt qu'il sut de quoi il s'agissait, que c'était une infamie, et une ânerie par-dessus le marché ; qu'il fallait que l'évêque eût perdu la tête pour faire une chose pareille, ou qu'on l'eût trompé ; que quant à lui, il ne ficherait plus les pieds à la messe — dans sa colère, il lâcha le mot, — puisque les tartufes faisaient forclore de l'Église le meilleur curé du diocèse.

Le lendemain se trouvant un dimanche, le curé Bonal monta en chaire, pour la dernière fois. Lorsqu'il annonça à ses paroissiens, que d'après la décision de monseigneur l'évêque, il était interdit et ne dirait plus la messe, même ce présent dimanche, ni administrerait plus les sacrements, ce fut dans l'église bondée de monde une explosion de surprise qui se continua en une rumeur sourde que le curé fut un instant impuissant à dominer.

Ayant obtenu le silence, il exposa que c'était un devoir pour tous, paroissiens et curé, de se soumettre à l'autorité de l'évêque ; que, pour lui, quoique sa conscience ne lui reprochât rien, car il avait toujours agi, non dans un intérêt personnel, mais pour la paix de l'Église, il obéirait sans résistance et sans murmure. Mais il ajouta que cette obéissance lui coûtait beaucoup, parce qu'il les aimait tous comme ses enfants, et qu'il avait espéré leur faire entendre longtemps la parole de Dieu, et finalement reposer dans le petit cimetière où il en avait tant conduit déjà. Il parla ainsi longuement, avec tant de cœur et de bonté que tout le monde en était ému et que les femmes, les yeux mouillés, se mouchaient avec bruit. Mais, ce moment d'émotion passé, la colère prit le dessus, et, à la sortie de l'église, les gens s'assemblèrent et se dirent entre eux qu'il ne fallait pas laisser partir le curé. Tous, les uns et les autres, se montèrent la tête de manière que plusieurs des plus décidés s'en allèrent trouver le chevalier de Galibert, toujours coléré, quoique ce fût un bon homme. Lui, voyant comme ça tournait, monta sur les marches de la vieille croix, et commença à prêcher les gens. Il leur dit que la conduite de leur curé, sa patience, sa résignation dans cette circonstance, prouvaient combien il était digne de de leur affection et de leur respect.

— Mais, nous autres paroissiens, nous avons bien le droit d'agir un peu différemment... Nous pouvons nous rappeler qu'autrefois le peuple élisait ses curés et participait à l'élection des évêques et même des papes. Ce n'est pas une raison parce que des rois se sont entendus avec d'aucuns de ceux-ci pour confisquer nos antiques privilèges, de ne pas nous en souvenir. Il faut donc que toute la paroisse adresse une pétition à l'évêque pour lui demander le maintien de notre curé. Mais, — ajouta-t-il, — comme il n'y en a guère que deux ou trois qui sachent signer, nous ferons comme on faisait jadis, nous appellerons un notaire qui adressera un acte de notre protestation :

Parle papier !

Voilà, dans la position où nous sommes, ce qu'il y a de mieux à faire. Un chien regarde bien un évêque, nous pouvons donc lui adresser la parole. Êtes- vous de cet avis ?

— Oui, oui! crièrent tous les gens qui étaient là.

— Eh bien! donc, je vais envoyer querir le *tabellion*[1]. Vous autres, revenez à l'heure de vêpres, et soyez là, tous, sans faute ; que personne ne reste à la maison : plus nous serons, mieux ça vaudra... Maintenant, je vous dirai que les gens en place, qu'ils aient une robe ou un habit, ne voient pas toujours les choses comme il faut, en sorte que je ne sais pas trop ce qu'il

1. Notaire.

adviendra de notre protestation : peut-être s'en ira-t-elle en eau de boudin, en brouet d'andouilles, nous le verrons bien!

Il ne faut pas laisser de semer pour la crainte des pigeons.

Pour moi, je l'ai dit d'abord : si on nous ôte notre curé, je ne mets plus les pieds à l'église!

— C'est ça! c'est ça! Ni nous non plus!

— Et si on nous en envoie un autre, il dira sa messe tout seul!

Un chien est fort sur son palier,
Un coq sur son fumier.

Tout le monde applaudit, et, la chose bien convenue, le chevalier m'expédia à Montignac chercher maître Boyer, ou un autre à son défaut.

A trois heures, le notaire était là, et sur la place, noire de monde, à l'ombre du vieux ormeau où l'on avait porté une table, il commença à instrumenter en écrivant son préambule. Puis tous les gens de la paroisse, hommes et femmes, le chevalier en tête, défilèrent devant lui, et, après avoir couché sur son acte leurs noms et surnoms, il continua ainsi :

— « Lesquels, adressant respectueusement mais fermement la parole à monseigneur l'évêque de Périgueux, tout comme s'il était présent, lui ont dit et remontré que, depuis le rétablissement du culte catholique, le sieur curé Bonal a donné à cette paroisse l'exemple de toutes les vertus ; qu'il l'a édifiée par sa vraie et sincère piété ; qu'il a été, depuis bientôt trente ans, la providence des pauvres, et le père et l'ami de ses paroissiens, en sorte que tous, vieux et jeunes, pauvres et riches, désirent ardemment le conserver, tant qu'il plaira à Dieu de le laisser sur cette terre.

« A cette fin, lesdits comparants supplient très instamment mondit seigneur évêque de révoquer les ordres par lui signifiés, et de continuer ledit sieur Bonal dans ses fonctions de curé de ladite paroisse de Fanlac ; ajoutant lesdits comparants, que le seul exemple de leur curé a fait de bons chrétiens de tous les habitants de cette paroisse, et que, le bien de la religion s'accordant avec leur vif désir de conserver, ils espèrent que mondit seigneur évêque prendra la présente demande en considération ;

« Et, sans se départir aucunement du respect dû audit seigneur évêque, lesdits comparants, au cas où leur requête demeurerait sans effet, protestent très fermement contre les inconvénients qui pourront résulter, pour la religion et ses ministres, d'une mesure qui les atteint dans leur piété et leur affection pour leur curé.

« De tout quoi lesdits comparants m'ont requis acte, que je leur ai concédé sous le scel royal, etc. »

Et après avoir fait signer les deux ou trois qui savaient, le notaire signa lui-même avec un paraphe savant, car c'était un notaire de l'ancienne école, comme ça se voit à son acte.

Le surlendemain, le chevalier en emporta une copie superbement moulée, et s'en fut à Périgueux la remettre à l'évêque.

Celui-ci, à ce que connut M. de Galibert, comprit un peu tard qu'on lui avait fait faire une bêtise ; mais, comme les gens en place ne reconnaissent pas facilement qu'ils se sont trompés, les évêques, moins que les autres, monseigneur persista dans sa décision, malgré tout ce que put lui dire le chevalier, qui plaida chaleureusement la cause de son ami.

— Je vous prédis, monseigneur fit-il en partant, que vous regretterez votre refus :

Tel maintenant refuse,
Qui par après s'accuse !

L'évêque passablement offusqué de la liberté que prenait ce laïque, ne répondit rien, et le chevalier s'en alla.

La veille de son retour, le curé qui connaissait bien les gros bonnets du clergé, et savait que la démarche du chevalier serait inutile, m'avait envoyé à La Granval parler au Rey pour venir faire des arrangements. Le Rey vint trois ou quatre jours après, et, comme il n'avait plus qu'une année de ferme à courir, il consentit à résilier le bail, et à se retirer dans le bien qu'il avait à la Boissonnerie, moyennant une petite indemnité. Tout bien convenu, il s'en retourna, et le curé commença à penser à déloger, parce que le refus de l'évêque, bientôt connu de toute la paroisse, échauffait les têtes ; et il ne voulait pas être l'occasion de quelque désordre.

Il fut entendu entre le chevalier et lui que je le suivrais à La Granval, comme je lui avais demandé. Aussi, quelque peine que j'eusse de le voir dans cette passe, je fus un peu consolé par l'idée de le suivre et de lui être utile. Je commençai à emmener le mobilier, qui n'était pas très important. Outre ce que j'en ai dit, il y avait encore dans la chambre du curé un lit tout simple, sans rideaux, une petite table recouverte d'une serviette sur laquelle il y avait une cuvette et un pot à eau en faïence, une autre table à écrire, plus grande, encombrée de papiers, quelques livres sur une tablette, deux chaises, une grande malle longue recouverte de peau de sanglier, et c'était tout. Malgré ça, avec le lit de la Fantille et le reste, avec quelques provisions, il me fallut trois jours pour emporter toutes les affaires, peu à peu, à cause des mauvais chemins. Je ne faisais qu'un voyage par jour : encore fallait-il coucher à La Granval, car il y avait loin, et les bœufs ne vont pas vite.

Un matin, tandis que je chargeais le buffet sur la charrette avec Cariol, je te vois arriver un grand diable de curé, sec comme un pendu d'été, de poil rouge, *torcol*[1], avec de gros yeux

1. Avec un cou long et flexible.

ronds et un nez crochu, qui me demanda où était le presbytère.

— Vous y êtes, lui dis-je, voici la porte.

Et, un instant après, je le suivis, pour m'assurer que c'était le nouveau curé. Précisément c'était lui, et, ensuite des civilités d'usage, il s'enquit du jour où il pourrait faire amener ses meubles qui étaient à Montignac.

— Demain nous achèverons de déménager, répondit le curé Bonal, et après-demain le presbytère sera libre.

Et là-dessus, toujours honnête, il offrit à son confrère de se rafraîchir, ce que l'autre accepta, en faisant des façons, comme s'il avait eu peur de se compromettre. Alors le curé appela la Fantille et lui dit de donner le nécessaire pour faire collation. La Fantille, au lieu d'obéir, s'en alla toute colère par les maisons du bourg dire que le remplaçant du curé venait d'arriver, et qu'il avait une de ces figures qu'on n'aimerait pas à trouver au coin d'un bois. Ne la voyant pas paraître, le curé passa dans la cuisine et me dit d'aller tirer à boire, tandis que lui-même prenait le chanteau, dans une nappe, avec des noix. Quand je mis la bouteille sur la table, le nouveau curé était en train de questionner son prédécesseur sur ce que rapportait la cure, combien on payait pour les baptêmes, les mariages, les enterrements, la bénédiction des maisons neuves, celle du lit des nouveaux mariés; si les paroissiens faisaient beaucoup de cadeaux, et s'il y avait de bonnes maisons pieuses où l'on recevait bien les curés.

« Toi, me pensais-je en m'en allant, si tu en attrappes beaucoup, de cadeaux, ça m'étonnera ! »

Tandis que le curé nouveau faisait collation, les femmes du bourg, mues par la curiosité, une à une, deux par deux, arrivaient sur la petite place, qui filant sa quenouille, qui faisant son bas ou de la tresse de paille pour les chapeaux. Elles furent bientôt là une vingtaine, avec leurs droles pendus à leurs cotillons, et puis quelques vieux *érenés,* et même La Ramée qui fumait son brûle-gueule.

Au bout d'une demi-heure, ou trois quarts d'heure, que je ne mente, lorsque le nouveau curé traversa la place pour s'en retourner, tout ce monde le regarda de travers.

— Eh bien, mon brave, dit-il en passant à La Ramée, vous fumez votre pipe?

Et comme le vieux soldat l'avisait d'un mauvais œil, sans répondre, il ajouta :

— Vous n'êtes pas bavard!

— Ça dépend.

— Alors, ce serait que je ne vous conviens pas?

— Il se pourrait.

— Vous n'êtes pas bien gêné!

— Je suis comme ça.

Voyant que La Ramée continuait de tirer des bouffées sans plus dire mot, que les hommes ne le saluaient pas, et que les femmes faisaient semblant de ne pas le voir, le curé, tout étonné, grommela quelque chose entre ses dents et s'en alla.

Pendant qu'il était encore à portée d'entendre, Cariol, de la charrette, cria à La Ramée :

— Comment le trouves-tu, ce levraut?

— Pas mal, pour ce que j'en veux faire!

Le lendemain, le curé Bonal suivit toutes les maisons de la commune pour faire ses adieux à chacun, entrant dans les terres pour parler aux gens qui étaient au travail, et n'oubliant personne, riches ou pauvres. Le soir, il rentra fatigué, regarda tristement le presbytère vide, et s'en fut souper et coucher chez le chevalier.

A ce que me raconta la Toinette, ce fut un triste souper, aucun des trois n'étant de goût de manger.

— Ce qui me console dans ce malheur, disait le curé, c'est que je sais que mes pauvres n'en pâtiront pas, mon bon chevalier, et que vous et mademoiselle Hermine me remplacerez dignement.

— Mon pauvre curé, oui, je tâcherai de vous remplacer en ce qui regarde la charité matérielle; mais pour ce qui est des consolations morales, de ces bonnes paroles qui aident les malheureux à porter patiemment leurs peines, de ces exhortations charitables aux fins de relever les faibles... qui vous remplacera? Moi, je sens bien ce qu'il faudrait dire, mais je ne sais pas trouver les paroles...

— Alors, dit le curé, je suis sûr que mademoiselle Hermine me remplacera à cet égard.

— Certes, fit-elle, je ferai de bonne volonté tout ce que je pourrai...

Et ils restèrent silencieux, les braves cœurs.

Le lendemain après le déjeuner, le curé Bonal prit son bâton et, accompagné de ses hôtes, s'achemina vers La Granval. Tous trois marchaient lentement comme pour retarder le moment de la séparation, échangeant de temps en temps quelques paroles. Arrivés à la cafourche où une croix de pierre est plantée depuis les temps anciens, le curé s'arrêta et ils se firent leurs derniers adieux. Le chevalier, moins résigné que ses compagnons, récriminait contre la décision de l'évêque, cependant que la demoiselle Hermine, ayant tiré son mouchoir, s'essuyait les yeux, et que le curé regardait la terre en tapant de petits coups de son bâton.

— Mes amis, dit-il en relevant la tête, nous ne serions pas de bons chrétiens si nous ne savions pas supporter l'injustice. Ce saint emblème, ajouta-t-il en montrant la croix, nous enseigne la résignation : que la volonté de Dieu soit faite!

Et, s'étant fraternellement embrassés, le curé commença à descendre la combe raide. Les pierres du chemin roulaient sous ses pieds et il s'appuyait sur son bâton pour se retenir. Peu à peu sa haute taille diminuait dans le lointain et enfin il disparut dans les fonds boisés. Alors le chevalier et sa sœur, qui l'avaient suivi des yeux, rentrèrent tristement chez eux.

Sur les cinq heures du soir, le curé arriva à La Granval, où, aidé de la Fantille, j'avais mis tout à peu près en ordre. L'ancienne maison était grande assez; il y avait une vaste cuisine, une belle chambre où l'on aurait pu mettre quatre lits, et deux petites. Le curé jeta un coup d'œil sur l'installation, et sembla retrouver sous le vieux toit de famille les souvenirs de son enfance, car il resta longtemps pensif devant le feu.

L'heure du souper approchant, la Fantille mit une nappe au plus haut bout de la table, et y plaça le couvert du curé, puis elle trempa la soupe.

— Dorénavant, dit-il en la voyant faire, nous mangerons tous ensemble. Il n'y a plus ici de curé, obligé par état de garder certaines convenances; il n'y a plus que Pierre Bonal, fils de paysan, redevenu paysan. Demain Virelou viendra pour me faire d'autres habillements.

— Comment! s'écria la Fantille en joignant les mains; vous allez poser la soutane, monsieur le curé!

— Sans doute, puisque je ne suis plus curé, et qu'il m'est défendu de la porter... Allons, mets des assiettes sur la table pour toi et Jacquou.

La Fantille hésitait, ne sachant plus où elle en était, mais elle finit par obéir.

Alors le curé, se levant, s'approcha de la table, fit le signe de la croix et récita le *Benedicite*.

Ayant fini, il s'assit, prit la grande cuiller et nous servit, à Fantille et à moi, chacun une pleine assiette de soupe; après quoi, il se servit lui-même moins copieusement.

Après souper, nous parlâmes de la manière qu'il convenait de gouverner le domaine, et je fis connaître au curé mes idées là-dessus. Je l'assurai que j'étais capable de faire le travail tout seul, et bien; mais il me répliqua qu'il n'entendait pas rester oisif, et que, nonobstant ses soixante ans passés, il était robuste et comptait m'aider. Sur les huit heures, je fus donner aux bœufs, car le Rey avait laissé le cheptel, comme c'est la coutume, en ayant pris en entrant; après quoi, chacun alla se coucher.

Je pensai longtemps avant de m'endormir à la manière de conduire les affaires la plus profitable pour la maison. Je comprenais qu'il fallait charrier droit et travailler ferme, car la propriété n'était pas grande, valant une douzaine de mille francs au plus, et le pays, juste au beau milieu de la forêt, n'était pas des meilleurs. Mais le courage ne me manquait pas, et je me sentais tout fier et heureux d'être utile au curé et de lui témoigner ma reconnaissance. Puis, il faut que je le dise, quoique je fusse bien marri de ce qui lui arrivait, le plaisir de me sentir plus près de Lina me donnait du cœur. Certes, si la chose eût dépendu de moi, je serais retourné à la cure de Fanlac avec lui, très content de le voir heureux. Mais comme cela ne se pouvait, je m'en consolais en pensant au voisinage de ma bonne amie. L'homme a un fond égoïste; tout ce qu'il peut faire, c'est de se vaincre lorsque le devoir le commande.

Virelou vint le lendemain, et, quatre jours après, le curé était habillé comme un bon paysan, de grosse étoffe brune avec un chapeau périgordin à calotte ronde, à larges bords.

C'était un dimanche : il nous engagea à aller tous deux, Fantille et moi, à la première messe à Fossemagne, disant qu'il garderait la maison de ce temps-là, d'autant qu'il craignait que sa présence à l'église ne fît du scandale.

— Mais la soupe! fit la Fantille, qui n'en revenait pas de le voir ainsi habillé.

— J'attiserai le feu sous la marmite, ne crains rien.

Elle joignit les mains et leva les yeux aux poutres comme qui dit :

— Que verrons-nous de plus, grand Dieu!

Nous étions à peine de retour de la messe, la Fantille et moi, lorsqu'à l'orée du défrichement, dans la direction de la Mazière, nous vîmes le chevalier déboucher du bois sur sa jument, qu'il poussa au grand trot. Un moment après, il mettait pied à terre dans la cour et serrait avec chaleur les deux mains du curé.

— Je viens manger la soupe avec vous, dit-il.

— Soyez le très bien venu, mon vieil ami!

Et tandis que j'emmenais la jument à l'étable, ils se promenèrent aux alentours de la maison.

— Heureusement qu'il y a une poule dans la soupe! disait la Fantille tout affairée lorsque je revins.

En déjeunant tous deux, le chevalier raconta à son ami ce qui s'était passé à l'arrivée du nouveau curé, et la mauvaise impression qu'il avait faite sur les gens :

— Je crois bien, dit-il, qu'il n'aura pas eu grand monde à sa messe, ce matin.

— C'est tant pis, repartit le curé. Je suis bien reconnaissant à toute la paroisse de l'affection qu'elle m'a marquée dans cette circonstance; mais il ne faudrait pas que, pour des préférences de personnes, la religion en souffrît.

Oyant cela, tout en vaquant à ses affaires, la Fantille hochait la tête en signe de désapprobation.

Le chevalier était bon convive et fit honneur à la poule au pot, à la farce dont elle était garnie, et à l'omelette qui la suivit. Il égaya un peu le repas en lâchant quelques-uns de ses dictons familiers. Ainsi, le curé, qui ne buvait pas de vin pur, lui ayant offert de l'eau par distraction ou habitude, avant de se servir lui-même, il le remercia ainsi :

— L'eau gâte moult le vin,
Une charrette le chemin,
Le carême le corps humain.

Ils restèrent longtemps à deviser à table. Le chevalier faisait tourner sa tabatière et prenait de fréquentes prises; le curé, son couteau à la main, traçait de vagues figures géométriques sur la nappe. Tous deux goûtaient les plaisirs de l'amitié à leur manière. Le chevalier, heureux du moment présent, n'oubliait pourtant pas ses griefs, et s'exprimait assez librement sur le compte de l'évêque qui avait frappé son ami et son curé; quant au successeur de celui-ci, il n'était pas bon à jeter aux chiens.

Le curé Bonal, qui avait peut-être ressenti plus vivement le coup de cette séparation de tout ce qu'il affectionnait, avait pourtant plus de résignation, et tâchait, dans l'intérêt de la religion, d'apaiser le chevalier.

— Mon ami, disait-il, avant tout il faut connaître votre nouveau curé. Il n'y a pas huit jours qu'il est à Fanlac, vous l'avez vu deux fois : comment pouvez-vous l'apprécier? Vous dites qu'il a une mauvaise figure; mais il se peut qu'il soit un bon prêtre malgré cela! Vous savez, comme moi, qu'il ne faut pas juger les gens sur la mine : les apparences sont souvent trompeuses.

— Oui, dit le chevalier :

Ne crois pas ribaud pour jurer,
Ni jamais femme pour pleurer,
Car ribaud toujours jurer peut,
Femme pleurer quand elle veut.

Le ci-devant curé sourit un peu, et le chevalier continua :

— Avec ça, je ne me trompe guère. Lorsque vous vîntes à Fanlac, malgré votre figure noire et votre air un peu rude, je dis de suite : « Voilà un brave homme de curé. » Me suis-je trompé?

— Mon cher ami! dit Bonal en prenant à travers la table la main du chevalier.

A la vesprée, après avoir passé quelques bonnes heures à La Granval, M. de Galibert se mit en selle pour retourner à Fanlac, chargé de souhaits de bon voyage et puis de bons souvenirs pour sa sœur.

Il ne s'était pas mépris au sujet de la messe du nouveau curé. Un homme de l'Escourtaudie, que je rencontrai quelques jours après à Thenon, où j'avais été acheter quelques brebis, me dit qu'il n'y avait pas eu un chat, par manière de parler. Mais ça, ce n'était rien; à peu de temps de là, on vit bien autre chose. Un homme de la Galube étant mort subitement, les parents, n'osant se passer de prêtre, s'en furent, bien qu'à contrecœur, parler au nouveau curé pour l'enterrement. L'autre leur dit que ce serait quinze francs, et vingt s'il allait faire la levée du corps à la maison. Les fils du mort et son gendre trouvaient que c'était cher, d'autant plus que, de longues années, la coutume de payer s'était perdue avec le curé Bonal. Ils marchandèrent donc afin de faire rabattre quelque chose au curé. Mais lui protestait que c'était le tarif, et qu'il n'avait pas le droit de faire de rabais.

— Pourtant, dit l'un des fils, puisque le curé Bonal rabattait le tout, vous auriez bien le droit d'en rabattre la moitié?

Cette raison mit le curé de mauvaise humeur.

— Je ne sais pas comment agissait mon prédécesseur, répliqua-t-il sèchement, mais c'est comme je vous ai dit : à prendre ou à laisser.

Enfin, après avoir bien débattu, avoir apporté de part et d'autre toutes les raisons d'usage entre gens qui font un marché; après être sortis pour se consulter, les autres rentrèrent et acceptèrent, moyennant que le curé leur couperait quarante sous sur son prix, ce à quoi il consentit. Seulement, et c'est là que l'affaire se gâta, il leur dit qu'il fallait le payer comptant, car il avait perdu beaucoup d'argent dans son ancienne paroisse, par ce que souvent, les honneurs rendus, le mort enterré, les héritiers se faisaient tirer l'oreille pour payer; tellement qu'il y en avait qu'il fallait assigner devant le juge de paix et faire condamner.

« Foutre! pensaient les parents du défunt, il n'est pas cassé, ce curé-là ! »

S'ils avaient eu l'argent, quoique pas contents, ils l'auraient donné, tenant beaucoup, comme tous les paysans, à ce que le curé fît les honneurs à leur vieux; mais ils ne l'avaient pas. Force leur fut donc de s'en retourner en disant au curé que, les choses étant ainsi, ils étaient obligés de se passer du service mortuaire.

Mais, quelques heures après, une dizaine de jeunes gens vinrent pour sonner le glas, et trouvant les cordes remontées et la porte intérieure du clocher fermée, furent demander la clef au marguillier, qui répondit que le curé lui avait défendu de la donner. Là-dessus, eux, enfoncent la porte du clocher avec des haches, et se mettent à sonner les deux cloches. Le curé vint pour les faire sortir, mais il fut obligé de s'en revenir plus vite que le pas et de se fermer chez lui. Cependant, au son des cloches, les gens des villages venaient de tous côtés, et bientôt, dans le mauvais chemin qui montait au bourg, on vit au loin un cercueil recouvert d'un drap blanc se mouvoir sur les épaules de quatre hommes qui se relayaient souvent, car la montée était rude, et il faisait chaud. En s'en allant, le curé avait donné deux tours de clef à la grande porte de l'église, de manière que ceux qui sonnaient s'y trouvaient pris. Lorsque le mort arriva, on le posa devant le portail sur des chaises prêtées par les voisins, puis on fut chez le curé pour avoir la clef; mais la maison curiale était close, et personne ne répondit. Pourtant il aurait fallu être sourd pour ne pas entendre, car, après avoir cogné avec les poings, avec des bâtons, les gens finirent par jeter des pierres à la porte et dans les fenêtres. La colère montait les têtes de tout le monde; des exclamations à peine contenues par la présence du corps s'entendaient au milieu d'une rumeur sourde. Sur les rudes visages de ces paysans on voyait l'indignation que leur causait le refus de ce qu'ils appelaient les honneurs, fait à l'un d'eux. Déjà, les plus hardis parlaient d'entrer de force au presbytère et d'amener le curé, lorsque ceux qui étaient enfermés dans l'église finirent par faire sauter la serrure et ouvrirent à deux battants. Le cercueil fut alors apporté devant le chœur, à la place ordinaire; des cierges furent allumés autour, selon la coutume, et le marguillier, qu'on avait été chercher et amené malgré lui, revêtu d'une chape, chantant en tremblant de peur l'office des morts. On l'obligea ensuite à encenser et asperger le défunt comme eût fait le curé lui-même, et, tout étant fini à l'église, on partit pour le cimetière, où le pauvre marguillier, qui se croyait sacrilège, fut encore obligé de parachever les dernières cérémonies, jusqu'à la pelletée de terre finale sur le cercueil descendu dans la fosse.

Pendant que tout ceci se passait, le chevalier, qui était tenace, avait été à Périgueux faire une dernière démarche près de l'évêque et lui représentait le tort que sa décision faisait à la religion, le curé disant sa messe le dimanche devant les bancs vides.

— Il est à craindre, ajouta-t-il, qu'à la première occasion il ne se produise un désordre, tant tous les paroissiens sont outrés du départ du curé Bonal, et mal disposés pour son successeur qui semble prendre à tâche de le faire encore plus regretter!

Mais le pauvre chevalier eut beau plaider et patrociner la cause de la religion et celle de son ami, l'évêque lui fit entendre que, quelque considération qu'eût l'Eglise pour les laïques pieux, elle ne pouvait se gouverner par leurs avis.

— Je regrette personnellement, comme gentilhomme, de ne pouvoir accéder à votre demande, monsieur le chevalier; mais ce que j'ai décidé dans la plénitude de mon autorité épiscopale est irrévocable.

A la suite de cet enterrement, les gendarmes vinrent à Fanlac et s'enquérirent. Puis les gens du roi s'y transportèrent et interrogèrent une masse de monde. Beaucoup d'arrestations furent faites, et finalement il y eut une dizaine de condamnations de six mois à cinq ans de prison.

Le curé Bonal eut grande peine de cette méchante affaire. A chaque occasion, il ne manquait pas de dire et de faire dire à ses anciens paroissiens de prendre patience, de ne pas se buter à l'impossible; mais c'était inutile, et les condamnations achevèrent de les mutiner. Le nouveau curé voyant ça, dépité de ce que son église était toujours vide, et ne se croyant pas trop en sûreté, depuis qu'un soir il avait failli recevoir un coup de pierre par la tête, finit par demander à s'en aller, ce qui lui fut accordé, et la paroisse resta sans curé, à la confusion de quelques-uns, les meneurs de cette affaire.

Ainsi se vérifiait la prédiction un peu obscure du chevalier qui avait dit :

— Il viendra un temps où les renards auront besoin de leur queue.

6

Cependant, nous autres étions bien tranquilles à La Granval. Cette vie étroitement attachée à la terre me convenait; j'aimais à pousser mes bons bœufs limousins dans le champ que déchirait l'*araire* [1], enfonçant mes sabots dans la terre fraîche, et suivi de toutes nos poules qui venaient manger les vers dans la glèbe retournée. Les travaux pénibles de la saison estivale même me riaient, comme les fauchaisons et les *métives*. Ça me faisait du bien d'employer ma force, et quand le matin, ayant fauché un *journal* de pré, je voyais l'herbe humide de rosée, coupée régulièrement et bien ras, j'étais content. Alors je prenais ma pierre

1. Charrue.

à repasser, et j'aiguisais mon dail en sifflant un air de chanson. Le soir, dans le temps des moissons, lorsque après avoir chargé la dernière gerbe sur la charrette, je voyais tout ce blé qui devait faire un bon pain bis et savoureux, j'avais comme un petit mouvement de fierté, en songeant que c'était moi qui avais fait tout cela, ou quasiment tout. Pourtant Bonal m'aidait bien autant qu'il pouvait, mais ça n'est pas à son âge qu'on se met à ces travaux pénibles. Il menait la charrette, il aidait à faner, à lier les gerbes, il taillait la vigne, et autres choses comme ça. A Fanlac, il avait toujours aimé à cultiver le jardin, et il mit en ordre celui de La Granval, qui était mal en train, comme c'est l'ordinaire dans nos campagnes, où l'on est tellement pressé qu'on court au plus essentiel.

Nous vivions donc tranquilles, ne voyant guère personne, les plus proches voisins étant encore loin et séparés de nous par des bois, de manière que leurs poules ne nous gênaient point, ni les nôtres eux, ce qui est une bonne condition pour être en paix, car on sait que dans les villages les trois quarts des brouilles commencent à propos des poules qui vont gratter dans les jardins. Cela ne nous ennuyait pas, au surplus, d'être isolés : lorsqu'on est occupé du lever au coucher du soleil, on ne sent pas le besoin de fréquenter des étrangers. Avec ça, Jean le charbonnier, devenu trop vieux pour passer les nuits à surveiller les fourneaux dans les bois, s'était retiré dans sa maison des Maurezies après avoir gagné quelques sous, et il venait nous voir quelquefois. C'était un brave homme, serviable, comme il l'avait montré dans l'affaire de mon père, et qui depuis cette époque s'était interessé à moi. Il me donnait des conseils pour l'exploitation du bien, ce qui n'était pas de refus, car quoique je susse bien faire tous les travaux que requiert un domaine, je n'avais pas d'expérience assez pour les diriger sûrement en toute occasion, et ce brave homme me fut d'un bon secours pour cette raison. Le curé l'aima tout de suite aussi et l'entretenait en patois, parce que Jean étant sans instruction aucune, ne savait même pas parler le français, comme d'ailleurs presque tous les gens de par chez nous. Mais, ayant tant vécu seul au milieu des bois, il s'était habitué à penser et à réfléchir plus qu'à parler, de manière que le peu de paroles qu'il disait avaient un grand sens. Le curé n'était pas bavard non plus, mais tout ce qu'il disait était plein de substance : aussi s'entendaient-ils bien. Jean, toutefois, lui portait respect, comme ça se comprend, et l'appelait toujours, ainsi que nous autres : « Monsieur le curé. »

Mais lui, à ce propos, nous dit un jour qu'il nous fallait corriger cette façon de parler, attendu qu'il n'était plus curé ni en droit ni de fait, et que par conséquent nous ne devions plus le nommer ainsi.

— Sainte bonne Vierge! s'écria la Fantille, il

y a vingt ans que je vous appelle comme ça; je ne saurai jamais vous parler autrement!

— Tu t'y habitueras! Appelez-moi tous de mon nom : Bonal.

— Ça je ne le pourrai pas! répliqua la Fantille; non, monsieur le... écoutez, puisque vous ne voulez plus qu'on vous y appelle, je dirai : « Notre Monsieur! »

— C'est ça! fit-il en souriant un peu. Et vous autres, dit-il en se tournant vers Jean et moi, si vous voulez me faire plaisir, appelez-moi Bonal.

Et depuis ce temps, selon sa volonté, nous l'appelions ainsi. La langue me fourchait bien quelquefois par l'effet de l'habitude, mais je me reprenais vitement, connaissant que ça lui renouvelait ses peines de s'entendre dire : monsieur le curé.

On pense bien que, dans tous ces changements, je n'avais pas oublié Lina. Le second dimanche après notre venue à La Granval, je m'en fus à la messe à Bars. Le curé en était à l'évangile lorsque j'arrivai et je restai au fond de l'église, jetant mes regards partout pour voir ma bonne amie. En cherchant curieusement, je finis par l'apercevoir au droit de la chaire à prêcher, mais elle n'était pas seule, sa mère était avec elle. Tant que dura la messe, pour dire vrai, je ne suivis guère les cérémonies du curé, occupé que j'étais à regarder le cou rond de ma Lina, un peu hâlé comme celui des filles des champs, et les petits frisons à reflets cuivrés qui sortaient de sous sa coiffe des dimanches. A la sortie, je me plantai devant le portail et j'attendis. Les gens se répandaient sur la place, faisant de petits groupes et se mettant, après le portage et les compliments, à deviser : les hommes, du temps, de l'apparence des récoltes, du prix des bestiaux au dernier marché de Thenon; les femmes, de leur lessive, de la réussite de leur chaponnage, et les filles de leurs galants.

Tout d'un coup Lina, sortant, me vit et fit un mouvement; mais sa mère ne me reconnut point, ce qui n'était pas étonnant, ne m'ayant plus vu depuis que je gardais les oies avec sa fille. Elles s'arrêtèrent pour causer, comme les autres, la mère avec une autre femme, et Lina avec la Bertrille, qui, à un moment donné, se tourna pour me regarder, ce qui me fit connaître qu'il était question de moi. Un moment après, sans avoir l'air de rien, la Bertrille s'en vint de mon côté et, en passant près de moi qui me promenais, faisant le badaud en regardant le coq du clocher, elle me dit à demi-voix :

— Aux vêpres, sa mère n'y sera pas.

— Bien!

Et je m'en fus voir jouer aux quilles, coulant mon regard vers Lina de temps en temps.

Vers trois heures, au sortir de vêpres, les deux droles restèrent un bon moment à causer, pour laisser aller devant les gens de leur renvers; puis elles s'en furent doucement, et moi, peu après, faisant un détour par un autre chemin, je les rattrapai.

Et ce fut des rires, des serrements de main, des amitonnements à n'en plus finir. Puis, comme elles étaient pressées de savoir comment je me trouvais là, il fallut leur raconter tout ce qui était arrivé au curé Bonal, et leur expliquer que nous étions venus demeurer dans son bien à La Granval. Elles n'en revenaient pas qu'un curé pût n'être plus curé et posât sa soutane. Quant à leur faire entendre que c'était parce qu'il avait prêté serment à l'époque de la Révolution, et ce qu'était ce serment, ça n'était pas facile, et je leur dis en gros que c'était d'autres curés appelés jésuites, grands ennemis des anciens curés patriotes, qui l'avaient fait casser.

Des jésuites! elles n'en avaient jamais ouï parler :

— Et qu'est-ce donc que ces jésuites? demandaient-elles.

— D'après ce que dit M. le chevalier de Galibert, c'est, parmi les curés, comme qui dirait des renards...

Elles se mirent à rire, et je leur parlai de choses plus aimables. Je fis entendre à Lina que maintenant, étant voisins à une heure et demie de chemin, nous pourrions nous voir plus souvent, et combien j'en étais content. Cela lui faisait bien plaisir aussi, mais elle craignait que sa mère ne s'aperçût de notre entente, et qu'elle lui défendît de me parler.

— Nous tâcherons qu'elle ne se doute de rien, lui dis-je; et puis, après tout, peut-être ne se fâchera-t-elle point, sachant à coup sûr que c'est chose impossible d'empêcher un garçon et une fille qui s'aiment, de se voir; mais, si ça arrive qu'elle le trouve mauvais, il sera toujours temps d'aviser : ainsi, n'aie point de craintes.

Et nous marchions lentement tous trois en devisant, dans le chemin pierreux bordé de mauvaises haies où s'entremêlaient les buissons et les ronces; moi, au milieu d'elles, les tenant par-dessous le bras, et, pour dire la vérité, serrant un peu plus fort du côté de Lina. Lorsque le chemin traversait quelque boqueteau de chênes, je prenais ma bonne amie par la taille et, la serrant tout doucement contre moi, je l'embrassais sur sa joue brunie par le soleil et duvetée comme une belle pêche de vigne. Le temps ne nous durait pas, de manière que nous fûmes près de Puypautier sans nous en donner garde; mais la Bertrille, toujours avisée, nous en avertit, et il fallut se quitter après bien des adieux, des embrassements et de regards amoureux. Afin de ne pas me montrer, je pris sur la gauche à travers un taillis, et j'allai passer à la Grimaudie, pour de là gagner La Granval.

Cela dura quelque temps ainsi, sans point de *destourbier*. Toutes les fois que je le pouvais, j'allais à Bars le dimanche et je faisais la conduite aux deux filles. La pauvre Bertrille, elle, était dépareillée comme je l'ai dit, son bon ami étant au régiment; mais elle prenait patience, de même que les dames de Périgueux lorsque la garnison est en campagne. Comme elle ne nous quittait jamais, on ne pouvait pas dire de mal de nos rencontres. Mais il y a des mauvaises langues partout, même à Bars. Quelqu'un s'étant aperçu de notre manège le dit à la mère de Lina, en sorte qu'un dimanche, à la sortie de la messe, je m'avisai qu'elle me regardait fort. Pourtant, elle ne se fâcha pas pour lors après sa fille; elle lui demanda seulement qui j'étais, où je demeurais et ce que je faisais.

Lina ayant tout raconté sans détour, sa mère lui dit qu'elle ne trouvait pas mauvais que je lui parle, en ce qu'elle entendait que ce fût toujours honnêtement. Et là-dessus, elle ajouta qu'il leur faudrait bien chez eux un domestique grand et fort comme j'étais, pour faire valoir leur bien, maintenant que Géral se faisait vieux.

Moi, je m'apercevais qu'au sortir de la messe, la bonne femme me regardait toujours d'un air engageant, ce qui n'était pas difficile à connaître, car d'habitude elle n'était pas aimable. Aussi, dans ma bêtise, je venais à penser que, quoique nous ne fussions pas en âge d'être mariés, elle ne trouvait pas à redire que je parle à sa fille en attendant. Et un dimanche, je me crus sûr de la chose, lorsque, passant à l'exprès devant moi, avec Lina et Bertrille, elle me dit :

— Puisque tu leur fais la conduite les autres

dimanches, tu peux bien venir aujourd'hui : ça n'est pas moi qui te fais peur?

— Que non, Mathive! alors, avec votre permission, nous cheminerons ensemble.

Tout en marchant, tandis que les deux droles allaient devant, la mère de Lina me parla de ses affaires, et me dit combien la conduite de leur domaine était lourde pour elle, depuis que Géral ne quittait guère plus le coin du feu. Elle prenait des journaliers, mais ce n'était plus pareil : il lui faudrait un jeune homme fort dans mon genre; et, en même temps, elle me regardait comme pour me dire que je ferais bien l'affaire. Moi ne répondant pas à ça, après d'autres propos, elle me demanda si je ne serais pas bien aise de venir chez eux, me laissant entendre que puisque nous nous aimions tous deux Lina et moi, dans quelque temps nous pourrions nous marier. Et, tout en disant ça, elle me dévisageait d'une manière un peu trop hardie, à ce que je trouvais, comme si elle eût parlé pour elle.

Lors je lui dis, un peu fatigué de ses grimaces :

— Ecoutez, Mathive, j'aime la Lina plus que je ne puis dire! Je serais donc bien content de venir chez vous, et de travailler de toutes mes forces et de tout mon savoir, pour faire profiter votre bien; mais pour le moment, je fais besoin à La Granval, et, cela étant, je serais une canaille d'abandonner le curé Bonal qui m'a retiré de l'aumône, maintenant que je lui suis nécessaire.

Et on parla d'autre chose.

Les affaires marchèrent longtemps ainsi. Presque tous les dimanches, j'allais à Bars, et je rencontrais Lina et sa mère, souvent. Ça ne me plaisait guère que la Mathive fût toujours là, mais je patientais, aimant trop mieux voir ma mie devant sa mère que de ne la voir point du tout. Celle-ci, d'ailleurs, continuait d'être bien pour moi, me disant à l'occasion quelque mot pour me faire entendre qu'elle me voyait avec plaisir; mettant sa fille en avant, toutefois, — en paroles, — mais à ses mines, à ses airs amiteux, je finis par comprendre que cette femme, sur le tard, était prise de la folie des jeunes garçons. Pour ne pas me brouiller avec elle, je faisais le nesci, celui qui ne comprend pas, et j'avais l'air de ne pas me donner garde que des fois elle se serrait un peu contre moi en marchant, comme si le chemin eût été trop étroit. Tout cela était cause que souvent, au lieu de les accompagner, je m'en retournais à La Granval, sous quelque prétexte, après avoir dit un mot à Lina tandis que sa mère achetait un tortillon pour faire une trempette au vieux Géral.

Chez nous, tout allait bien. Moi, je travaillais comme un nègre, me levant à la pointe du jour et me couchant le dernier. La Fantille, solide encore, élevait la poulaille, nourrissait les cochons, et faisait tous les ouvrages qui, dans une maison, reviennent de droit aux femmes. Notre ci-devant curé Bonal, lui, faisait tout son possible pour m'aider, soignant les bœufs, gardant les brebis, s'apprenant aux ouvrages de terre et ne s'épargnant pas la peine.

A propos de brebis, ça me faisait dépit de le voir aller toucher les quinze ou vingt que nous avions, et faire l'office d'une simple bergerette : je le lui dis un jour.

— Et pourquoi? fit-il presque gaiement, c'est mon métier! — faisant allusion, comme je pense, à son ancien état de curé.

Il avait absolument voulu apprendre à labourer et il y était arrivé assez vite. Quelquefois, lorsqu'il avait fait passablement quelques sillons, afin de le distraire un peu, sans manquer au respect qui lui était dû, je lui disais :

— C'est bien *ouvré* [1] ! on dirait que vous n'avez jamais fait que ça !

— Jacquou, mon garçon, tu es un flatteur!

Et il ajoutait :

— Quand on fait tout ce qu'on peut, on fait tout ce qu'on doit.

Lorsque je le voyais s'attraper à quelque chose d'un peu pénible, je lui disais :

— Laissez ça, allez, c'est trop dur pour vous qui ne l'avez pas d'habitude.

Mais il me répondait qu'il était solide encore

1. C'est de la belle ouvrage.

et que le travail lui faisait du bien, lui rendait la paix de l'âme.

— Vois-tu, Jacquou, disait-il, l'homme est né pour travailler, c'est une loi de nature; et, cela étant, de tous les travaux, il n'en est pas de plus sains, de plus moralisants que ceux de la terre. Plus on est en rapport avec, et plus on a de sujet de s'en applaudir, tant au point de vue de la santé du corps que de celle de l'esprit.

Et de là il continuait, me disant de belles choses sur ce sujet, me montrant qu'une des conditions du bonheur était de vivre libre sur son domaine, du fruit de son travail :

— Comme dit le chevalier, « liberté et pain cuit, sont les premiers des biens. » Manger le pain pétri par sa ménagère, et fait avec le blé qu'on a semé; goûter le fruit de l'arbre qu'on a greffé, boire le vin de la vigne qu'on a plantée; vivre au milieu de la nature qui nous rappelle sans cesse au calme et à la modération des désirs, loin des villes où ce qu'on appelle le bonheur est artificiel, — le sage n'en demande pas plus...

Et quelquefois ayant ainsi parlé, il restait longtemps rêveur, comme s'il eût eu des regrets.

Le dimanche, ainsi que je l'ai dit, Bonal n'allait pas à l'église, pour éviter le trouble que sa présence aurait pu causer. Il se promenait le long d'une ancienne allée de châtaigniers, qui partait de la cour de la maison et aboutissait à l'extrémité du défrichement de La Granval, où elle était fermée par un gros marronnier planté par le milieu. A l'ombre de cet arbre, il se reposait sur un banc qu'il avait construit, et méditait. Son esprit rasséréné songeait à l'iniquité dont il avait été victime, non plus avec les soubresauts douloureux de la première heure, mais avec cette philosophie sereine qui accepte sans récriminer les accidents humains. Mais s'il se résignait en ce qui le touchait seul, lorsqu'il pensait à ses vieux amis, le chevalier et sa sœur, à ses paroissiens qui l'aimaient, aux pauvres dont il était la consolation et la providence, le chagrin lui serrait le cœur, et il lui fallait des efforts pour le surmonter.

Il aurait bien voulu revoir tout son monde de là-bas, mais il n'y allait pas, par raison : les gens ne l'auraient pas laissé revenir. Aussi était-il bien heureux, lorsque le chevalier venait déjeuner à La Granval et lui apportait des nouvelles de son ancienne paroisse. Quoiqu'il ne fût guère parleur, c'était alors des questions à n'en plus finir sur un tel, une telle : « Que devenait celui-ci? cette vieille était-elle encore en vie? La drole de chez cet autre était-elle mariée? » Et, sa sollicitude satisfaite, tous deux parlaient des choses d'autrefois, et échangeaient de vieux souvenirs. Quand le chevalier remontait sur sa jument, chargé de bonnes paroles pour tout le monde, et emportant du tabac pour La Ramée, le pauvre ancien curé était plus tranquille.

Presque tous les dimanches Jean venait passer la journée à la Granval et tenir compagnie à

Bonal. Ça le distrayait un peu, car Jean, étant ancien, lui rappelait des choses du temps de sa jeunesse, et à un mot, à un nom quelquefois, des faits oubliés depuis longtemps se réveillaient dans sa mémoire. Ces jours-là, Jean restait à souper et le soir, à table, Bonal nous entretenait de choses et d'autres, et nous intéressait par des récits curieux, et des remarques que jamais nous n'aurions songé à faire de nous-mêmes.

Par exemple, il nous disait la signification des noms de villages des alentours, et celle des noms d'hommes.

— Ainsi Fossemagne, nous disait-il un jour, signifie : grande Fosse ; Fromental, pays à froment, et ton nom de Ferral, à toi Jacquou, semble indiquer à l'origine un travailleur de fer de ces forges à bras communes autrefois dans nos pays : pour le surnom de *Croquant* que vous portez de père en fils, tu sais d'où il te vient.

— Et ce nom de Maurezies, le village de Jean, lui demandai-je, que signifie-t-il ?

— Il y en a qui le tireraient des Maures ou Sarrasins qui ont fait des courses dans nos pays ; mais moi, j'aime mieux avouer que je l'ignore. En revanche, je puis te dire que ce village pourrait bien être le lieu où saint Avit perdit son compagnon Benedictus, comme il est dit dans le propre diocèse.

Bonal nous faisait voir aussi la ressemblance de certains mots de notre patois avec le langage breton ; il nous parlait des Gaulois nos ancêtres, de leur religion, de leurs coutumes ; nous racontait les soulèvements des Croquants du Périgord, sous Henry IV et Louis XIII, et puis aussi toutes les vieilles histoires de la Forêt Barade qu'il connaissait à fond.

Ainsi se passaient honnêtement les moments de loisir à La Granval, lorsque Bonal commença à s'habituer à sa nouvelle vie.

Dans les premiers temps, la tristesse le tenait fort, et il ne parlait guère ; mais peu à peu sa peine s'amortit, et, en le mettant tout doucement sur le sujet, il se laissait aller à nous entretenir principalement de choses du passé. Et puis il était si bon que, pour nous obliger, il l'aurait fait tout de même, quoique n'en ayant pas grande envie. Moi, voyant comme tout ça tournait passablement, je travaillais sans souci, content d'être plus près de Lina, sans penser que je m'étais aussi rapproché du comte de Nansac, ou plutôt sans être inquiet de ce rapprochement.

Quelquefois on entendait au loin dans la forêt le cor du piqueur appuyant les chiens, et alors tous mes malheurs me revenaient en mémoire, et ma haine se réveillait, toujours chaude, toujours violente, malgré toutes les exhortations que m'avait faites jadis le ci-devant curé. C'est le seul point qu'il n'a pu gagner sur moi, tant il me semblait qu'en pardonnant j'aurais été un mauvais fils. Je ne craignais rien, d'ailleurs, car je me sentais, comme un jeune coq bien crêté, de force à me défendre.

Je ne tardai pas beaucoup à en faire l'épreuve. Un soir d'hiver, je revenais de couper de la bruyère pour faire paillade à nos bestiaux. Le jour commençait à baisser, et, dans les bois qui bordaient le chemin que je suivais, l'ombre descendait lentement. Je cheminais sans bruit, ma pioche sur l'épaule, pensant à ma Lina, lorsque tout d'un coup presque, je viens à entendre derrière moi le pas pressé d'un cheval.

L'idée me vint aussitôt que c'était le comte de Nansac, mais je continuai de marcher sans me retourner. Je ne m'étais pas trompé ; arrivé à quelques toises de moi il me cria insolemment :

— Holà! maraud, te rangeras-tu!

Le sang me monta à la tête comme par un coup de pompe, mais je fis semblant de n'avoir pas ouï ; seulement, lorsque je sentis sur mon cou le souffle des naseaux du cheval, je me retournai tout d'un coup, et, attrapant la bride de la main gauche , de l'autre je levai ma pioche :

— Est-ce donc que tu veux écraser le fils après avoir fait crever le père aux galères ? dis, mauvais Crozat!

De ma vie je n'ai vu un homme aussi étonné. D'habitude, les paysans se hâtaient de se garer de lui lorsqu'il passait, de crainte d'être jetés à terre ou, pour le moins, d'attraper quelque coup de fouet : aussi était-il tout abasourdi. Mais ce qui l'estomaquait le plus, c'était ce nom de Crozat, si soigneusement caché, ce nom de son grand-père le maltotier véreux, que le fils du

Croquant lui jetait à la face en lui rendant son tutoiement insolent.

Il mit son fouet dans sa botte et tira son couteau de chasse.

Le cheval, une bête nerveuse, grattait la terre et secouait la tête.

— Lâche la bride de mon cheval, méchant goujat!

La colère me secouait :

— Pas avant de t'avoir craché encore une fois à la figure, misérable, le nom de ton grand-père, Crozat le voleur!

Et lâchant la bride du cheval qui se cabrait, je fis un saut en arrière et je me trouvai dans le taillis, tenant toujours ma pioche levée.

Il resta là un moment, pâle de rage froide, les yeux venimeux, rinçant les lèvres et cherchant à foncer sur moi. Mais le cheval, quoique rudement éperonné, à la vue de la pioche levée reculait effrayé. Alors, voyant qu'il ne pouvait m'aborder de face, et que le bois épais me défendait, le comte rengaina son couteau de chasse, et s'en alla en jetant ces mots :

— Tu paieras cela cher, vermine!

— Je me fous de toi, Crozat !

Encore ce nom qui l'affolait : il piqua son cheval et disparut.

Lorsque je racontai la chose à la maison, Bonal en fut fort ennuyé, prévoyant bien que cet homme si orgueilleux, si méchant, chercherait à se venger cruellement du pauvre paysan qui l'avait fait *bouquer*.

— Il faut te tenir sur tes gardes, me dit-il, ne pas t'aventurer du côté de l'Herm, et surtout ne pas passer sur ses terres, ni dans ses bois.

La première fois que vint le chevalier après cette affaire, Bonal la lui raconta tout du long. Ayant ouï, lui, dit en manière de résumé :

— Ça ne m'étonne pas :

Grands seigneurs, grands chemins,
Sont très mauvais voisins.

Je sais bien que ce Nansac est un grand seigneur de contrebande, mais ceux-là ne sont pas les meilleurs! On dirait, continua-t-il, que ça tient au château ; les seigneurs de l'Herm ont toujours été plus ou moins tyranneaux : témoin celui de la *Main de cire*.

— Ah! oui... C'est une vraie légende de Tour du Nord, dit Bonal, mais encore que ce ne soit sans doute qu'un conte, j'en suis pour ce que j'ai dit à Jacquou déjà : qu'il se méfie de ce mauvais.

— C'est aussi mon avis, fit le chevalier. D'ailleurs, je ne suis pas inquiet, il est de taille à se défendre. Le comte a sans doute quelques avantages, comme d'être mieux armé que lui, mais :

A vaillant homme, courte épée !

Suivant ces conseils, et aussi mon idée, de là en après, je pris quelques précautions, lorsque j'allais dans les parages où je risquais de rencontrer le comte de Nansac. J'emportais un bon billou, qui est autant à dire comme une bonne trique, ou bien un vieux fusil à pierre qui venait de l'aïeul de Bonal, mais dont lui ne s'était jamais servi, n'ayant de sa vie, ainsi qu'il disait, tué aucune créature vivante. Au reste, que je fusse loin ou près de la maison, j'avais toujours dans ma poche le couteau de mon père dont la lame mesurait dans les six pouces, et avec lequel j'avais fait reculer Mascret, encore que je ne fusse alors qu'un enfant. Ainsi précautionné, je fus six ou huit mois sans revoir le comte, si ce n'est une fois au loin. De temps à autre, j'apercevais bien Mascret ou l'autre garde qui avaient l'air de m'épier à distance, mais de ceux-là, je ne me souciais guère, et puis j'avais autre chose en tête qui me distrayait d'eux.

Lorsqu'on est amoureux, toutes les idées se tournent du côté de la bonne amie, et les pas font comme les idées : aussi je ne perdais aucune occasion de voir Lina. Sa mère essayait toujours de m'amadouer, et pour ce faire elle s'attifait tant mieux qu'elle pouvait, et n'en était que plus laide, ce dont je riais en moi-même, pensant au dicton du chevalier :

A vieille mule, frein doré.

Quelquefois le dimanche, suivant toujours sa pensée, elle me faisait entrer chez eux en revenant de la messe, et même, des fois, me conviait à manger la soupe. Moi, je connaissais bien son manège, mais je ne refusais pas, pour être plus longtemps avec Lina. Après déjeuner, la vieille me promenait dans le bien, sous couleur de voir comment le revenu se comportait. En faisant notre tour, tandis que Lina vaquait au ménage, elle trouvait toujours le moyen de me faire entendre que je lui convenais, et qu'elle voudrait bien que je fusse chez eux. Elle m'indiquait une terre restée en friche ou une vigne qu'on n'avait pas eu le temps de biner, faute d'un homme à la maison.

— C'est malheureux, disait-elle, que ça se trouve comme ça, que tu ne puisses pas sortir de La Granval. Tu vois, nous avons un grand bien, qui donnerait le double de revenu s'il y avait chez nous un jeune homme vaillant comme toi. Et puis enfin, en travaillant pour nous autres, tu travaillerais pour toi, puisque la Lina te trouve à son goût et que nous n'avons qu'elle de famille.

Et ce n'était pas seulement le bien qu'elle me montrait, mais les étables, le grenier garni de blé, le cellier où il y avait une trentaine de charges ou demi-barriques de vin, vieux en partie, car Géral avait toujours eu cette coutume d'en garder à chaque récolte pour le faire vieillir. Jusqu'aux lingères bondées de linge, jusqu'aux cabinets pleins d'affaires, elle me montrait ; et même, un jour, ouvrant une tirette de la grande armoire dont la clef ne la quittait jamais, elle me fit voir un petit sac de cuir, plein de louis qu'elle étala comme pour me décider :

— Tout ça serait à toi plus tard, mon ami!

Quand le diable tient les femmes sur l'âge, comme ça, il leur fait perdre la tête. Il le faut bien, car la Mathive, qui avait dans les quarante-sept ou quarante-huit ans, qui n'était pas belle, il s'en faut, étant brèche-dents, ayant le nez pointu et les yeux rouges, se figurait qu'en me montrant qu'elle était riche, ça me rendrait aveugle et canaille en même temps.

Lorsque je me trouvais seul avec Lina, je lui contais tout ce que faisait sa mère pour m'attirer chez eux, sans lui expliquer, ça se comprend, le pourquoi de tant d'amitiés. Et lors, la pauvre drole me disait :

— Vois-tu, Jacquou, je t'aime bien, et tu penses si je serais contente que tu demeures avec nous autres, en attendant que nous nous marions ; mais si tu faisais une chose comme ça, si tu abandonnais un homme comme le curé Bonal qui t'a sauvé de la misère, qui t'a appris tout ce que tu sais, jamais plus je ne te parlerais.

— Sois tranquille, ma Lina, je me couperais un doigt plutôt que de faire une telle coquinerie.

Et pourtant, combien j'aurais été heureux de vivre à ses côtés et de travailler pour elle! Toujours avec ses mêmes intentions, la Mathive me demandait, des fois, pour leur aider à faire les foins, ou à fouir les vignes, ou pour quelque autre travail pressé. Et moi, content tout de même de leur rendre service, et surtout joyeux d'être près de Lina, j'y allais, avec le congé de Bonal. Et lorsque j'étais venu faire des labours d'hiver, le soir, à la veillée, j'aidais à peler les châtaignes, et je m'en allais tard, car jamais la Lina n'aurait mis les tisons debout dans la cheminée, comme font les filles qui veulent congédier leur galant.

Un jour, comme j'y fus de bonne heure leur aider à vendanger, Lina se préparait à faire du pain et je la regardais en mangeant une frotte d'ail avec un raisin, avant d'aller à la vigne. D'abord, elle arrangea son mouchoir de tête de manière à cacher tous ses cheveux, puis elle releva ses manches jusqu'à l'épaule et se savonna bien les bras et les mains à l'eau tiède, et après les rinça à l'eau froide, que je lui faisais couler dessus avec le tuyau du godet. Ensuite, s'étant bien nettoyé les ongles, elle prépara le levain, vida de la farine, puis de l'eau chaude et commença à pétrir. C'était une joie de la voir faire : elle maniait d'abord la farine, la mêlant à l'eau tout bellement ; puis, quand la pâte fut liée, elle la prenait comme à brassées, la soulevait et la rejetait fortement dans la maie. Ses beaux bras ronds, un peu hâlés au-dessus du poignet, d'un joli blanc rosé plus haut, s'enfonçaient vigoureusement dans la pâte qui collait à la peau, gluante, et qu'elle détachait avec son doigt en ratissant. « Ah! me pensais-je en la voyant ainsi, quel plaisir de planter le couteau dans la tourte enfarinée, de manger le pain savoureux de sa ménagère, ce pain qu'elle a fait de ses mains, qu'elle a parfumé de la bonne odeur de sa chair! Quel bonheur de communier autour de la table de famille, enfants, tous, avec ce pain de bon froment dans lequel elle a mis, pour ainsi parler, quelque chose de son affection! » Et, rêvant à cela, je nous voyais déjà, Lina et moi, soupant avec une troupe de petits droles...

Mais les choses ne marchent pas à la fantaisie des hommes ; ça irait trop bien, ou peut-être, des fois, plus mal. Pendant longtemps, la Mathive m'entretint de ses desseins et me fit reluire des espérances qui me réjouissaient le cœur, quoique je visse bien qu'elle n'était pas franche en me parlant de Lina : tant nous sommes aisés à nous laisser piper en pareille affaire! Elle ne tarda pas d'ailleurs à changer de langage. Un dimanche, c'était le jour de la chandeleur, comme j'étais sur la place, devant l'église de Bars, attendant à l'accoutumée la sortie de la messe, la vieille m'aborda et, me tirant à part, sans plus me lanterner, me dit que, sur mon refus pusieurs fois répété, elle avait loué un domestique, et que, par ainsi, je devais comprendre que les projets qu'elle m'avait fait entrevoir ne pouvaient plus tenir : elle le regrettait fort, ses préférences ayant toujours été pour moi.

— A cette heure, conclut-elle, il n'est plus à propos que tu parles à Lina.

Oyant ça, je restai tout ébahi, la regardant fixement, comme si je n'avais pas compris. Pourtant, bientôt je me repris et lui dis que, s'il ne m'était plus permis de parler à sa fille, personne au monde ne pouvait m'empêcher de l'aimer, tant que j'aurais vie au corps.

— Pour ça, me dit-elle, je n'y peux rien ; mais je ne veux plus que tu fréquentes à la maison, ni que tu la voies dehors.

Ayant ainsi prononcé, la Mathive s'en alla rejoindre sa fille qui me regardait tristement de loin, et moi, je m'en fus tout déferré.

Ce domestique qu'elle avait loué était un garçon de la Séguinie, qui avait travaillé chez eux comme journalier et qui lui avait convenu. C'était un fort ribaud qui avait les épaules larges, le corps trapu, la figure bête, et avec ça voulait faire le faraud. Pour le reste, c'était une brute incapable de bons sentiments, et, à part son intérêt, ne voyant que les choses qui lui crevaient les yeux. Aussitôt qu'il s'aperçut que la Mathive le voyait d'un bon œil, et ça fut d'abord, il se mit à trancher du maître, et se donna des airs de commander. Il fut bientôt nippé comme un coqueplumet de village, avec de bonnes chemises de toile demi-fine, une cravate de soie, un chapeau gris, une belle blouse et des bottes. Il n'était pas depuis un mois à Puypautier, qu'il connaissait le sac aux louis d'or de la Mathive et les lui faisait danser très bien. Tous les voisins connurent bientôt ce qu'il en était ; pourtant, d'après les conseils de la vieille, il faisait semblant de parler à Lina, pour cacher son jeu, mais il était trop bête pour tromper qui que ce fût.

Ma pauvre bonne amie, elle, était comme moi bien ennuyée, et d'autant plus qu'elle comprenait ce qui se passait, quoiqu'elle n'en dît rien. Mais que faire ? Géral était toujours dans le canton du feu, ne pouvant guère se remuer et n'ayant plus trop ses idées : ce n'était donc pas lui qui pouvait mettre ordre à ça. Malgré que la mère de Lina le lui eût défendu comme à moi, nous trouvions moyen de nous voir quelquefois, ce qui n'étonnera personne. Alors elle me racontait ses peines, et je tâchais de la consoler et de lui faire prendre patience, en lui disant que tout cela n'aurait qu'un temps. Mais, pour dire le vrai, ça n'en prenait pas le chemin : plus ça allait, plus ce goujat prenait de la maîtrise dans la maison, par la folie de Mathive. Si quelquefois elle n'agréait pas quelque chose qu'il avait en tête, il parlait d'abord de s'en aller, et la vieille bestiasse de femme cédait et le laissait agir ; bref, c'était lui qui coupait le farci, comme on dit de ceux qui font les maîtres.

Encore qu'il fût bête, comme je l'ai dit, ce garçon, qui s'appelait Guilhem, comprit, au bout de quelque temps, qu'avec la vieille il pourrait avoir beaucoup de choses, lui soutirer des louis d'or, un à un, pour aller s'ivrogner le dimanche à Bars, le mardi à Thenon, et puis riboter aux ballades des paroisses de par là, mais que pour ce qui était du bien, qui appartenait tout à Géral, il reviendrait à la Lina, puisque le vieux l'avait reconnue en se mariant avec la Mathive. Et c'était ce bien qui lui faisait surtout envie, à ce galapian, parce qu'il se disait que, Géral venant à mourir, ce qui fut peu après, Lina resterait maîtresse de tout, et alors, adieu les bombances! il lui faudrait filer. Aussi faisait-il l'empressé près d'elle, devant les gens surtout, et disait à la vieille, piquée de jalousie, quoique elle-même lui eût conseillé de jouer ce jeu, que c'était un semblant pour empêcher le monde de babiller. La Mathive enrageait d'être obligée de supporter ça et passait sa colère sur sa fille, ne décessant de crier après elle, et, des fois, lui donnant quelque baffe.

Au bout de quelque temps, cherchant toujours à venir à ses fins, Guilhem disait à la Mathive que le seul moyen de faire poser la langue aux gens, c'était de le faire marier avec Lina. Mais la vieille n'entendait pas ça et se récriait haut. Elle supportait bien à toute force que son goujat fit la mine de courtiser sa fille ; quant à les marier ensemble, c'était une autre affaire.

L'autre avait beau l'assurer qu'il en serait après le mariage comme avant, et que ce qu'il en disait, c'était dans son intérêt à elle, afin que personne ne pût la diffamer : tout ça c'était inutile. La gueuse se doutait qu'une fois marié avec Lina, Guilhem la laisserait là, et elle refusait fort et ferme. Alors lui, coléré, la rebutait grossièrement, et, plus elle lui faisait bien, plus elle le mignardait pour l'apaiser, plus il la rabrouait durement. La pauvre Lina recevait le contre-coup de tout ça, car sa mère l'avait prise en haine, de manière qu'elle en vint jusqu'à la battre. Moi, qui savais ce qui en était, soit par elle, soit par la Bertrille, je m'ennuyais grandement de la savoir malheureuse comme ça et je m'en tourmentais au point de n'en pas dormir, des fois toute une nuit. Il me venait souvent à l'idée de corriger ce Guilhem, et les mains me démangeaient ; mais Lina me suppliait de n'en rien faire, et moi je ne bougeais pas, de crainte de la rendre plus malheureuse encore.

Pourtant, un jour, n'y tenant plus, je le jointai dans un coin, à Thenon, et je lui signifiai que, pour ce qui était de la Mathive et de ses louis d'or, il pouvait en disposer à son plaisir, cela je m'en moquais ; que, quant à Lina, je lui défendais de s'occuper d'elle en rien.

— Fais attention, continuai-je, que si tu as le malheur de lui faire soit des misères, soit des amitiés, j'aurai ta peau!

Il était pour le moins aussi fort que moi ; seulement il était lâche, et il me jura ses grands diables qu'il ne lui avait jamais tenu de propos reprochables, ni en bien, ni en mal. Tout ce qu'il avait fait, c'était d'empêcher sa mère de la tracasser.

— Tu peux lui demander à la Lina ; elle-même te le dira.

— Te voilà toujours prévenu! lui dis-je en m'en allant, dégoûté de sa couardise et de sa fausseté.

Sur ces entrefaîtes, il nous arriva un grand malheur à La Granval. Un matin, comme il sortait de la maison pour aller ramasser des marrons, Bonal tomba raide d'une attaque. L'ayant porté sur son lit, je lui fis respirer du vinaigre, tandis que la Fantille lui soulevait la tête ; mais il mourut au bout de quelques minutes sans avoir repris connaissance.

Le vieux Jean étant survenu à ce moment, après les premières complaintes je le priai de s'en retourner aux Maurezies et de dépêcher un de ses voisins à Fanlac, prévenir M. le chevalier de Galibert. Moi, je m'en fus faire la déclaration chez le maire et en même temps commander la caisse.

Quand je revins, Jean était déjà là, et tous trois avec la Fantille, nous restâmes à veiller le mort. Ordinairement on donne aux défunts leurs plus beaux habits ; mais nous n'avions pas eu à le faire, Bonal n'ayant d'autres vêtements que ceux qu'il avait sur le corps. Quelquefois la Fantille disait :

— Vous feriez bien de vous faire faire d'autres habillements. Lorsque vous vous mouillez, vous n' avez pas seulement pour changer.

Et lui, répondait :

— Quand ceux-ci seront usés... peut-être n'en aurai-je pas besoin! ajoutait-il, en souriant un peu.

Tel donc qu'il était vêtu tous les jours, il était étendu sur le lit. Sa figure était calme, et, n'était cette pâleur de cire, on eût dit qu'il dormait. Ses traits s'étaient comme affinés, les ailes de son nez un peu fort s'étaient amincies, sa bouche était close doucement, et la trace des chagrins qui assombrissaient parfois son visage, avait disparu depuis qu'il était entré dans le repos éternel. La Fantille avait gardé quelques bouts de cierge pour les temps d'orage, et en avait allumé un, près du lit, sur une petite table recouverte d'une *touaille* [1], où il y avait aussi un brin de buis des Rameaux, trempant dans une assiette pleine d'eau bénite. Mais, si ce n'est Jean, personne n'était venu asperger le mort, car nous étions isolés au milieu de la forêt ; et puis, il faut le dire, les gens avaient, je ne dis pas tout à fait peur de Bonal, mais ils sentaient quelque répulsion pour lui, comme curé défroqué, quoique ce fût bien contre son gré, qu'il l'était, le pauvre homme.

Après une pénible après-midi, la nuit vint de bonne heure, comme en automne, et nous trouva là toujours tous trois. La lumière du cierge tremblotait sur le lit mortuaire, et nous éclairait,

1. Serviette.

nous autres assis auprès, laissant dans la vaste chambre des coins obscurs qui nous enveloppaient d'ombre. La Fantille égrenait son chapelet, et nous deux Jean, nous songions tristement, écoutant machinalement sur nos têtes un cussou, autrement un ver, qui faisait grincer sa tarière dans une poutre : gre, gre, gre... et échangeant parfois à voix basse quelques mots qui rompaient à peine le silence funèbre.

Sur les sept heures du soir, nous ouïmes les pas d'un cheval dans la cour, et j'y fus avec Jean : c'était le chevalier. Tandis que Jean menait la jument à l'étable, je le conduisis à la chambre mortuaire, et je lui pris son manteau.

— Pauvre ami! dit-il en approchant du lit.

Et se penchant il embrassa pieusement le front glacé du mort. S'étant relevé, il me demanda comment c'était arrivé, et après que je lui eus narré ce malheur, il s'assit sur la chaise que la Fantille lui avait avancée, et nous restâmes tous quatre muets et songeurs.

Il faisait mauvais temps ; le vent soufflait au dehors, passant sur les gros noyers avec un bruit de rivière débordée, et, filtrant sous les tuiles, gémissait en haut sous la porte du grenier, qui battait parfois, mal fermée. De temps en temps, une rafale faisait crépiter la pluie sur les vitres et s'engouffrait avec bruit dans la vaste cheminée. Nous nous regardions alors, disant : « Quel temps! »

Ainsi s'écoula cette longue nuit. Moi qui ne

l'avais pas de coutume, ne pouvant rester aussi longtemps assis, je me levais et j'allais dans la cour me remuer les jambes, et, tandis que le vent me fouettait la figure, je regardais passer, au ciel mantelé de gris, de gros nuages noirs qui s'enfonçaient dans la nuit.

Lorsque la pointe du jour parut à travers les vitres, faisant pâlir la flamme du cierge qui nous éclairait, le chevalier me demanda si j'avais fait le nécessaire pour l'enterrement. Je lui répondis que, hormis la déclaration au maire et la caisse qui était commandée, je n'avais rien voulu faire, attendant son avis. Et alors, je lui expliquai que Bonal nous avait dit souvent qu'il voulait être enterré au bout de l'allée, sous ce gros marronnier qui avait été planté le jour de la naissance de son père, et qu'il serait bien à propos de suivre ses désirs, d'autant plus que, si on le portait au cimetière, le curé, par haine, le ferait mettre dans le triste coin foisonnant d'orties et de ronces, réservé pour ceux qui se détruisaient.

Le chevalier pensa un instant, puis me dit :

— Qu'il soit fait selon la volonté de notre pauvre défunt. Je connais le maire, il n'est pas homme à s'inquiéter d'un petit accroc à la loi que peut-être même il ignore ; d'ailleurs, s'il y a ensuite quelque difficulté, je tâcherai d'arranger cela.

Ayant ouï ces paroles, je sortis, et prenant une pioche et une pelle, je m'en allai par l'allée. La pluie avait cessé ; le temps était frais, et, dans la petite combe au-dessous de La Granval, flottait au-dessus des prés pleins de flaques d'eau blanchâtre, une buée légère venant de la fontaine. Le ciel rougeoyait du côté du levant, et le souffle humide du matin faisait choir lourdement les feuilles mouillées et les *bogues* [1] vides. Arrivé au pied du gros marronnier, je commençai à creuser tristement la fosse en pensant que c'était le dernier service que je rendais au défunt à qui je devais tant.

Sur les dix heures, ayant achevé, je revins à la maison, et, au moment où j'ouvrais la barrière de la cour, je vis venir la demoiselle Hermine, sur sa bourrique touchée par Cariol. En entrant dans la chambre mortuaire, elle prit le rameau de buis, jeta de l'eau bénite sur le corps, et puis s'agenouilla tout contre le lit, la tête penchée, et pria longuement. Lorsqu'elle se releva, elle essuya ses yeux et, regardant le mort, elle dit :

— A cette heure, ses peines sont finies!

Sur le midi, la Fantille, qui avait mis une poule au pot, fit prendre un peu de bouillon à la demoiselle Hermine qui ne voulut rien de plus ; mais le chevalier mangea un peu de soupe et but un verre de vin.

Vers deux heures, le juge de paix vint avec son greffier poser les scellés. Il nous laissa prendre des draps dans la lingère pour ensevelir le défunt, et puis ferma tout, les cabinets, les

1. Enveloppe piquante de la châtaigne.

tiroirs et les placards. Ayant fait, il s'entretint un moment avec le chevalier en se promenant autour de la maison, et puis s'en retourna.

Le menuisier n'arrivant pas, je m'en fus au devant et, peu après, je l'aperçus au loin, marchant derrière son bardot qui portait la caisse en travers attachée, lui se tenant paresseusement au bacul. Arrivés à la maison, je posai la caisse dans la chambre et, étant entré dans la ruelle du lit, le chevalier étant de l'autre côté, nous passâmes un drap sous le corps en commençant par la tête, et puis tous quatre, avec Cariol et Jean, nous l'enlevâmes du lit pour le coucher dans le cercueil où la demoiselle Hermine avait placé un oreiller. Puis, ayant dit notre dernier adieu au pauvre ci-devant curé Bonal, le linceul fut rabattu sur lui ; après quoi, le menuisier ajusta le couvercle et se mit à le clouer. Ces coups de marteau dans cette chambre où jusqu'à ce moment on n'avait parlé qu'à voix basse, comme de crainte de réveiller le mort, avaient quelque chose de brutal qui faisait peine à ouïr.

Cependant le jour tirait à sa fin : après avoir mis la caisse sur deux chaises, nous passâmes des serviettes tordues par-dessous et nous sortîmes de la maison. Il n'y avait pas un étranger, personne, à la réserve de deux vieilles mendiantes des environs, à qui Bonal portait de temps en temps quelque tourte de pain ou un morceau de lard pour leur soupe.

Tandis que nous autres, portant le cercueil,

nous marchions dans l'allée d'un pas lourd et cadencé, ces deux vieilles, leur chapelet à la main, suivaient la demoiselle Hermine, et la Fantille qui portait l'eau bénite. Une bise aigre soufflait de l'est, faisant flotter le drap qui couvrait la caisse et soulevant nos cheveux. Des feuilles mortes, détachées des châtaigniers, tombaient sur le drap, comme une marque de deuil des choses inanimées. Des pies criardes volaient haut, luttant contre le vent pour gagner leur gîte de nuit. Au loin, on entendait la corne d'appel d'un berger et les meuglements d'un bœuf revenant de l'abreuvoir. Le soleil, prêt à descendre sous l'horizon, était caché par des nuages barrés de noir, et une sorte de vapeur grise tombait sur la terre aux approches de l'heure nocturne. Comme nous étions près du fond de l'allée, le vent nous apporta le son lointain des cloches de Saint-Geyrac qui sonnaient l'*Ave Maria*. Il semblait que la voix de la religion, s'élevant au-dessus des misères de cette terre, bénissait le pauvre prêtre victime des haines de ses confrères. Arrivés au bord de la fosse, le cercueil fut posé sur les déblais, et nous attendîmes.

Alors M. de Galibert, debout, prenant un livre des mains de sa sœur, récita le *De Profundis* et les prières pour les morts ; et tous, nous associant à son intention, nous adressions notre dernière pensée à l'homme honnête et bon qu'avait été Bonal. Les prières achevées, nous descendîmes le cercueil dans la fosse, et le chevalier, ayant dit un dernier adieu au mort, prit le buis et jeta quelques gouttes d'eau bénite dessus, puis une poignée de terre. Nous autres, après lui, nous en fîmes autant et, tandis que la terre tombait avec un bruit sourd sur la caisse, la demoiselle Hermine, à genoux priait avec ferveur.

Après qu'aidé de Cariol j'eus comblé la fosse, tout le monde rentra à la maison. Puis le chevalier et sa sœur s'en retournèrent à Fanlac précédés de Cariol qui portait un falot. Les deux vieilles, ayant reçu l'aumône accoutumée, regagnèrent leurs cabanes ; Jean s'en retourna chez lui, et nous restâmes seuls, la Fantille et moi.

Le lendemain matin, j'allai lever les glèbes pour gazonner la tombe de Bonal et, tandis que la Fantille faisait une croix avec du buis pour la poser dessus, je me remis au travail, car, quoique la mort soit entrée dans une maison, les survivants sont bien obligés de reprendre le train habituel.

Lorsque le juge de paix revint lever les scellés, il était accompagné d'un quidam, demi-paysan, moitié monsieur, qui, à ce que nous dit le greffier, était un cousin troisième de Bonal. Cet homme me regardait d'un mauvais œil, et sa femme aussi, parce qu'ils avaient ouï dire que leur cousin m'avait donné tout son avoir. Moi, je n'en savais du tout rien et même je n'y avais jamais pensé, mais le chevalier, qui connaissait les intentions du défunt, l'avait laissé entendre au juge, lors de la pose des scellés, et ces choses restent difficilement tout à fait secrètes.

La lingère ouverte, dans le tiroir du milieu, dont la clef fut trouvée entre les draps, le juge découvrit un papier qui était un testament et, l'ayant ouvert, il lut :

« Je donne et lègue à Jacques Ferral, dit Jacquou, tous mes biens meubles et immeubles sans exception, à la charge de garder, de nourrir et d'entretenir avec lui, comme sa propre mère, ma servante Fantille durant sa vie.

« Bonal,

« ancien curé de Fanlac. »

Le cousin fit une exclamation de dépit, et sa femme, qui déjà s'approchait de la lingère pour voir s'il n'y avait pas de l'argent, me jeta un regard furieux comme si elle allait me sauter à la figure.

— Malheureusement pour Jacquou, ajouta le juge, le testament n'est pas valable parce qu'il n'est pas daté.

Tu vois, mon garçon, fit-il en me montrant le papier. Nous allons continuer, ajouta-t-il, peut-être en trouverons-nous un autre.

Mais il ne trouva rien plus, au grand contentement du cousin et de sa femme qui, aussitôt la recherche terminée, refermèrent tous les cabinets, les armoires, et suivirent toute la maison pour se rendre compte de l'héritage. Ils montèrent au grenier voir s'il y avait beaucoup de blé, descendirent dans la cave, où il n'y avait qu'une barrique en perce, allèrent après à la grange estimer le bétail et tout, se gaudissant de la bonne aubaine qui leur arrivait, car Bonal n'avait pas d'autres parents.

— Pour ça, fit cependant la femme, je croyais que chez un ancien curé il y aurait plus de linge dans les armoires.

— Et moi, ajouta l'homme, je pensais qu'il y aurait plus de vin dans la cave, et du bouché.

Pendant ce temps, je dis à la Fantille :

— Ma pauvre, nous n'avons plus qu'à faire notre paquet.

Et aussitôt, ne voulant pas rester une heure de plus avec ces gens-là, tant leur cupidité me faisait horreur, je rassemblai mes hardes et autant en fit la Fantille. Mais, au moment de partir, la femme nous dit.

— Et qu'est-ce que vous emportez dans vos paquets ?

— Rien qui soit à vous, brave femme, n'ayez crainte.

Sortis de la maison, je demandai à la Fantille :

— Où pensez-vous aller à cette heure ?

— Et où veux-tu que j'aille, si ce n'est chez M. le chevalier ? Ils me garderont bien jusqu'à ce que j'aie trouvé une place, ajouta-t-elle tristement.

Pauvre Fantille! elle approchait de la soixantaine, et n'était plus bien leste, et il lui fallait aller se louer chez des étrangers, au moment où elle aurait eu besoin d'un peu de repos.

— Je vais donc vous accompagner, lui dis-je ; mais aupavant nous allons passer chez Jean, j'y poserai mon paquet.

Arrivés aux Maurezies, je contai à Jean l'histoire du testament, et alors il dit :

— Bonal était tellement honnête, qu'il croyait que c'était assez de faire connaître sa volonté. Il était bien savant en beaucoup de choses, mais il ne savait pas cette loi, le pauvre! Que veux-tu, il a eu la volonté de te bien faire, tu lui dois la même obligation.

— Ainsi fais-je, Jean je vous certifie que je me souviendrai toujours de lui avec la même reconnaissance que si sa volonté était faite.

— Maintenant, reprit Jean, je ne sais pas ce que tu prétends faire : mais, toujours, tu peux rester ici ; tu auras du pain et tu ne coucheras pas dehors.

— Merci, mon Jean, je veux bien, pour le moment ; mais, par avant, il me faut accompagner la Fantille jusqu'à Fanlac.

Et, posant mon petit paquet, je pris celui de la vieille femme, qui était assise sur le banc, les mains croisées sur les genoux, la tête penchée.

Alors, elle se leva et nous nous en allâmes vers Fanlac, moi ayant en bandoulière le vieux fusil de Bonal qu'il m'avait donné.

En cheminant, je pensais, à part moi, que le chevalier et la demoiselle voudraient peut-être me garder, par pure bonté, car leur bien n'était pas tel qu'ils eussent besoin d'un autre domestique dans la réserve que Cariol. Mais j'avais la fierté de ne vouloir leur être à charge, sachant que leur cœur était plus grand que leur bourse et me sentant, d'ailleurs, bien capable de gagner ma vie. Et je ne pouvais me faire à l'idée de m'éloigner de Lina, voulant être à portée de la secourir, si sa mère la rendait trop malheureuse. Aussi, lorsque après avoir marché bien longtemps nous fûmes à la Blaugie, je dis à la Fantille :

— Vous voici bientôt rendue ; je vais m'en retourner pour ne pas me mettre à la nuit.

— Et donc, tu ne viens pas jusqu'à Fanlac conter ce qui s'est passé à M. le chevalier ?

— Ma pauvre Fantille, vous le lui conterez bien ; moi, je n'irai pas aujourd'hui : voyez, le soleil baisse déjà... Allons, adieu! Dans quelques jours je viendrai.

Et, la quittant, je m'en revins aux Maurezies.

La maison de La Granval était une grande belle maison bourgeoise comparée à celle de Jean qui n'avait qu'une chambre seulement, éclairée par un petit fenestrou. Pour tout plancher, c'était la terre battue, avec des creux par places, et des bosses là où les sabots laissaient la boue du dehors. Dans un coin, un mauvais lit ; au milieu, une vieille table et un banc ; contre le mur décrépi, un méchant coffre piqué des vers ; sous la table, une oule aux châtaignes et une marmite ; dans l'évier, une seille de bois, et c'était tout. La cheminée basse et large fumait à tous les vents, car les poutres et les planches du grenier étaient d'un noir luisant : il me semblait être revenu à Combenègre.

Quand j'arrivai, il était tard déjà. A la clarté de la flamme, je vis Jean assis dans le coin de l'âtre, attisant le feu sous la marmite pendue à la crémaillère.

— J'ai fait un peu de soupe, me dit-il, elle doit être cuite ; fais-lui prendre le goût, moi je vais tailler le pain.

Et, se levant, il ouvrit la grande tirette de la table et en sortit le chanteau ; puis se mit à tailler le pain dans une soupière de terre brune recousue en plusieurs endroits.

— Tu vois, — me dit-il, en me montrant le chanteau creusé au milieu et qui avait deux cornes comme la lune nouvelle, — j'ai mauvaises dents, je ne peux manger que la mie; toi, tu mangeras les croustets.

J'avais grand faim, n'ayant guère mangé depuis deux jours, tant la mort de mon pauvre Bonal m'avait troublé. Mais, lorsqu'on est jeune, on a beau avoir de la peine, bientôt l'estomac réclame. J'avalai donc deux pleines assiettes de soupe, pointues; mais pas moyen de faire ce chabrol qui nous sauve, nous autres paysans : Jean n'avait point de vin, ni même de piquette.

Après avoir achevé ma soupe, je coupai un gros morceau de pain, et je fis une bonne frotte, en ménageant le sel qui était cher en ce temps-là. Ayant fini, je bus un coup d'eau au godet et il fut question d'aller se coucher. Le lit de Jean était mauvais, car il n'avait qu'une paillasse bourrée de panouille de maïs et puis de feuilles de bouleau pour les douleurs, et par-dessus une couette; mais il était très large, presque carré, comme ces lits anciens où l'on couchait quelquefois quatre, et je dormis là comme un loir en hiver.

Le lendemain, je m'en fus rôder autour de Puypautier pour tâcher de voir Lina, épiant de loin le moment où elle mènerait ses bêtes aux champs. Lorsque je la vis sortir de la cour, chassant ses brebis et sa chèvre devant elle et tournant vers la grande combe, au-dessous du village, j'allai me cacher dans un bois avoisinant, le long duquel il y avait un talus plein de buissons, de prunelliers et de vignes sauvages, où elle vint se mettre à l'abri du vent. De ma cache, je la voyais filer sa quenouille, levant les yeux de temps en temps, pour s'assurer que ses bêtes ne s'écartaient pas. Quelquefois elle lâchait de filer, laissant pendre la main qui tenait le fuseau, et paraissait songer tristement. A ses pieds, son chien était assis, surveillant le troupeau, et, à quelques pas d'elle, sa chèvre, dressée contre un gros tas de pierres ou cheyrou, couvert de ronces, broutait activement en agitant sa barbiche brune. Le lieu était désert : c'était de mauvaises friches, avec des touffes de cette plante dure appelée poil de chien; des vignes perdues où quelques pousses de figuier sortaient de terre sur de vieilles racines; et, tout autour, des taillis de chênes aux feuilles mortes couleur de tan. Sur la teinte grise des terres, où pointait une herbe fine et sèche parmi les lavandes, et sous ce ciel d'automne assombri où passaient des nuages chassés par le vent, la personne de ma chère Lina se montrait joliette en ses simples habillements. Elle avait un cotillon court, de droguet, qui faisait de gros plis roides; une brassière d'indienne à fleurs qui marquait sa taille fine et sa jeune poitrine; un devantal de cotonnade rouge, et, sur la tête, un mouchoir à carreaux bleus, trop petit, semblait-il, pour retenir ses cheveux châtain clair, qui débordaient sur le cou et sur le front, agités par le vent.

Je restai là, un moment, à la regarder, sans bouger, puis j'attirai son attention par de petits sifflements qui firent accourir de mon côté son chien jappant. M'étant montré, je lui fis signe de venir à un endroit où l'on ne pouvait nous voir, et, lorsqu'elle y fut, ayant apaisé son chien, je l'embrassai longuement, la serrant contre moi, comme si j'avais craint de la perdre. Elle penchait sa tête sur ma poitrine, dolente, et semblait ainsi se mettre sous ma protection.

Hélas! ce n'était pas la mort de Bonal qui me

plantait en bonne posture pour la protéger. Elle écouta le récit de tout ce qui était arrivé, puis soupira fort :

— La sainte Vierge le sait bien! je t'aime autant pauvre que riche! Pourtant, je regrette qu'il en soit ainsi advenu : si le testament du défunt curé avait été bon, peut-être ça aurait aidé à notre mariage qui n'est pas en bon chemin, tant s'en faut!

Et alors elle me raconta toutes les misères que lui faisait sa mère, et, chose qui lui était plus dure encore, les honnêtetés de Guilhem, qui prenait sa défense contre cette vieille coquine. Tout ça, sans parler de la honte qu'elle avait de ce qui se passait sous ses yeux, car ces misérables ne se cachaient guère, la Mathive encore moins que son goujat.

— Ecoute, lui dis-je, si ça arrive à un point que tu ne puisses plus supporter tes chagrins, et si nous ne pouvons pas nous rencontrer, fais-le-moi savoir par la Bertrille : j'irai tous les dimanches à Bars à cette fin. D'une manière ou d'autre, nous tâcherons d'y remédier; Jean est un homme de bon conseil, et puis j'irai trouver M. le chevalier et le juge; il doit y avoir des lois pour empêcher des choses comme ça : prends donc courage, ma Linette!

Et nous restâmes un moment en silence, étroitement embrassés, tellement que je sentais le cher petit cœur de ma bonne amie palpiter dans sa poitrine, comme un jeune oiseau surpris dans le nid. Enfin, après nous être dit et répété vingt fois que nous nous aimerions jusqu'à la mort, quoi qu'il pût arriver, j'embrassai une dernière fois ses beaux yeux humides, et je m'en fus à travers les bois pour n'être pas vu.

Les choses allèrent ainsi quelque temps : Lina toujours ennuyée, prenant patience pourtant, moi toujours tracassé de la savoir malheureuse. Malgré ça, je cherchais à gagner ma vie pour ne pas être à charge à ce pauvre Jean, mais ce n'était guère le moment de trouver du travail. Voyant ça, comme Jean avait quelques quartonnées de terre autour des Maurezies, restées en friche parce qu'il était trop vieux pour les travailler, je m'y embesognai, et, n'ayant pas de bétail, je les labourai à bras, et je les ensemençai, quoiqu'il fût un peu tard. Puis l'hiver vint, le mauvais temps, et le travail cessa tout à fait. Alors je m'ingéniai à trouver les moyens d'apporter quelques sous à la maison. Ayant rencontré, un jour, à une foire de Rouffignac, un homme qui avait entrepris une fourniture de bois de bourdaine, que nous appelons *pudi,* dont le charbon sert à faire la poudre, je me mis à en couper pour son compte. Mais le jean-fesse ne me le payait pas cher, et il me fallait bien me galérer dans les fourrés et faire bien des petits fagots pour avoir un écu de cent sous. Aussi ma principale ressource fut la chasse.

Par les temps de neige, le soir tard, ma lanterne sous ma blouse, ma palette sous le bras, j'allais chasser les oiseaux à l'allumade, comme faisait mon défunt père. Dans le jour, je tuais quelques perdrix en les attirant avec un appeau; ou bien, par un beau clair de lune, j'allais au guet du lièvre sur les postes de la forêt. Je passais quelquefois des heures entières à une cafourche sans rien voir, assis au bord d'un fossé, mon fusil abrité, triboulant sous la mauvaise limousine de Jean, toute percée et déchirée. D'autres fois, j'étais plus heureux, et dans le sentier, je voyais venir un bouquin le nez à terre, cherchant la trace d'une hase, et alors mon coup de fusil, assourdi par les brumes de la nuit, lui faisait faire la cabriole. Par tous ces moyens, j'apportais à la maison de temps en temps quelques pièces de vingt ou trente sous, ou bien quelque chose qui nous faisait besoin. Les loups ne manquaient pas dans la forêt, mais la nuit on ne les voyait guère, car ils sortaient de leur fort et s'en allaient rôder autour des villages pour attraper quelque chien oublié dehors, ou forcer une étable de brebis mal close; pourtant c'eût été une bonne affaire d'en tuer un, à cause de la prime.

Un matin d'hiver, rentrant du guet à la pointe du jour, avec un lièvre que je venais de tuer encore chaud dans mon havresac, je pensais au moyen d'attraper les quinze francs du gouvernement, lorsque je m'en vais voir les pas d'un gros loup, dont les pieds de devant étaient fortement empreints dans la terre humide. « En voilà un, me dis-je, qui était chargé! » Et en effet, ayant suivi les traces de la bête, je vis à des endroits la marque des pattes d'un animal qui avaient raclé le sentier. Quoique le loup emporte facilement une brebis à sa gueule en la rejetant sur son épaule, allant au galop avec ça, il se peut faire que quelquefois la proie glisse et traîne à terre.

Dans la journée, je revins chercher les traces de la bête, et je découvris sa rentrée dans un grand fourré de ronces, de buissons et d'ajoncs, où le diable n'aurait pas pu pénétrer. Ayant bien remarqué le passage du loup à diverses fois, je connus qu'il avait des habitudes, et, à partir de la cafourche ou carrefour de l'Homme-Mort, revenait à son liteau par le même chemin. Cette cafourche était mal réputée dans le pays, comme hantée par le diable, et chacun avait son histoire à raconter là-dessus. Son nom lui venait de ce que, autrefois, on y avait trouvé un homme mort, qui, examiné avec soin par le maître chirurgien de Thenon, n'avait aucune marque de blessure. De cette circonstance, les gens avaient conclu que c'était quelque individu venu là pour faire un pacte avec le Diable, et qui était mort de peur en le voyant arriver tout noir, ayant — cela va sans dire — des cornes au front, des pieds de bouc et des yeux luisants comme braise. D'ailleurs, l'endroit était bien propre à faire inventer de pareilles histoires, car c'était un fonceau perdu dans la forêt au milieu d'épais halliers, traversés par des sentes de charbonniers plus ou moins fréquentées selon les temps et qui se croisaient juste dans ce creux.

Contre l'ordinaire des gens du pays, je n'étais point superstitieux, et je me moquais du Diable et de l'Aversier. Il m'est arrivé de ramasser à cette cafourche un double liard, déposé là par quelque fiévreux, sans avoir peur d'attraper les fièvres, comme le croyait le pauvre imbécile qui l'y avait apporté. Et lorsqu'en partant pour la chasse je rencontrais, cherchant son pain, la vieille Guillemette, des Granges, qui passait pour avoir le mauvais œil, ça ne me faisait pas rentrer à la maison, comme d'aucuns. J'avais beau voir aussi des oiseaux de mauvais présage, comme buses, pies, graules ou corbeaux, à droite ou à gauche, ça m'était égal. Le défunt curé Bonal m'avait débarrassé de bonne heure de toutes ces bêtises, de ces croyances au loup-garou, à la chasse volante, au lutin, aux revenants, qui au fond de nos campagnes se transmettent, dans les veillées, des grand'mères aux petits-fils, et font frissonner les jeunes droles et les filles tapis au coin du feu.

Ce qui m'occupait, c'était d'avoir le loup. Pour y arriver, je fis un affût au bord du fourré tout proche la cafourche, et, sur les minuit, j'allai attendre la rentrée de la bête dans son fort. Mais j'avais eu la bêtise de prendre le chemin qu'il suivait d'habitude, de manière que, m'ayant éventé, à une demi-portée de fusil il coupa dans le taillis et je ne le vis pas.

« Sale bête, — pensais-je en m'en retournant le matin, — tu m'as enseigné : je ferai comme toi. »

Et en effet, quelques jours après, faisant un long détour j'entrai sous bois et j'arrivai à mon affût par le couvert. Je restai là, bien quatre heures, immobile, écoutant les bruits lointains. C'était le coup de fusil de quelque pauvre diable au guet comme moi; le galop d'une harde de sangliers à travers les fourrés; le hurlement d'une louve en folie appelant le mâle; les abois des chiens de garde humant dans le vent les émanations des bêtes fauves; le « clou! clou! » d'une chouette enjuchée près de là; le bruit presque imperceptible, transmis par la terre, d'une charrette cahotant lourdement sur un chemin perdu, au cours d'un de ces charrois nocturnes aimés des paysans; ou bien encore de ces rumeurs inexpliquées qui passent dans la nuit. Autour de moi parfois, des bruits vagues : le battement d'ailes d'un oiseau surpris par un chat sauvage, la coulée d'un blaireau dans le taillis, ou le fouissement souterrain de quelque bestiole inconnue.

Malgré ma patience, je commençais à désespérer, quand tout à coup je vois venir dans le sentier un gros animal dont les yeux luisaient comme des chandelles. Le loup marchait doucement comme une bête bien repue, qui avait fait grassement sa nuit. A mesure qu'il approchait, je le voyais mieux : c'était un vieux loup vraiment superbe, avec son poil rude et épais, ses épaules robustes et son énorme tête aux oreilles dressées, au nez pointu. Je le tenais au bout de mon canon de fusil, le doigt sur le déclic et, lorsqu'il fut à dix pas, je lui lâchai le coup en plein poitrail. Il fit un saut, jeta un hurlement rauque, comme un sanglot étouffé par le sang, et retomba raide mort. Ayant lié les quatre pattes ensemble, je chargeai ce gibier sur mon épaule, et je m'en revins à la maison où j'arrivai tout en sueur, quoiqu'il ne fît pas chaud. Quand je posai l'animal à terre, Jean s'écria :

— C'est un joli coup de fusil!

Comme il me tardait de lui rapporter l'argent, le matin même, un voisin m'ayant prêté son âne, j'attachai le loup sur le bât et je m'en allai à Périgueux. Je refis le chemin que j'avais tenu avec ma mère autrefois; mais, comme je marchais mieux qu'alors, j'y fus rendu vers les cinq heures. Mais il me fallut attendre au lendemain pour présenter mon loup, et je logeai dans une petite auberge près du Pont-Vieux. Je ne fus pas plus tôt arrêté que les voisins s'assemblèrent pour voir la bête, tant les gens de ville sont badauds. Ils me faisaient des questions, demandaient où et comment je l'avais tué et discouraient entre eux sur la nature et les habitudes des loups. Il se trouvait des malins pour assurer que les loups avaient les côtes en long; ceux qui avaient la sottise de le croire étaient tout étonnés, en tâtant celui-ci à travers le poil épais, de trouver que ses côtes étaient comme celles de toute autre bête, et alors les autres fortes têtes s'écriaient :

— Pourtant, c'est sûr et certain, j'ai toujours ouï dire que les loups avaient les côtes en long! Peut-être que celui-ci n'est qu'un gros chien!

Moi, ça me faisait lever les épaules de voir des gens de ville aussi imbéciles; mais je ne leur dis rien : à quoi bon?

Le lendemain, je portai mon loup à la Préfecture, suivi par tous les droles de la Rue-Neuve où je passai. Le portier me fit entrer dans la cour et alla chercher un monsieur. Au lieu d'un, ils vinrent plusieurs, et, comme les voisins de l'auberge, me firent force questions sur l'endroit où j'avais tué la bête, et comment je m'y étais pris; si je n'avais pas peur d'aller ainsi au guet la nuit, et autres choses de ce genre. Le loup était étendu par terre, au milieu d'un cercle d'employés, jeunes et vieux, échappés de leurs bureaux, d'aucuns avec la plume derrière l'oreille, d'autres avec des manches de doublure par-dessus celles de leur lévite, et un qui devait être un chef, empaletoqué comme un oignon, de quatre ou cinq vêtements l'un par-dessus l'autre. L'âne, les oreilles baissées, restait là, patiemment, et moi, je faisais comme lui, quoiqu'il me tardât de m'en retourner. Enfin, lorsqu'ils eurent assez jasé, un des messieurs m'emmena, et, après m'avoir fait attendre un bon quart d'heure et m'avoir ensuite promené dans d'autres bureaux, me donna un papier en me disant d'aller chez le payeur toucher la prime.

Quand je fus chez le payeur, le caissier me dit en patois :

— Vous ne savez point signer, n'est-ce pas?

— Si bien, lui dis-je, je signe.

Il me regarda tout étonné, me passa une plume, et, lorsque j'eus signé, me donna quinze francs.

A la porte, je repris l'âne, et je m'en fus chez M. Fongrave lui porter un lièvre que j'avais dans mon havresac. Mais, à son ancienne maison de la rue de la Sagesse, on me dit qu'il ne demeurait plus là depuis longtemps. Je repartis, traînant toujours mon âne, et, après avoir bien cherché, je finis par découvrir la demeure de l'avocat de mon défunt père. Comme il ne s'y trouva pas, je laissai le lièvre à la servante, en lui recommandant de dire à son bourgeois que c'était le fils du défunt Martin Ferral qui le lui avait remis.

Cela fait, j'allai acheter, pour ma Lina, une bague en argent, qui me coûta bien trois francs dix sous; puis, revenu à l'auberge, tandis que l'âne mangeait quelques feuilles de chou, moi, après la soupe, ayant bu un bon coup, je repartis avec lui pour les Maurezies, où j'arrivai assez tard vers les onze heures du soir.

Le dimanche d'après, je donnai à la Bertrille

la bague que j'avais portée, pour la remettre à la Lina, ce qu'elle fit d'abord, et je m'en retournai plus content, comme si cette bague avait eu le don d'arranger les affaires : tant il faut peu de chose pour changer nos désirs en espérances.

7

Le temps s'écoulait cependant, l'hiver tirait à sa fin, et dans les bois commençaient à sortir les violettes de la Chandeleur, que d'autres appellent des perce-neige. Avec le beau temps, je pus gagner quelques sous en allant à la journée d'un côté et d'autre, pour faire les semailles d'avoine ou d'orge, fouir les vignes et autres travaux de la saison. N'entendant plus parler du comte de Nansac, je me relâchais un peu de mes précautions, en me rendant au travail ou en en revenant.

Je ne comptais pas qu'il m'eût oublié, et encore moins pardonné, mais, comme il y avait déjà longtemps de notre rencontre, je me disais que s'il avait voulu me donner, ou me faire donner quelque mauvais coup par surprise, il en aurait facilement trouvé l'occasion : d'où je concluais qu'il ne voulait pas se venger ainsi. Pourtant Jean me disait toujours lorsque nous en parlions :

— Méfie-toi de cet homme, il est capable de tout. Il fait peut-être le semblant de t'avoir oublié; en ce cas, c'est pour te mieux attraper. Si tu n'as pas reçu encore un coup de fusil en courant la forêt la nuit, c'est qu'il te garde quelque chose de mieux. Il est fin et adroit, le mâtin; et la preuve, c'est qu'il a tiré ses culottes de ces affaires d'enlèvement des fonds de la taille, dans la Forêt Barade, où d'autres ont laissé leur tête.

J'avais entendu parler en gros, au défunt curé Bonal et au chevalier, de ces affaires de la Forêt Barade et d'autres du même genre. C'étaient des nobles et des gros bourgeois du pays qui avaient entrepris de faire la guerre à la République, à la manière des chouans, et qui n'avaient trouvé rien de mieux que de lui couper les vivres en volant les fonds qu'on envoyait des sous-préfectures à Périgueux.

Il y a eu des attaques en plusieurs endroits du département, mais, rien que dans la Forêt Barade, il y en eut trois.

Le comte de Nansac était mêlé à toutes ces affaires, et même il était un des chefs de la bande qui travaillait dans la forêt. En 1799, une troupe de vingt-cinq à trente hommes bien armés, et masqués de peaux de lièvres, attaqua le convoi de la recette de Sarlat, escorté par trois gendarmes, pas loin de la baraque du garde du Lac-Gendre, et enleva une quinzaine de mille francs.

Le chevalier de Galibert racontait à ce propos qu'un de ces brigands, de sa connaissance, avait essayé de l'embaucher, mais qu'il avait refusé, disant que voler le gouvernement ou un particulier, c'était toujours voler.

Deux ans après cette attaque, un convoi qui portait plus de sept mille francs fut enlevé dans les mêmes conditions. On voit que, sans parler des autres vols des fonds de Nontron et de Bergerac, ces gens-là ne faisaient pas de mauvaises affaires. Ils risquaient leur tête, c'est vrai, mais à cette époque la police était si mal faite qu'on ne sut jamais les prendre.

Sous l'Empire, ce fut autre chose.

L'attaque la plus fameuse, où il y eut des blessés et un mort, ce fut en 1811, à un endroit appelé depuis : « Aux trois frères », parce qu'il y avait là trois beaux châtaigniers *bessons* [1] poussés sur la même souche. Cette fois-ci, le convoi portait quarante et quelques mille francs, contenus dans quatre caisses solides, sur deux chevaux de bât. Les brigands n'étaient pas nombreux, cinq ou six seulement, en sorte que l'affaire eût été bonne si elle avait réussi. Malheu-

1. Jumeaux.

reusement pour eux, elle tourna mal finalement, car après avoir capturé le convoi et lié à des arbres le convoyeur et l'escorte, les voleurs ne purent emporter qu'une caisse, et encore pas bien loin. L'alarme ayant été donnée par un homme qui s'était échappé, les gardes nationaux de Rouffignac et de Saint-Cernin, assemblés au son du tocsin, se mirent à leur poursuite et en prirent quatre, après une fusillade où un garde national fut tué roide, et deux autres très grièvement blessés.

Un des brigands, voyant que ça tournait mal, se sauva et passa à l'étranger, d'où il ne revint qu'après la chute de Napoléon.

Quant aux quatre voleurs pris, ils payèrent pour tous, et, un mois et demi après, furent guillotinés sur la place de la Clautre, à Périgueux.

— Je mettrais ma main au feu que le comte de Nansac était de cette bande, disait Jean. Mais, toujours rusé, lorsque de l'endroit où il était embusqué il vit venir le convoi fort de sept ou huit personnes, il comprit que ça n'irait pas tout seul et se tira en arrière avant l'attaque, de manière que personne ne put dire l'avoir vu avec les autres. Pour l'affaire de 1801, il y était, et même il la commandait. D'un fourré où j'étais couché je l'ai reconnu entre tous, lorsque après le coup ils suivaient un sentier allant à la Peyre-Male, où sans doute ils partagèrent l'argent volé.

— Tout de même, Jean, disais-je, on se plaint

du temps d'aujourd'hui; mais, avec ça, il n'y a plus de bandes volant ainsi à main armée.

— C'est vrai. Ces quatre têtes coupées refroidirent un peu les autres. Mais si on ne vole plus autant en bande, il y en a toujours qui travaillent seuls, ou à deux, sur les grands chemins de par-là. Et puis, il y a diablement plus de larrons et de volereaux : je ne sais pas si on y a beaucoup gagné... Toi, toujours, continua-t-il, je te le redis, prends bien garde au comte. Il tuerait n'importe qui sans ciller tant seulement; pense un peu à ce qu'il est capable de te faire!

Moi, des fois, songeant à tout cela, je me confirmais dans cette idée, que le comte de Nansac n'était pas pour se laisser arrêter par un crime, pourvu qu'il pût le commettre impunément. « Peut-être, me disais-je, a-t-il besoin de quelqu'un de confiance pour l'aider, et attend-il son fils. Enfin, il faut se méfier, et ne pas le mettre à nonchaloir. »

La manière de faire du comte montrait bien au reste ce qu'il était. Il n'y avait personne aux alentours de l'Herm qui n'eût à se plaindre de lui et de son monde. C'était un amusement pour ce méchant de passer à cheval dans les blés *épiés* [1], avec ses gens ; d'entrer dans les vignes avec ses chiens qui mangeaient les raisins mûrs; de faire étrangler par sa meute un chien de ber-

1. Montés en épi.

gère, ou une brebis, lorsqu'il avait fait buisson creux. Il fallait se ranger vitement sur son passage et saluer bien bas, sans quoi on était exposé à recevoir quelque bon coup de fouet. S'il rencontrait un paysan dans sa forêt, il le faisait houspiller par ses gens. Un jour même, il envoya un coup de fusil par les jambes d'un homme de Prisse, qu'il soupçonnait de braconner sur sa terre. Le piqueur et les gardes, tous se réglaient à sa montre, et en usaient de même, comme aussi ses invités, souvent nombreux à l'Herm, où l'on menait joyeuse vie. Ses filles même s'en mêlaient et ne se gênaient guère pour cravacher, en passant au galop, un pauvre diable trop lent à se garer. L'aînée n'étant pas revenue, il restait encore quatre filles, grandes bringues, belles et hardies, ayant toujours autour de leurs cotillons des jeunes nobles du pays qui les galantissaient et se divertissaient avec elles. Le jour c'étaient des cavalcades, des visites dans les châteaux des environs, des chasses où cette jeunesse s'égaillait dans les bois, à sa convenance. Le soir, la retraite sonnée, on festoyait largement dans la haute salle, où des arbres flambaient sur les grands landiers de fer.

Les jours de pluie, il y avait bien quelque répit pour les villages un peu éloignés, la jeunesse restant au château à danser, chanter et jouer à cache-cache dans les chambres et les galetas où il y avait de petits réduits propres à se musser à deux. Mais, des fois, las de s'amuser ainsi, ils allaient chez quelqu'un de leurs métayers, ou chez un voisin du village, qui n'osait pas refuser, et ils se faisaient faire les crêpes. Les demoiselles de Nansac riaient aux éclats si quelqu'un des jeunes messieurs qui les escortaient tracassait les filles. Et, comme ça allait loin quelquefois, si une drole se défendait, si les parents se fâchaient, ces fous malfaisants disaient que c'était beaucoup d'honneur pour elles. En tout, au reste, ils ne se faisaient pas faute d'imiter le comte et d'être comme lui insolents et brutaux avec la « paysantaille », comme il disait. Ce petit-fils d'un porteur d'eau méprisait tellement les pauvres gens de par-là, que s'il se trouvait surpris par quelque orage, étant à la chasse, il entrait avec son monde dans les maisons, tous menant leurs chevaux qu'ils attachaient au pied des lits. S'il lui déplaisait de voir passer dans un chemin public où l'on avait passé de tout temps, il le faisait sien sans gêne au moyen d'un fossé à chaque bout. Il s'était emparé ainsi des anciens pâtis communaux du village de l'Herm, et personne n'osait rien dire, parce qu'il n'y avait pas de justice à son égard. Ainsi, dans ce pays perdu, grâce à la faiblesse et à la complicité des gens en place, qui redoutaient son crédit et sa méchanceté, le comte renouvelait, autant que faire se pouvait, la tyrannie cruelle des seigneurs d'autrefois. Aussi, dans tout le pays, c'était, contre lui surtout, et puis contre les siens, une haine sourde qui allait toujours croissant et s'envenimant; haine contenue par la crainte de ces méchantes gens et l'impossibilité d'obtenir justice par la voie légale. Ceux des villages de l'Herm et de Prisse étaient les plus montés contre le comte et les siens, comme étant les plus exposés à leurs vexations et à leurs insolences.

On dira peut-être : « Comment se fait-il que le comte et sa famille, qui étaient si dévots, fussent si méchants? »

Ah! voilà... C'est que ces gens-là étaient, comme tant d'autres, des catholiques à gros grains, pour qui la religion est une affaire de mode, ou d'habitude, ou d'intérêt, et qui, ayant satisfait aux pratiques extérieures de dévotion, ne se gênent pas pour lâcher la bride à leurs passions et s'abandonner à tous leurs vices.

Le comte était orgueilleux, injuste, méchant, capable de tout, et ses filles étaient folles, insolentes et libertines. Ni les uns ni les autres n'avaient jamais fait de bien à personne autour d'eux, mais, au contraire, beaucoup de mal. Avec ça, ayant un chapelain à leur service, ne manquant jamais la messe, et communiant tous aux bonnes fêtes.

Cela ne leur était pas particulier, d'ailleurs. Depuis la chute de l'Empire, et la rentrée en France de celui qu'on appelait : « notre père de Gand », la religion était devenue pour la noblesse une affaire de parti. Les gentilshommes, philosophes avant la Révolution, affectaient maintenant des sentiments religieux pour mieux se séparer du peuple devenu jacobin et indévot, tout comme autrefois ils étaient incrédules pour se distinguer du populaire encore englué dans la superstition. Il y en avait pourtant qui avaient persisté dans leur irréligion, comme le vieux marquis, lequel, au lit de mort avait nettement refusé les bons offices de dom Enjalbert; mais ils étaient rares. Par contre, il y avait parmi les nobles des catholiques sincères, comme la défunte comtesse de Nansac; mais ceux-là aussi étaient rares.

Aujourd'hui on voit les gros bourgeois, emparticulés et autres, marcher avec les nobles et les singer. Mais les uns et les autres sont moins zélés que jadis, et font moins bien les choses. Il en est beaucoup, de tous ceux-là qui se jactent d'être bons catholiques, dont toute la religion consiste à demander avec affectation de la merluche le vendredi dans les hôtelleries, lorsqu'ils sont hors de chez eux, et qui seraient diablement embarrassés de montrer le curé qui leur fourbit la conscience.

Mais, au temps dont je parle, je ne pensais pas à tout cela. Toutes ces histoires de Jean me travaillaient bien un peu par moments, outre ce que je savais du comte de Nansac, mais qu'y faire? ouvrir l'œil : c'est bien ce que je faisais, mais on a beau se méfier, celui qui guette a l'avantage. Quelquefois, — la nuit, — je rencontrais dans la forêt des gens seuls, ou en petite troupe de deux ou trois, s'en allant à grands pas, leurs bonnets enfoncés sur les yeux, une grosse trique à la main, se jetant bien vite dans les fourrés lorsqu'ils oyaient quelqu'un. Des fois, ils portaient des sacs bondés; d'autres fois, ils avaient leur havresac gonflé sous la blouse, comme des gens qui vont au marché. Ceux-là, je les connaissais bien : c'étaient des hommes de rapine qui gîtaient dans de vieilles masures isolées sur la lisière de la forêt ou dans des cabanes de charbonniers abandonnées en plein bois. Tous ces individus-là, on pouvait les saluer à la mode de Saint-Amand-de-Coly : « Bonsoir, braves gens, si vous l'êtes! » De temps en temps, on entendait parler de quelque vol fait dans une maison écartée, ou de voyageurs, revenant des foires des environs, détroussés sur les grands chemins. Je ne m'étonnais pas de ça, sachant bien que, selon le dicton, la Forêt Barade n'avait jamais été sans loups ni sans voleurs; mais, après que je fus aux Maurezies, chez Jean, je me donnai garde que j'étais épié. Une nuit, allant au guet du lièvre, je vis de loin au clair de lune deux hommes qui entrèrent dans un taillis en m'oyant venir.

« Le plus grand, me dis-je, c'est le comte de Nansac; pour l'autre, si son fils est revenu de Paris, ça doit être lui. »

Et cette rencontre me rendit encore plus méfiant. Je ne marchais pas, la nuit, sans avoir mon fusil armé sous le bras, prêt à tirer, regardant à droite et à gauche sous bois et évitant les passages trop fourrés, du moins tant que je le pouvais. Mais on a beau se garder, ceux qui choisissent leur moment sont les plus forts et, lorsqu'on a affaire à des scélérats décidés à tout, il finit toujours par arriver quelque malheur.

Il y avait dans la forêt, au-dessus de La Franval, un tuquet, autrement dit une butte, où se croisaient trois sentiers. Au milieu était un grand vieux chêne que cinq hommes à peine pouvaient embrasser, et que l'on appelait : *lou Jarry de las Fadas* ou le Chêne des Fées. Cet arbre comptait peut-être des milliers d'années; c'était sans doute un de ceux que révéraient nos pères les Gaulois, et sur lesquels les druides venaient couper le gui avec une serpe d'or. Au dire des gens, cet endroit était hanté par les esprits. Quelquefois Néhalénia, la dame aux souliers argentés, descendait des nuages en robe blanche flottante, accompagnée de ses deux dogues noirs, et, glissant mystérieusement sur la cime des arbres dont les feuilles frémissaient, elle venait se reposer au pied du chêne géant. D'autres fois, à la clarté des étoiles, les stries, espèces de monstres à forme de femme, avec de grandes ailes de *ratepenades*, advolant des quatre coins de l'horizon, venaient s'enjucher dans son immense branchage et, au milieu de la nuit obscure, épiaient les braconniers accroupis au pied. Malheur alors à celui qui était mal voulu de quelque femme! Tandis qu'il était là, presque invisible, confondu avec le tronc rugueux, et que les feuilles du chêne bruissaient pour l'endormir, ces méchantes bêtes, saisissant le moment, plongeaient sur lui, déchiraient sa poitrine comme des oiseaux de proie, lui dévoraient le cœur, et puis le laissaient aller, vivant désormais d'une vie factice.

Comme je l'ai déjà dit, ces contes de vieilles ne m'effrayaient pas, et j'allais souvent à ce poste, parce qu'il était bon pour tout gibier. Loups, sangliers, renards, blaireaux, lièvres, y montaient passer, du diable au loin; et puis, à cause de la mauvaise réputation du lieu, personne ne venait au guet, en sorte que la place était toujours libre.

Une nuit, j'étais là, assis sur une racine qui sortait de terre, pareille à l'échine de quelque monstrueux serpent, et, adossé à l'arbre, le bassinet de mon fusil à l'abri sous ma veste, je songeais. Il faisait un brouillard humide que la lune, à son premier quartier, ne pouvait percer entièrement. Elle éclairait, pourtant quelque peu la terre, à travers le rideau de brume, assez pour de bons yeux comme les miens en ce temps-là. Autour de moi, les feuilles de l'arbre laissaient tomber des gouttes de rosée, semblables à des pleurs. Nul bruit ne montait de la forêt ensevelie dans l'ombre. Au loin seulement, du côté de la Roussie, un chien hurlait lamentablement à la mort. J'étais triste, cette nuit-là, pensant à ma chère Lina si malheureuse chez elle, par le fait de sa coquine de mère et de ce mauvais Guilhem. Depuis que je lui avais parlé, à ce chenapan, il ne lui disait pourtant rien, mais selon sa manière d'être avec la Mathive, elle en recevait le contre-coup, et, comme d'ordinaire il rudoyait fort la vieille, la pauvre petite n'était pas heureuse. Je l'avais vue le dimanche d'avant, elle avait pleuré en me contant toutes les misères et les peines qu'elle avait à supporter, et ce souvenir me faisait passer dans la tête des folies, comme d'assommer ce misérable ou de nous enfuir au loin tous les deux, Lina et moi ; mais la crainte d'empirer sa position me retenait.

Regardant l'avenir je le trouvais rempli de cruelles incertitudes et de désolantes obscurités : et puis, reportant ma pensée en arrière et songeant à la fatalité qui semblait poursuivre notre pauvre famille, je me remémorai mes malheurs, la mort de mon père aux galères, et celle de ma mère dont, à cette heure encore, mon cœur saignait. Et remontant plus haut, je pensai à mon grand-père, jeté dans un cachot pour rébellion envers le seigneur de Reignac et incendie du château, délivré, au moment où il attendait la mort, par le coup de tonnerre de la Révolution. Et toujours me remémorant le passé, je me souvins de cet ancêtre qui nous avait transmis le sobriquet de *Croquant, branche*[1] dans la forêt

1. Pendu.

de Drouilhe, par les gentihommes du Périgord noir qui poursuivaient sans pitié les pauvres gens révoltés par l'excès de la misère. Alors, plein de rancœur, reliant, par la pensée, les malheurs des miens avec ceux des paysans des temps anciens, depuis les Bagaudes jusqu'aux Tard-advisés, dont nous avait parlé Bonal, j'entrevis, à travers les âges, la triste condition du peuple de France, toujours méprisé, toujours foulé, tyrannisé et trop souvent massacré par ses impitoyables maîtres. Comparant mon sort avec celui des ancêtres, pauvres pied-terreux, misérables casses-mottes, soulevés par la faim et le désespoir, je le trouvais quasi semblable. Etait-il possible, plus de trente ans après la Révolution de subir d'odieuses vexations comme celles de ce comte de Nansac qui renouvelait les méfaits des plus mauvais hobereaux d'autrefois! Ma haine contre ce prétendu noble me flambait dans le cœur, et je me disais que celui qui en débarrasserait le pays ferait une bonne action. L'esprit de révolte, qui avait causé la mort de l'ancien Ferral le Croquant, qui avait mené mon grand-père jusqu'au pied de la potence et fait mourir mon père aux galères, longtemps apaisé par les exhortations du défunt curé Bonal et les bontés de la sainte demoiselle Hermine, bouillonnait dans mes veines. J'en méprisais les conseils de la prudence, de cette prudence avisée du barde dégénéré qui fit ce refrain conservé par tradition dans la partie du Périgord qui confine au Quercy :

> Prends garde, fier Pétrocorieu.
> Réfléchis avant de prendre les armes,
> Car si tu es battu,
> César te fera couper les mains !

Ah! si je n'avais pas eu Lina derrière moi, comme j'aurais risqué non seulement mes mains, mais ma tête, pour me venger du comte!

Tandis que ces idées se pressaient en désordre dans mon cerveau, j'entendis sur ma droite le petit jappement espacé d'un renard menant un lièvre. J'armai mon fusil et j'attendis. Au bout d'un quart d'heure, je vis le lièvre qui venait sans se presser trop. Arrivé à la cafourche, il se planta à quatre pas de moi, et se dressant, les oreilles pointées, écouta un instant la voix du renard qui le chassait. Voyant qu'il avait le temps, il enfila un sentier, le suivit une cinquantaine de pas, puis se lança sous bois d'un bond, revint à la cafourche, prit un autre sentier, et après avoir répété sa manœuvre une troisième fois, et bien enchevêtré ses voies, il se forlongea en repassant sur le sentier par lequel il était arrivé, puis, en deux sauts énormes, se jeta dans les taillis et disparut.

J'avais pris plaisir à le voir faire : « Va, pauvre animal, pensais-je, sauve-toi pour cette fois, mais gare à la bête puante qui te suit! »

Je vis bientôt arriver le renard, le nez à terre, la queue traînante, tellement collé à la voie du lièvre qu'il en oubiait sa méfiance ordinaire. A vingt pas, je lui fis faire la cabriole, et, l'ayant ramassé, je le mis dans mon havresac et m'en allai.

Il était sur les deux heures du matin ; le brouillard s'était épaissi, la lune se couchait, de manière qu'il faisait très brun. Il fallait connaître comme moi les passages et les sentiers pour se diriger dans cette humide obscurité. Je marchais, mon fusil sous le bras, jetant un coup d'œil à droite et à gauche pour me garder, plutôt par l'habitude que j'en avais, que par une crainte de danger prochain, car on n'y voyait point à deux pas. Tout en cheminant, je songeais encore à Lina et j'étais travaillé de tristes pensées, comme il est bien naturel d'après ce que je savais de chez elle. Je me dépêchais, car il commençait à bruiner, suivant un sentier qui coupait un fourré où il me fallait passer pour retourner aux Maurezies, lorsque, arrivé vers le milieu, je m'entrave les pieds dans une corde tendue à travers le sentier ; et comme je marchais vite, je tombe tout à plat et mon fusil avec moi. Je n'étais pas à terre, que des gens se jettent sur moi, me bâillonnent au moyen d'un mouchoir, m'entortillent la tête dans un sac, me lient les mains derrière le dos, puis les jambes, me prennent mon couteau, m'attachent en travers sur un cheval et me voici enlevé.

De doute, je n'en avais aucun. Quoique je n'eusse pas ouï un mot, j'avais la certitude que c'était un coup du comte de Nansac, et je me demandais ce qu'il allait faire de moi : allait-il me jeter dans l'abîme du Gour ? Un moment, je le crus, mais, à la direction que nous prîmes bientôt, je vis que non. Ayant marché une heure à peu près, je connus au pas résonnant du cheval que nous passions sur un pont : « C'est le pont des fossés du château », me dis-je en moi-même. Un instant après le cheval s'arrêta, et je fus porté, ou plutôt traîné par des escaliers de pierre, puis rudement jeté à terre. Ensuite on me passa une corde sous les bras, et bientôt je sentis qu'on me descendait dans le vide en filant la corde. Après une descente que j'estimai à huit ou dix mètres, je touchai le sol, où je restai étendu sur le ventre. En même temps la corde, tirée par un bout, remonta en haut ; j'entendis un bruit comme celui d'une dalle retombant sur la pierre, et ce fut tout.

« Me voici enterré dans les oubliettes de Herm ! » ce fut alors ma première pensée. Puis je songeai à me tirer de la position incommode où j'étais. Mais les gredins m'avaient ficelé de telle sorte que ça n'était pas chose facile. Je tâchai d'abord de me retouner sur l'échine, et, après plusieurs sauts de carpe, j'y parvins. Cela fait, j'essayai de me mettre sur mes jambes, mais je ne pus y réussir, et plusieurs fois je chutai lourdement à terre. Meurtri et las, je restai assez longtemps immobile, puis, me roulant péniblement plusieurs fois, je finis par me trouver le long d'un mur, auquel, tournant le le dos, je frottai les cordes qui me liaient les mains. Mais, outre que la manœuvre n'était pas aisée, les cordes étaient solides, de manière que, après avoir longuement frotté, je m'arrêtai épuisé de fatigue. L'air que je respirais avec peine à travers la grosse toile du sac était lourd, épais ; une odeur fade de souterrain humide me venait aux narines ; mais aucun bruit léger ou sourd, même lointain, n'arrivait jusqu'à moi ; j'étais dans un tombeau.

On pense que je faisais là de tristes réflexions. J'étais condamné à mourir lentement de faim dans le fond de cette basse-fosse ; je connaissais trop le comte de Nansac pour en douter un instant. Pourtant je ne perdis pas courage, et, après m'être reposé, je recommençai à user la corde à la muraille non sans m'écorcher aussi les mains. Et elle tenait toujours, cette corde ; heureusement, en tâtonnant, je trouvai une pierre plus rugueuse que les autres, en sorte qu'après avoir raclé à plusieurs reprises, pendant une dizaine d'heures, je pense, je sentis mes liens se relâcher, et bientôt mes mains furent libres. Le premier usage que j'en fis, ce fut de me débarrasser du sac qui m'enveloppait la tête, et du mouchoir qui me couvrait la bouche, après quoi je me déliai les jambes et je me mis en pieds.

J'étais toujours dans la plus profonde nuit, dans un noir de poix. En marchant à petits pas, aux persécutions de sa gueuse de mère et aux entreprises de cette canaille de Guilhem. Cette idée me crevait le cœur et me faisait souffrir plus que la faim ; mais bientôt j'en fus distrait par ma propre situation. J'attendais là, quoi ? une mort lente, affreuse, dont la pensée me donnait le frisson. D'espérance, je n'en avais guère : je disais bien que, ne me voyant pas revenir, Jean serait allé chez le maire, aurait envoyé prévenir le chevalier, et j'étais sûr que celui-ci se remuerait pour me retrouver. Je supposais bien que leur première idée serait que le comte de Nansac m'avait fait disparaître ; mais ils pouvaient croire qu'il m'avait fait jeter dans la Gour, une pierre au cou comme un chien, comme tant de cadavres de malheureux assassinés par des brigands et dont les squelettes maintenant gisent dans ses profondeurs insondables. Pour lui, pour sa sûreté, c'était bien le mieux; oui, mais si le comte tenait à se défaire de moi, il tenait encore plus à me faire souffrir une mort très lente et angoisseuse. Comment donc Jean et le chevalier auraient-ils imaginé que j'étais emmuré au plus profond d'une tour de l'Herm, dans une oubliette qu'ils ne connaissaient sans doute pas? C'était difficile; et, d'autre part, j'étais bien certain que le comte avait pris toutes ses précautions pour qu'en cas de recherches au château on ne pût me retrouver.

Cette terrible pensée d'être enterré vivant me poignait tellement que, les tortures de la faim les mains sur la muraille, je m'aperçus bientôt que le souterrain était de bonne forme circulaire ; mais tout de suite une idée me vint qui m'arrêta net : s'il y avait un puits dans le sol de l'oubliette ?

Je pensai un peu à ça, et puis je repris ma marche, lentement, prudemment, allongeant le pied en avant pour m'assurer qu'il n'y avait pas de vide. Étant revenu à mon point de départ, ce que je connus en trouvant sous mes pieds les bouts de corde, je compris que j'étais dans le plus bas d'une des tours de l'Herm. Après avoir tourné en rasant la muraille, je me hasardai à traverser ma prison en marchant à quatre pattes, tâtonnant avec mes mains étendues toujours, de crainte de choir dans quelque puits. Enfin, m'étant traîné dans tous les sens, je fus rassuré à cet égard, et je restai avec l'horrible certitude que j'étais destiné à pourrir au fond de ce cul de basse-fosse. Pourrir est bien le mot, car l'humidité suintait des murailles, ce qui me prouva que j'étais au-dessous du niveau des fossés du château.

Il y avait longtemps que je n'avais mangé, au moins vingt-quatre heures à en juger par des tiraillements d'estomac qui me fatiguaient beaucoup : dans la nuit profonde où j'étais, je n'avais que ce moyen de mesurer le temps. Accablé, je m'assis à terre, adossé à la muraille, et je songeai à tous ceux que j'affectionnais, et surtout à ma chère Lina que j'abandonnais sans défense aidant, je ne dormais pas. Devant mes yeux enflammés par l'insomnie, des visions étranges flamboyaient. Il me semblait voir des palais de feu, des paysages lumineux, passer dans l'obscurité et se succéder lentement. Pour échapper à ce supplice, j'essayais de fermer mes yeux, mais toujours devant mes paupières abaissées, brûlantes, passaient des mirages douloureux, où montaient lourdement des vapeurs phosphorescentes ou rougeâtres comme des reflets d'un énorme incendie. J'étais fatigué d'être assis, et cependant je n'osais me coucher, car mon imagination enfiévrée par la privation de sommeil et de nourriture me faisait redouter de m'endormir pour toujours. Et alors, malgré ma faiblesse, je rampai à tâtons sur le sol humide, j'essayai de le creuser avec mes mains, je m'épuisai à agrandir des trous que je trouvai, semblables à des trous de taupe, et enfin je m'arrêtai à bout de forces, haletant, étendu sur la terre. Longtemps après, je recommençai à explorer mon tombeau, cherchant machinalement une issue, contre tout espoir. Tandis que je me traînais ainsi à quatre pattes, je m'en vais poser les mains sur quelque chose qui me parut d'abord être un petit tas de menus morceaux de bois mort; mais tout à coup, ayant palpé plus attentivement, l'horrible vérité m'apparut : c'étaient les débris d'un squelette qui, pourris par le temps, s'écrasaient sous mes mains.

A ce moment, je sentis la désespérance m'envahir et je me laissai aller à terre accablé, près de ces restes humains enfouis dans ce lieu depuis de longues années. Mais tandis que j'étais là gisant, voici qu'en haut des pas lourds résonnent sur la voûte. Je me relève et j'écoute : un bourdonnement à peine sensible, comme celui de gens qui parlent au loin, arrivait jusqu'au fond de la basse-fosse, coupé par des pas sourds et lents.

Ce sont les gendarmes qui font une perquisition, pensai-je, et, l'espoir me revenant, je me mis à crier. Mais en même temps la rumeur cessa, les pas s'assourdirent dans l'éloignement, et je retombai dans le silence de mort qui m'enveloppait depuis ma descente au fond de ce tombeau. Ecrasé par le désespoir, je m'affaissai sur le sol; les horreurs du lieu disparurent de ma pensée torturée, la tête me tourna et je m'évanouis.

Une douleur aiguë à la joue me réveilla, et, y portant la main, je sentis quelque chose qui lâcha prise et s'enfuit, tandis que, le long de mon corps, j'avais la sensation de semblables choses qui s'enfuyaient aussi, effarouchées par mes mouvements.

Et alors j'eus l'explication des trous que j'avais trouvés dans le sol de l'oubliette : c'étaient des anciens terriers de rats. Ces animaux qui foisonnaient, énormes, dans les vieilles murailles des douves, avaient creusé des souterrains au-dessous des fondations de la tour, et, avec ce terrible flair qui perce les murs les plus épais, sentant une proie, accouraient affamés. L'épouvantable certitude d'être dévoré à demi vivant par ces dégoûtantes bêtes acheva de m'affoler. J'essayai de me casser la tête contre les murs, mais j'étais incapable de me tenir debout, et plus encore, de prendre l'élan nécessaire. Alors je pensai aux cordes qui m'avaient lié, et, les cherchant à tâtons dans ces ténèbres horribles, je parvins péniblement à les retrouver après de longues heures. N'ayant rien où accrocher le bout de corde, je fis un nœud dans lequel je passai le cou et je tâchai de m'étrangler. Mais le jeûne prolongé m'avait tellement affaibli que mes bras retombèrent impuissants, et je restai là inerte, immobile.

Depuis que j'avais cessé tout mouvement, les rats, me voyant épuisé, étaient revenus nombreux, prêts à se jeter sur moi. Je les entendais trottiner dans la nuit, et ils s'enhardissaient jusqu'à ronger le cuir de mes souliers. L'idée me vint à ce moment d'en attraper un, pour apaiser la faim qui me torturait. Ah! avec quelle ardente concupiscence je songeais à déchirer de mes dents une de ces bêtes immondes et à la dévorer crue et vivante!

J'attendis, et bientôt je les sentis grimper sur moi, cherchant le visage et les mains. En vain j'essayai plusieurs fois de les saisir, mes mains n'avaient plus l'agilité nécessaire et je ne pus y réussir.

Et alors, tenaillé par la faim qui me tordait les entrailles, la tête perdue, je portai mes mains à ma bouche et, machinalement, j'essayai de les ronger, mais je n'en avais plus la force, et je restai longtemps sans mouvement, comme anéanti. Maintenant les rats couraient sur moi sans que je pusse les chasser; leurs morsures mêmes me laissaient presque insensible, et je devenais leur proie sans avoir la force de me défendre. Il me semblait que j'étais là depuis huit jours; mes oreilles bourdonnaient, ma tête ne pouvait plus produire une idée, ma volonté se détendait, s'anéantissait, je sentais la vie me fuir, et je finis par tomber dans un évanouissement précurseur de la mort.

Quand je revins à moi, j'étais dans un lit; on me desserrait les dents tout doucement, et on me faisait avaler un peu de bouillon mêlé avec du vin, dans une cuiller. Mes yeux, par l'effet de la désaccoutumance, ne pouvaient soutenir l'éclat du jour, et je les refermai aussitôt. Les mains et la figure me cuisaient fort par endroits, là où les rats m'avaient mordu, mais je ne rapportais cette douleur à aucune cause. Il me semblait que ma cervelle s'était fondue et que ma tête était vide comme une calebasse. Incapable de former une idée, je restais là étendu, n'ayant que la respiration, et encore bien petite. Puis, peu à peu, avec le temps, et à force de soins, je commençai à ressusciter et je reconnus Jean auprès du lit.

— Et Lina? lui dis-je faiblement.

— Eh bien, tu la verras quand tu seras sur pied.

Tranquillisé un peu, je me rendormis.

Quelques jours après, le chevalier vint, et, me voyant mieux, il fit :

— A cette heure, tu es sauvé... pour cette fois! il s'en va sans dire, comme le bréviaire de messire Jean.

Je souris légèrement et le remerciai de toutes leurs bontés, car je savais que lui et sa sœur avaient envoyé des poules pour faire la soupe, des choines, du vin vieux et du sucre.

— Bah! dit-il, ce n'est rien que tout cela, mon pauvre Jacques.

— Faites excuse, monsieur le chevalier, dit Jean : sans ce bon vin, je crois qu'il s'en serait allé dans le pays des taupes.

— Ah! ah! tant mieux, tant mieux que mon remède ait opéré, mais autrement qu'importe?

Crotte de chien ou marc d'argent.
Seront tout un au jour du jugement !

Cette fois-ci, je ris un brin plus fort, et le chevalier s'en fut tout content, non pas sans que je l'eusse bien prié de remercier fort pour moi la bonne demoiselle Hermine.

Un mois après, j'étais sur pied, faible encore, ne marchant qu'à petits pas avec un bâton; puis, peu à peu, mes forces revinrent. Tandis que j'étais encore au lit, pensant toujours à Lina et m'ennuyant fort de ne pas la voir, je parlais souvent d'elle à Jean qui avait toujours quelque parole pour me calmer et me faire prendre patience. Dans les premiers jours que je fus en état de comprendre quelque chose, je lui demandai par quelle chance j'étais là, dans son lit, et alors il m'expliqua qu'on m'avait trouvé un matin dans la forêt, sur le grand chemin, gisant comme mort, la figure et les mains pleines de sang. Tout ce que je lui dis de l'endroit où j'étais, l'accertaina que c'était le comte de Nansac qui m'avait enlevé. Je sus alors que les pas entendus du fond de la basse-fosse étaient bien ceux des gendarmes, qui, sur la plainte du chevalier, faisaient une perquisition dans le château avec le maire. Le comte les avait promenés partout, des caves aux galetas, et les avait conduits à la prison; mais, comme la dalle qui fermait l'oubliette était recouverte d'une épaisse couche de poussière terreuse, ainsi que tout le pavé, ils ne s'étaient pas doutés, ni les uns ni les autres, qu'il y avait un souterrain au-dessous. D'ailleurs, le maire était à la dévotion du comte, et les gendarmes déjeunaient des fois au château étant en tournée; puis ce brigand, qu'ils savaient puissant, leur imposait, de sorte qu'ils firent leur affaire un peu pour la forme. Il faut dire aussi, pour leur décharge, que sans doute ils ne croyaient pas le comte capable d'un coup pareil.

Mais le chevalier, prévenu par Jean, qui l'avait appris de quelques anciens, de l'existence d'une oubliette à l'Herm, était revenu un soir à Montignac, et avait mis en branle le juge de paix et les gendarmes pour faire de nouvelles recherches, principalement au-dessous de la prison. Les gendarmes, qui se sentaient quelque peu en faute, étaient assez ennuyés, d'autant plus que cette affaire mettait en rumeur tout Montignac où les gens ne sont pas bien capons. Celui qui était le plus exaspéré, c'était ce vieux Cassius, dont nous avait parlé le chevalier. Il allait par la ville, disant qu'il faudrait refaire la Révolution, puisque la leçon n'avait pas été suffisante pour quelques-uns qui voulaient recommencer les tyranneaux de jadis.

Devant tout ce bruit et le parler ferme du chevalier, il fut arrêté qu'une nouvelle perquisition serait faite le lendemain matin. Mais, dans la nuit, un exprès fut envoyé au comte : par qui? on ne l'a jamais su; toujours est-il que, le matin, on me trouva sur le grand chemin, comme j'ai dit, ce qui coupa court à toute nouvelle recherche. Au surplus, la justice tenait si peu à éclaircir cette affaire que je ne fus pas même interrogé.

Pour moi, dès que la force et la volonté me furent revenues, je renouvelai en moi-même le premier serment que j'avais fait de me venger du comte de Nansac, et, dès lors, j'y songeai toujours. Mais, auparavant, quelque chose me tourmentait plus que la vengeance, c'était l'envie de revoir ma Lina. Il me tardait de pouvoir marcher assez : aussi, dès que je le pus, malgré que Jean essayât de me faire repousser la chose au dimanche d'après, je fus à Bars, et j'attendis la sortie de la messe comme d'habitude. La Bertrille sortit d'abord, seule, et me voyant, vint vers moi.

— La Lina est là? lui dis-je, sans autre compliment.

Elle me regarda d'un air si tristement étonné, que quelque chose me mordit au cœur. Et, juste à ce moment, la Mathive sortit de l'église habillée de deuil.

Je répétai ma question, dans une transe affreuse.

La Bertrille me tira à l'écart :

— Alors, tu ne sais rien?

— Mais quoi? tu me fais mourir!

— Hélas! mon Jacquou, tu ne verras plus la pauvre Lina!... elle est morte!

— Ho! Dieu! fis-je, écrasé par cette nouvelle.

Lors la Bertrille m'emmena plus loin, sur un chemin écarté, et me raconta ce qui était arrivé.

Pour garder son Guilhem, qui parlait toujours de s'en aller, parce qu'il voyait bien que lorsque la Lina serait maîtresse de ses droits, ce serait fini de rire, la Mathive, surmontant sa jalousie, voulait absolument le faire marier avec sa fille. La pauvre petite résistait, bien entendu, de manière que c'était continuellement des trains dans la maison et des tapages qui faisaient mettre les voisins sur les portes. Ça en était venu à ce point que la Mathive s'était adonnée à battre sa fille quasi tous les jours, pour la forcer à consentir; d'où il advint qu'un soir qu'elle l'avait tabustée, souffletée, tirée par les cheveux et battue tellement qu'elle en portait les marques à la figure, la pauvre drole, épouvantée, s'était sauvée des mains de sa misérable mère, qui était capable de la tuer quelque moment. Venue en hâte aux Maurezies pour me dire qu'elle n'y pouvait plus tenir, et me consulter sur ce qu'il y avait à faire, elle trouva une voisine de nous à qui elle demanda où j'étais.

— Ah! pauvre fille! qui sait où il est! voici trois jours et trois nuits qu'âme vivante ne l'a vu : il était au guet du lièvre, la nuit; sans doute on l'aura assassiné et jeté dans le Gour.

Là-dessus, désespérée, la tête perdue, la pauvre Lina s'encourut, remontant au-dessus de La Granval, et, le lendemain, tandis qu'on me relevait sur le chemin, on trouvait ses petits sabots au bord du Gour...

Ayant ouï, je m'enfuis fou de douleur vers la forêt, et, comme une bête blessée à mort, je me jetai dans un fourré où je pleurai jusqu'au soir, sanglotant, mordant l'herbe, et parfois hurlant de désespoir comme un loup enragé. Puis, la nuit tombée, je revins aux Maurezies et je me couchai sans souper.

De ce jour, je commençai à courir les villages le soir, dans les alentours de l'Herm, là où l'on avait le plus éprouvé la malfaisance du comte de

Nansac, comme Prisse, Les Bessèdes, Le Mayne, La Lande, Martillat, Le Laquens, La Bourdarie, Monplaisir et autres. Partout je rappelais les tyranniques vexations de ce gredin, ses méchancetés, la férocité froide avec laquelle il abusait de sa force; son insolence, celle de son fils et de leurs hôtes à l'égard des femmes : à chacun je ravivais le souvenir de ce qu'il avait eu particulièrement à souffrir de cet odieux seigneur de contrebande. Je tâchais de relever ces pauvres gens courbés sous cette tyrannie humiliante, de leur faire sentir qu'ils étaient des hommes pourtant, et qu'ils seraient débarrassés de ce brigand, le jour où ils auraient le courage de lui résister et de prendre leurs fourches.

Tous étaient bien de mon avis, mais voilà, il y en avait d'apoltronis, qui cherchaient à reculer le moment d'agir, et ceux-là, tout en étant d'accord avec moi, soulevaient des difficultés, disant que le comte était bien puissant, qu'il avait toujours fait ce qu'il avait voulu, et que s'attaquer à lui c'était cracher contre le soleil et risquer les galères :

— Tu sais bien, mon pauvre Jacquou, qu'il en a coûté cher à ton père pour s'être rebellé contre ce méchant homme!

— Ecoutez, leur disais-je alors, on ne condamnera pas aux galères tous ceux de nos villages; le chef paiera pour tous : eh bien! je prends toute la coulpe sur moi! D'ailleurs, mes amis, les époques ne sont plus les mêmes; nous ne sommes plus en 1815, nous sommes en 1830, et d'après ce que j'ai ouï dire à M. le chevalier de Galibert, de Fanlac, — le roi des braves gens, celui-là! — la révolution n'est pas loin, par le fait de ceux qui voudraient nous ramener au temps d'autrefois, comme le comte de Nansac.

Dans des affaires de ce genre, on est souvent obligé de faire attention à qui l'on parle, pour ne pas avoir de traîtres avec soi; mais ici, point de danger, le comte n'avait que des ennemis dans le pays, ses métayers plus que les autres, peut-être, comme plus exposés à ses méchancetés : aussi ne restaient-ils jamais plus d'une année chez lui.

Pendant trois mois, je suivis comme ça tout le pays pour voir les gens. Enfin, à force de les prêcher, de les encourager, je finis par les tirer tous à ma cordelle. Lorsque je les vis bien décidés, je leur assignai un rendez-vous pour une nuit marquée, dans une friche au nord des Maurezies.

Dès les onze heures, j'étais là avec Jean et un de nos voisins. Je comptais qu'il viendrait une quarantaine d'hommes ou cinquante, mais je fus bien étonné lorsque je vis arriver avec les hommes des femmes en assez bon nombre.

L'endroit était un petit plateau entouré de bois et loin de tout chemin. Dans le sol pierreux, sablonneux, poussaient quelques touffes de thlaspi, des immortelles sauvages, et çà et là quelques genévriers d'un vert grisâtre. En un endroit, sur la sombre bordure des taillis, un bouleau au tronc argenté, semé là par le vent, semblait un revenant dans son linceul. Au milieu était un amas de pierres géantes appelé : Peyre-Male, ou encore la Cabane du Loup, débris d'un autel druidique abattu, selon le défunt Bonal, au temps de Tibère, qui faisait détruire les monuments de notre antique culte national et mettre à mort ses prêtres. C'est là que la vieille Huguette, la sorcière du Cros-de-Mortier, faisait ses sacrifices de nuit. Ceux qui requéraient ses divinations se rendaient à cet endroit, portant, selon le cas, un coq ou une poule que la vieille saignait après un tas de simagrées. Ensuite, ayant aspergé les pierres du sang de la bête, elle lui ouvrait le ventre d'un coup de couteau et farfouillait dedans au clair de lune, afin de tirer, au vu du cœur et du foie, des pronostics sur l'affaire pour laquelle on la consultait.

La sorcière est morte maintenant et les sacrifices de poulaille ont cessé, mais il y a encore des vieux qui en ont été témoins.

A mesure que les gens sortaient du bois, ils venaient se grouper autour de la Peyre-Male, et attendaient appuyés sur leurs lourds bâtons. Lorsque je vis que tout le monde était arrivé, je me levai, et, m'adressant aux femmes je leur demandai ce qu'elles venaient faire là.

— Et penses-tu, dit une ancienne de Prisse, que nous n'ayons rien à venger?

— Nous crois-tu plus couardes que les hommes? ajouta une autre.

— A la bonne heure, donc, puisqu'il en est ainsi!

Et alors, monté sur une de ces grosses pierres, je refis amplement mes premiers prêches des villages, et je montrai très clairement la triste situation où nous étions. Tandis que je parlais, récapitulant longuement les griefs de tout le pays contre le comte de Nansac, mes paroles ravivaient les blessures de tous ces pauvres gens, et je voyais dans l'ombre reluire leurs yeux. C'était une chose curieuse que ces paysans assemblés la nuit dans cet endroit sauvage. Ils étaient vêtus misérablement, tous, de vestes en droguet, blanchies par l'usure, de vieilles blouses décolorées, salies par le travail, de culottes de grosse toile ou d'étoffe burelle, pétassées de morceaux disparates. Quelques vieux, comme Jean, avaient de mauvaises limousines effilochées par le bas, et d'autres pauvres diables de loqueteux étaient à demi couverts de haillons n'ayant plus ni forme ni couleur. La plupart étaient coiffés de bonnets de coton, bleus, blancs, avec un petit floquet, sales, troués souvent, qui laissaient échapper d'épaisses mèches de cheveux. D'autres avaient de grands chapeaux périgordins ronds, aux bords flasques, déformés par le temps et roussis par le soleil et les pluies. Point de souliers, tous pieds nus dans leurs sabots garnis de paille ou de foin. Les femmes abritaient leurs brassières d'indienne et leurs cotillons de droguet sous de mauvaises capuces de bure, ou se couvraient les épaules d'un de ces fichus grossiers qu'on appelait en patois des *coullets*.

C'était bien là, la représentation du pauvre paysan périgordin d'autrefois, tenu soigneusement dans l'ignorance, mal nourri, mal vêtu, toujours suant, toujours ahanant, comptant pour rien, et méprisé par la gent riche.

Quand j'eus fini mon oraison, je demandai :

— Maintenant, parlez. Votre sort est entre vos mains, il ne faut que vouloir. Etes-vous bien décidés à vous venger du brigand de Nansac? à jeter bas sa malfaisante puissance? à vous débarrasser pour toujours de cette famille de loups?

— Oui! oui! dirent-ils tous d'une voix sourde.

— C'est très bien!

Et alors, les faisant tourner tous vers le château de l'Herm, je les fis jurer à l'antique manière de nos ancêtres, comme ma mère m'avait fait jurer jadis. Tous comme moi crachèrent dans leur main droite et, après y avoir tracé une croix avec le premier doigt de la main gauche la tendirent ouverte en disant à demi-voix après moi :

— A bas les Nansac!

— C'est bien, mes amis; et, maintenant, que chacun se tienne prêt. Une de ces nuits, quand le moment sera bon, lorsque vous entendrez trois coups de corne secs et espacés, suivis d'un autre coup prolongé, arrivez tous vitement ici : la vengeance sera proche et notre délivrance sera sous notre main!

Là-dessus, la foule se dispersa dans les bois et chacun s'en revint dans son village.

Un jeune drole de Prisse, adroit et hardi, guettait le château et me tenait au courant de ce qui s'y passait. Un soir, comme nous finissions de souper, Jean et moi, je le vis arriver :

— Tous les messieurs qui étaient au château sont partis; le fils du comte s'en est retourné à Paris, à ce qu'il paraît. Il n'y a plus maintenant que le comte, les demoiselles, le chapelain, les gardes et les domestiques.

— Ah! fis-je en me levant, le jour est donc venu! Voici, garçon : tu vas courir à La Lande et au Mayne, et tu diras à François de chez le Bourru et au grand Michelou de répéter mon coup de corne lorsqu'ils l'ouïront. Ensuite de ça, tu iras te cacher aux abords du château, et quand, ayant fait le tour des fossés, tu verras que toutes les lumières sont éteintes, tu viendras me retrouver à la Peyre-Male : tiens, bois un coup et va.

Et, lui ayant donné un plein verre de vin qui nous restait de celui que le chevalier avait envoyé, le drole l'avala d'un trait, passa sa main sur ses babines et repartit courant.

Sur les neuf heures, je pris le fusil de Jean, le mien ayant disparu lors de mon affaire, et je m'en fus tout droit au plateau de Peyre-Male.

C'était vers la fin du mois de mai. Il avait plu dans la journée; de gros nuages noirs glissaient lentement dans le ciel, cachant les étoiles, et la lune était couchée, de sorte qu'il faisait très brun. Je marchais doucement, calculant en moi-même comment il fallait s'y prendre pour réussir.

Mon dessein était d'attaquer le château, et après l'avoir pris, d'y mettre le feu, afin de purger le pays de cette famille de brigands. J'espérais bien, dans l'assaut, trouver le comte et le tuer à son corps défendant, car tout le mal qu'il avait fait, rien qu'à moi, méritait la mort; et combien d'autres avaient été ses victimes! Celui-là, je me le réservais; il me semblait que, de par la haine envenimée que je lui portais, il m'appartenait. Aussi comptais-je faire l'impossible pour l'avoir en face de moi, pour l'abattre à mes pieds dans le feu de la colère, dans la chaleur de la bataille; et ma raison dernière de le désirer tant, c'est qu'en me sondant la volonté, je sentais que si on le faisait prisonnier, je ne pourrais jamais, de sang-froid, le tuer, ni le laisser tuer, impuissant et désarmé. Et cela même, quoique ma haine protestât, me remplissait de fierté, parce que je me trouvais supérieur au misérable qui avait voulu me faire mourir à petit feu, comme on dit, après m'avoir pris en un lâche guet-apens.

Et, réfléchissant à ça, je me disais que si le comte se tirait vivant de là, son affaire n'en serait guère moins empirée. C'est que depuis quelque temps il courait sur lui des bruits de ruine; on disait qu'il avait mangé toute sa fortune, ce qui était bien croyable, avec la vie qu'il menait. La chose se savait, parce que depuis deux ou trois mois il venait des huissiers au château, qui n'étaient pas trop bien reçus, à telles enseignes que l'un d'eux, ayant parlé de verbaliser, fut obligé de sauter dans les fossés, et de se sauver ayant de l'eau et de la vase jusqu'aux aisselles. Cela étant, sa ruine serait achevée par l'incendie du château, car les compagnies d'assurances, toutes nouvelles alors, étaient encore inconnues dans nos pays; et ce serait peut-être pour cet homme orgueilleux, pour ce tyran féroce, une punition plus *griève* [1] que la mort, d'être ainsi réduit à la pauvreté et à l'impuissance.

Une autre chose m'occupait. J'étais sûr que ça n'irait pas tout seul, et que le comte et ses gens ne se laisseraient pas déloger sans résistance, et je cherchais les moyens d'y arriver sans trop exposer mon monde. Tout de suite je compris que pour cela il fallait brusquer l'attaque du château endormi et la mener vivement. Je pensai longtemps à la manière dont il fallait s'y prendre, et, après avoir tout bien pesé et examiné, mon plan étant arrêté dans ma tête, j'attendis.

1. Grave.

Le temps était doux; la terre mouillée et attiédie fermentait. Un petit vent passant légèrement sur la friche faisait frissonner les herbes grêles et m'apportait la senteur des bois humides, des bourgeons ouverts, et l'odeur charriée de loin des buissons blancs fleuris le long des chemins. Sous l'amoncellement des énormes pierres sur lesquelles j'étais assis, un rat dans son trou grignotait quelque châtaigne de sa provision hivernale. Parfois un oiseau de nuit traversait le plateau de son vol lourd et silencieux en jetant un appel mélancolique à sa femelle. Dans cette nuit embaumée, on percevait comme la germination du renouveau de la terre fécondée, incitant tous les êtres à aimer. Et lors, mes pensées se tournèrent vers la défunte Lina : mes regrets amers se mêlaient, avec des mouvements de colère contre ses bourreaux, au cher souvenir de ma pauvre bonne amie et je rêvai longtemps la tête dans mes mains.

Un pas rapide à l'orée de la friche me fit dresser en pieds; c'était le drole de Prisse.

— Tout le château est endormi, me dit-il.

— Ça va bien, fils.

Et, embouchant ma corne, j'envoyai successivement du côté de La Lande et puis du Mayne trois coups brefs, suivis d'un quatrième qui s'en alla en mourant, comme le mugissement d'un bœuf tombant sous la masse du boucher.

Aussitôt, deux cornes me répondirent, jetant dans la nuit le sinistre appel. Bientôt les plus proches arrivèrent, et trois quarts d'heure après, tous les gens des villages étaient là, une *nonantaine* environ en comptant les femmes qui portaient des bâtons, des sarcloirs, des aiguillons. Les hommes, eux, étaient armés de fusils, de fourches-fer, de *gibes*, de haches, et le forgeron de Meyrignac avait porté le plus gros marteau de sa boutique.

Les voyant tous là, je les rassemblai en cercle, et, me mettant au milieu, je leur expliquai d'abord que, pour réussir sans trop s'exposer, il fallait faire promptement. La première porte, celle de la cour, ne fermant qu'au verrou, serait ouverte doucement par un homme qui traverserait dans l'eau et grimperait au mur des fossés en s'accrochant aux petits arbres qui avaient poussé entre les pierres. Mais la porte d'entrée du château était faite d'épais madriers de chêne, armée de gros clous de défense, solidement close avec une forte serrure, et barrée en dedans de deux grosses pièces de bois. Attaquer cette porte à coups de hache, ça n'était pas aisé à cause des clous; l'enfoncer avec le lourd marteau du forgeron ne serait pas facile non plus, et en tout cas ce serait long et, pendant ce temps-là, le comte et les gardes, sans parler des demoiselles qui maniaient très bien une arme, nous fusilleraient par les meurtrières : il fallait donc un engin puissant.

— Savez-vous, par-là, une grosse poutre? quelque arbre coupé puis ébranché?

— A l'Herm, dans le village, me dirent les uns, le vieux Bertillou fait monter une grange; il y a de forts chevrons.

— C'est bien notre affaire. Trente hommes des plus forts, leurs mouchoirs roulés comme ceux des drôles qui font la *chattemite,* et, noués deux à deux, porteront le chevron, quinze de chaque côté. Lorsqu'ils seront dans la cour, ils courront de toute leur vitesse sur la porte du château et la choqueront avec le bout du chevron qui dépassera un peu les hommes de devant. Comme il est sûr qu'elle ne tombera pas du premier coup, ils reculeront en arrière pour prendre du champ et recommenceront la même manœuvre. Pendant ce temps-là, cinq ou six de ceux qui ont des fusils surveilleront les meurtrières qui défendent l'entrée et tireront dedans s'ils voient passer un canon de fusil. En même temps, vingt hommes, qui auront pris en passant dans le village toutes les échelles des greniers, traverseront les fossés du côté de Prisse et escaladeront les croisées vitement pour diviser ceux du dedans, tandis que quelques-uns, se répandant tout autour du château, tireront des coups de fusil dans les vitres et mèneront grand bruit : de cette manière, le comte et ses gens ne sauront où donner de la tête, et nous les aurons.

Tout ça bien expliqué, j'assignai à chacun son poste, et, tout étant convenu, j'ajoutai :

— Et qu'il soit bien entendu qu'on ne touchera pas à un bouton dans le château. Nous sommes de braves gens qui nous vengeons, et non des voleurs!

— Oui! oui! firent-ils tous à demi-voix.

Alors, je demandai :

— Quelle heure est-il, vous autres?

Les vieux levèrent les yeux au ciel, et, entre deux nuages, regardèrent la position des étoiles.

— Il doit être environ les onze heures, dirent quelques-uns.

— Partons, et ne faisons pas de bruit.

Au moment de me mettre en route, je sentis quelqu'un qui me prenait le bras et je me retournai :

— Ah! mon pauvre Jean, je vous avais bien dit de rester tranquille dans votre lit et de laisser faire les jeunes!

— Donne-moi le fusil, me répondit-il : il ne ferait que te gêner pour commander tout. Moi, j'ai bon œil encore, j'aviserai aux meurtrières : laisse-moi faire, j'ai plaisir de voir forcer ce loup dans son repaire.

— Comme vous voudrez, donc!

Et lui donnant le fusil, nous partîmes.

Nous marchions en silence. On n'oyait que le bruit sourd d'une troupe foulant la terre, et le froissement des branches, lorsque nous traversions les taillis. Une fois sur le grand chemin qui vient de Thenon et passe contre l'Herm, nous fîmes plus doucement encore, et, à mesure que nous approchions, chacun prenait plus de précautions. Les femmes même, quoique babillardes, ne disaient mot. A deux cents pas avant de sortir de la forêt qui venait jusqu'au village, ceux qui devaient porter le chevron, ayant arrangé leurs mouchoirs, se mirent ensemble. Ceux qui devaient *écheler*[1] le château en firent autant, et tout le monde se remit en marche.

Les chiens des villages de Prisse et de l'Herm avaient été enfermés dans les étables ou les maisons, de manière que leurs abois ne firent pas trop de bruit. Tandis que ceux qui avaient été désignés pour ça allaient chercher les échelles dans les granges, nous autres tous, nous attendions. Le temps était toujours couvert et doux. Au milieu des vignes, des pêchers difformes s'entrevoyaient vaguement dans l'ombre. Au bord des terres, les noyers branchus haussaient leurs têtes rondes vers le ciel gris. Autour des maisons, des chenevières répandaient leur odeur forte. Au long d'une cour, un sureau fleuri poussé sur un vieux mur embaumait l'air, et près de là, dans le silence de la nuit, un rossignol chantait bellement. Le cœur me battait en ce moment; non que j'eusse peur pour moi : depuis la mort de ma pauvre Lina, la vie ne m'était de rien, et je l'aurais donnée bon marché; mais je craignais pour tous ces braves gens qui me suivaient, et je redoutais de ne pas réussir, sachant bien qu'en ce cas le comte leur en ferait payer les pots cassés.

1. Escalader.

Cependant, les autres étant revenus avec les échelles, je chassai ces idées et je ne pensai plus qu'à l'exécution. En passant devant chez Bertillou, ceux qui avaient noué leurs mouchoirs prirent le plus gros chevron et avancèrent lentement, marchant au pas, silencieusement sur la bruyère qui pourrissait dans les chemins du village. Alors, passant au devant, je fis descendre un drole leste dans les fossés et bientôt la porte de l'enceinte fut ouverte. Mais, malgré toutes les précautions, tout ça ne pouvait se faire sans quelque bruit, en sorte que les grands chiens courants du comte hurlèrent au fond de leur chenil. Heureusement, comme ça arrivait souvent, les gens du château n'y firent pas attention.

A ce moment, le chevron arriva, cheminant comme un monstrueux mille-pattes, et entra dans la cour. A quinze pas, les hommes se mirent à courir, fonçant sur la porte, et lui portèrent un rude coup qui retentit dans la tour de l'escalier, mais elle ne céda pas. Tandis que nos gens revenaient en arrière pour prendre du champ, des têtes effarées apparurent aux croisées du château, des cris se firent entendre et bientôt des lumières coururent partout à l'intérieur. A ce moment un second coup de chevron ébranla la porte.

— Courage, mes amis! elle va céder! m'écriai-je.

Au même instant, des coups de fusil furent tirés par quelques-uns des nôtres apostés autour du château, et ceux qui étaient montés aux échelles brisèrent les fenêtres à grand bruit.

Pendant que les porteurs du chevron reculaient pour choquer de nouveau la porte, des canons de fusil passèrent par les meurtrières qui défendaient l'entrée, et plusieurs coups de feu éclatèrent, tirés tant du dedans que par les nôtres. Les femmes se mirent alors à crier, voyant un homme blessé lâcher le chevron; mais une belle gaillarde robuste galopa le remplacer. De cette même décharge, je me sentis cinglé à la joue et à l'épaule, mais je n'y pris garde, dans la grande excitation où j'étais.

— Hardi! criai-je, cognez ferme! la porte va tomber, cette fois!

Alors, d'un élan vigoureux, s'animant par leurs cris, nos hommes coururent sur la porte qui céda, la serrure arrachée, les barres brisées, les gonds tordus. Comme elle tenait encore quelque peu, le *faure* acheva de la faire tomber avec son lourd marteau.

— En avant!

Et empoignant la hache d'un homme, je m'élançai dans l'escalier, suivi de tous ceux qui étaient là, quelques-uns avec des lanternes, et enjambant les degrés quatre à quatre. Je fus bientôt au palier du premier étage, où étaient le comte et ses filles, ainsi que Mascret, tous à demi vêtus et se dépêchant de recharger leurs armes.

— Ah! brigand! m'écriai-je en me précipitant sur le comte, la hache levée.

Lui, n'ayant pas fini de recharger son fusil, le prit par le canon et essaya de m'assommer d'un coup de crosse.

Heureusement, je le parai avec ma hache, qui en retomba; puis, aussitôt la levant de nouveau, dans un élan furieux, sans faire attention aux bourrades que Mascret et la plus jeune fille m'ajustaient par les côtes, à grands coups de canon de fusil, j'envoyai au comte un coup qui devait lui fendre la tête. Il fit un grand saut en arrière, évita le coup, et se trouva près de la porte d'entrée de la grande salle, où, heureusement pour lui, il fut saisi, et aussi le garde, par ceux de nos gens qui avaient escaladé les croisées en repoussant le piqueur et les autres domestiques.

— Ah! mes amis, vous me faites tort! dis-je, en abaissant ma hache, ne voulant pas le frapper maintenant qu'il était hors d'état de se défendre.

— Qu'on ne fasse de mal à personne maintenant! ajoutai-je, en m'apercevant que le comte et les autres étaient malmenés un peu fort.

Trois des demoiselles, voyant leur père pris, s'étaient sauvées à l'étage au-dessus; mais la plus jeune, qu'on appelait Galiote, se défendait encore comme un vrai diable, et repoussait à coups de crosse ceux qui voulaient la désarmer. Pour l'avoir sans la blesser, on arracha un grand rideau d'une fenêtre de la salle et on le lui jeta dessus. Pendant qu'elle cherchait à s'en dépêtrer, on lui ôta son fusil, et on la mit dans l'impossibilité de faire de mal à personne.

Après que le comte, Mascret, le piqueur et les autres eurent les mains attachées avec des cordons de rideaux, on les fit tous descendre dans la cour. Puis, suivi de quelques hommes, je montai l'escalier pour rechercher les trois autres demoiselles qui, moins braves que leur cadette, s'étaient enfuies. Après plusieurs portes barricadées qu'il fallut enfoncer, on les trouva cachées au fond d'un cabinet, derrière les robes accrochées au mur. Tremblantes de peur, elles se jetèrent aux pieds de ces paysans qu'elles avaient tant de fois maltraités.

— Ne craignez rien, leur dis-je, nous ne sommes pas de la race des Nansac, pour insulter ou battre des femmes : allez vous vêtir et revenez promptement.

Et je descendis. Dans la cour noire, où brillaient seulement quelques lanternes portées par des paysans, le comte était là, les mains liées, n'ayant sur lui que son pantalon et sa chemise toute en loques. Près de lui, apeurés, se tenaient les gens du château ; et tous ceux des villages, hommes et femmes, les entouraient et leur reprochaient leurs méfaits avec des injures et des gestes menaçants : quelques-uns même commençaient à crier qu'il fallait faire passer le goût du pain au Nansac. Lui, très pâle, tâchait d'assurer sa contenance devant la « paysantaille », comme il avait coutume de dire, mais on voyait tout de même qu'il rageait et tremblait en même temps de se sentir à la merci de cette foule irritée qui grossissait maintenant des vieux et des petits droles des villages, réveillés par les coups de fusil.

Quand j'arrivai, une femme en cheveux gris, celle qui m'avait répondu la première, là-bas, à la Peyre-Male, écartait les gens, et, furieuse, envoya au comte un coup de bâton qui lui tomba sur le cou au mouvement qu'il fit :

— Foutu gueux! ma drole est perdue par la faute de ton coquin de fils : tu vas payer pour lui!

Et à cette voix s'en joignaient d'autres, clamant leurs griefs au comte, et, dans la colère, lui portant les poings sous le nez, cependant que l'un le tenait déjà à la gorge et que les bâtons et les serpes se levaient sur sa tête : il était temps d'arriver.

Le sang découlait sur ma joue, et je me sentais ma blessure de l'épaule saigner sous ma veste ; mais malgré ça j'écartai la foule, et, levant le bras, je criai :

— Arrêtez!... Jusqu'ici, braves gens, je vous ai bien conseillés, n'est-ce pas ? Eh, écoutez-moi encore!... Vous avez tous à vous plaindre de cet homme et des siens ; il n'est pas de coquineries qu'il ne vous ait faites...

— Oui! oui!

Et tous autour du comte, le poing tendu, ou brandissant une arme, lui crachaient ses canailleries à la face.

— Mais toi, Jacquou, me cria une femme, tu as le plus à te plaindre de tous!

— C'est vrai, Nadale ; cet homme est la cause que mon père est mort aux galères ; que ma mère est morte de misère, désespérée ; que ma pauvre Lina s'est allée jeter dans le Gour me croyant disparu à tout jamais ; pour moi, il m'a tenu quatre jours et quatre nuits dans le fond de l'oubliette de la prison, et si je n'y suis pas crevé de faim, lentement, mangé demi-vivant par les rats, c'est grâce au chevalier de Galibert...

Ah ! tu nies gredin ! — fis-je en voyant le comte secouer la tête.

Allez avec une échelle dans la prison, — dis-je à trois ou quatre autour de moi, — levez la dalle et descendez dans ce tombeau, vous y trouverez les morceaux des cordes qui m'attachaient et que j'ai usées à grand'peine contre les murailles, et vous y verrez aussi des os pourris et tombant en poussière, de quelque malheureux qui y a été jeté autrefois.

Tandis que ceux-là allaient à la prison, je me donnai garde de la plus jeune fille du comte. Elle était là près de lui à moitié vêtue, dans une attitude crâne. Ses épais cheveux fauves brillaient comme des louis d'or et retombaient en masses sur ses épaules nues ; sa bouche serrée exprimait le mépris, les ailes de son nez un peu recourbé se gonflaient de colère, et ses yeux d'un bleu sombre m'envoyait un regard haineux, pénétrant comme une lame d'épée.

Mais en ce temps-là, je n'avais pas froid aux yeux non plus, et je la regardai fixement sans ciller. C'était une belle fille de dix-huit ans, grande, bien faite et hardie, qui se tenait là, sans honte et sans embarras, à demie nue au milieu de tout ce monde. Non pas qu'elle fût dévergondée, car elle était la seule des quatre sœurs dont on ne dît rien, mais cette attitude venait de son dédain pour tous ces paysans qui à ces yeux n'étaient pas des hommes.

Moi, j'eus honte pour elle, et je lui dis :

— Allez vous vêtir.

Elle me dévisagea sans répondre, les bras nus toujours croisés sur sa poitrine, et ne bougea pas.

— Emmenez votre demoiselle, dis-je à une des chambrières, ou bien je vais la faire habiller par nos femmes, tout d'abord.

Alors elle se décida, mais si ses yeux avaient été des pistolets, j'étais mort.

Cependant les hommes étaient revenus et rapportaient de l'oubliette des bouts de corde et des débris d'ossements.

— A cette heure, nieras-tu ? méchant Crozat!

Il devint encore plus pâle, ferma les yeux et ne répondit pas.

— Il faut le pendre ! mille dieux ! il faut le pendre! criaient quelques-uns.

— Si nous le pendons, m'écrai-je, il ne souffrira qu'un court instant ; dans deux minutes tout sera fini : nous avons mieux. Vous avez tous vu près de la Vézère, en allant à la dévotion de Fonpeyrine, les ruines du château de Reignac, dans la paroisse de Tursac. Il y avait là, avant la Révolution, un noble si gredin, si mauvais sujet pour les femmes, qu'on l'appelait dans les pays : *le bouc de Reignac.* Eh bien, ces ruines, c'est mon grand-père qui les a faites avec les gens de Tursac, fatigués des malfaisances de ce misérable. Lorsqu'on lui eut brûlé son château, le bouc de Reignac, déjà perdu de dettes, traîna dans le pays quelque temps et finit par crever de rage et de misère : ainsi se débarrassa-t-on de lui...

Puisque vous êtes tous d'accord que j'ai le plus à me plaindre de cet homme, laissez-moi en faire justice. La plus grande punition pour lui, pire que la mort c'est d'être ruiné, de traîner, lui si fier, si orgueilleux, une existence méprisée ; ce qui arrivera de force, car, sans le sou, il n'aura plus d'amis, attendu que les autres nobles ne l'aiment ni ne l'estiment non plus que les paysans.

Ici le comte essaya de ricaner.

— Tu le sais bien, Crozat, qu'ils ne te prennent pas pour un des leurs! qu'ils se souviennent de ton grand-père, le porteur d'eau auvergnat!

Et je repris :

— De même que les gens de Tursac ont brûlé Reignac, il nous faut brûler l'Herm. L'abolition totale de ce repaire de bandits achèvera de ruiner ce prétendu seigneur, qui s'en ira mendier de château en château une pitié méprisante qui sera son plus grand châtiment!...

Croyez-m'en, mes amis! je suis d'une race où l'on s'y connaît. Du temps de Henry IV, un de mes anciens, chef d'une troupe de croquants, brûlait les châteaux des nobles, tyrans du pauvre paysan, et c'est de celui-là que nous vient ce sobriquet de *Croquant!* Mon grand-père brûla Reignac, comme je viens de le dire ; moi, j'ai commencé, il y a treize ans, en brûlant la forêt de l'Herm, et aujourd'hui, je vais faire flamber le château!

— C'est ça! c'est ça!

— Allons, empilez des fagots partout, dans la cuisine, dans les salles du bas ; montez de la cave les barriques d'eau-de-vie, l'huile du bac, et nous allons voir un beau feu de joie!

Tandis que les gens couraient à l'ouvrage, la chambrière sortit du château et vint vers moi.

— Mademoiselle ne veut pas descendre.

— J'y vais, répondis-je, venez me montrer où elle est.

Arrivé en haut, je vis la jeune fille habillée, et assise dans un coin de la chambre.

— Il faut descendre, lui dis-je : nous allons brûler le château.

Elle me regarda durement, sans répondre.

— Si vous ne venez pas de bon gré, vous viendrez de force.

Et je m'avançai vers elle.

A ce moment, elle leva un petit poignard sur moi et essaya de me frapper ; mais je lui attrapai le poignet à la volée et je la désarmai.

— Quoique vous me le donniez un peu par force, je le garde pour le moment! dis-je en mettant le poignard dans la poche de ma veste.

Et, en même temps, la saisissant à bras-le-corps, je l'emportai, nonobstant sa résistance.

Ce que c'est que l'homme! Malgré toute ma haine pour le comte de Nansac, haine qui rejaillissait sur les siens, en emportant cette belle créature à travers les salles et les corridors, j'étais ému. Le souffle de son haleine sur ma figure, et contre moi ce corps superbe se mouvant pour m'échapper, me faisaient passer dans le cerveau de ces folies brutales de soudards prenant une ville d'assaut. La vue du sang qui coulait de ma joue, tombant sur le front de la Galiote, achevait de me griser. Et puis nous étions seuls : la chambrière avait dégringolé les escaliers, épouvantée à la pensée du feu. Je m'arrêtai en traversant un corridor.

— Tenez-vous tranquille! lui dis-je rudement en plongeant mes yeux dans les siens et en la serrant plus fort, tandis qu'elle cherchait à me griffer.

Elle comprit, et ne bougea plus ; un instant

après, je la déposais sur ses pieds, près de son père.

Puis, tout étant prêt, je pris une lanterne à un homme ; mais au moment où j'allais vers la grande salle, une voix s'écria :

— Et le capelan ?

Foutre! personne n'y avait songé.

— Allez donc le quérir, dis-je, et faites vite.

Un moment après, le gros dom Enjalbert arriva dans la cour, traîné par trois ou quatre hommes qui l'avaient découvert caché dans les galetas. Le malheureux criait comme un porc qu'on va saigner, ne s'interrompant que pour demander grâce d'une voix piteuse.

— Allons, tais-toi, braillard! ne vois-tu pas tous les autres sur pieds ?... Il n'y a plus personne ? Alors, en avant!

Et entrant dans le château, je défonçai à coups de hache deux barriques d'eau-de-vie qui se répandirent sur le plancher, puis j'y mis le feu, et je ressortis.

A travers les croisées, ouvertes pour aviver le feu, on voyait la flamme bleuâtre s'élever, frôlant les murs, enveloppant les meubles, grimpant aux rideaux et enflammant les fagots entassés dans la grande salle. Un quart d'heure après, un énorme bûcher flambait jusqu'au plafond, et l'incendie attaquait les pièces voisines. Les baies s'illuminaient successivement à mesure que le feu gagnait, et, une heure après, tout l'intérieur n'était plus qu'une immense fournaise, vomissant par les ouvertures des torrents de flammes qui, comme des langues ardentes, léchaient les murs extérieurs. Puis le feu s'élançant à l'escalade gagna les hauts étages, et bientôt les vieilles charpentes de châtaignier, chauffées à force, prirent feu comme des allumettes de chènevottes. Alors les ardoises commencèrent à pleuvoir dans la cour, surchauffées par les lambris qui brûlaient : il fallut se reculer. Enfin, la couverture s'étant effondrée avec fracas, les flammes montèrent dans les airs par les travées, jetant au loin sur les coteaux des reflets rougeâtres, tandis qu'à Rouffignac et à Saint-Geyrac le tocsin sonnait à coups précipités.

— Oui! oui! sonnez! sonnez!

Lorsque les gens réveillés par les cloches voyaient que c'était le château de l'Herm qui brûlait, ils ne se dérangeaient pas, disant : « Ça n'est pas un grand malheur! » Et, s'il en venait quelques-uns, c'était par curiosité.

Quoique ces vieux bois flambâssent à plaisir, les poutres et les chevrons, très forts, résistèrent longtemps; mais pourtant, sur le matin, la charpente s'affaissa, entraînant les restes des poutres des étages inférieurs et faisant jaillir vers le ciel des milliasses d'étincelles. Alors il ne resta plus entre les murs calcinés que des débris de bois noircis brûlant sur un grand amas de braise.

A ce moment, j'entendis deux hommes se chamailler derrière moi, et, me retournant, je vis qu'ils se disputaient un fusil double, enlevé à ceux du château.

— Ce n'est pas la peine de débattre entre vous de la chape à l'évêque, mes amis. Vous savez ce qui est convenu : nul n'emportera un bouton.

Et, prenant le fusil, j'allai le lancer dans le feu par une croisée, et je revins.

— Maintenant que justice est faite, qu'on laisse aller tout ce monde! dis-je en montrant le comte et les siens, blêmes et frissonnants sous l'air frais du matin, malgré le brasier ardent d'où montaient quelques nuages de fumée bleuâtre.

Lorsque, une fois déliés, ils se furent éloignés se dirigeant vers leur plus proche métairie, j'ajoutai :

— Et vous autres tous, gardez la recordance que moi seul ai mis le feu au château, rejetez sur moi ce qui s'est passé, je prends tout sur mon compte.

Là-dessus, comme je pensais bien que je ne tarderais pas à recevoir la visite des gendarmes, je m'en fus tout droit à Thenon, avec deux autres blessés, pour nous faire tirer les balles de la chair.

Le lendemain, à la pointe du jour, on heurta fortement à la porte. Jean se leva et revint disant :

— Les gendarmes sont là.

— Dites-leur que j'y vais.

Et, m'étant habillé, je lui donnai le poignard de la demoiselle Galiote :

— Gardez-moi cet outil, Jean, et au revoir!

Les gendarmes m'ayant enchaîné les mains, me mirent entre eux, et s'en furent vers Prisse, puis à l'Herm, faisant se musser les petits droles épeurés. Après qu'ils eurent rassemblé tout le monde dans l'enceinte du château, devant les ruines fumant encore, le juge de paix et le maire commencèrent des interrogats à n'en plus finir. Mais ça n'était pas chose facile : il fallait arracher les réponses aux gens, comme avec un tire-bouchon; et encore, ça ne les avançait guère, car ces réponses ne disaient pas grand'chose. Pour moi, j'avouai hautement que j'étais le seul coupable, que j'avais tout fait; mais ils disaient que ça n'était pas possible, pour ce qui était de la prise du château. Enfin, sur les renseignements du maire et les dénonciations du comte, d'après les ordres du juge les gendarmes ramassèrent au petit bonheur cinq ou six paysans, de ceux réputés mauvaises têtes, méchants sujets, et, nous ayant enchaînés deux par deux, nous emmenèrent à Montignac. Le matin, on nous tira de bonne heure d'un endroit puant où nous avions couché sur la paille, pour nous conduire à Sarlat.

Au juge d'instruction qui nous interrogea, je répondis, comme au juge de paix, que c'était moi qui avais tout fait, allumé le feu, et le reste : les autres, comme il était convenu, me mirent tout sur le dos. Cependant, comme ça n'était pas possible, le juge s'entêta à nous faire avouer; mais il avait affaire à de plus têtus que lui. Alors il nous laissa tranquilles quelques jours, et une grande enquête commença. Tous ceux des villages d'autour de l'Herm furent mandés à la mairie de Rouffignac, où siégeaient le procureur, le juge d'instruction et un greffier, assistés des estafiers de la justice. Mais ils ne salirent guère leur papier à écrire les réponses : personne ne savait rien; tous étaient venus oyant le tocsin, ou voyant le feu; quant à ce qui s'était passé avant, personne n'avait rien vu. Cependant, comme ces messieurs ne voulaient pas rentrer bredouilles, on tria encore dans tout ce monde trois hommes qui vinrent nous rejoindre à la prison de Sarlat.

Nous n'étions pas trop mal dans cette prison. Le géôlier, seul pour tous les prisonniers, se faisait aider par sa fille à nous apporter la soupe. Cette fille était une grande pâle, qui avait l'air d'être poitrinaire. Elle s'intéressait fort à nous; à moi surtout, qu'elle prenait, je crois, pour un chef de bandits célèbre. De temps en temps, elle m'apportait des compresses pour mettre sur mon épaule qui me cuisait fort, et sous prétexte de voir si nous ne cherchions pas à nous sauver, elle venait dix fois le jour à une fenêtre grillée qui donnait sur la petite cour, entourée de hauts bâtiments, où nous sortions, et me faisait part de ce qui se disait en ville sur notre compte. Sur sa demande, je lui racontai mon histoire, qui l'intéressa tellement qu'un soir elle me proposa de me faire sauver.

— Pauvre petite, lui dis-je, je vous suis bien obligé de ça et je n'oublierai jamais votre bon cœur; mais vous pensez bien que je me ferais couper le cou plutôt que d'abandonner ceux qui m'ont suivi; et puis votre père en pâtirait fort, vous entendez bien?

On nous garda plus d'un mois et demi à Sarlat. Dans les commencements, le juge nous faisait venir pour nous interroger quasi tous les matins, moi principalement. Le mâtin savait son métier, et il me posait quelquefois des questions à double tranchant comme un couteau de tripière, d'où j'avais quelque peine à me démêler. Lorsque ça m'arrivait, je faisais le niais, celui qui ne comprend pas, pour me donner le temps de réfléchir. Les autres, eux, ne savaient rien, n'avaient rien vu, rien entendu, sinon les cloches sonnant au feu, qui les avaient fait accourir à l'Herm. Enfin, voyant qu'il ne tirait pas grand' chose de nous, le juge finit par nous laisser tranquilles et grabela son affaire tout seul.

Quoique nous ne fussions pas trop mal là, je m'y ennuyais fort, car, comme le disait le chevalier, « il n'y a pas de belle prison, ni de laides amours », et de plus il me tardait d'être jugé. Aussi fus-je content, lorsqu'un matin le geolier nous réveilla de bonne heure.

— Vous partez pour Périgueux, dit-il.

Quand nous fûmes prêts, il nous donna à chacun un morceau de pain; puis les gendarmes vinrent qui nous attachèrent deux à deux.

Au moment où nous partions, la fille du geolier accourut, et me dit :

— Que Dieu vous garde! je vais faire brûler un cierge pour vous autres.

Et, en disant ça, elle me regardait, les yeux mouillés, et de telle façon que je connus que c'était pour moi qu'elle parlait ainsi sous le couvert de tous.

Ça me toucha au cœur :

— Grand merci! lui répondis-je, grand merci de votre bonté!

En ce temps-là, on ne portait pas comme aujourd'hui les prisonniers en voiture, ni en chemin de fer, pour la bonne raison qu'il n'y avait pas de chemins de fer, ni guère de voitures, et de celles-ci, les quelques-unes qu'il y avait, les pauvres diables n'y montaient pas.

On avait tellement parlé de notre affaire au pays sarladais, dans les marchés, les foires, et, le dimanche, devant la porte des églises, que tout le long de la route les gens nous voyant passer disaient : « Ce sont les incendiaires de l'Herm »; et ils nous apportaient à boire, ce qui n'était pas de refus, car la chaleur était grande.

Il nous fallut trois jours pour faire la route, mais il faut dire que nous ne marchions pas vite, plusieurs ayant aux pieds les lourds sabots avec lesquels ils avaient été pris. Notre premier gîte d'étape fut à Montignac, où l'on nous enferma dans la prison puante que nous connaissions déjà. Comme nous y arrivions, un grand vieux qui était là avec quelques autres nous cria:

— Bon courage, citoyens!

— Merci! lui répondis-je, merci bien! Nous n'en manquerons pas!

Plus tard, je sus que ce vieux était le Cassius dont M. de Galibert nous avait parlé une fois. Brave homme, il l'était, car, ne pouvant faire autre chose, il trouva moyen de nous faire passer un cornet de tabac à priser pour ceux qui en usaient.

Le second jour, nous ne fîmes que deux grandes lieues de pays, jusqu'à Thenon; mais la troisième journée fut dure, surtout pour ceux qui traînaient leurs sabots, car l'étape est longue, de sorte que nous arrivâmes tard à Périgueux, où l'on nous boucla incontinent à la prison, qui était en ce temps dans l'ancien couvent des Augustins, sur les allées de Tourny.

Le lendemain, le président des assises vint m'interroger et me demanda si j'avais un avocat.

— Oui, monsieur, lui répondis-je, c'est M. Vidal-Fongrave.

— Oui, monsieur, il nous défend tous.

Et alors je compris à son étonnement que notre affaire ne lui paraissait pas bonne, car M. Fongrave, l' « Honnête-Homme », comme on l'appelait, avait la réputation de ne pas se charger d'affaires injustes.

Je lui avais écrit de Sarlat pour le prier de nous défendre, et je lui avais raconté tout au long ce qui s'était passé. Après que nous fûmes arrivés à Périgueux, il venait souvent à la prison et nous voyait tous, moi principalement, afin de bien connaître l'affaire. Je me souviens qu'un jour, après que je lui eus exposé mon plan et raconté comment je m'y étais pris pour forcer le château, il me dit en me tutoyant, comme m'ayant vu tout petit :

— Tu aurais dû te faire soldat! tu as la bosse du métier.

— Ma foi, monsieur Fongrave, j'ai tiré un bon numéro et je n'ai point eu envie de m'enrôler; j'aime trop ma liberté.

Ensuite, en causant de notre défense, il me dit qu'un grand nombre de gens de l'Herm et des villages voisins étaient cités comme témoins à décharge, et qu'il espérait que les dépositions de toutes ces victimes du comte pèseraient sur la décision des jurés.

Le jour qu'on commença notre procès, c'était le 29 juillet 1830. Il y avait grande rumeur dans le palais, et les avocats et tous les curieux conféraient des nouvelles de Paris qui annonçaient la révolution. Les témoins appelés par le procureur étaient le comte, ses filles, et tous ceux du château : personne autre n'avait rien vu. Dans une affaire où beaucoup de gens sont mêlés, c'est rare qu'il n'y ait pas quelque gredin acheté à bons deniers pour trahir les autres; mais ici rien de pareil, nul ne broncha. Le Nansac me chargea fort, ainsi que dom Enjalbert qui raconta tant de choses, qu'on eût cru que lui seul savait tout ce qui s'était passé. Il m'impatienta tellement que je finis par lui dire :

— Et comment avez-vous pu voir tout ça, étant caché derrière un coffre dans le grenier?

Tout le monde s'esclaffa de rire, ce qui lui coupa totalement la parole.

Les trois demoiselles aînées ajoutèrent aussi quelque peu à la vérité, d'où je connus que ceux qui avaient eu le plus de peur étaient ceux qui me chargeaient le plus.

Car la plus jeune, elle, ne témoigna rien que la vérité. Comme le président, pour guirlander mon affaire, avait donné à entendre que, lorsque j'avais été la chercher, j'avais essayé de la violenter, elle dit nettement qu'il n'en était rien; que j'étais le chef de cette bande de brigands qui avait attaqué le château; que moi seul y avais mis le feu; qu'elle regrettait fort de n'avoir fait que me blesser de son coup de fusil, mais qu'autrement elle n'avait rien à me reprocher.

— Pourtant, mademoiselle, répliqua le président, l'accusé Ferral avait des égratignures au visage, et vous-même aviez du sang sur la figure.

— J'ai pu lui donner quelques coups d'ongles en me débattant, lorsqu'il m'emportait hors du château; quant au sang que j'avais au front, c'était celui de sa blessure à la joue qui coulait sur moi.

— Voyons, mademoiselle, peut-être éprouvez-vous quelque confusion bien naturelle, à confesser cette tentative; mais rassurez-vous, votre réputation n'en peut souffrir à aucun degré; dites-nous bien toute la vérité.

— Je l'ai dite tout entière, monsieur : je hais l'accusé, mais je n'ai pas de griefs personnels contre lui. Je dois même ajouter que sans lui, mon père aurait été certainement assommé par la foule furieuse.

— C'est bien, allez vous asseoir, fit sèchement le président.

Et puis commença le long défilé des témoins à décharge. A mesure que tous ces pauvres gens, victimes des violences cruelles et des odieuses vexations du comte, faisaient le récit naïf de leurs misères, on voyait le nez du procureur s'allonger dans ses papiers où il se donnait le semblant de chercher quelque chose, tandis que le président tapait de petits coups impatients sur son bureau avec un couteau à papier. Quant aux jurés, il était visible que cette audition leur produisait une bonne impression.

La comparution du chevalier de Galibert eut un grand succès, de curiosité d'abord, car en ville on avait oublié ces anciens costumes de nobles de l'ancien régime, tels que le sien, et ensuite son témoignage me fut tellement favorable que le public, qui s'intéressait à nous, faisait entendre des murmures d'approbation.

Lorsqu'il eut achevé, M. Vidal-Fongrave se leva :

— Monsieur le président, je voudrais demander à M. le chevalier de Galibert de nous faire connaître son opinion sur M. le comte de Nansac.

— La question me paraît inutile...

Mais déjà le chevalier répondait vivement :

— Je n'éprouve aucun embarras à m'expliquer sur ce point. Un vieux proverbe dit :

On fait carême-prenant avec sa femme, Pâques avec son curé.

J'y ajoute : « Et le sabbat avec le comte de Nansac. »

Qui le suit, mal s'en suit.

Quoique ce fût un peu tiré par les cheveux, il y eut là-dessus des rires et une grande rumeur dans l'auditoire nonobstant les vives admonestations du président. Puis, comme il était heure tarde, l'affaire fut remise au lendemain, pour le réquisitoire du procureur et la plaidoirie de Me Fongrave qui nous défendait tous.

Le lendemain on savait qu'à Paris le peuple avait battu les Suisses, la garde royale, et que Charles X était en fuite. Ces nouvelles estomaquèrent quelque peu les gens de la justice qui attendaient autre chose; mais pourtant ça n'empêcha pas le procureur de demander ma tête avec âpreté. Ce n'était point l'homme juste qui s'élève au-dessus des hommes et des choses, qui pèse les circonstances, scrute les motifs, tient compte des événements et requiert le châtiment qui dans sa conscience lui paraît équitable : non, son métier était de me faire guillotiner, et il faisait tout son possible pour y arriver. Il assura que j'avais le crime dans le sang, témoin cet ancien à moi, pendu autrefois pour révolte et incendie, à qui je devais le sobriquet injurieux de *Croquant*. De celui-là, il passa à mon grand-père emprisonné à la veille de la Révolution pour avoir brûlé le château de Reignac; puis vint à mon père, le meurtrier de Laborie, mort au bagne, et enfin, arrivant à moi, il dit que j'avais dépassé mes ancêtres en précoce perversité, puisque, avant d'incendier l'Herm, à l'âge de huit ans j'avais brûlé la forêt du comte. Ensuite après avoir longuement assuré que la haine des riches était le seul mobile de mon crime, il passa aux autres accusés. Pour ceux-là, il ne refusait pas les circonstances atténuantes, il se contentait des galères à perpétuité. Mais pour moi, qui avais conçu, comploté et exécuté le crime, comme cela résultait de mes propres aveux, il fallait que ma tête tombât : en même temps, d'un geste de sa main sèche, il semblait me la couper lui-même.

Moi, j'écoutais tout ça distraitement, sans beaucoup m'en émouvoir; ma pensée était ailleurs. Je revoyais mon pauvre père assis sur ce même banc où j'étais, et ma mère mourant sur un grabat dans toutes les affres du désespoir; je songeais à ma chère Lina gisant au fond de l'abîme du Gour, et me laissant aller à toutes ces tristes pensées, je me disais que maintenant, ayant vengé ceux que j'aimais, ma tâche faite, la mort n'avait rien d'effrayant...

— Maître Fongrave, vous avez la parole, dit le président.

Et alors notre avocat se dressa en pieds, posa son bonnet devant lui et commença ainsi d'une voix grave et profonde son plaidoyer, reproduit en entier le lendemain, par le journal l'*Echo de Vésone :*

« Messieurs les jurés,

« Il me semble entrevoir à travers les siècles quelques traces de la justice inconsciente des choses. Ce n'est pas certes, cette justice haute et sereine à laquelle aspire l'humanité, mais une sorte de talion vengeur qui fait que l'oppression engendre la haine, que la tyrannie suscite la révolte, que la violence appelle la violence, et l'injustice la violation des lois de la justice.

« L'affaire qui vous est soumise n'est qu'un épisode de cette longue suite de soulèvements de paysans, amenés par des vexations cruelles, une insolence sans bornes et par la plus brutale oppression.

« Tous les coupables ne sont pas là sur ce banc derrière moi, messieurs! Il y manque celui dont les agissements criminels ont amené les événements dont les accusés ont à répondre; il y manque ce prétendu gentilhomme, ce petit-fils orgueilleux d'un vilain qui ramassa des monceaux d'or impur dans le ruisseau de la rue Quincampoix...

— Maître Fongrave, interrompit le président, ces appréciations rétrospectives sont inutiles; vous n'avez pas à rechercher les origines de la fortune d'une honorable famille; tenez-vous-en aux faits de la cause : la propriété doit être respectée...

— Monsieur le président, je souscris pleinement à cette maxime... Je respecte donc la fortune acquise par un labeur honnête et persévérant, et je respecte aussi la propriété qui est le fruit visible du travail. Mais lorsqu'une fortune est édifiée sur la ruine publique, lorsque la propriété provient d'une vaste escroquerie, j'ai le droit comme homme et comme avocat de les flétrir et de les mépriser!

« Je disais, messieurs les jurés, que le plus coupable était cet anobli qui apparaît en ce siècle comme un monstrueux anachronisme.

Et alors, reprenant les dépositions des témoins à décharge, M. Fongrave fit le tableau effrayant des misères, des vexations, des cruautés subies par les paysans voisins du comte. Il le peignit tel qu'il était, orgueilleux, dur et méchant, foulant sans pitié les pauvres gens, les écrasant sous une tyrannie capricieuse et arbitraire, faisant le mal uniquement pour le plaisir de le faire, et le faisant impunément grâce à la coupable faiblesse des autorités :

— Voilà, s'écria-t-il, où nous en sommes quarante ans après la proclamation des droits de l'homme! Et maintenant, messieurs, ne pourrait-on s'étonner que les voisins du comte de Nansac aient poussé la patience jusqu'à la longanimité? qu'ils n'aient pas su dire plus tôt : « Non! »

Puis, passant à moi en particulier, il fit l'histoire de ma vie misérable dès ma première enfance, et raconta tous mes malheurs causés par la méchanceté barbare du comte. Lorsqu'il montra mon père miné par la fièvre, expirant sur le lit de camp du bagne; qu'il fit voir ma mère, la vaillante femme, mourant affolée par les angoisses du désespoir, je mis un instant ma tête dans mes mains et j'essuyai mes yeux humides.

Et à mesure qu'il continuait, montrant la haine semée dans mon cœur par la malfaisance du comte, grandissant, se fortifiant avec l'âge, et la résolution de venger mes malheureux parents devenue pour moi une sorte de vertu en l'absence de toute justice humaine, on voyait sur la figure des jurés transparaître la pitié. Puis, lorsqu'il en vint à ces quatre jours que j'avais passés dans le cul de basse-fosse de l'Herm, torturé par la faim et la désespérance, destiné à être dévoré à moitié vivant par les rats, il y eut dans le public un frémissement suivi d'un murmure sourd.

— Comment cet acte d'odieuse tyrannie qui nous reporte aux plus tristes temps de la féodalité, comment cet abominable crime est-il resté impuni? s'écria-t-il. Comment ce coupable, qui perpétue dans ce siècle les plus criminelles violences des plus méchants hobereaux du temps passé, n'a-t-il pas été atteint et puni?

« Ah! il ne faut pas s'étonner, messieurs, que lorsque la justice et l'humanité sont ainsi outragées et violées impunément, la vindicte populaire s'élève et juge sommairement les coupables! Heureux lorsque, comme dans cette affaire, elle se borne à des représailles matérielles!

« Si l'on consulte l'histoire, on voit que, jusqu'à la Révolution qui en fut comme la synthèse, tous les événements populaires ont été causés par la tyrannie cruelle des puissants : Bagaudes, Pastoureaux, Jacques, Gauthiers, Croquants...

— Arrivez au déluge, maître Fongrave! dit le président qui, depuis le commencement de cette plaidoirie, s'agitait fiévreusement sur son fauteuil.

— J'y suis, monsieur le président! Ce déluge, c'est le flot populaire qui, dans ces trois jours de tempête, a submergé le trône de Charles X, en ce moment sur le chemin de l'exil!...

A cette réplique envoyée d'une voix forte, les applaudissements éclatèrent dans le public, malgré les menaces du président. Après que le silence fut rétabli, M. Fongrave continua :

— Messieurs, je termine. De même que tous ces révoltés, dont j'aurais pu grossir l'énumération; de même que tous les innommés de l'histoire qui ont, eux aussi, essayé en vain, pendant des siècles, de soulever le fardeau qui les écrasait, ou, pour mieux dire, la pierre du tombeau qui les recouvrait; de même, dis-je, que tous ces malheureux ont été absous par la postérité, ceux-ci doivent être acquittés par vous. Ce qu'ils ont fait, leurs ancêtres l'on fait. Poussés à bout par des brutalités insolentes, par des cruautés gratuites, par la violation humiliante de leur dignité d'hommes, ils se sont révoltés. Puisque la loi n'existait pas pour eux, puisque ceux qui devaient les protéger contre ces vexations arbitraires, et ces violences sans nom les ont abandonnés, puisqu'on les a relégués pour ainsi dire hors du droit et de la justice, je le dis bien haut : ils sont excusables; je dirais presque : innocents! Eux pauvres, chétifs et opprimés, ils ont voulu se remettre en leur droit naturel et, par manière de dire, de bêtes redevenir hommes : qui oserait les condamner? Certes, ce n'est pas dans le pays de La Boëtie qu'il se trouvera douze citoyens pour souffleter ainsi l'humanité! Messieurs les jurés, je remets avec confiance le sort de tous ces accusés entre vos mains, certain qu'en ce moment où le peuple de la capitale a chassé ceux qui voulaient confisquer toutes nos libertés, vous les rendrez à leurs familles. Ferral et ses compagnons ont fait en petit ce que les Parisiens ont fait en grand : à défaut de la loi, ils ont appelé la force au service de la justice. Acquittez-les, messieurs! la Révolution, triomphante à Paris, ne peut être condamnée ici! Acquittez-les, et vous comblerez les vœux de vos concitoyens qui vous béniront pour avoir jugé, non en froids légistes, mais en hommes de cœur que rien de ce qui touche à l'humanité ne laisse indifférents!

Et M. Fongrave se rassit au bruit des applaudissements.

Le procureur du roi fut tellement déferré par l'effet de cette plaidoirie, visible sur la physionomie des jurés, qu'il jugea inutile de répliquer. Quant au président, il essaya bien, en faisant son résumé, d'effacer cette impression en faisant ressortir, en grossissant les raisons du procureur et en amoindrissant celles de notre avocat, mais rien n'y fit : après une demi-heure de délibération, le jury revint avec un verdict d'acquittement pour tous les accusés.

A la sortie, toute une foule nous attendait curieusement pour nous voir de plus près, tant les gens des villes sont badaurels. Je crois bien avoir dit ça déjà, mais c'est que l'occasion de le dire se présente souvent. En voyant ces curieux qui se bousculaient disant : « Les voilà! les voilà! » je pensais en moi-même : « Il y en aurait encore bien davantage s'il s'agissait de nous couper le cou! » Mais je n'en dis rien pour ne pas gâter la joie des autres qui avaient eu peur de ne pas revoir leur monde.

Nous allâmes tous gîter dans cette petite auberge de la rue de la Miséricorde où nous avions logé, ma mère et moi, lors du procès de mon père. Il n'y avait pas assez de lits pour tous; mais, en ce temps-là, il était ordinaire en voyage, surtout pour les pauvres gens, de coucher deux ou trois ensemble, ce que nous fîmes. Le lendemain matin, nous allâmes remercier M. Fongrave et lui demander ce que nous lui devions.

— Ah! fit-il, sachant que nous étions bien pauvres, ce n'est rien, mes amis. Je suis assez payé de ma peine par le plaisir de vous avoir aidés à vous tirer d'une méchante affaire : allez-vous-en tranquilles chez vous autres.

Et après qu'il nous eut à tous donné la main, nous le quittâmes après lui avoir renouvelé nos remerciements et l'avoir assuré de notre reconnaissance. Ça n'est pas pour dire, mais il n'avait pas obligé des ingrats, car, tant qu'il a vécu, tous lui ont marqué que nous n'avions pas oublié sa bonté. C'était les uns une paire de poulets ou de chapons, ou une panière de beau fruit, ou un pot de miel, ou des pigeons; d'autres lui portaient un chevreau, un agneau ou un piot, autrement dit un dindon. Moi, je lui avais fait une rente annuelle d'un lièvre que je lui envoyais par Gibert, l'épicier de Thenon, qui allait tous les ans à la foire des Rois faire ses emplettes;

sans compter aussi quelques bécasses quand j'en trouvais l'occasion.

Ayant pris congé de M. Fongrave et dévalé la place du Greffe, nous traversâmes le Pont-Vieux, les Barris, et nous voilà sur la grande route de Lyon, partis pour la Forêt Barade, où nous arrivâmes à soleil entré, tous bien contents de la revoir.

8

LE premier moment de contentement de me retrouver libre passé, je tombai dans une noire tristesse en songeant à ma pauvre Lina. Tant que ma tête avait été en jeu, je m'étais laissé un peu distraire de son souvenir par mon propre danger. L'homme est ainsi bâti, et je crois bien que d'autres valant mieux que moi en auraient fait autant. Mais maintenant que j'étais hors d'affaire, ce souvenir me revenait, amer et douloureux, comme le ressentiment d'une ancienne blessure.

Quelquefois, le dimanche, j'allais à Bars, recherchant la Bertrille, pour avoir la consolation de causer de ma défunte bonne amie. Elle s'y prêtait complaisamment, la brave fille, et me parlait d'elle longuement, m'entretenant de tous ces petits secrets que les droles se disent sur leurs amoureux. Quoique d'une manière, ça ravivât ma peine de savoir, par ce que me disait la Bertrille, combien la pauvre Lina m'aimait, je me complaisais tout de même à l'entendre et je ne me laissais point de la questionner là-dessus.

D'autres fois, le cœur gros, je m'en allais au Gour, et là, couché à l'ombre des arbres, je pensais longuement à Lina. Je me remémorais nos innocentes amours dans tous leurs détails, je me ramentevais un coup d'œil, un sourire, un mot aimable. Il me semblait nous voir, nous en allant tous deux dans quelque chemin creux, infréquenté, nous tenant par la main, la tête baissée, sans rien dire, que parfois quelques paroles qui témoignaient de notre amour, et nous faisaient relever la tête pour nous regarder au plus profond des yeux.

Et quand j'avais épuisé les souvenirs heureux, je songeais au martyre que la pauvre drole avait souffert dans sa maison, et la colère me montait. Je me l'imaginais accourant aux Maurezies, pour me demander secours contre sa coquine de mère, et, désespérée en apprenant ma disparition, venir se noyer au Gour. Je voyais la place où l'on avait retrouvé ses sabots, et, dans mon chagrin, je me cachais la figure dans l'herbe et je rugissais comme une bête sauvage.

Maintenant, tout était fini; elle était au fond de l'abîme, couchée dans quelque recoin de ces grottes aux eaux souterraines, et ce corps charmant, perdant toute forme humaine, tombait en décomposition, pour ne laisser sur le sable fin, qu'un squelette destiné peut-être dans des milliers d'années, à fonder le système d'un savant de l'avenir, après quelque cataclysme terrestre.

Oh! sa mère, cette vieille Mathive qui l'avait poussée au désespoir, combien je la haïssais! Heureusement son fameux Guilhem se chargeait de la faire souffrir comme elle avait fait souffrir sa fille. Il n'y avait pas tout à fait trois mois que la pauvre Lina n'était plus, que, Géral étant mort depuis un an, ces deux misérables se mariaient. Le goujat l'avait forcée, cette vieille affolée, de lui donner tout son bien par le contrat, et maintenant qu'il était le maître, il le faisait voir, pardieu! De travail il ne lui en fallait pas; il courait partout les marchés, les foires, les frairies, buvant, jouant aux cartes, ribotant avec des coureuses de ballades et rentrant à la maison pour se reposer seulement. Si alors elle voulait se plaindre, il la traitait comme la dernière des traînées, la rudoyait et finissait par la battre. Et après avoir été bien secouée, comme pois en pot, quand venait le soir, et que l'homme avait largement pris son vin à souper, elle, qui hennissait toujours après ce fort mâle, faisait l'aimable, et, par manière de dire, lui aurait embrassé les pieds. Mais il la mettait à la porte à coups de botte : « A la paille! vieille chienne! », et puis tirait le verrou. Oh ! le châtiment de cette mauvaise mère était bon chemin.

Dans la semaine, j'étais nécessairement distrait un peu de ma peine par le travail; mais ce n'était pas sans que, de temps en temps, le souvenir de ma pauvre Lina me revînt soudain comme un coup de couteau. Il me fallait bien gagner quelques sous, car le peu qu'avait le vieux Jean n'aurait pu nous nourrir tous deux. En eût-il eu cent fois plus, d'ailleurs, que je n'aurais pas voulu vivre en fainéant à ses dépens. J'avais donc recommencé ma vie ordinaire, travaillant le bien, faisant des journées par-ci par-là, et vendant quelques lièvres ou une couple de perdrix le mardi à Thenon. Puis, quand l'hiver fut là, je pris du bois à faire dans une coupe devers Las Motras. C'était l'occupation qui m'allait le mieux, car on était seul. Le matin, je partais, emportant dans mon havresac un morceau de pain noir avec quelque petit fromage de chèvre, dur comme la pierre, un oignon et une chopine de boisson que j'avais fabriquée avec des sorbes. Je cheminais par les sentiers, faisant craquer la glace sous mes sabots dans un pas de mule, ou poudroyer sur moi le givre des grands ajoncs et des hautes fougères, lorsque je traversais les fourrés pour couper au court. Toute la journée seul dans les taillis, je coupais du bois, m'arrêtant des fois, dans un moment de ressouvenance, et, appuyé sur ma hache, je regardais fixement devant moi, les yeux attachés sur la masse des bois sombres, comme si la Lina allait en sortir. Puis, me reprenant, je crachais dans mes mains et je me remettais à cogner.

Mais l'homme est homme. Lorsque la mort de celle qu'il pensait garder toute sa vie à ses côtés et aimer jusqu'à son dernier jour, lui a arraché la moitié de son cœur, il croit de bonne foi qu'il ne survivra pas à cette perte. Il lui semble que la disparition de celle-là est un malheur irréparable qui touche, non seulement lui, mais le monde entier. Cependant, à la longue, lorsqu'il voit les choses suivre leur cours ordinaire ; qu'après l'hiver le soleil montant au ciel inonde la terre de lumière et de chaleur; que, tout autour de lui, la vie afflue dans le sol fécond; que les oiseaux font leur nid; que les amoureux se recherchent, il subit l'influence des choses qui l'environnent; il se sent revivre avec la nature, et peu à peu la peine s'amortit, le souvenir s'efface, et la chère image crue impérissable, qui, aux premiers jours, apparaissait nettement comme une pièce toute neuve, s'affaiblit dans la mémoire, et devient moins distincte, comme l'effigie d'un vieil écu usé par le *frai*.

Ainsi étais-je. Avec le temps, mon chagrin était moins amer, ma peine moins lourde à porter. Au lieu d'une douleur aiguë et pleine de révoltes, je me sentais glisser dans une tristesse résignée. Non pas que j'aie jamais oublié celle qui fut mon premier et mon plus doux amour; mais si son souvenir m'était toujours cher, il n'était plus aussi constamment douloureux.

Depuis l'incendie du château de l'Herm, j'avais grandi beaucoup dans la considération des paysans des environs. Aux marchés de Thenon, aux foires de Rouffignac, partout, je trouvais assez de gens pour me convier à boire une chopine si j'avais voulu. Mais je n'acceptais pas souvent, ce qui peut-être m'a fait quelquefois passer pour fier, en quoi on s'est bien trompé. Je n'avais d'ailleurs aucun sujet de l'être, étant sans doute des moindres de ceux de par-là. Mais j'avais d'autres idées, d'autres goûts, et, grâce au curé Bonal, je voyais mieux et plus loin que les pauvres gens qui m'avoisinaient. Lorsque j'acceptais de choquer le verre avec eux, c'est qu'il y avait quelque service à leur rendre. Comme j'étais dans ces cantons le seul paysan sachant lire et écrire, au lieu d'aller trouver le régent de Thenon, ou quelque praticien, ils avaient recours à moi pour faire une lettre au fils parti pour le service, ou dresser un compte de journées, ou régler les affaires d'un métayer à sa sortie. Et quand je passais par les villages, partout on m'invitait à entrer boire un coup. Même il y avait des filles ayant bien de quoi qui me donnaient assez à connaître qu'elles m'auraient voulut pour galant. Il y en avait de celles-là qui étaient de belles droles, fraîches, gentes même, mais ça n'était plus ma pauvre Lina.

Mais ce qui me faisait le mieux venir des gens, c'était d'avoir pris leur défense, de les avoir débarrassés du comte et d'avoir aboli ce repaire de chenapans. Maintenant ils étaient tranquilles, ne craignaient plus de voir fouler leurs blés sous les pieds des chevaux, ou manger leurs raisins mûrs par les chiens courants. Ils s'en allaient par les chemins, sûrs désormais de ne pas être cinglés d'un coup de fouet pour ne s'être pas assez tôt garés, et ils allaient aux foires et dans les terres, certains qu'en leur absence leurs femmes ou leurs filles ne seraient pas houspillées par une jeunesse insolente.

Car, depuis l'incendie du château, le comte était parti, et aussi tous les siens. Lui, on ne savait trop où il était passé. La plus âgée de ses filles avait suivi, comme gouvernante le chapelain dom Enjalbert, qui avait été nommé curé du côté de Carlux; la seconde était placée comme demoiselle de compagnie dans une grande famille où elle ne tarda pas à mettre le désordre; la troisième, la plus délurée de toutes, avait été rejoindre à Paris sa sœur aînée qui depuis longtemps avait mal tourné. Quant à la plus jeune, a celle que j'avais emportée hors du château lors de l'incendie, elle s'était établie pas bien loin de l'Herm dans un petit domaine qui était un bien dotal de sa défunte mère, et que, pour cette raison, les créanciers n'avaient pu faire vendre comme le reste de la terre. Elle vivait là, chez la métayère, qui était sa mère nourrice, couchant dans une chambrette sur un mauvais lit, mangeant comme les autres de la soupe de pain noir, des châtaignes et des milliassous : dans la journée elle courait les bois, son fusil sous le bras, en compagnie de sa chienne. Avec ses allures de pouliche échappée, de toute la famille c'était la seule qui valût quelque chose. Elle était bien fière aussi, comme les autres; mais tandis que ses sœurs plaçaient mal leur fierté en continuant de mener une existence de dissipation, même aux dépens de leur liberté ou de leur honneur, elle, préférait une existence dure et paysanne à leur vie de sujétion ou de désordres. Les autres étaient tellement têtes fêlées, qu'elles n'avaient pas compris ça; aussi, lorsque la Galiote leur avait annoncé son intention, les moqueries ne lui avaient pas manqué :

— Et alors, te voici devenue une vraie Jeanneton?

— Il ne te manque qu'une quenouille!

— Et tu te marieras avec Jacquou!

« Tu te marieras avec Jacquou!... » Cette moquerie dérisoire qui me fut rapportée en riant fort par la sœur de lait de la Galiote, ramena ma pensée sur elle. Je me rappelai l'émotion que j'avais ressentie en l'emportant hors du château, et je restai tout songeur. Certainement, je crois bien que tout garçon de mon âge, vigoureux et sain comme moi, eût été troublé comme je l'avais été en sentant se mouvoir et se tordre dans mes bras ce beau corps de fille. Je ne m'étonnais donc pas de ça. Mais comment se faisait-il que le seul souvenir de ce moment-là pût m'émouvoir encore, moi qui n'avais jamais songé à autre femme qu'à Lina? Tout le jour je m'efforçai de chasser cette scène de ma mémoire, en me complaisant dans la remémorance de mes chères amours défuntes; mais j'avais beau faire, de temps en temps elle me revenait à l'esprit, tenace comme une ronce où on est empêtré.

« Que diable emporte cette Francette de m'avoir conté telle sottise! » pensai-je plusieurs fois.

Et de ce jour en avant, il me fut impossible de me débarrasser entièrement de la pensée troublante de cette scène, que quelque diable semblait raviver en moi à mon grand dépit.

Tandis que j'étais dans cet état d'esprit, mal content de moi-même, en raison de ce que je regardais comme une trahison envers la mémoire de mes parents et comme un affront à celle de ma pauvre Lina, le vieux Jean vint à mourir après quatre jours de maladie, et je me trouvai seul. Son neveu, qui était charbonnier comme lui, vint demeurer dans la maison avec sa femme et ses cinq droles, tout heureux de cette aubaine. Ça n'était pas un mauvais homme, mais il était si pauvre que ce petit héritage lui semblait le Pérou : aussi lui et les siens furent d'abord consolés de la mort de l'oncle Jean.

C'est, à mon avis, un des grands inconvénients de l'extrême pauvreté que d'étouffer ainsi les sentiments naturels entre parents. Celui qui, sans être riche, n'est pas pressé par le besoin, peut sans trop de peine faire passer l'affection pour la parentelle avant l'avantage d'hériter. Mais les pauvres diables qui, comme ce neveu de Jean, se galèrent toute l'année et peuvent à peine entretenir le pain à leurs petits droles, il est malaisé que le plaisir de les voir un peu sortir de la misère ne leur fasse pas oublier la mort des parents.

C'est une des choses qu'on reproche le plus à nous autres paysans; mais on voit tous les jours les messieurs qui ne manquent de rien en faire tout autant, en quoi ils sont beaucoup moins excusables.

Pour moi, je regrettai bien le vieux Jean qui avait été bon à mon égard, et j'aidai à le porter au cimetière; puis après, je me disposai à déloger.

En rassemblant mes quelques hardes, je trouvai le petit poignard de la Galiote, et ça me remémora les choses que j'avais un peu oubliées tandis que Jean était malade. Je fus au moment de le jeter au diable, mais tout de même je le mis au fond de mon havresac.

Mon paquet ne fut pas long à faire. J'avais deux chemises dont l'une sur la peau, un pantalon, une mauvaise veste, une blouse, une casquette de peau de renard, une paire de souliers et des sabots. Avec ça, un petit livre d'un esclave de l'ancienne Rome que m'avait baillé le défunt curé Bonal, une hache, et mon fusil qu'on avait retrouvé dans une cabane, caché sous de la feuille : voilà tout mon bien. Du temps de Lina, j'étais curieux de me mieux habiller pour lui faire honneur; mais maintenant il ne m'importait guère.

Mon petit paquet fait, je sifflai mon chien et je m'en fus, laissant la clef à une voisine pour la remettre au neveu de Jean qui avait été quérir son peu de mobilier.

J'étais parti délibérément, mais quand je fus à quelque distance, je m'arrêtai, pensant en moi-même où je pourrais aller. Comme je l'ai dit, il y avait bien des gens qui me faisaient bonne figure, et j'aurais pu sans point de doute trouver à me placer. Mais quoique la condition de domestique de terre, chez des paysans, travaillant et mangeant avec eux, n'ait rien de bien pénible, j'aimais trop ma liberté pour me louer. Peut-être qu'en me plaçant ainsi, j'aurais pu me marier sans servir sept ans comme Jacob. Il y avait aux Bessèdes une fille accorte qui me regardait d'un bon œil. La mère, veuve, avait besoin d'un gendre pour faire valoir le domaine, et, comme j'y avais travaillé quelque temps à la journée, elles m'avaient donné à comprendre toutes les deux que je leur convenais pour mari et pour gendre. Mais moi, je n'avais envie ni de la fille ni du bien, encore que le tout en valût la peine; aussi je recevais fraîchement les paroles amiteuses de la fille, et les avances de la mère.

Mais à cette heure il ne s'agissait plus de ça; où aller? En cherchant bien, je vins à songer à une vieille masure sise entre Las Saurias et le Gros-de-Mortier, et qui avait autrefois servi d'abri passager aux gardes-bois des seigneurs, mais qui était abandonnée depuis quelques années. Le dernier hôte était un brigand qui s'y était établi et qui y avait habité quelque temps, jusqu'au moment où il avait été pris et envoyé aux galères pour le restant de ses jours. Cette baraque, appelée « aux Ages », et les bois autour appartenaient à un propriétaire de Bonneval que j'allai trouver sur-le-champ. Comme c'était un bon homme, nous fûmes tout de suite d'accord. Il fut convenu que je me logerais là, sans payer de loyer, moyennant que, tous les ans, à la fête patronale de Fossemagne, qui tombe le 21 octobre, je lui porterais un lièvre et deux perdrix de redevance : la chose convenue, je m'en fus droit à la susdite baraque.

Pour dire la vérité, celle de Jean était une maison cossue à côté de celle-ci, et je me pris à rire en répétant un dicton du chevalier :

Voilà une belle maison, s'il y avait des pots à moineaux !

Il n'y avait que les quatre murs avec la tuilée en mauvais état. Le foyer était construit grossièrement de pierres frustes; pour toute ouverture il y avait une porte basse qui fermait au loquet; pour plancher c'était la terre nue où l'herbe avait poussé par l'inhabitation. Le premier jour, je couchai sur de la fougère que j'amassai dans un coin; mais le lendemain, m'étant procuré des planches et des piquets, je fis une manière de lit comme une grande caisse, et je dressai une table dans le même genre. Deux tronces équarries, de chaque côté de l'âtre, me servirent de banc, et me voilà dans mes meubles, comme on dit. Après ça, il me fallut acheter une marmite, une seille de bois, une soupière et une cuiller. — Heureusement, au moment de la mort de Jean, j'avais recouvré quelques sous qui me servirent bien. — L'endroit était fort sauvage, mais point déplaisant, du moins pour moi, car je crois qu'un monsieur de Périgueux ne s'y serait pas habitué aisément. Autour de la maison il y avait cinq ou six gros châtaigniers qui donnaient de l'ombre et sous lesquels venait une petite herbe courte et drue comme du velours, parmi laquelle poussaient par places des fougères et des touffes de cette fleur appelée bouton d'or, ou en patois : *paoutoloubo,* parce que les feuilles ressemblent à l'empreinte d'une patte de louve. Attenant la maison, il y avait un petit jardin aux murailles écrasées, plein d'herbes folles, de ronces, de buissons, d'églantiers, qui avaient étouffé un prunier sur lequel grimpait une clématite des haies, autrement appelée : « herbe aux gueux », parce que ces coureurs qui braillent piteusement les jours de foire à l'entrée des bourgs se servent des feuilles, ou du jus, pour se fabriquer ces plaies artificielles qu'ils étalent sous les yeux des passants.

Au-delà des châtaigniers, à quarante pas, c'étaient des bois taillis épais et vigoureux qui entouraient de tous côtés la maison, à laquelle on arrivait par un petit chemin perdu déjà, mangé par la bruyère, et qui s'arrêtait là. Une fontaine, dans le genre de celle de la tuilière, était à trois cent pas de là, au fond d'une petite combe pleine de joncs ; l'eau n'en était pas bien bonne, mais il fallait s'en contenter. Les bonnes fontaines sont rares sur certains hauts plateaux du Périgord : aussi les belles sources abondantes, de tout temps depuis les druides, ont été l'objet d'une grande vénération dans nos pays. Il y en a beaucoup, où, dans les premiers jours de l'automne, on se rend de loin, comme en pèlerinage, pour en boire les eaux salutaires. A quelques-unes, les femmes viennent déposer un œuf sur la pierre, pour porter bonheur à la couvée ; dans d'autres, les filles jettent une épingle pour trouver un mari ; et, comme toutes veulent se marier, il y en a où l'on voit au fond de l'eau des milliers d'épingles. Dans certains cantons où il n'y a pas de fontaines, les puits sont révérés comme elles, et la fille de la maison, le jour de la Noël, laisse tomber un morceau de pain dedans pour que l'eau ne tarisse pas.

Ce qui me plaisait dans cette maison des Ages, c'est qu'elle était toute seule au milieu de la forêt, assez loin des villages, et qu'il n'y avait pas de danger d'avoir de dispute avec les voisins. Cet endroit désert allait bien avec mes idées tristes, et la vie solitaire qu'on y menait de force, s'accordait bien avec mes goûts. Et puis j'aimais ma forêt malgré sa mauvaise renommée. J'aimais ces immenses massifs de bois qui suivaient les mouvements du terrain, recouvrant le pays d'un manteau vert en été, et, à l'automne se colorant de teintes variées selon les espèces : jaunes, vert-pâle, rousses, feuille-morte, sur lesquelles piquait le rouge vif des cerisiers sauvages, et ressortait le vert sombre de quelques bouquets de pins épars. J'aimais aussi les combes herbeuses fouillées par le groin des sangliers ; ces plateaux pierreux, parsemés de bruyères roses, de genêts et d'ajoncs aux fleurs d'or ; ces vastes étendues de hautes brandes où se *flatraient* les bêtes chassées ; ces petites clairières sur une butte, où, dans le sol ingrat, foisonnaient la lavande, le thym, l'immortelle, le serpolet, la marjolaine, dont le parfum me montait aux narines, lorsque j'y passais mon fusil sur l'épaule, un peu mal accoutré sans doute, mais libre et fier comme un sauvage que j'étais.

Pourtant, il me fallait bien en sortir lorsque j'allais travailler dans les environs, mais j'y revenais toujours avec plaisir. Le soir, la journée faite, après avoir soupé, je m'en retournais aux Ages, cheminant lentement dans les bois, suivi de mon chien. Je jouissais de me retrouver seul, débarrassé de la sujétion du mercenaire et des propos importuns, et je m'entretenais avec mes souvenirs.

En quittant les Maurezies, j'avais cru, je ne sais pourquoi, laisser derrière moi la pensée de cette Galiote qui me tourmentait, mais il n'en était rien. En fermant les yeux, il me semblait la voir encore dans la cour du château, les cheveux dénoués, les épaules nues, les narines frémissantes, me jeter un regard acéré. Et je croyais la tenir encore dans mes bras, me révélant, à son insu, en se débattant, les beautés de son corps, furieuse de recevoir sur son front des gouttes de mon sang.

Ah! ce n'était plus le sentiment doux et profond qui m'attachait à Lina ; ce n'était plus cette tendresse de mon cœur qui faisait que je ne voyais qu'elle au monde, mais un furieux appétit de la chair superbe de cette créature. Je ne l'aimais pas, je la haïssais plutôt, et cependant j'étais entraîné vers elle, je la voulais avec rage. Je me révoltais contre cette passion, je m'accusais de lâcheté pour mêler ainsi à la haine que j'avais vouée à cette race maudite des Nansac un désir qui l'affaiblissait. Mais, malgré tout, je ne réussissais pas à chasser de mon esprit cette vision qui me hantait.

Pourtant, quoique impuissant à repousser cette obsession humiliante, je me sentais encore maître de ma volonté et ça me rassurait : mais bientôt j'eus une terrible secousse.

Un dimanche que je chassais dans la forêt, entre les Foucadies et le Lac-Nègre, tandis que mon chien suivait la voie d'un lièvre, à la croisée de deux sentiers dans le taillis, je me rencontrai avec la Galiote. Elle marchait lestement, suivie de sa chienne, son fusil sur l'épaule, l'air crâne, la mine assurée. Elle avait des culottes de coutil, des guêtres de toile qui lui prenaient le mollet, une grande blouse plissée, en cotonnade rayée, à ceinture lâche, et un chapeau de feutre gris dans lequel elle avait piqué une plume de geai. La large courroie de la carnassière passant entre ses petits seins les faisait ressortir fermes et libres sous la légère étoffe. Je m'arrêtai coup sec en la voyant, comme suffoqué par une sensation brûlante, et lorsqu'elle passa, les joues rosées, l'œil brillant, un brin de marjolaine entre ses lèvres rouges, je sentais mes tempes battre avec un bruit.

Elle passa fière, en me jetant un coup d'œil dédaigneux, et moi, je restai là tout capot, sans trouver une parole, la regardant s'éloigner de son pas léger et cadencé.

Cette rencontre aggrava ma situation. J'étais comme un homme qui a une épine enfoncée au profond de la chair, et qui, à chaque mouvement, ressent un élancement douloureux. Tout me rappelait la Galiote : un geai criard s'envolant à mon approche me faisait penser à la plume de son chapeau ; l'odeur de la marjolaine me rappelait le brin qu'elle avait à la bouche ; dans les sentiers sur la terre fraîche, je retrouvais l'empreinte de son petit pied ; enfin, le silence et la solitude, tout me parlait d'elle, sans compter le sang bouillant de la jeunesse. Malgré ça, je résistais toujours, et j'avais même la force de ne pas aller chasser aux environs de l'Herm, pour ne pas la rencontrer de nouveau. Mais quand le diable s'en mêle comme on dit, on est pris du côté où on ne se méfie pas.

Un mardi, à la vesprée, je revenais de Thenon où j'avais été vendre un lièvre et un couple de lapins, et je marchais vite, parce que le temps menaçait. L'air était lourd et étouffant ; les genêts sauvages, chauffés par le soleil, exhalaient leur odeur âcre ; des roulements de tonnerre se succédaient, après de longs éclairs qui déchiraient le ciel. Un vent brûlant poussait des nuages noirs, roussâtres, courbait les taillis et balançait en l'air les hauts baliveaux. Les oiseaux, effarés, rentraient de la picorée aux champs s'abriter sous bois. Les mouches plates se collaient sur ma figure, terribles comme des poux affamés, et autour de moi les taons tourbillonnaient enragés.

« Jamais plus je n'arrive assez tôt ! » me disais-je en regardant le ciel.

Et, en effet, à deux cents toises des Ages, de grosses gouttes commencèrent à tomber, s'aplatissant dans la poussière du sentier d'où montait cette odeur fade que dégage la terre en temps d'orage. Et puis la pluie tomba serrée, drue, comme qui la verse à seaux, de manière que lorsque j'arrivai à la maison, j'étais tout trempé.

Ayant quitté ma blouse, je mis ma mauvaise veste, et je jetai sur les pierres du foyer une brassée de branches que je fis flamber vitement. Tandis que j'étais là à me sécher les jambes, mon chien, qui regardait le feu, se tourna et se mit à grogner, puis à japper. En même temps, la porte s'ouvre vivement et je vois la Galiote.

Ça me donna un coup dans l'estomac, mais elle ne fut pas moins surprise que moi ; en me voyant, elle s'arrêta sur le seuil.

— Entrez ! Entrez sans crainte, lui dis-je en me levant, venez vous sécher.

Elle ferma la porte et s'avança vers le foyer.

— De crainte, je n'en ai point! dit-elle bravement.

— Et vous avez raison. Tenez, mettez-vous là, et tournez-vous vers le feu...

Et, en disant ceci, j'avais poussé une des tronces de bois qui servaient de siège au milieu, devant le foyer.

Elle posa son fusil dans le coin de la cheminée, ôta sa carnassière, la mit sur la table, et s'assit, tournant le dos à la flamme. Pendant ce temps, mon chien flairait sa chienne et lui faisait fête.

Ce n'est pas pour dire, mais, quoique je fisse le crâne, le cœur me battait fort en la voyant là. Sa blouse mouillée lui collait au corps, marquant ses belles formes et bientôt elle commença à fumer, l'enveloppant d'une légère buée. Pour cacher mon trouble, je fus chercher une brassée de bois sec, que je jetai sur le feu. Puis il y eut un moment de silence, tandis que dans la cabane obscure où il fumait comme dans un séchoir à châtaignes, se répandait la bonne odeur du genévrier qui brûlait.

— Vous ne venez pas souvent de ces côtés, lui dis-je pour rompre ce silence embarrassant.

— C'est la première fois ; je me suis égarée en suivant un lièvre blessé.

— Il est heureux que je sois arrivé à temps de Thenon ; vous auriez attrapé du mal à rester ainsi trempée.

— Oh!... fit-elle seulement, en haussant un peu les épaules.

J'aurais voulu me taire, mais je ne le pouvais pas.

— Votre chapeau dégoutte sur vous, partout, repris-je ; vous ferez bien de le quitter pour le faire sécher.

Elle ôta son chapeau et chercha un endroit où le poser ; mais il n'y avait ni landiers, ni rien.

— Donnez-le-moi, je vais le tenir.

Et je le lui pris des mains, un peu malgré elle, avide de toucher un objet à son usage.

Lorsqu'elle fut décoiffée, ses lourds cheveux d'or massés sur la nuque brillèrent aux reflets de la flamme, éclairant la masure sombre. Elle regardait ce misérabe mobilier, ce lit de planches garni de fougères, avec une méchante *couverte*[1] cette table faite de quatre piquets plantés en terre, sous laquelle une marmite rouillée représentait toutes les affaires de cuisine.

— Alors, vous demeurez ici ? dit-elle pour ne pas affecter de se taire.

— Eh! oui, et vous voyez qu'il n'y a rien de trop : je couche dans mon fourreau, comme l'épée du roi.

Elle hocha la tête, comme pour approuver.

Il y eut un moment de silence, pendant lequel on entendait, de quelque trou dans la tuilée, des gouttes de pluie tomber avec un bruit mat sur la terre battue, régulièrement, comme un balancier de pendule marquant les secondes. Du coin du feu où j'étais, je la regardais sans qu'elle me vît, admirant les frisons d'or qui se tordaient sur son cou et sa mignone oreille rose, sans aucun pendant. Mais, se sentant sèche dans le dos, elle se tourna face au foyer, allongea vers le feu ses petits souliers ferrés, et tendit à la flamme ses mains humides, avec un léger frémissement de plaisir.

Alors je m'efforçai de la regarder sans en faire le semblant. Elle soulevait légèrement sa blouse qui collait sur sa poitrine et ses bras, et regardait ses guêtres qui fumaient. Ah! la belle créature, et quel charme sain et robuste se dégageait de ce jeune corps superbe que ne gâtaient pas

1. Couverture.

les affiquets féminins! Des idées folles me passaient par la tête, en la voyant là, tout près de moi, à ma merci, pour ainsi dire. De son chapeau, que je tenais, montait la bonne odeur de sa chair : j'étais comme ivre, et je me sentais ma raison s'en aller.

Alors je fis un effort sur moi-même, et je sortis pour échapper à la tentation, la laissant seule finir de se sécher à son aise. L'orage était passé ; on n'entendait plus que quelques lointains roulements du tonnerre. Une bonne fraîcheur avait succédé à la chaleur étouffante de tout à l'heure. Autour de la maison, les feuilles luisantes des grands châtaigniers laissaient choir des gouttes qui faisaient trembler les fougères venues à l'ombre. Je m'éloignai un peu, marchant à pas lents dans le mauvais chemin semé de flaques d'eau. Dans les bois, tout semblait rajeuni ; l'herbe était plus verte, les fleurs des genêts plus jaunes, celles des bruyères plus roses, cependant que les scabieuses sauvages, chargées d'eau, inclinaient leurs têtes sur leurs tiges grêles, et que les houx nains faisaient briller leurs feuilles rigides. Le soleil tombait derrière l'horizon, envoyant à travers les bois ses derniers rais qui faisaient briller les gouttelettes tremblotantes aux épillets de la folle avoine. Une senteur rustique et fraîche venait de la terre abreuvée où foisonnaient les plantes sauvages : thym, sauge, marjolaine, serpolet, et l'herbe jaune de Saint-Roch à la subtile odeur. Je me promenai un moment, la tête nue, aspirant avec avidité l'air pur et frais, et roulant dans ma tête des pensées contradictoires comme les sentiments qui s'agitaient. L'*Ave Maria* sonnait au clocher de Fossemagne, et les vibrations sonores s'épandaient dans le crépuscule avec une mélancolique harmonie. Peu à peu je sentais descendre sur moi les impressions apaisantes de la chute du jour, et bientôt la fraîcheur qui m'enveloppait acheva de me calmer, et je revins à la maison.

Devant le foyer, qui brillait seul au fond de la masure, la Galiote était debout.

— Il est tard ? demanda-t-elle.

— La nuit vient, lui répondis-je.

— Alors, je vais partir, fit-elle en prenant son fusil.

— Je vais vous mettre dans votre chemin : vous vous perdriez dans ces bois.

Et je sortis après elle.

Nous cheminions en silence, moi, pensant à cette belle créature, non plus avec les ardentes convoitises de tout à l'heure, mais avec la résolution virile de me souvenir qu'il y avait entre nous des choses inoubliables ; elle, songeant à je ne sais quoi. Après une demi-heure de marche, ayant trouvé la grande voie mal famée d'Angoulême à Sarlat, nous la suivîmes un moment, jusqu'au droit du village du Puy, après quoi, entrant dans les taillis, nous traversâmes la forêt de l'Herm. Nous passions par des sentiers étroits, à peine frayés souvent, tout à fait perdus quelquefois. Je marchais devant la Galiote, écartant une branche d'églantier, l'avertissant de la rencontre d'une flaque d'eau ; et lorsqu'une cépée courbée par l'orage barrait le chemin, je la relevais pour la laisser passer. Au bout de trois quarts d'heure, le sentier débouchait du bois dans une lande d'où l'on voyait les vitres de la métairie où elle habitait, luire faiblement dans la nuit.

— Vous voici rendue, à cette heure.

— Merci, Jacques, me dit-elle, d'une voix claire, en me regardant fixement ; merci.

Je la contemplai un instant, l'enveloppant tout entière d'un regard ardent, et je fus au moment de lui répondre : « Je voudrais vous avoir sauvé la vie! », mais je me retins :

— Adieu, demoiselle!

Et, tandis qu'elle s'éloignait, je rentrai dans le bois.

Pour m'en retourner, je m'en fus passer au *Jarry de las Fadas*, et, quand je fus en haut du tuquet, je m'assis au pied de l'arbre. La lune se levait rouge, sanglante, sur l'horizon, et montait lentement, sinistre dans le ciel noir. Je la regardai longtemps, fixement, en songeant à la Galiote, en me faisant des reproches de n'avoir pas été plus ferme. J'avais des remords d'avoir fait taire en sa présence la haine que j'avais pour elle et les siens. C'était bien malgré moi, car sa vue inattendue m'avait troublé au point de me faire tout oublier un moment. Puis je me cherchais des excuses : que pouvais-je faire autre que ce que j'avais fait ? Devais-je la repousser hors de ma cabane, avec ce temps à ne pas mettre un chien dehors, comme on dit ? Non, ça ne se pouvait pas. Et, un peu tranquillisé par ces raisons, je me repaissais de son image que je croyais avoir encore devant mes paupières.

Certes, son dernier regard, en me quittant, n'était plus ce regard méchant, transperçant comme une épée, qu'elle m'avait jeté dans la cour du château, la nuit de l'incendie. La haine méprisante qui débordait alors de tout son être avait disparu. Je comprenais bien que ma manière d'être avec elle, ce soir, avait dû amener ce changement ; mais il me semblait, en me rappelant ses paroles, son attitude, l'expression de sa physionomie, qu'il y avait quelque chose de plus que de la reconnaissance pour un service rendu. Dans ma folie, je me disais : « Cette fille fière et rebelle à l'amour, que les mauvais exemples de ses sœurs et les galanteries des jeunes fous qui fréquentaient à l'Herm n'ont pu gâter, a-t-elle été touchée par la passion ardente qui flambait visiblement en moi, encore que je m'efforçasse de le cacher ? » Certes, en laissant de côté ma misérable situation, je pouvais n'en être pas trop étonné. A cette époque, j'étais un robuste et beau mâle, bien fait pour tourner la tête d'une de ces grandes dames dont j'avais ouï parler, qui prennent leurs amants dans une condition inférieure pour les mieux dominer.

Mais, malgré la passion qui me poussait vers la Galiote, je me révoltais à la pensée de jouer ce rôle d'amant méprisé. A son orgueil de fille noble, j'opposais ma fierté d'homme, et, malgré la fougue de son impérieuse nature, je me sentais assez d'énergie pour la dompter et lui imposer la suprématie virile.

Comme j'étais dans ces pensées, agité, incertain des vrais sentiments de la Galiote, mon chien, qui était couché en rond à mes pieds, leva la tête et grogna sourdement. Je me couchai l'oreille à terre, et j'ouïe des pas d'homme venant vers moi. Aussitôt, prenant mon chien par la peau du cou, je l'entraînais derrière le gros chêne où je me cachai, mon fusil à la main, appuyé contre l'arbre. Quelque dix minutes après, trois hommes arrivaient en haut du tertre. Ils étaient habillés de vestes brunes et coiffés de grands chapeaux rabattus ; leur mouchoir noué au-dessous des yeux les masquait, et ils avaient chacun en main un gros bâton, de ceux que nous appelons en patois, des *billous*. Je les regardai passer, tenant la gueule de mon chien avec la main, de crainte qu'il ne jappât mais il faisait très noir et, accoutrés comme ils étaient, je ne les connus pas. Par exemple, il n'était pas malaisé de voir que c'étaient des brigands qui revenaient de faire quelque mauvais coup ou y allaient ; de ceux-là qui tueraient un mercier pour un peigne.

Je restai là une heure encore, puis je revins

vers les Ages, pensant toujours à la Galiote, marchant doucement, comme celui qui n'est pas pressé de se coucher, parce qu'il sait qu'il ne dormira pas. J'étais à une portée de fusil de la maison, lorsque tout à coup, bien loin, dans la direction de la cafourche déserte de la route de Bordeaux à Brives et du grand chemin d'Angoulême à Sarlat, j'ouïs s'élever dans la nuit un grand cri d'appel : « Au secours! » étouffé soudain comme si l'homme avait été brusquement pris à la gorge ou assommé d'un seul coup. Les cheveux m'en levèrent sur la tête : « C'est quelque malheureux qu'on assassine », me dis-je, et aussitôt je me mis à courir de ce côté. Arrivé à la cafourche, tout essouflé, suant, je ne vis rien. Je suivis la route jusqu'à la croix de l'Orme, criant : « Hô! hô! » pour avertir, s'il n'était pas trop tard, puis je remontai à l'opposé vers le Jarripigier, criant toujours de temps en temps, mais je ne vis ni n'entendis rien, de manière qu'après avoir cherché, viré pendant trois quarts d'heure environ, je m'en retournai aux Ages, où je me jetai sur la fougère pour essayer de dormir. Mais ce cri terrible, angoissé, joint à ce que j'avais l'esprit troublé par la passion, m'empêcha de fermer l'œil. « Peut-être, me disais-je, est-ce quelque pauvre diable allant à une foire des environs que ces scélérats auront assommé et jeté ensuite dans le Gour. »

En ce temps-là, il y avait beaucoup de crimes impunis. Des marchands venus de loin, des porteballes courant les foires avec leur argent dans une ceinture de cuir, disparaissaient sans qu'on y prît garde. Ce n'est que longtemps après, ne les voyant pas revenir, qu'on s'en inquiétait dans leur pays. De savoir alors au juste où, comment et à quelle époque ils avaient disparu, et surtout quels étaient les assassins, les parents au loin en étaient bien empêchés : autant chercher une aiguille dans un grenier à foin. C'était d'autant plus difficile, que les brigands les faisaient disparaître pour toujours dans les endroits comme l'abîme du Gour, ou encore le trou de Pomeissac près du Bugue, où tant de personnes ont été jetées, après avoir été assassinées sur le grand chemin voisin, qu'on a été obligé de le faire boucher...

Mais laissons ces brigandages. Je restai quelque temps tout imbécile, tirassé entre une grande envie de revoir Galiote, et ma conscience qui me le défendait. J'étais ennuyé et fatigué de ça et je me disais quelquefois qu'autant vaudrait pour moi être au fond d'un de ces abîmes d'où l'on ne remonte pas. « Ah! me disais-je, si j'étais couché pour toujours à côté des os de ma Lina, tout serait fini! Que puis-je attendre de l'existence, sinon la misère et le crève-cœur de mes regrets ? » Car j'avais beau être entraîné vers cette fille du diable, l'appéter comme un fou, je n'en gardais pas moins le souvenir très pur et très cher de mes premières amours, que la force de ma passion présente pouvait bien obscurcir dans les moments de folie, mais non pas effacer.

Heureusement, ces heures de découragement étaient rares ; j'en avais honte ensuite en me rappelant les leçons du curé Bonal, qui disait coutumièrement que l'homme devait porter sa peine en homme, et que la force était la moitié de la vertu.

Je ne cherchais pas à revoir celle qui m'avait comme ensorcelé, mais tout de même je la rencontrais parfois. Avec un peu de vanité, j'aurais pu croire que ces rencontres ne lui déplaisaient pas. Nous nous disions quelques paroles en passant, et des fois elle s'arrêtait pour parler plus longuement.

Je lui enseignais un lièvre gîté ou une compagnie de perdreaux, et ça lui faisait plaisir. Elle était bien revenue de ses méprisantes façons d'autrefois, et voyant qu'au demeurant je n'étais ni bête, ni tout à fait ignorant, elle commençait à soupçonner qu'un paysan pouvait être un homme. Pour être vrai, je crois que ma personne lui agréait. Comme je l'ai dit déjà, j'étais, en ce temps de ma jeunesse, grand, bien fait ; j'avais les épaules larges, les yeux noirs, le cou robuste, les cheveux touffus, et une courte barbe noire frisée ombrait mes joues brunes, car d'aller donner deux sous au perruquier de Thenon toutes les semaines pour me faire raser, je n'en avais pas le moyen.

Quand nous étions ainsi arrêtés quelques

minutes, je connaissais que cette fille farouche aux hommes jusqu'ici, commençait à penser à l'amour. Le sang de sa race parlait dans ses yeux, lorsqu'elle me dévisageait hardiment et me toisait des pieds à la tête, sans point de gêne, comme elle aurait admiré un beau cheval. Je comprenais bien ça, et j'en étais quelque peu mortifié ; mais comme, de mon côté, c'était la belle et la crâne fille qui me tentait, je ne faisais pas trop de compte de ses manières.

Dans ces moments, en la regardant, il me prenait des envies sauvages de me jeter sur elle, et de l'emporter au fond des taillis épais comme fait un loup d'une brebis. Elle le voyait bien à mes yeux qui luisaient, à ma voix qui s'étranglait, à tout mon être qui frémissait ; mais elle ne s'en émouvait pas autrement. Si la chose était arrivée, je ne sais pas trop comment ça se serait arrangé, car elle n'était pas de ces filles qui par faiblesse, ou par bonté de cœur, se laissent aller à celui qu'elles aiment. C'était une de ces rudes femelles qui se défendent des ongles et des dents, rétives à la maîtrise de l'homme encore qu'elles le désirent, et, jusque-là, veulent encore commander.

L'hiver se passa ainsi, dans ces tirassements entre la passion qui me tenait et ma volonté qui reprenait le dessus lorsque j'étais hors de la présence de Galiote. Pendant la mauvaise saison, je n'avais pas d'ouvrage aux champs, mais seulement quelque peu de bois à couper, de manière qu'il me fallait pour vivre, chasser et piéger. Autour de la forêt, dans les friches pierreuses, semées de genévriers, je tendais des trappelles pour les grives, et, dans les haies de ronces, de cornouillers et d'églantiers, des engins à prendre les merles. Dans les vignes entourées de murailles, où il y a force clapiers, je posais des setons pour les lapins. Je prenais des renards, puis des fouines et autres bêtes puantes dans les vieilles masures abandonnées, et des fois, au clair de lune, dans les cantons où il y avait des terriers de blaireaux, j'allais à l'affût, et j'attendais l'animal qui venait se dresser contre un pied de blé d'Espagne oublié au coin d'une terre, croyant y trouver l'épi. Lorsqu'il faisait trop mauvais temps, je me tenais à la maison, façonnant des pièges à taupes, des cages en bois, des manches de fouet avec des tiges de houx, des paniers, des fléaux et autres petites gazineries. Par tous ces moyens je ne manquais pas de pain, mais au reste, je mangeais plus de frottes et d'oignons que de poulets rôtis. Quoique restant souvent jours sans parler à âme qui vive, je ne m'ennuyais point, ayant été accoutumé de bonne heure à être seul, et de nature n'aimant guère la compagnie. Et puis dans l'imbécillité d'esprit où j'étais lors, ayant la tête pleine de la Galiote, j'avais de quoi m'occuper. Quelquefois je jetais les yeux sur la cosse de bois où elle s'était assise et je croyais la voir encore allongeant vers le feu ses petits pieds et ses mains roses, où transparaissait le sang. D'autres fois, je levais la tête et je regardais vers la porte qui, me semblait-il, allait s'ouvrir pour la laisser entrer. Le poignard que je lui avais enlevé était fiché dans une planche au chevet de ma couche, et quelquefois je le maniais, essayant la pointe sur un de mes doigts, et le bleu sombre de la lame d'acier me rappelait la couleur de ses yeux.

Au sortir de l'hiver, un dimanche de mars, par un beau soleil, je fus saisi d'une terrible envie de la revoir. Il y avait tantôt deux mois que je ne l'avais pas rencontrée, car l'hiver avait été dur, la neige avait tenu longtemps, et il me semblait qu'il y avait dix ans. J'étais mû par un sentiment instinctif qui me portait de son côté, tout de même que l'eau coule sur la pente, que la flamme monte en l'air, que la plante se tourne vers le soleil. Je pris mon fusil, *desseignant* [1] d'aller du côté du domaine où elle demeurait, avec l'espoir qu'en rôdant autour je l'apercevrais sans être vu. Mais lorsque je fus près de La Granval, soudain la pensée du défunt curé Bonal me revint et, avec elle comme une bouffée de révolte, les souvenirs de ma jeunesse et la mémoire des miens morts de misères et de désespoir.

Je m'arrêtai coup sec, effrayé de cet anéan-

1. Dans le dessein de...

tissement de ma volonté : « Misérable! me dis-je, lâche! vas-tu oublier la haine jurée à la race maudite des Nansac!... »

Et sur le coup de la colère, changeant de chemin, je m'en fus passer au bout de l'allée de châtaigniers où nous avions enterré le pauvre curé. La terre relevée s'était tassée, enfonçant le cercueil de bois blanc, en sorte que la tombe ne marquait plus guère. L'herbe poussait égale et drue dans l'allée abandonnée, recouvrant le tout. « Encore un hiver, pensai-je, et les pluies auront nivelé entièrement le terrain, et la trace de la fosse de ce brave homme, disparaîtra entièrement. Son souvenir vivra encore parmi ceux qui l'on connu, mais, ceux-là morts à leur tour, nul plus ne s'avisera de songer à lui; l'oubli profond couvrira de son ombre et la sépulture et le souvenir : ainsi vont les choses de ce monde. » Et des idées tristes me venant à l'esprit, je m'en fus lentement vers le Gour, et là, je restai longtemps, les yeux attachés sur cette nappe d'eau qui montait des profondeurs souterraines où dormait la pauvre Lina. Puis je fus pris par un désir grand de parler d'elle, et j'allai à Bars trouver la Bertrille.

On sortait de vêpres comme j'arrivais, et je me plantai contre l'ormeau pour l'attendre; mais j'eus beau épier, je ne la vis point. Tout le monde étant dehors, je me promenai un instant, espérant trouver quelqu'un de connaissance pour me renseigner, car je la croyais toujours à Puypautier. Dans la méchante auberge de l'endroit, on chantait fort, et en passant j'aperçus le fameux Guilhem de la Mathive, saoul comme la bourrique à Robespierre, ainsi qu'on dit, je ne sais pourquoi. Au bout des maisons, qui ne sont pas en quantité, au moment où je passais devant une petite bicoque, la Bertrille en sortit et, me voyant, vint à moi.

— Et comment ça va? lui dis-je.

— Hélas! mon pauvre Jacquou, j'ai eu bien des malheurs depuis que je ne t'ai vu!

— Et quels, ma Bertrille?

— Ma mère est tombée paralysée et ne bouge plus du lit, et puis mon pauvre Arnaud est mort là-bas, en Afrique, six mois avant d'avoir son congé.

— Pauvre Bertrille, je te plains bien!

Et, là-dessus, nous nous entretînmes de nos malheurs à tous deux; moi lui parlant de son bon ami, elle me parlant de Lina.

Et, à ce propos, elle me dit que cette vieille gueuse de Mathive était tout à fait malheureuse avec ce mauvais sujet de Guilhem qui avait pris une jeune chambrière à la maison, mangé le bien à moitié, et par-dessus le marché la rouait de coups.

— Et tant mieux! fis-je, je ne serai content que lorsque je la verrai, le bissac sur l'échine, crever au bord de quelque chemin!... Mais ta mère, — repris-je, — n'y a-t-il point d'espoir qu'elle guérisse?

— Hélas! non : d'ailleurs tu peux bien la voir dit-elle en rouvrant la porte.

Et j'entrai après elle.

Quelle misère! Dans un clédier à sécher les châtaignes où l'on avait fait une cheminée grossière comme celle d'une cabane des bois, les deux pauvres femmes étaient logées. Il n'y avait en fait de meubles qu'une table contre un mur, avec un banc et, de l'autre côté, le méchant lit où gisait la paralytique. A peine pouvait-on passer entre la table et le lit, tellement c'était petit.

— Voilà Jacquou qui te vient voir, mère! fit la Bertrille; tu sais bien, c'est lui qui était chez le curé Bonal, à La Granval.

La malade, qui n'avait plus de vivant que les yeux, baissa les paupières, pour dire. « Oui, je sais. »

Lui ayant dit, en manière de consolation, qu'il ne fallait pas désespérer, que sans doute la chaleur venant la guérirait, elle fit aller ses yeux à droite et à gauche en signifiance qu'elle n'y croyait point.

Après quelques paroles de réconfort, je sortis avec la Bertrille.

Nous nous en allions doucement le long du chemin creux, entre les haies épaisses qui garnissaient les talus. J'avais une idée, mais je n'osais pas l'avouer à la pauvre drole, et je regardais machinalement les buissons noirs où restaient quelques prunelles bleuâtres flétries par l'hiver, et le chèvrefeuille qui, s'étalant sur les ronces et les viornes, laissait pendre des jets sur le chemin. De temps en temps, je cassais une brindille sans m'arrêter, et je mâchonnais, toujours muet; mais enfin je me trouvai honteux de ma couardise, et, prenant courage, je dis :

— Pauvre Bertrille, excuse-moi... comment faites-vous pour vivre, toi ne pouvant aller en journée?

— Je file tant que je peux.

— Et tu gagnes quatre à cinq sous à ce métier; tu n'as pas pour vous entretenir le pain, surtout qu'il est cher, cette année!

Elle marchait la tête baissée et ne répondit pas.

Quelque chose me traversa le cœur, comme une aiguille.

— Et peut-être, repris-je, vous n'en avez pas, en ce moment?

Elle répondit toujours point.

Alors je lui attrapai la main :

— Regarde-moi, Bertrille.

Elle leva vers moi ses yeux pleins de larmes.

— J'ai trente sous dans ma poche; je t'en prie, prends-les... les voici...

Elle hésita une seconde, mais, quand elle vit mes yeux humides, elle prit les sous.

— Merci, mon Jacquou.

— Si les pauvres ne s'aident pas entre eux, qui les aidera? Je n'ai personne au monde, il me semble que tu es ma sœur.

Elle mit les sous dans la poche de son devantal, et nous revînmes vers le bourg.

— Ecoute, Bertrille, lui dis-je devant la porte, ne te fais pas de peine et ne te tue pas à veiller avec ta quenouille pour avoir du pain : moi je suis là; dimanche, je reviendrai.

— Oh! Jacquou, je ne veux point te mettre cette charge de deux femmes sur les bras.

— Je suis fort assez pour la porter, lui répondis-je, n'aie point de honte de ça; suppose que je sois ton frère, ajoutai-je en lui tenant la main.

Elle me regarda avec un tel élancement d'âme que l'étincelle jaillie de ses yeux me donna un petit frémissement d'émotion.

— Adieu, lui dis-je, et à dimanche!

Je m'en allai tout autre que je n'étais venu, content de moi, le cœur solide, prêt à tout. Le plaisir d'avoir rendu service à ces deux pauvres femmes, la résolution que j'avais prise de les assister dans leur malheur, tout cela me transportait. Il me semblait que désormais je n'étais plus un être inutile à tous; j'avais un but, une tâche à remplir que je m'étais donné moi-même, et cette tâche avait quelque chose de sacré qui me relevait dans ma propre estime; tout cela me faisait du bien.

Pendant la semaine, je travaillai avec courage, sans perdre une journée, comme ça m'arrivait quelquefois lorsque je n'avais à penser qu'à moi, puis, le dimanche venu, je m'en fus à Bars. A la pensée de ce que j'allais faire, je sentais une satisfaction intérieure qui m'était inconnue auparavant, et je marchais allègrement, impatient d'apporter quelque soulagement à la misère de ces deux malheureuses créatures.

Je les trouvai toujours dans la même situation : la mère gisant sur son grabat; la fille, sa quenouille au flanc, filant toujours à s'user les doigts. Lorsque après être resté un instant avec elles je sortis, la Bertrille vint à moi, et tout en marchant je lui donnai l'argent de ma semaine; là-dessus, la pauvre drole me dit :

— O Jacquou! il faut bien que ça soit toi pour que je le prenne! d'un autre je mourrais de honte.

— Mais de moi tu peux tout prendre comme de ton frère, je te l'ai dit : accepte donc ce peu, de grand cœur, comme je te le présente!

Alors, ayant pris l'argent, elle s'attrapa à mon bras et nous fîmes une centaine de pas dans le chemin sans parler.

Puis revenus devant la porte, nous nous regardâmes un instant, contents l'un de l'autre, et je lui dis :

— A dimanche, ma Bertrille.

— A dimanche alors, mon Jacquou.

Cela dura près de trois mois ainsi. La joie d'être moi, chétif, comme une petite providence pour la Bertrille et sa mère, et le sentiment de la responsabilité que j'avais prise de moi-même, me faisaient homme et tout autre. Toutes les folles pensées, toutes les ardentes convoitises, toutes les âpres révoltes de la chair qui m'agitaient naguère étaient matées par la satisfaction du devoir accompli. A peine si de loin en loin une circonstance extérieure venait me rappeler la Galiote, et lorsque ça arrivait, je pensais à elle sans trouble aucun. Je me sentais heureux d'être débarrassé de cette fièvre amoureuse qu'elle me donnait, et qui empiétait sur ma volonté.

« Au moins, me disais-je, si je dois aimer, que ce soit une fille de la terre périgordine, une pauvre paysanne comme moi, et non une fille de cette race exécrée des Nansac ! »

Je rencontrais bien quelquefois la Galiote, quoique plus rarement qu'auparavant, mais je ne ressentais plus en sa présence ce bouillonnement de sang, cette rage de désirs sauvages qui m'affolaient jadis. Les filles, encore qu'elles n'aient pas eu affaire aux hommes, comme celle-ci, connaissent bien ces passions qu'elles excitent ; aussi la Galiote s'étonnait de me voir maintenant tranquille et froid près d'elle. Lorsqu'un jour, voulant la chasser de ma pensée, je lui rendis son petit poignard, elle eut comme un mouvement de dépit. Peut-être était-elle piquée de ce changement, car certaines femmes des plus fières prennent, dit-on, parfois un secret plaisir à l'admiration naïve, au désir crûment exprimé d'un rustre.

A sa manière d'être, il me semblait qu'elle essayait de souffler sur ce brasier éteint, pour le raviver; mais c'était peine perdue. Même elle présente, j'avais la vision de ces deux femmes malheureuses là-bas, auxquelles j'étais nécessaire, et je m'étais trop entièrement dévoué à la Bertrille, pour désirer encore la Galiote. Au lieu de la fougue des sens qui me transportait ci-devant, je ne vivais plus que par le cœur; mais il n'avait pas un battement de plus en présence de cette superbe fille.

Ce n'est pas que j'aimasse la Bertrille comme j'avais aimé la Lina; je ne la désirais pas non plus comme j'avais désiré la Galiote; non! En ce moment, je l'aimais seulement comme un frère, ainsi que je lui avais dit; je l'aimais parce qu'elle était pauvre ainsi que moi, parce qu'elle était malheureuse. Je lui étais obligé de m'avoir rappelé les leçons du curé Bonal, d'avoir réveillé en moi ce sentiment fraternel qui commande aux hommes de s'entr'aider dans l'infortune : près d'elle mon cœur était content, mais mes sens n'étaient pas émus.

Elle n'était point d'ailleurs comparable, comme femme, ni à l'une ni à l'autre. C'était une forte fille de la race terrienne de notre pays, mais sans point de ces beautés qui, sauf les exceptions semblables à Lina, veulent pour se développer dans une suite de générations, l'oisiveté, l'abondance des choses de la vie et le milieu favorable. De taille moyenne, elle n'avait donc point de ces perfections de forme de la femme des temps antiques : ses hanches larges, sa poitrine robuste, ses bras forts, accusaient la fille d'un peuple sur lequel pèse le dur esclavage de la glèbe, qui depuis des siècles et des siècles, peine et ahane, vit misérablement, loge dans des tanières, et néanmoins puise dans notre sol pierreux et sain la force de suffire à sa tâche, le travail et la génération : on voyait qu'elle était faite pour le devoir, non pour le plaisir.

Sa figure n'était pas régulière, mais plaisait pourtant par un air de grande bonté, et par l'expression de ses yeux bruns qui reflétaient les sentiments de son cœur vaillant.

Telle qu'elle était, je sentais que tous les jours je m'attachais à elle davantage et je m'en réjouissais. Il me semblait bon maintenant de n'être plus seul sur la terre, d'avoir une créature que j'affectionnais et à laquelle je pouvais me confier.

Un dimanche, en arrivant, je trouvai la pauvre drole en larmes : sa mère était à l'agonie. Une vieille femme, venue par pitié, se tenait près du lit où gisait la mourante et disait son chapelet. Jamais je n'ai vu rien de plus triste. La figure n'était plus que des os recouverts d'une peau jaune, luisante, parcheminée; la bouche entr'ouverte montrait sur le devant deux dents longues et noirâtres, les seules; les yeux vitreux et éteints regardaient devant eux sans rien voir; de maigres mèches de cheveux blancs sortaient de dessous le mouchoir de tête en cotonnade; le nez aminci, racorni, laissait voir deux trous noirs, et sous la peau qui recouvrait cette tête desséchée, transparaissait l'image de la mort.

Je restai là jusqu'au soir, et puis je m'en fus en disant à la Bertrille que je reviendrais le lendemain.

Lorsque j'entrai le matin, sur le coup de huit heures, la vieille mère était morte, et la Bertrille assise près du lit éclairé par une chandelle de résine, la veillait.

Elle se leva et vint à moi, les yeux rouges.

— Pauvre femme! lui dis-je, ses souffrances sont finies!

Puis je pris le brin de buis qui trempait dans l'assiette de terre brune où était l'eau bénite, et j'en jetai quelques gouttes sur le corps.

En ce moment la voisine qui assistait la Bertrille rentra :

— Ma drole, le curé veut huit francs, et qu'on le paie à l'avance.

— Hélas! dit la pauvre fille, je n'avais qu'un écu de trois francs et je l'ai donné à Bonnetou pour la caisse!

— C'est un joli parpaillot, votre curé! mais ça ne m'étonne pas, — ajoutai-je, en me rappelant l'enterrement de ma pauvre mère, et sa dureté.

Et comme la Bertrille se désolait que sa mère fût enterrée sans prières, je lui dis :

— Ne te tourmente pas; je vais tâcher de trouver l'argent.

Et, repartant aussitôt, j'allai prendre une peau

de blaireau et deux peaux de renard que j'avais aux Ages, et de là je fus à Thenon les vendre à un marchand qui me les achetait d'habitude. Sur les trois heures de l'après-midi j'étais à Bars, ayant assemblé les huit francs au moyen du prix des peaux et d'une avance que m'avait faite le marchand.

La voisine alla remettre l'argent au curé, qui lui dit alors que l'enterrement serait pour les cinq heures.

A cinq heures donc, avec trois autres hommes, nous portâmes la caisse à l'église sans peiner beaucoup, car la pauvre femme n'était guère lourde, et puis l'église était tout près.

Le curé attendait en surplis, son étole autour du cou, son bonnet carré sur la tête. Il eut bientôt dépêché les prières, et, un quart d'heure après, nous allions au cimetière; lui devant, avec le marguillier qui portait la croix et le seau d'eau bénite, et, derrière le corps, la Bertrille avec quelques femmes.

Après que tout fut parachevé, j'allai vers l'endroit où ma mère était enterrée. Que dirai-je? Ça n'y fait rien, n'est-ce pas, que par-dessus les six pieds de terre qui recouvrent les os d'une pauvre créature, il y ait des fleurs ou des herbes sauvages; mais nous nous laissons facilement prendre par les yeux sans écouter la raison. Aussi, lorsque je vis ce coin plein de pierres des murs à moitié écrasés, envahi par les ronces, où foisonnaient les choux-d'âne, les mauves et des orties vigoureuses, je restai là un instant tout triste, regardant fixement ce lieu abandonné d'où toute trace de la sépulture de ma pauvre mère avait disparu. Et, en m'en allant, je passai près d'une tombe brisée par le temps, rongée par les pluies, le soleil, et les gelées d'hiver, effritée, réduite en gravats, prête à disparaître, et je me dis combien c'était chose vaine que de chercher à perpétuer la mémoire des morts. La pierre dure plus longtemps qu'une croix de bois, mais le temps qui détruit tout, la détruit aussi; et puis, que fait cela à celui qui est dessous ? Ne faut-il pas enfin que le souvenir du défunt se perde dans cette mer immense et sans rives des millions de milliards d'êtres humains disparus depuis les premiers âges? Dès lors, l'abandon à la nature qui recouvre tout de son manteau vert vaut mieux que ces tombeaux où la vanité des héritiers se cache sous le prétexte d'honorer les défunts.

Les femmes accompagnèrent la Bertrille, et moi, ensuite, j'allai lui donner le bonsoir en lui promettant de revenir le dimanche-là, et tous les autres après. Il me tardait fort que la semaine fût finie pour me rendre à Bars, et il ne me semblait pas que je pusse aller ailleurs.

L'hiver vint, puis le beau temps. L'herbe poussait drue sur la fosse de la vieille mère, cachant la croix de feuillage que, le jour de l'enterrement, sa fille avait mise dessus. Moi, je me sentais toujours plus entraîné vers la Bertrille;

j'étais heureux de la revoir, et il me faisait peine de la quitter. Des pensées d'avenir m'occupaient maintenant, et je me disais souvent que je voudrais l'avoir à femme, pour vivre nos jours l'un près de l'autre.

Un soir que nous nous promenions sur le chemin qui va vers Fonroget, je le lui dis.

— O Jacquou! me répondit-elle, pourquoi assembler nos misères?

— Pour les mieux supporter à deux, nous aimant bien.

— Si tu le veux, je le veux donc aussi.

Et en même temps, s'appuyant sur moi, elle leva la tête et me regarda.

Je connus lors dans ses yeux qu'elle pensait comme moi, et, l'entourant de mon bras, nous marchâmes longtemps en silence. Sur le souvenir de nos anciennes amours défuntes avait germé une nouvelle affection sérieuse et honnête qui nous liait l'un à l'autre pour la vie, et, sentant cela, nous étions bien heureux.

— Etant si pauvres tous deux, nous faisons peut-être une folie, mon pauvre Jacquou! dit-elle après un moment.

— Ne crains point : je suis fort et vaillant assez et je travaillerai pour nous deux.

— Oui, mais les petits droles!...

— Sois tranquille, lui dis-je, en la serrant contre moi.

— Il faudra attendre la fin de mon deuil, reprit-elle après une pause.

— Oui, ma Bertrille, maintenant que je suis sûr de toi, j'attendrai le temps voulu.

Et, me penchant vers elle, je lui donnai le baiser de fiançailles.

Puis, l'ayant ramenée jusque chez elle, je la quittai, et m'en revins tout content aux Ages.

Il fut entendu entre nous, ensuite de cela, que nous nous marierions après la Noël, et, le temps étant venu, il fallut en parler au curé de Bars. Lui se disait, sans doute : « Puisque le bon ami de cette fille a trouvé huit francs pour faire enterrer la mère, il en trouvera bien dix pour se marier! » Et il eut le toupet de les demander à la Bertrille. Ah! ça n'était plus le brave curé Bonal, qui regardait l'argent comme rien. Cet autre n'aimait ses brebis que pour la laine; et il les tondait de près.

Lorsque la drole me dit ça, je pensai un peu en moi-même, et puis je lui dis :

— Tu vas voir! puisqu'il fait ainsi, nous allons l'attraper.

Et je m'en fus trouver le curé de Fossemagne, dans la paroisse duquel était la maison des Ages, et je lui expliquai mon affaire, disant, comme c'était vrai, que nous étions bien pauvres tous deux, et que je le priais de nous marier au meilleur compte.

Lui, qui était un vieux brave homme, se mit à rire en oyant cette requête et me répondit :

— Mon drole, je vous marierai au meilleur

marché possible; ce sera gratis, pour l'amour de Dieu.

— Merci bien, monsieur le curé, lui répondis-je en riant aussi, vous n'aurez pas affaire à des oublieux.

Comme bien on pense, notre noce ne fut pas une noce bien belle, et on ne se mit pas sur les portes pour la voir passer. Moi, je n'avais nul parent, à ma connaissance, sinon ce cousin de mon père qui demeurait vers Cendrieux, et dont je ne savais même pas le nom. La Bertrille était comme moi, à peu près, n'ayant que des parents éloignés, métayers autrefois du côté de Saint-Orse, mais qui, depuis dix ans qu'elle les avait perdus de vue, avaient peut-être changé cinq ou six fois de métairie. Nous fûmes donc seuls chez le maire de Fossemagne et à l'église, et les premiers venus servirent de témoins.

Il y a des endroits, dans nos pays, où l'on présente le tourin, ou soupe à l'oignon, aux *novis* [1], sur la porte de l'église, lorsqu'ils sortent : mais nous autres, pauvres, sans amis, personne ne nous fit cette honnêteté.

En sortant de l'église donc, après avoir bien remercié le curé, j'empruntai le mulet et la charrette d'un homme du bourg que je connaissais pour lui avoir rendu un petit service, et je m'en fus avec ma femme chercher son peu de mobilier à Bars.

1. Nouveaux mariés.

Ayant chargé le tout, ce qui ne fut pas long, nous revînmes vers les Ages à travers les mauvais chemins de la forêt.

Lorsqu'elle entra dans la masure, et qu'elle vit la table de planches clouées sur des piquets, et l'espèce de grande caisse dans laquelle je couchais sur de la fougère, ma femme me regarda, les yeux pleins de compassion :

— Tu n'étais pas trop bien là, mon Jacquou!

— Bah! lui répondis-je, je dormais tout de même.

Après avoir tout déchargé et monté le châlit, je m'en fus ramener le mulet et la charrette à l'homme de Fossemagne, tandis que ma femme mettait au feu la marmite, avec une poule qu'elle avait toute préparée.

Quand je revins, trois heures après, portant une demi-pinte de vin que j'avais prise à l'auberge, ma femme avait fini de tout arranger de son mieux. Ça n'était pas grand'chose qu'un lit et une table dans cette baraque, mais il me semblait qu'elle était changée du tout au tout. Le lit, avec des draps d'étoupe, avait remplacé ma caisse dans le coin, et au milieu, à la place des planches clouées, était la table. Le feu brillait clair dans l'âtre noir, et de la marmite s'échappait par jets une fumée qui sentait bon. Sur une touaille de toile grise, qui couvrait le bout de la table, étaient placés le chanteau et deux assiettes de terre brune.

Et ma femme allait, venait, rinçant deux

gobelets verdâtres, essuyant deux cuillers, tâtant la soupe, y ajoutant du sel, taillant le pain dans la soupière, et enfin, par sa seule présence, donnant la vie à cette misérable demeure auparavant triste et solitaire.

Alors, le cœur éjoui, je la pris comme elle passait près de moi et je l'embrassai tellement fort que je la fis rougir un brin.

Et lorsque tout fut prêt, la nuit étant venue, elle alluma le chalel et trempa la soupe. Puis, nous étant assis, elle la servit, et, avec la poule qui avait dans le ventre une farce à l'œuf, ce fut tout notre repas de noces, qui dura longtemps tout de même, car nous parlions plus que nous ne mangions, rappelant nos souvenirs.

— Qui aurait dit que nous nous marierions ensemble, ma Bertrille, lorsque nous revenions de la Saint-Rémy?

— C'est qu'alors, répondit-elle, il y avait entre nous, deux pauvres créatures qui ne sont plus!

Tandis que nous devisions en mangeant, mon chien assis nous regardait faire, balayant la terre de sa queue, et paraissant satisfait du changement qui s'était fait dans la maison.

— Tiens, mon vieux, dis-je en lui jetant des os, régale-toi bien, car ça ne sera pas tous les soirs ainsi.

Elle sourit un peu :

— La pauvreté se supporte mieux à deux, quand on s'aime bien; c'est toi qui l'as dit, Jacquou!

— Et c'est bien la vérité, ma Bertrille; celui-là est riche qui est content, et ce soir nous sommes riches, n'est-ce pas? Et puis, — ajoutai-je un peu pour rire, — nous le serons encore plus, lorsqu'il y aura des petits droles!

— Oui! mon Jacquou, répondit-elle tout simplement.

— A la garde de Dieu! — repris-je en lui versant deux doigts de vin; — nous sommes l'un et l'autre forts et courageux; j'ai la foi que nous nous tirerons bien des misères de la vie... A ta santé, ma Bertrille!

— A la tienne, mon Jacquou!

Et, ayant trinqué et bu une dernière fois, comme il faisait froid, nous allâmes vers le foyer, en continuant à deviser.

Nous restâmes là longtemps. Le chien, repu, dormait en rond dans un coin de l'âtre, et dans l'autre, assis sur la tronce, nous étions serrés l'un près de l'autre, ma femme ayant sa tête appuyée sur ma poitrine, moi l'entourant de mon bras.

Au dehors le vent d'hiver soufflait âpre et s'engouffrait parfois dans la cheminée, refoulant la fumée et faisant vaciller la flamme du chalel pendu au manteau. Je sentais contre moi le cœur de ma femme battre à coups sourds et répétés, et j'étais heureux.

Ma pensée se tournait vers le lointain de cet avenir où nous entrions tous deux, et tout en rêvant à cela, je regardais machinalement les branches se consumer lentement et se convertir en braise que l'air extérieur avivait.

Puis la braise se couvrait de cendre blanche et peu à peu le feu s'éteignait. A un moment, une forte rafale fit voler les cendres du foyer et éteignit le chalel :

— Il ne nous faut pas rester là, dis-je à ma femme en l'embrassant dans l'ombre.

9

Mon histoire tire à sa fin. Les soixante ans qui suivent peuvent se conter brièvement : il n'y a que des événements communs.

Le dimanche après notre mariage, sans plus tarder, je m'en fus avec ma Bertrille à Fanlac pour rendre nos devoirs au chevalier de Galibert et à sa sœur. Quoique je leur eusse mandé que je prenais femme, ce n'était pas suffisant. Mais, arrivés là-bas, la veuve de Séguin le tisserand nous dit que la demoiselle Hermine était morte il y avait un an à la Saint-Martin. Quant à son frère, il était toujours là, bien vieilli tout de même, et attristé de la mort de sa sœur. Nous le trouvâmes dans le salon à manger, devant un grand feu de bûches, se chauffant les jambes où il avait des douleurs qui lui faisaient serrer les dents quelquefois. Mais ça ne l'empêcha pas de nous faire un bon accueil et de nous régaler de quelques vieux dictons, quoique à mon avis il ne les plaçât pas aussi à propos que dans le temps.

— Ah! te voilà, maître Jacquou! — fit-il en réponse à mon salut, et celle-ci est ta femme, je parie?

— Eh oui, monsieur le chevalier.

— Alors, vous êtes de la religion de saint Joseph : quatre sabots devant le lit!

Nous rîmes un peu et lui continua :

— Puisque tu es entré en ménage, Jacquou, rappelle-toi comme l'homme se doit gouverner : « Compagnon de sa femme et maître de son cheval... » Tout doit être commun entre vous autres, le malheur et le bonheur, aussi bien que les choses du train ordinaire de la vie, comme le marque le dicton familier :

Boire et manger, coucher ensemble.
C'est mariage, ce me semble.

Là-dessus, le chevalier me demanda où j'étais maintenant et ce que je faisais.

Quand je lui eus dit :

— Ce n'est pas le Pérou, fit-il, mais vous êtes jeunes tous deux, et vous vous tirerez d'affaire :

Pauvreté n'est pas vice.
Est assez riche qui ne doit rien.

Ayant jeté ces deux sentences coup sur coup, le chevalier se leva en s'appuyant sur les bras de son fauteuil; puis, s'aidant de sa canne, il passa à la cuisine et appela :

— Holà! Seconde!

La chambrière, qui était dans la cour, arriva.

— Il te faut faire déjeuner ces deux jeunes gens, tu entends?

— Bien, monsieur le chevalier.

Et lui, se tournant vers moi, dit en manière d'explication :

— La pauvre Toinette est morte six mois avant ma sœur.

Il resta un moment pensif, et ajouta :

— On trouve remède à tout, fors qu'à la mort.

Et là-dessus, il s'assit près du feu, tandis que la Seconde taillait la soupe.

Et lorsqu'elle fut trempée, tandis que nous mangions, le bon chevalier me parlait du temps passé, et prenait plaisir à rappeler ses souvenirs. Il m'entretint longuement du curé Bonal, et finit par conclure ainsi :

— C'était un homme et un prêtre, celui-là! Aussi les pharisiens l'ont-ils persécuté.

Puis, entre autres choses, il me demanda ce qu'étaient devenus les Nansac. Quand je lui eus dit que tous avaient disparu, hormis la plus jeune demoiselle qui était restée chez sa mère nourrice, il fit :

— Elle saura bien s'arranger :

— Belle fille et vieille robe trouvent toujours qui les accroche.

Sur les deux heures, au moment de repartir, le chevalier me dit :

— Tu sais, Jacquou, si jamais tu étais dans une passe à avoir besoin d'aide, fais-le moi savoir.

— Grand merci, monsieur le chevalier, pour cette parole, et grand merci mille fois pour toutes vos bontés passées, desquelles je vous serai reconnaissant tant que j'aurai vie au corps. Ça n'est point probable que ça arrive, je suis trop petit pour ça, mais si, de mon côté, je pouvais vous être utile en quoi que ce soit, ce serait de bien bon cœur.

— Merci, mon Jacquou! ça n'est pas de refus :

On a souvent besoin d'un plus petit que soi.

Allons, adieu, mes droles!

— Bonsoir, monsieur le chevalier, et bien de la santé nous vous désirons.

— Quel brave homme! me disait ma femme en nous en allant, et qu'il est plaisant avec ses ricantaines et ses proverbes!

— Et si tu avais connu sa sœur, donc ! Celle-là, c'était une sainte. Pauvre demoiselle, qui m'a fait mes premières chemises quand je suis arrivé à Fanlac !... Je ne me consolerai jamais de n'avoir pas été à son enterrement !

Guère de temps après mon mariage, je compris que de travailler, par-ci, par-là, à la journée, gagnant quelques sous, chômant souvent, et réduit à m'aider pour vivre de quelques petits ouvrages, c'était chose trop incertaine et ingrate, maintenant que j'étais en ménage, et que mieux vaudrait avoir un état, ou entreprendre un travail où ma petite capacité pourrait me servir plus profitablement que dans le métier de journalier. Comme je n'approuvais qu'à demi le proverbe que le chevalier disait parfois en riant :

Qui croit sa femme et son curé
Est en hasard d'être damné...

J'en causai à notre Bertrille, qui fut bien de mon avis.

Là-dessus, ayant ouï dire que le neveu de Jean cherchait quelqu'un pour l'aider, j'allai le trouver et nous fîmes nos conventions : me voilà devenu charbonnier.

Lorsqu'on a la raison et qu'on a bonne envie d'apprendre quelque chose, ça va vite : aussi mon apprentissage ne fut pas long. Il faut dire aussi que l'état n'est pas de ceux pour lesquels il faut une grande habileté de main : c'est surtout l'expérience qui fait le bon charbonnier, jointe à un savoir-faire qu'on attrape assez facilement avec un peu d'idée.

Au reste, il ne faut pas croire que l'état soit aussi désagréable qu'il est noir; il ne faut pas se fier aux apparences. Ainsi beaucoup, sans doute, préféreraient le métier de boulanger comme plus propre que celui de charbonnier; quelle différence, pourtant! Etre enfermé dans un fournil où il fait une chaleur d'enfer, suer et geindre toute la nuit, courbé sur la maie; se griller la figure pour enfourner, et aller se coucher quand les autres se lèvent, en voilà-t-il pas un beau métier! Parlez-moi d'être charbonnier.

Pour moi, cet état me convenait bien, parce qu'on est seul dans les bois, et qu'on vit là tranquille, sans avoir affaire que rarement aux gens. Il y en a qui ont besoin de la société des autres, qui veulent se mêler à la foule, à qui il faut des voisinages, des nouvelles, des échanges de platusseries ou plats propos; moi pas, et il me paraît que c'est un malheur que de ne pas savoir vivre seul. Les hommes rassemblés valent moins qu'isolés. Il en est du moral comme du physique : les grandes réunions humaines sont malsaines pour l'esprit et le cœur, comme pour le corps. Les citadins ont beau se jacter de tel avantage, de ceci, de cela et du reste, les pauvres gens n'en crachent pas plus loin que nous. Aussi, quand j'ois vanter l'habitation des villes, il me semble qu'on me dévide les tripes sur un dévidoir en bois d'érable, arbre que nous appelons *azéraü*.

Or donc, pour en revenir, rien n'était plus plaisant pour moi que ce travail en plein air, sous le soleil, et la surveillance des fourneaux à la clarté des étoiles. Ça n'est pas un travail qui empêche de penser; au contraire, on en a tout le loisir, et les sujets ne manquent pas. Que de fois, la nuit, levant la tête et voyant briller sur le bleu sombre du ciel ces millions de soleils perdus dans des profondeurs immesurables, je me suis pris à rêver. Et que de fois j'ai admiré ces astres qui se meuvent dans l'infini, et, exacts comme une horloge bien réglée, viennent passer à tel point de l'espace où ils doivent passer! A force de les observer, j'ai fini par connaître l'heure à leur position, aussi bien qu'avec une montre. Je ne sais rien de plus beau que de voir l'étoile du soir monter lentement sur l'horizon. Bien souvent, seul, au milieu des bois, j'ai suivi son ascension superbe dans le firmament, en me disant que, peut-être sur cet astre, quelque charbonnier surveillant ses fourneaux dans une Forêt Barade quelconque, contemplait la Terre, comme moi, terrien, sa planète.

On me dira peut-être : « Tout ça c'est très joli avec le beau temps ; mais quand il pleuvait ?... »

Eh bien, quand il pleuvait, je me mettais à l'abri dans ma cabane ; et puis j'avais une bonne peau de bique qui me gardait de la pluie. Un peu d'eau, ce n'est pas une affaire, et de temps en temps, je ne la déteste pas.

Reprenons. J'aimais aussi à observer ce qui se passait autour de moi, à connaître les mœurs et habitudes des bêtes et des oiseaux. J'épiais le hérisson chassant les serpents; l'écureuil à la recherche de la *faîne*[1] ; le renard glapissant sur

1. Gland de hêtre.

une voie de lièvre; la belette et la fouine surprenant les couveuses dans le nid; les loups rôdeurs sortant de leur fort à l'heure où se lèvent les étoiles, et rentrant le matin après avoir mangé quelque chien resté dehors autour d'un village. Il m'est arrivé de passer de longs moments à épier le manège de quelque animal qui ne me voyait pas.

Une chose bien curieuse, c'est de voir les oiseaux faire leur nid. Leur adresse à tisser la mousse, la laine, l'herbe, le crin, est étonnante aussi bien que la rapidité avec laquelle ils ont achevé. Je connaissais tous les nids : celui de l'alouette qui fait le sien à terre dans l'empreinte d'un sabot de bœuf, et qui le cache si bien que souvent le moissonneur passe dessus sans le voir ; celui du loriot, suspendu entre les deux branches d'une fourche; celui du roitelet bâti en forme de boule, avec un petit trou pour l'entrée; celui de la mésange, que nous appelons *sanzille,* où quinze à dix-huit petits sont pressés l'un contre l'autre dans un trou de châtaignier; celui de la tourterelle, qui est fait de quelques branchettes croisées sans plus. Rien qu'en voyant un œuf, je pouvais dire sans me tromper de quel oiseau il était; cependant, il y en a beaucoup d'espèces dans nos pays.

J'aurais voulu savoir aussi le nom de cette grande quantité de plantes qui foisonnent chez nous ; je dis leur nom français, car le nom patois, la plupart n'en ont pas, à ma grande surprise. Mais si je ne savais pas le nom de toutes, je les connaissais, au moins beaucoup, par leur forme, le moment de leur floraison, et puis par leurs qualités utiles ou nuisibles, comme, par exemple : l'herbe aux blessures ou plantain; l'herbe aux chats, qui les met en folie ; l'herbe aux cors; l'herbe du diable, pour les conjurations, l'herbe aux engelures; l'herbe à éternuer; l'herbe à guérir les fièvres; l'herbe aux fous; l'herbe qui guérit la gale; l'herbe aux gueux, ou clématite; l'herbe aux ivrognes : — ivraie en français ou *virajo* en patois; — l'herbe aux ladres; l'herbe aux loups, qui est un poison; l'herbe à soigner les humeurs froides ; l'herbe des sorciers, qui est la mandragore; l'herbe à lait, pour les mères nourrices qui en manquent ; l'herbe de saint Fiacre, ou bouillon blanc ; l'herbe à tuer les poux; l'herbe à chasser les puces; l'herbe pour les panaris; l'herbe de saint Roch, qu'on attache au joug, le jour de la bénédiction des bestiaux; l'herbe à la teigne, ou bardane; l'herbe aux verrues; enfin, pour en finir, les cinq herbes de la Saint-Jean, dont on fait ces croix clouées aux portes des étables ; herbes qu'il ne faut pas oublier lorsqu'on veut réussir en quelque chose de conséquence.

Sans doute, on ne viendra pas me dire que ma vie dans les bois n'était pas plus libre, plus santeuse, et plus intelligente, cent fois, que celle des gens de ma condition dans les villes, où ils ont un fil à la patte, bien court, des maladies inconnues chez nous, et qui ne distinguent pas, tant seulement, le seigle de l'avoine. Mais quand même on me le dirait, je n'en croirais du tout rien.

On pense bien qu'étant toujours dehors et dans les bois, je n'avais garde d'oublier la chasse. Et, en effet, je l'aimais toujours de passion, et mon fusil était toujours dans la cabane, chargé, tout prêt. Seulement il ne faut pas croire que lorsqu'on est au travail, et qu'on a des fourneaux allumés on puisse faire péter le bâton percé aussi souvent qu'on veut : ce n'est que toutes les fois qu'on peut.

Tout de même, j'avais quelquefois de bonnes aubaines, comme lorsque j'enlevai toute une nichée de louveteaux dans la forêt, du côté du Gros-de-Mortier. Ma femme les porta à Périgueux dans un panier, gros comme des petits chiens de trois semaines, et on lui donna la prime, qui nous servit bien pour faire un peu arranger notre baraque de maison et y faire ajouter une chambre.

Je tuai encore, depuis, quelques sangliers, à l'affût ou au passage, et puis trois autres loups, par le moyen que voici : à la saison, qui est l'hiver, j'appelais les loups en hurlant dans mon sabot, comme une louve en folie. Je l'imitais si bien qu'une nuit, de l'endroit où j'étais embusqué, je vis quatre beaux loups arriver, qui jetaient des hurlements de réponse, et bientôt commencèrent à tourner autour les uns des autres en grondant, le poil hérissé, jaloux comme font les chiens. Je les accordai tous d'un coup de fusil qui en laissa un sur place.

Les curieux diront peut-être : « Tout à l'heure, vous parliez de votre femme ; et que faisait-elle, tandis que vous étiez dans le bois à faire le charbon? ».

Eh bien, moi, je n'étais pas de ces tâte-poules qui ne peuvent pas quitter les cotillons de leur femme. Certainement je l'aimais bien, mais il n'est pas besoin pour montrer son affection, de se cajoler tout le temps : lorsqu'il le fallait donc, nous nous séparions sans grimaces. C'est bien vrai aussi, que je n'étais pas comme les *chabretaïres* ou ménétriers qui ne trouvent de pire maison que la leur, accoutumés qu'ils sont à faire noce partout où ils vont; au contraire, je revenais toujours avec plaisir chez nous.

Mais dans les premiers temps, pendant que j'étais à mettre en charbon une coupe du côté du Lac-Viel, ma femme venait me trouver et restait avec moi deux ou trois jours, puis s'en retournait aux Ages voir si rien n'avait bougé, et revenait après, apportant du pain, ou ce qui faisait besoin. Dans la journée, elle m'aidait des fois à monter un fourneau, ou bien filait sa quenouille lorsqu'il était allumé. Et puis elle faisait la soupe et attisait le feu sous la marmite qui pendait entre trois piquets assemblés par la cime. Le soir venu, nous soupions aux clartés du brasier, et ensuite nous nous couchions dans la cabane sur des fougères et des peaux de brebis. Il me fallait me relever quelquefois, pour aller voir aux fourneaux, mais je laissais ma femme reposer tranquillement, gardée par le chien couché en travers de la porte : je ne puis me tenir de le redire, c'était là une jolie vie, libre, saine et forte.

Ainsi faisions-nous au commencement que nous fûmes mariés; mais lorsque, neuf mois plus tard, ma femme eut un drole, elle le portait avec elle, et après qu'il avait tété son aise, le couchait dans la cabane où il dormait tout son saoul. Tant qu'il n'y en eut qu'un, ça alla bien; mais lorsque le second survint, va te faire lanlaire! il lui fallut rester aux Ages, et tenir le dernier-né, tandis que l'autre commençait à marcher, pendu à son cotillon, et mon pauvre Jacquou fut obligé de rester seul au milieu des bois, et de cuire sa soupe lui-même. Et à mesure que le temps passait, tous les deux ans et demi, à peu près, il y avait un autre drole à la maison, de manière que, pour ma femme, il ne fut plus question de la quitter, jusqu'à ce que l'aîné, ayant sept ou huit ans, gardait les plus petits.

Je ne travaillais, d'ailleurs, pas toujours dans les environs, ni même dans la Forêt Barade, quoique ce fût là mon renvers ou quartier. J'étais quelquefois au loin, dans la forêt de Vergt, ou dans celle du Masnègre, entre Valojoux et Tamniers : même jusqu'à la Bessède, près de Belvès, et dans la forêt de Born, j'ai entrepris de faire du charbon, principalement pour les forges. Ainsi, par force, nous avions pris, ma femme et moi, l'habitude d'être quelquefois séparés; mais ça n'empêchait pas que nous nous aimions tout autant comme auparavant. Si j'osais, je dirais même que ces petites absences retrempent l'affection, qui languit lorsqu'on ne se quitte jamais.

Notre position n'était guère changée depuis notre entrée en ménage. Dès longtemps déjà, le neveu de Jean avait vendu sa maison des Maurezies et son morceau de bien, et s'en était allé du côté de Salignac, en sorte que j'étais seul de charbonnier dans le pays. J'avais pris un garçon, le travail le requérant, mais ça ne veut pas dire pour ça que nous fussions riches, car il fallait du pain, et beaucoup, pour tous ces droles qui avaient grand appétit, et puis des habillements. Encore que jusqu'à l'âge de vingt ans ils aient marché tête et pieds nus, sauf que l'hiver ils mettaient des sabots, il leur fallait bien aussi en tous temps des culottes et une chemise, et lorsqu'il faisait froid, une veste. C'est vrai que, à mesure qu'ils grandissaient, la vêture passait à celui qui venait après, comme âge, de sorte que, en arrivant au dernier, ce n'étaient plus que des loques rapiécées de partout, mais propres tout de même. Ce qui donnait le plus de mal à ma femme, c'était la toile pour faire des chemises et des draps : l'hiver elle veillait tard et filait tant qu'elle pouvait, mettant des prunes sèches dans sa bouche pour avoir de la salive. L'entretien des droles et leur nourriture, tout ça donc coûtait, sans compter que nous avions été obligés d'acheter bien des choses : un cabinet pour serrer les affaires, une maie, et un autre lit pour tous ces droles, où ils couchaient les uns en long, les autres en travers, en haut et aux pieds.

Le vieux brave curé de Fossemagne, lorsqu'on les lui présentait à baptiser les uns après les autres, à mesure qu'ils venaient au monde, disait en riant :

— Ah ! ah ! j'ai été *jovent* ! j'ai eu bonne main !

Et pour le prix, c'était toujours le même : rien.

Mais aussi, à l'occasion, ma femme lui portait ou envoyait, un lièvre, ou une couple de palombes à la saison du passage, ou un beau panier de champignons, oronges, bolets ou cèpes, ou quelque petit cadeau comme ça, pour lui marquer notre reconnaissance.

Quoique n'étant pas riches, nous étions tous gais et contents plus que si nous avions eu cent mille francs. Je ne pensais plus qu'à ma femme, à mes enfants et à mon ouvrage. Et en songeant au travail, c'était encore penser aux miens, puisque je travaillais pour les nourrir. Je n'avais pas oublié le passé pourtant, mais il n'était plus toujours devant mon esprit occupé des choses du présent.

Pourtant si quelque circonstance venait me

le remembrer, il se réveillait vivace, et cela me reportait en arrière aux temps malheureux de mon enfance et de ma jeunesse. En me souvenant de telle canaillerie du comte, je sentais encore la haine gronder en moi, comme un chien qu'on ne peut apaiser. Lorsqu'aussi je passais à des endroits où je m'étais rencontré avec la Galiote, je me rappelais la fièvre d'amour qui me brûlait alors, et j'avais quelque peine, rassis maintenant, dans la plénitude de mon affection pour ma femme, à comprendre ma folie d'autrefois. Elle avait quitté le pays vers le temps de la naissance de mon aîné, car son frère et ses sœurs, besogneux d'argent, avaient voulu vendre le domaine où elle demeurait. Où était-elle allée ? avait-elle fini par mal tourner comme ses sœurs? Je ne l'ai jamais su ; cela se peut, mais j'aime mieux croire que non, car elle valait mieux qu'elles.

Quant au comte, on dit dans le pays, à l'époque, qu'après avoir vécu quelque temps de charités, pour ainsi dire, piquant l'assiette dans les châteaux, ou chez dom Enjalbert, et traînant partout une misère honteuse, il s'était réfugié à Paris chez sa fille aînée, qui était une bonne *tireuse de vinaigre*, et finalement était mort à l'hôpital.

C'est bien comme disait le chevalier :

Cent ans bannière, cent ans civière !...

Quelques années après notre mariage, je parlais avec ma femme des quatre terribles jours que j'avais langui dans les oubliettes de l'Herm, et quoique ce ne fût pas la première fois, comme toujours en oyant ce récit, elle joignit les mains avec des exclamations pitoyables. Elle voulut connaître l'endroit, et, un dimanche, nous fûmes à l'Herm en nous promenant.

Arrivé devant ces ruines habitées maintenant par les chouettes et les ratepenades, un mouvement d'orgueil me monta en voyant mon ouvrage, en songeant que moi, pauvre et méprisé, j'avais vaincu le comte de Nansac, puissant et bien gardé. Lorsque ma femme vit dans le pavé de la prison, cette manière de trappe de pierre, ce trou noir par lequel on m'avait descendu dans les ténèbres de la basse fosse, elle eut un frémissement pénible et recula d'horreur.

— O mon pauvre homme! comment as-tu pu vivre quatre jours et quatre nuits là-dedans!

En sortant de l'enceinte du château, je trouvai ce garçon qui avait fait le guet le soir de l'incendie. Il était marié dans le village maintenant, et il nous fallut de force entrer boire un coup chez lui. Là, tout en trinquant, nous parlâmes de cette nuit où nous avions fait justice de cette famille de loups, et alors lui me dit :

— Je ne comprends pas comment les gens du pays ont pu supporter toutes ces misères si longtemps! le diable me flambe, je crois que sans toi, nous serions encore sous la main de ces brigands!

— A la fin, sans doute, quelqu'un en aurait bien débarrassé le pays, répondis-je.

— Peut-être; mais, en attendant, tu l'as fait! Et tu en porteras les marques jusqu'à la mort, — ajouta-t-il en regardant les cicatrices des balles à ma joue.

Et après avoir trinqué une dernière fois, je m'en retournai aux Ages avec ma femme.

Une autre fois, nous en allant ensemble à la foire du 25 janvier à Rouffignac, acheter un petit cochon, — parlant par respect — je lui fis voir la tuilière où j'avais passé de si terribles moments, lors de la mort de ma mère. Mais depuis ce temps, il y avait des années, la charpente et la tuilée s'étaient effondrées, entraînant les murs de torchis, en sorte que la maison n'était plus qu'un amas de décombres, un pêle-mêle de terre, de pierres, de débris de tuiles, recouvert de ronces et d'herbes folles, d'où sortaient des bois pourris à moitié, comme les ossements de quelque animal géant enseveli sous ces ruines.

Et là, je lui dis les horribles angoisses que j'avais éprouvées, moi tout jeunet, en voyant ma mère affolée mourir dans les affres de la désespérance.

— Pauvre! fit-elle, tu n'as pas été trop heureux dans tes premiers ans.

— Non, mais maintenant, s'il plaît à Dieu, les mauvais jours sont passés, sauf les accidents *vimaires*.

Elle ne dit rien et nous continuâmes notre chemin.

Lors de ma dernière allée à Fanlac avec ma femme, j'avais bien recommandé au vieux Cariol de me faire savoir s'il arrivait quelque chose au chevalier. Cela m'avait causé, comme je l'ai dit déjà, beaucoup de regret, et même une véritable peine, de n'avoir pas été à l'enterrement de la bonne demoiselle Hermine. Il me semblait, quoique ce ne fût pas de ma faute, que j'avais manqué à mon devoir, et je ne voulais pas récidiver. Un matin donc, un drolar arriva aux Ages de la part de Cariol, nous porter la nouvelle que le chevalier était mort. En ce temps-là, nous avions déjà plusieurs enfants, de manière que, l'aîné étant déjà grandet, ma femme l'envoya me prévenir du côté de Fagnac où j'étais. Laissant mon ouvrier aux fourneaux, je m'en vins vite à la maison où, ayant pris mes meilleurs habillements, je partis pour Fanlac, où je fus rendu tout juste pour l'enterrement.

Ce que c'est que d'être un brave homme! Toute la paroisse était là : vieux, jeunes, hommes, femmes, petits droles, et, avec ça, beaucoup de nobles et de messieurs de Montignac et des environs. Tous les hommes voulurent aider à le porter au cimetière ou du moins toucher son cercueil. Le curé n'était plus celui qui avait remplacé Bonal : les gens le détestaient tellement qu'il avait été obligé de partir, comme je l'ai dit. Son successeur, qu'on avait envoyé deux ans après, fit un beau prêche sur la tombe du chevalier, et le loua comme il le méritait. Lorsqu'il annonça que, par testament, le défunt avait donné tout son avoir aux pauvres de la paroisse, ce fut un long murmure de bénédictions de tous, et les bonnes femmes s'essuyèrent les yeux. Malheureusement, ce n'était pas le diable, ce qu'il donnait, le brave homme, car il ne lui restait guère vaillant et bien liquide qu'environ vingt-cinq ou vingt-six mille francs, à ce qu'il paraît, le bien étant fortement hypothéqué. Ce n'est point par dissipation ou désordre que le chevalier et sa sœur avaient mangé leur avoir, c'était par bonté. Lui, n'avait jamais su refuser cent écus en prêt, à un homme dans le besoin ; et, confiant comme un enfant, il avait souvent mal placé son argent, ou négligé de prendre les précautions nécessaires. De même pour les pauvres; le frère et la sœur avaient toujours donné sans compter : aussi mangeaient-ils leur bien, petit à petit, et depuis des années vivaient plus sur le fonds que sur le revenu. Du reste, même pour ceux qui y regardent de près, il est forcé que les fortunes se fondent, si quelque source, industrie, mariage ou héritage, ne les renouvelle pas. Un petit noble campagnard comme le chevalier, qui au commencement de ce siècle était riche avec deux mille écus de revenu, se trouvait gêné trente ans plus tard, et serait pauvre aujourd'hui. Si avec ça il survient quelques mauvaises années, ou de grosses réparations à faire, il faut emprunter; les dettes font la boule de neige, et c'est la ruine totale.

Quelque temps après l'enterrement du chevalier, je revenais des Ages, et m'en allais voir une coupe du côté de La Bossenie, lorsque sur le sentier, à une centaine de pas, je vis venir vers moi une vieille en guenilles, toute courbée, avec un bâton à la main et un bissac sur l'échine. A mesure qu'elle approchait, je me disais : « Qui diable est cette vieille? » Et tout d'un coup, quoiqu'elle fût fort changée, maigre comme un pic, à son nez pointu, à ses yeux rouges, je reconnus la Mathive, et ma haine pour cette coquine de femme se réveilla soudain. En me joignant, elle releva un peu la tête, et, m'ayant reconnu aussi, s'arrêta.

— O Jacquou, fit-elle, tu me vois bien malheureuse!

— Tant mieux! tu ne le seras jamais assez à mon gré!

— Guilhem m'a tout mangé, — continua-t-elle en s'essuyant les yeux, — et maintenant je cherche mon pain...

— Vieille gueuse! depuis la mort de la pauvre Lina, j'ai toujours souhaité te voir crever dans un fossé, le bissac sur l'échine! Tu es en chemin, je ne te plains pas!

Et je passai.

J'eus tort certainement de ne pas me rappeler, en cette occasion, les leçons du curé Bonal qui prêchait sans cesse la miséricorde. Mais la pensée que cette misérable mère avait tant fait souffrir, et finalement tué, on peut le dire, sa propre fille, la plus douce et la meilleure des créatures, me révoltait et me rendait fou de colère. Et puis, sans doute, il faut bien être miséricordieux, mais il faut faire attention, aussi, que si l'on est trop facile à pardonner, ça encourage les mauvais. Ceux dont la conscience est morte ont besoin que la conscience des autres leur rappelle leurs fautes et leurs crimes. De plus, l'horreur qu'inspirent les méchants est un juste châtiment pour eux, et sert d'avertissement à ceux qui seraient tentés de les imiter. Au reste, ce que j'avais souhaité arriva : un matin d'hiver, on trouva la Mathive morte sur un chemin entre Martillat et Prisse, et à moitié mangée par les loups.

Puisque j'ai nommé ce fameux Guilhem tout à l'heure, j'en dirai encore ceci que, peu de temps après la mort de la Mathive, il fut condamné aux galères à perpétuité pour avoir, un soir de foire à Ladouze, assommé et dévalisé un marchand de cochons, de Thenon, sur la grande route, à la Croix-de-Suchard : ainsi devait-il finir.

Tout ça est loin maintenant. J'ai à cette heure quatre-vingt-dix ans, et ces choses, quoique un peu obscurcies dans les brumes du passé, me remontent parfois à la mémoire. Comme tous les vieux, j'aime à raconter de vieilles histoires, et je le fais trop longuement sans doute, d'autant qu'elles ne sont pas toujours gaies. Pourtant, dans le village de l'Herm, où je demeure présentement, les gens ne le trouvent pas ; mais c'est qu'ils sont accoutumés à ouïr des contes interminables, pendant de longues veillées d'hiver. Quoique je leur narre bien tout le menu, ainsi qu'il m'en souvient, il y en a qui trouvent que je ne m'explique pas assez, et demandent encore ceci ou cela : ils voudraient savoir de quel poil était mon chien et l'âge de notre défunte chatte.

J'ai eu treize enfants, mâles ou femelles. On dit que ce nombre de treize porte malheur ; moi je ne m'en suis jamais aperçu. Il ne nous en est pas mort un seul, ce qui est une chose rare et quasi extraordinaire. Mais, nés robustes et nourris au milieu des bois, dans un pays santeux, ils étaient à l'abri de ces maladies qui courent les villes et les bourgs, où l'on est trop tassé. Si je dis que j'ai eu tant de droles, ça n'est pas pour me vanter, il n'y a pas de quoi, car les hommes ne souffrent pas pour les avoir : c'est les pauvres femmes qui en ont tout le mal, et aussi la peine de les élever. La mienne avait vingt ans quand nous nous sommes mariés, et de là en avant, jusque vers cinquante ans, elle n'a cessé d'en avoir un entre les bras, qu'elle posait à terre lorsque l'autre arrivait. Je dirai franchement que sur la fin j'en avais un peu perdu le compte : car, un soir de carnaval, en soupant, je m'amusais à les nombrer, et je n'en trouvais que onze.

— Et la Jeannette qui est là-bas, mariée au Moustier, dit la femme, est-ce qu'elle est bâtarde ?

— C'est ma foi vrai ! je n'y pensais plus ; mais ça ne fait toujours que douze ?

Alors elle alla prendre dans le lit le petit dernier et me le présenta :

— Et celui-là donc, tu ne le connais pas ?

— Ah! le pauvre! je l'oubliais.

Et, prenant le petit enfançon qui me riait, je l'embrassai et je le fis un peu danser en l'air ; après quoi, je lui donnai à téter une petite goutte de vin dans mon verre.

Et cependant, les autres droles qui étaient là autour de la table, s'égayaient de voir que le père ne trouvait plus sa treizaine d'enfants.

En ce temps-là, il y en avait de mariés, garçons et filles, d'autres partis à travailler hors de la maison, de manière qu'il n'était pas bien étonnant d'en oublier quelqu'un : oui, seulement ma femme disait que le carnaval en était la cause.

C'est bien sûr que si l'homme n'a pas le mal de faire et d'élever ses enfants, il lui faut affaner pour les nourrir et entretenir, ce qui n'est pas peu de chose, surtout lorsqu'il y en a tant. Pourtant, Dieu merci, je ne leur ai pas laissé manquer le pain, ce qui n'a pas été sans bûcher dur : mais quoi! nous sommes faits pour ça, je ne m'en plains pas.

On pense bien qu'avec cette troupe de droles je ne pouvais pas devenir riche : aussi, dans toute ma vie, je n'ai pas eu cinquante écus devant moi ; content tout de même, pourvu qu'au jour la journée il y eût chez nous pour acheter un sac de blé. Aussi l'héritage que je laisserai ne sera pas gros : il y aura en tout et pour tout, la maison des Ages avec trois journaux de pays autour ; l'ensemble acheté quarante pistoles, et un louis d'or pour les épingles de la dame, et payé peu à peu par pactes de cinquante francs à la Saint-Jean et à la Noël.

Je n'étais donc pas riche de bien, mais seulement riche en enfants ; et quand j'y songe, je trouve que j'ai été mieux *partagé*. Je préfère laisser après moi beaucoup d'enfants que beaucoup de terres ou d'argent. On me dira que, quand je serai mort, ça me fera une belle jambe : j'en conviens ! En attendant, je suis réjoui dès maintenant de voir foisonner tous ces petits et arrière-petits enfants venus de moi. Pour le coup, j'en ai tout à fait perdu le compte, ou, pour mieux dire, je ne l'ai jamais su. Et puis, il faut que je l'avoue, il y a dans cette affaire quelque chose que j'estime haut : c'est le contentement d'avoir fait mon devoir d'homme et de bon citoyen. C'est une chose à laquelle on ne pense guère maintenant, malheureusement : mais j'ai ouï conter qu'il y avait autrefois des peuples où celui qui n'avait pas d'enfants en était mésestimé, et où le citoyen qui en avait le plus passait devant les autres ; aujourd'hui, on dit que c'est un imbécile. Les gens, principalement ceux qui sont fortunés, aiment mieux n'avoir qu'un enfant et le faire riche. Pourtant, c'est une chose assez connue que les enfants des riches en valent moins. C'est une mauvaise condition que d'entrer dans la vie ayant tout à souhait : ça fait perdre tout nerf et tout ressort, ou ça empêche d'en acquérir. Aussi voit-on dégénérer les familles riches. Il y a sans doute des exceptions, mais elles sont rares.

Mais je m'attarde, il est temps d'en finir. Voici dix ans que ma pauvre femme est morte, et, depuis ce temps-là, j'ai laissé la maison des Ages à l'aîné, qui s'arrangera avec ses frères et sœurs, et je suis venu demeurer à l'Herm, chez un autre de mes garçons. Ça fut un coup bien dur que de me séparer de celle avec qui j'avais vécu si longtemps, sans une heure de déplaisir, car c'était une femme bonne, dévouée et vaillante plus qu'on ne peut dire; mais les bons comme les méchants, sont sujets à la mort.

Après ça, il m'est arrivé un autre malheur qui est que, voici tantôt deux ans à Notre-Dame d'août, je suis devenu aveugle presque tout d'un coup. Moi qui allais encore garder la chèvre le long des chemins, je ne suis plus bon à rien; il me faut la main de ma *nore* ou celle de ma petite Charlotte, pour me mener asseoir à une bonne place à l'abri du vent et me chauffer au soleil d'hiver. Si ce n'était ça, j'ai encore toute ma tête, et mes jambes sont bonnes. Lorsque ma petite-fille me tient compagnie, j'ai assez à faire à lui répondre, car elle ne cesse de me faire des questions sur ceci ou ça, comme on sait que c'est l'habitude des petits droles qui veulent tout savoir. Mais, des fois, elle me laisse pour aller s'amuser avec d'autres enfants du village, et alors je reste seul, à moins que notre plus proche voisine, la vieille Peyronne, ne se vienne seoir près de moi; malgré ça nous ne tenons pas grande conversation, car elle est sourde comme un pot.

Quand je suis ainsi tout seul, au soleil, ou bien l'été à l'ombre d'un vieux noyer *grollier* resté debout aux abords des fossés du château, je rumine mes souvenirs et je sonde ma conscience. Je songe à tout ce que j'ai fait, à l'incendie de la forêt, à celui du château et, après avoir tourné et retourné les choses dans tous les sens, après avoir bien examiné toutes les circonstances, je me trouve excusable, comme ont fait les braves messieurs du jury. Il n'y a que les deux chiens du comte que je regrette d'avoir fait étrangler avec mes setons, car les pauvres bêtes n'en pouvaient mais. Pour tout le reste, je rendais guerre pour guerre et je ne faisais que me défendre, et les miens et tous, contre la malfaisance odieuse et les méchancetés criminelles du comte de Nansac : je n'ai donc pas de remords.

Dans le village et partout on en juge de même, sans doute, car les gens m'affectionnent et me respectent comme étant celui qui les a délivrés d'une tyrannie insupportable. Sans y penser, j'ai fait le bonheur du pays d'une autre manière : car, lorsque la terre du comte a été mise en vente au tribunal, la *bande noire* l'a achetée pour la revendre au détail. Alors les gens de l'Herm, de Prisse et des autres villages alentour, ont regardé dans les vieilles chausses cachées sous clef au fond des tirettes, et ont acquis terres, prés, bois, vignes, à leur convenance, payant partie comptant, partie à pactes. Ça a changé le pays du tout au tout. Ainsi, à l'Herm et à Prisse, il n'y avait autrefois que deux ou trois chétifs propriétaires ; tout le reste, c'étaient des métayers, des *bordiers*, des *tierceurs*, des journaliers, tous vivant misérablement, point libres, jamais sûrs du lendemain qui dépendait des caprices méchants du comte et de la coquinerie de Laborie et autres. Les fils et petits-fils de ces pauvres gens qui n'osaient pas tant seulement lever la tête, par manière de dire; qui étaient épeurés comme des belettes, tant les avait écrasés cette famille maudite, sont maintenant de bons paysans, maîtres chez eux, qui ne craignent rien et ont conscience d'être des hommes. C'est là une conséquence qui n'est pas petite et d'où il faut conclure que la grande propriété est le fléau du paysan et la ruine d'un endroit. Mais il y en a encore une autre bien grande qui est que, en outre de l'aisance, de la sécurité et de l'indépendance, la disparition du comte a rendu aux gens confiance dans la justice. Auparavant, lorsqu'ils étaient abandonnés, par les autorités et les gens en place, aux vexations et à la cruelle tyrannie de cet homme, ils disaient communément : « Il n'y a pas de justice pour les pauvres! » Lui parti, ils ont commencé à la connaître et à la respecter. Aujourd'hui, grâce à d'autres que le pauvre Jacquou, ils savent qu'elle est pour tous, et celui qui est lésé sait bien en user. Il y en a même qui n'en usent que trop, parce qu'ils plaident pour rien, pour un mouton écorné, pour une poule dans un jardin. C'est un peu notre maladie, d'ailleurs, comme disait le chevalier :

Les juifs se ruinent en Pâques, les Maures en noces, les chrétiens en procès.

Mais au moins nos gens, dont je parle, n'en sont pas réduits, comme nous le fûmes jadis, à se faire justice eux-mêmes, ce qui est une mauvaise chose.

La comparaison du passé et du présent nous enseigne que les gens ne se révoltent qu'à la dernière extrémité, par l'excès de la misère, et de désespoir de ne pouvoir obtenir justice. Aussi ces grands soulèvements de paysans, si communs autrefois, sont devenus de plus en plus rares, et finalement ont disparu, maintenant que chacun, pour petit qu'il soit, peut recourir à la loi qui nous protège tous. Pour moi, j'ai la foi que je suis le dernier croquant du Périgord.

Longue vie ne diminue pas les peines, dit-on; pourtant, comme on peut le voir, ma vieillesse est plus heureuse que ma jeunesse. Les gens de l'Herm sont quasi fiers de moi; et, lorsqu'il vient des messieurs visiter les ruines du château, s'ils demandent chose ou autre à ce propos, on leur répond :

— Le vieux Jacquou vous dirait tout ça ; il sait mieux que personne les choses anciennes de l'Herm et de la Forêt Barade, car il est le plus vieux du pays, et c'est lui qui a fait brûler le château.

Et lors, quelquefois, on me vient quérir, et, je leur conte mon histoire. Un de ces visiteurs, qui est venu deux ou trois fois à l'exprès, m'a dit qu'il la mettrait par écrit, telle que je la lui ai contée. Je ne sais s'il le fera, mais il ne m'en chaut : comme je le lui ai dit, je ne suis plus à l'âge où l'on aime à entendre parler de soi.

Ainsi ma vie achève de s'écouler doucement, en paix avec moi-même, aimé des miens, estimé de mes voisins, bienvoulu de tout le monde. Et, dans une pleine quiétude d'esprit, demeuré le dernier de tous ceux de mon temps, rassasié de jours, — comme la lanterne des trépassés du cimetière d'Atur, je reste seul dans la nuit, et j'attends la mort.

FIN

DANS LA MEME COLLECTION

le
sentier
sous
les
herbes

Nicole Ciravegna

Le docteur Rieger et sa femme réalisent le rêve de leur vie : un village d'enfants sur le plateau de Ganagobie.

Nelly, leur fille aînée, se donne avec joie à cette vie nouvelle. N'a-t-elle pas rencontré Martin, le compagnon de lutte et de travail ? Jamine, la cadette, souffre et se révolte. Elle refuse de partager la tendresse de ses parents avec ces onze enfants perdus. Comme un sentier sous les herbes sauvages, sa vie est envahie de pensées dures et cruelles.

Mais le feu délivre parfois les chemins de leurs ronces.

Le feu... et aussi l'amour...

le

pavé

d'amour

Nicole Ciravegna

Le pavé d'amour est l'endroit le plus coloré, le plus odorant, le plus joyeux, le plus vivant du vieux Toulon, à deux pas de la mer. Stéphanette Dongradi y vit de rêve et d'impatience... En vendant son ail au marché... elle attend son héros... et il lui en arrive deux... un qu'elle aime... un qui l'aime...

DANS LA MEME COLLECTION

les
évasions
du
brigadier
lambert

René Antona

Préface de François Mitterrand

« Mauvaise guerre », dit Lambert du 15e régiment d'infanterie. Mauvaise guerre qu'il faut subir en homme, c'est-à-dire sans lâcheté, même quand on exècre la violence.

Et voilà Lambert en plein cauchemar, le voilà prisonnier !

Endurci à toutes les épreuves de la détention, le jeune soldat tente de s'évader à diverses reprises, refuse de se résigner et finit par gagner sa chère liberté.

DANS LA MEME COLLECTION

voyage

au

pays

de la pierre ancienne

J. C. Froelich

Jean-Claude, 17 ans, et deux ethnologues se confient à une machine à remonter le temps et se retrouvent il y a 12 000 ans mêlés aux hommes de la pierre taillée ; ils vivent des aventures étranges et dangereuses ; ils étudient la vie de nos ancêtres avec ses techniques primitives et son incessante quête du gibier. C'est la France de l'époque glaciaire, avec ses steppes et ses mammouths.

Un dialogue est-il possible entre eux et les hommes de la préhistoire ?

DANS LA MEME COLLECTION

la
horde
de
gor

Jean-Claude Frœlich

De téméraires explorateurs du passé vous entraînent à leur suite, dans une fabuleuse remontée du temps, sur les lieux mêmes où sera bâti Paris quelques 55 000 ans plus tard. Ils se lient d'amitié avec Gor, un néanderthalien chef de tribu, dont ils partagent la vie primitive, mais les terribles « diables rouges » dévoreurs d'hommes, les guettent... Nane, la jeune fiancée de Briant est la proie qu'ils convoitent...

DANS LA MEME COLLECTION

le temps d'un livre

la

rue

qui

descend

vers

la

mer

Nicole Ciravegna

Aldo Galieri aux colères belles et généreuses, à la tête pleine d'exploits héroïques. Aldo de la race du bonheur a le cœur plein d'amour pour Sarah parce qu'elle est tendre, émouvante et pleine de grâce, parce qu'elle a peur et honte d'avoir peur, et qu'ils sont tous les deux arrêtés, déportés, internés sans savoir pourquoi avec tout le peuple des vieux quartiers de Marseille, une nuit de janvier 1943.

Parce qu'elle dénonce l'injustice, cette histoire de deux adolescents est un cri.

Parce qu'elle raconte la naissance du plus pur des amours, elle est aussi un chant.

DANS LA MEME COLLECTION

aldo

et

sarah

Nicole Ciravegna

Un amour unique par sa profondeur et sa tendresse unit Aldo, le violent, le rieur, et Sarah, la douce, la pathétique dans le décor grandiose et lépreux de la Vieille Charité à Marseille, ce ghetto des pauvres où grouille une foule misérable et colorée.

Histoire bouleversante, traversée de scènes pittoresques (on est en Provence) qui raconte la progression tantôt douloureuse tantôt éblouie, de deux êtres sur le chemin de la vie et du bonheur.

DANS LA MEME COLLECTION

le

rendez-vous

de

l'arbre

mort

Suzy Arnaud-Valence

— Holà ! Quelqu'un ?

— Oui, quelqu'un, répondit une voix...

— C'est ainsi que tout commença en cette nuit de l'hiver 1814 entre Pierre-Jean, le colporteur et Pierre-Marie, l'adolescent insaisissable et mystérieux.

Auprès d'eux, Roland le Vieux, le braconnier réfractaire, Thomas, le bourru et Bertille, et Marie, la sereine...

Dans la France de la défaite et de l'invasion, l'histoire d'une amitié et d'une vengeance alors que plane sur les villageois de Savigny l'ombre séculaire du château de Pommeray.

DANS LA MEME COLLECTION

les
fils
du
jour

Suzy Arnaud-Valence

Ils s'appellent « frères » ou « pays ». Ils croient à la fraternité et à l'espoir. Ils sont jeunes, mais ne vivent pas de la même façon que les garçons de leur âge. Ce sont les Compagnons du Tour de France.

Le goût de l'aventure les entraîne sur les routes, mais le monde du travail en ce début du XIXe siècle n'est pas sans problèmes, chacun a ses détresses, ses secrets, ses mystères.

Pierre-Marie, tout nouveau dans la compagnie, a le pouvoir d'ouvrir les cœurs les plus fermés, mais est-il prêt lui-même à succomber au charme de la petite Liesse ?

DANS LA MEME COLLECTION

trois
graines
dans
un pot
de grès

Suzy Arnaud-Valence

La lettre reposait sur la table et, plus que jamais, Liesse aurait aimé savoir lire. Mais qui songeait à apprendre à lire et à écrire aux jeunes paysannes du siècle dernier ? Elles avaient tout à faire par ailleurs et chaque journée ouvrait une nouvelle page : celle du travail quotidien, de l'amitié, du rêve. Celle de la peur, celle de la mort, celle de l'espoir, celle de l'amour... Liesse les tourne toutes avec ce sens profond qu'elle a de la vie et un jour, enfin, elle peut écrire : « sur ma fenêtre, dans un pot de grès, trois graines ont germé... »

Achevé d'imprimer
sur les presses de l'Imprimerie Bretolienne
27160 Breteuil-sur-Iton

Dépôt légal : 4e trimestre 1981. — No d'impression : 0090

NOUVEAUTÉ

Le passeport T L est maintenant integre a chaque volume T L.

Il vous faut coller le bon-visa qui figure en fin de volume et compléter le passeport avec 5 autres bons-visas decoupes dans d'autres volumes T.L. que vous possédez. Si le livre T.L. ne contient pas de bon-visa vous découpez le titre avec la ligne triple du dessous, dans la page de faux titre.

le temps d'un livre

PASSEPORT

Le temps d'un livre

A REMPLIR OBLIGATOIREMENT

NOM ____________________

PRÉNOM ____________ AGE (facultatif) ________

ADRESSE ____________________

____

VILLE ____________ Code postal ________

Cachet du libraire ayant remis le livre gratuit

COLLER ICI LE BON-VISA DE L'OUVRAGE REMIS GRATUITEMENT PAR LE LIBRAIRE OU BIEN LE TITRE AVEC LA LIGNE TRIPLE DU DESSOUS DÉCOUPÉ DANS LA PAGE DE FAUX TITRE

Table thématique résumé de l'intrigue pour chaque livre, photo de la couverture, vous voilà à même, avec le ***GUIDE MAGNARD-JEUNESSE*** *de choisir* ***LES HISTOIRES QUE VOUS AIMEZ.*** *Remis gratuitement par votre libraire.*

1	2	3
4	5	6

VOS 6 BONS SONT COLLÉS ?
VOUS AVEZ DROIT A 1 LIVRE T.L. GRATUIT

LA COLLECTION **T.L.** VOUS OFFRE CE PASSEPORT POUR VISITER LES TERRES DU RÊVE ET DE L'AVENTURE.

Vous trouverez en fin de volume des « BONS-VISAS » du modèle ci-dessous. Si le volume T.L. ne comporte pas de bon-visa, vous découpez le titre avec la ligne triple du dessous sur la page de faux titre du livre.

~~Ne pas utiliser~~

~~**BON - VISA**~~
~~**POUR**~~
~~**PASSEPORT T.L.**~~

~~ENCORE 5 BONS-VISAS~~
~~ET VOUS OBTENEZ~~
~~UN LIVRE GRATUIT~~

découpez ces bons-visas et COLLEZ-LES CI-CONTRE

Lorsque vous aurez rempli les 6 cases, il vous suffira de remettre ce PASSEPORT à votre Libraire qui vous offrira en échange

1 livre T.L. gratuit

que vous pourrez choisir dans ses rayons.